黑暗帝国

DARK IMPERIUM

［英］盖伊·哈雷 著 韩之昱 译

浙江科学技术出版社

English version originally published in Great Britain in 2017 by Black Library.

Games Workshop Limited, Willow Road, Nottingham, NG7 2WS, UK.

This edition published in China by Zhejiang Science and Technology Publishing House in 2018.

Copyright © Games Workshop Limited 2017.

This translation copyright © Games Workshop Limited 2018.

Translated and used under licence by Zhejiang Science and Technology Publishing House. All rights reserved. Dark Imperium © Copyright Games Workshop Limited 2018. Dark Imperium, GW, Games Workshop, Black Library, The Horus Heresy, The Horus Heresy Eye logo, Space Marine, 40K, Warhammer, Warhammer 40,000, the 'Aquila' Double-headed Eagle logo, and all associated logos, illustrations, images, names, creatures, races, vehicles, locations, weapons, characters, and the distinctive likenesses thereof, are either ® or TM, and/or © Games Workshop Limited, variably registered around the world. All Rights Reserved.

No part of this publication may be reproduced, stored in a retrieval system, or transmitted in any form or by any means, electronic, mechanical, photocopying, recording or otherwise, without the prior permission of the publishers.

This is a work of fiction. All the characters and events portrayed in this book are fictional, and any resemblance to real people or incidents is purely coincidental.

本书英文版由 Black Library 于 2017 年出版

Games Workshop Limited，地址：Willow Road, Nottingham, NG7 2WS, UK.

本书中文版由浙江科学技术出版社于 2018 年首版

Copyright © Games Workshop Limited 2017.

This translation copyright © Games Workshop Limited 2018.

浙江科学技术出版社可在授权下翻译与使用。Dark Imperium © Copyright Games Workshop Limited 2018。黑暗帝国、GW、Games Workshop、Black Library、荷鲁斯之乱、荷鲁斯之眼标识、星际战士、40K、战锤、战锤 40,000、"天鹰"双头鹰标识、以及所有相关标识、插图、图像、名称、生物、种族、载具、地点、武器、角色及其中的特色同类物，所有带有 ®、TM、以及 © Games Workshop Limited 的标识均为在全世界注册的商标或为 Games Workshop Limited 版权所有。

未经许可，不得将本书任何部分以任何形式复制、存储在某个检索系统中，也不得以任何形式或手段，包括电子、机械、影印、记录或其他方式，传播本书的任何部分。

本书为虚构作品。书中人物、事件均为虚构，如有雷同，纯属巧合。

WARHAMMER 40,000

导　言

　　这是人类历史的第四十一个千年。自从原体荷鲁斯转向混沌，背叛了他的父亲帝皇，将银河推入毁灭内战以来，一万年的漫长岁月已经过去。

　　在这一百多个世纪里，帝国承受着异形入侵、内部纷争，以及亚空间黑暗诸神包藏祸心的注视。皇帝在泰拉的黄金王座上纹丝不动，犹如一座对抗邪恶之力的灵能堡垒。唯有他的意志，才能保持星炬明亮，将帝国联结在一起。但在这漫长的时间中，帝皇从未开口说过只言片语。失去了他的指引，人类已经偏离了开明的道路。

　　昔日奇迹时代的光辉理想，已枯萎死亡。在这个时代的生活是一场悲惨的厄运，人们最大的奢望，只不过是在奴役折磨中苟且偷生，一场痛快的死亡被视为最仁慈的结局。

　　随着帝国无法逆转地衰落下去。原体荷鲁斯的最后一个真正的子嗣阿巴顿，如今已取代他成为战帅。阿巴顿数千年来酝酿的一个宏伟计划终于到达了高潮，大裂隙横贯整个银河，撕裂了现实空间，释放出前所未闻的力量。在许多个世纪的英勇斗争后，人类的末日似乎终于要降临了。

　　一道苍白的光芒刺破了黑暗。原体罗保特·基里曼被异形巫术和神秘科学的力量从死亡般的沉睡中唤醒。他返回泰拉，决心纠正这可怕的危局，彻底击败混沌，并重新启动皇帝为人类制定的大计划。

　　但是首先，他必须先拯救帝国。银河如今已被一分为二。在一边，是帝国圣域，虽被围困，但仍誓死反抗。另一边，则是帝国暗面，被视为已沦陷在永夜之中。为了夺回帝国并恢复它的荣耀，一场伟大的远征已经发起。全人类都已做好准备，迎接这一时代最激烈的对决。失败意味着毁灭，通往胜利的道路上只有战争。

　　这是不屈远征的时代。

新版说明

　　这是《黑暗帝国》的第二版,对版本内容进行了修订。最初,这个故事发生在大裂隙开启的一个世纪之后,紧接着不屈远征的结束。为了更好地将这里描述的事件整合到正在创作中的不屈远征时代故事线里,这些事件现在改为发生在远征军离开泰拉的十二年之后。

　　不屈远征的第一阶段此时已经结束,帝国圣域得到了一定程度的平定。但帝国暗面依然处在极度危险的状态。

　　为了从他的堕落兄弟莫塔瑞恩手中解救自己的王国,基里曼返回了奥特拉玛。

　　战火正从银河的一端蔓延到另一端。

　　人类的命运仍悬于一线。

目录

第一部
一位原体之死

10000 年前

2	第一章　色萨拉
13	第二章　帝皇之傲号
19	第三章　堕落凤凰

第二部
远征军的终曲

第 41 千年

35	第四章　基里曼的生活
45	第五章　基里曼的慈悲
55	第六章　拉科斯战役
67	第七章　灰盾的最后飞行
84	第八章　在亚克斯的休憩
90	第九章　帝皇的荣誉
107	第十章　奥特拉玛的新闻
120	第十一章　艾斯潘多回忆
136	第十二章　考尔分身
151	第十三章　拉科斯凯旋式
159	第十四章　瘟疫使者
166	第十五章　灰　盾
180	第十六章　古加斯的行列

目录

第三部
艾斯潘多之矛

第十七章　伊利里亚的死亡	190
第十八章　阿迪厄姆	202
第十九章　真菌深渊	225
第二十章　赫拉议会	236
第二十一章　艾斯潘多第三都市	253
第二十二章　神　学	269

第一部

一位原体之死

10000 年前

第一章

色萨拉

人类的心智无法容纳虚空。

在无法衡量其大小的广袤宇宙中，银河系只是亿万星系中的一个。而在人类称之为家园的银河系中，有三千亿颗恒星。围绕着恒星们旋转着千亿个世界，太空里充斥着难以计数的各式各样的天体。即使是最近的天体之间的距离，也是人类难以想象的。

这就是虚空不被理解的原因。人类也好，他们创造的机器也好，都无法理解这个概念。

当有人提到亚空间——那个潜伏在触觉、听觉和视觉能感知到的事物背后的噩梦般的领域时，好吧……任何自称了解亚空间的人，要么是骗子，要么已经疯了。这两种情况同样危险。

较高等的种族，已经用更先进的科技触碰到了自身的极限。他们明白了宇宙终究是不可知的，并接受了自己缺乏洞察力的现实。相比之下，在这些更开化的文明种族眼中，令他们惊奇的是，人类居然认为自己可以理解任何事物。

人类是行动范围狭小的生物，就算给他们亚空间飞船，通过基因工程和生体强化技术改变他们的体形，提供给他们足以摧毁恒星的武器，这些旧地球之子仍然只不过是从大草原走出来的猿猴。正如猿猴的头脑无法想象一片海洋和整个世界；同样，人类的头脑也无法容纳虚空，层叠无穷无尽的亚空间的复杂完全超出人类的理解范围。

人类帝国宣称它拥有百万个世界。这是一个在不停运转的星球间维持着薄弱联系的帝国，构成它的世界彼此之间离得太远，需要无数男人和女人付出血腥的代价才能维持存在。但在历史的洪流中，人类帝国仍是这个时代最伟大的银河霸权。对于生活其中的人们而言，这是为他们所知的有史以来最强大的存在。

然而，对冷漠的宇宙而言，人类帝国不值一哂。回溯至首次出现智慧生物的最初时期，恒星尚且年轻，亚空间平静无波，恐惧还未向物质领域伸出触手。自那时起至今，人类的帝国只是在一连串建立的类似国度当中，最靠近当下的一个。

有的哲学家主张战争是人类的天性，对这个血腥纪元的居民来说，这是一个经过证实的观点。到处都是战争。那位业已陷入沉默的帝皇的和平夙愿，早已被他忘恩负义的子嗣们击得粉碎。

而那些子嗣之间的争斗还在继续着。

在绿色气态巨星色萨拉上方，两支庞大的舰队正在交战。巨大的能量光束在太空中闪烁。

这两只舰队非常相似，都是用一整个星系的劳力建成的，成千上万的工人死在建造过程中。舰队中舰船舰体的锻造消耗了行星级数的资源，人类掠夺来的神秘的古代科技被运用到舰船上，使舰队具有可怕的破坏力，甚至可以左右星际文明的兴亡。

它们只在两个方面有所区别。

首先体现在外观上，其中一支舰队非常华丽，另一支舰队则较为朴素，外观五花八门并不统一。

更加本质的区别则在于舰队是否忠于帝国。朴素的舰队为了拯救伟大的人类帝国而战；华丽的那支则致力于将其毁灭。

数以百计的战舰迈着缓慢的舞步相互追逐，突破了围绕色萨拉的星环，在星环的尘埃中留下了需要几百年时间才能重新填补的巨大缝隙。无数战舰舰炮射出的光束，覆盖了色萨拉那些有人居住的卫星的天空。这场战斗将决定卫星上数百万人的命运，甚至还会造成更深远的影响。

这是一场钢铁风暴，风暴中心并不平静。有一对巨兽在其中厮杀：极限战士的战斗母舰力量之握号和帝皇之子的战列舰帝皇之傲号。这两艘舰船，本是为了共同的目标而建造的，但现在却沦为不共戴天的仇敌，相互锁定对方，进行着殊死搏斗，船体间的距离仅有三十公里——在太空战中这根本算不上距离。

两艘船是各自舰队的旗舰。在力量之握号上站着半神般的基因原体罗保特·基里曼——奥特拉玛的弃儿、复仇之子。帝皇之傲号则属于基因原体弗格瑞姆——叛徒、堕落的典范、凋零的凤凰。虽然曾获得过帝皇恩赐和祝福，弗格瑞姆如今却已追随首恶荷鲁斯宣誓效忠古老的黑暗诸神，成为堕落的先驱。

在为父亲作战的同时，这两位原体自己也成了父亲。在神秘科技力量的作用下，他们都成了两支星际战士军团的基因之祖。星际战士是人类最强的战士，银河系的精英，他们的使命是再次统一人类，引领人们走向辉煌的未来。但是，计划失败了，星际战士们互相争斗，他们的战争几乎摧毁了人类帝国。

一艘战舰可以释放出巨大的破坏力。

它能不发一炮就恐吓一个世界。它可以灭绝一个物种。无论为谁而战，战舰都是统治者的利器。无论战舰的指挥官们是拥护人类的救世主还是臣服于该受天谴的恶魔，都不例外。战舰所过之处，死亡接踵而至。

一场太空战往往场面非常混乱，到处充斥着狂暴的能量。但这是人类破坏技巧的巅峰，一次巨大的爆炸就能吹熄数以百计的生命之火。在这样的战斗中，人类个体根本不值一提，只是舰船上设备的一部分，不比一枚钢齿轮或一根照明光管更重要。每个个体只能去完成指定的任务，祈祷自己的生命不会终结，或者得到没有痛苦的解脱。在战斗中，每个个体围绕各自的任务展开作业，甚至需要克服死亡恐惧。没有人被允许逃避自己的职责。不断地战斗并扮演好自己的角色，是每个个体存在的全部价值。

然而，对于笼罩着微尘般的人类世界的亘古黑暗而言，一场太空战又有什么意义？只不过是远方的一次无声的闪烁，只是微小的物质发出火花而后寂灭，是微不足道的金属和肉体在短暂的燃烧后耗尽。宇宙中随时都会有恒星分裂为原子，导致一个世界死去，一艘长达几公里的战舰的爆炸毫无意义。放眼银河系，与群星数十亿年的烛火相比，一艘战舰和数万生命的消失只不过是没有任何意义的一道闪光。

可对每个人类个体来说，活着才是最重要的。生命只有一次，人人都害怕死亡。为了活下去，每个人才不得不无条件服从命令，这才是真实的情感。但人类的生命只是宇宙给予的微不足道的馈赠，死亡不会引起它的一点注意。

在色萨拉的上空，进行的是人类已经进行了上百年的内战。人类的帝皇——一位拥有神的力量的人类，尝试着要统一散落在银河中的人类世界，以使这个物种免受来自混沌的超自然力量的威胁。但是，帝皇失败了。他的儿子们，他创造出来完成这项任务的半神般的基因原体，自身却腐化了，半数原体起来反对他。一场被称为"荷鲁斯之乱"的战争，终结了帝皇的梦想。

这场异端战乱只是一场已持续了亿万年的大战的一部分，而且这场大战还将再持续亿万年。

对银河系的众生而言，战争即是一切。虽然在无情的时间长河中，战争没有任何意义，一切皆是虚无。但对人类而言不可思议的是，他们当中的最伟大者的两位子嗣，此刻正左右着全人类的命运。

罗保特·基里曼仍然忠于泰拉（意为神圣的母亲，指地球——编者注）。他的旗舰力量之握号带着金色的庄严装饰。叛徒弗格瑞姆那艘过于盛饰的帝皇之傲号相比起来则庸俗不堪。过去，当这两艘船还并肩作战的时候，帝皇之傲号的奢侈就已经不符合来自更严肃的世界的极限战士的品位。现在的它更是对体面的亵渎，反复增加的庸俗饰物遮盖了所有艺术痕迹。傲慢和浮夸的风格，使得帝皇之傲号丑陋不堪。它是过去时代的腐朽遗迹，就像来自一个堕落世纪的剧场被遗忘在雨中朽烂殆尽。

然而，帝皇之傲号的破坏力并未减弱分毫。在直射范围内，它与力量之握号缓慢擦身而过，相互射击。巨大的舰炮口闪耀着光芒，发射出集装箱大小的炮弹。两艘船之间的空间化为了激光和光矛交织的致命灌木丛。每当舰体上的虚空盾由暗转明，就有强大的能量光束随之消散。多彩的能量光束干扰了通信，残留的能量波在周围上千公里的范围使得次级通讯系统充斥着爆音。足以夷平城市的炮火在两艘船的舰体上闪烁明灭。

围绕着这两艘金属巨兽，几十艘其他舰只默默地在宇宙中搏斗着。其中有些战舰的尺寸和火力甚至接近两艘旗舰。毫无疑问，围聚在弗格瑞姆身边的是帝皇之子军团那些该被诅咒的战舰。虽然弗格瑞姆已经在荷鲁斯之乱中败北，又失去了人性沦为恶魔王子，但他的军团还保持着一些凝聚力。而在基里曼身边战斗的则是由自豪的第十三军团——极限战士军团——改编成的战团中的六个。在荷鲁斯之乱后，基里曼强制设立的这些较小规模的星际战团确实还具备力量，但还是比改编之前的军团弱了不少。

双方的原体都以战略天赋闻名，但忠诚派已被挫败，处于对方掌握之中。他们对堕落原体的追击战已转变成了一场关系生死存亡的苦战。帝皇之子舰队中的三艘战舰把忠诚派舰队引诱到了色萨拉上空，弗格瑞姆把他从泽尔科

帝皇之傲号

开始的逃亡，转变为一个毁灭性的陷阱。

过去的罗保特·基里曼不可能会犯这样的错误。也许在色萨拉翡翠色的天空上方的悲惨局面只是一次单纯的厄运，弗格瑞姆毕竟不是普通的敌手。如果基里曼在此败北，历史肯定会原谅他——倘若还有忠诚派幸存来书写历史。

后来有一些大胆的评论说，罗保特·基里曼放任复仇的欲望压倒了他的理性。或许事实应该是愤怒蒙蔽了复仇之子的判断，使他掉入了陷阱。

罗保特·基里曼的神经紧绷着。虽然还有另外几位基因原体仍然作为人类的捍卫者挺立着，但伤痕累累的帝国渴望着基里曼的拯救。基里曼肩上的责任是所有人当中最为沉重的——他是人类的救星。无论半神或是庶民，每个人都有能力的界限。

帝皇之傲号保持侧倾，以使左舷的排炮获得更好的射击角度。此时，力量之握号则加强了弹幕射击，覆盖帝皇之傲号腹侧尖塔的虚空盾被击碎了。

沾染污秽且镶嵌黄金的船壳被直接命中，发生了爆炸。

一个缺口出现了。

在力量之握号的甲板上，一百名极限战团中最优秀的战士在嗡嗡作响的机械环绕的传送块上等待着。他们中的五十名来自第一连，另外五十名则来自第二连，身上的装甲都是极限战士的深蓝色。第一连老兵身着终结者装甲，他们的白色头盔被终结者装甲的兜帽装甲所覆盖，注视着正在劳碌准备，好让极限战士们穿过亚空间通道的上百名技术专家和普通船员。

第二连的星际战士身穿标准的动力装甲，在武装机仆的协助下装备上了高大的突击盾。他们的装甲缺少终结者装甲的绝对厚度，但在即将来临的突袭中，笨重的突击盾将会增加他们在登船时的近距离战斗中的生存能力。

军火列车隆隆驶上塑钢甲板，身着干练制服的极限战团仆从们开始向主人们分发弹药，与此同时，这些基因强化战士对自己和战友们身上的装甲进行了最后一次战前检查。牧师大踏步地在平台间走过，聆听战士们的誓言，用蜡把誓纸贴到他们的装甲上，伴着"嘶嘶"声用神圣的铁印章盖上封戳。不管是凡人还是超人，战团的每一个成员都在完美高效地工作着。尽管如此，在投入全部精力进行准备的同时，他们也都在留意着通向甲板的那座庄严的拱门。

船身剧烈摇晃，警报大作。照明管迸出了火花然后变暗。伴着一阵巨响，一段铁台架从天花板上纠结缠绕的支柱和管子间跌落下来。但船员们从容不迫，继续进行着工作。随着更换电源线路命令的下达，紧急行动小组身穿装甲的空间工作员和专用机仆开始清理残骸，很快恢复了秩序。

这样的镇静很容易让人忽略船身上方的熊熊烈火。但是，忠诚派正在输掉战斗，这点毫无疑问。

眼下的形势，并非这场战役原本预期的发展。

从镶嵌在柱子和墙上的通信发生器里，传来一个短促的声音。

"干掉帝皇之傲号的虚空盾了，准备突击。"这句话被人们正在进行的准备工作发出的噪音和战斗的喧嚣所吞没，但并没有进行重复放送。星际战士们的强化听觉都已经清晰地听见了这道命令。

随即，甲板上响起了足以让凡人和超人都听见的嘹亮号角声。极限战士的机仆们全都停下手头正在做的事，立正。

一位雄伟的巨人正披挂着著名的理智铠甲大步走过拱门。他的左手戴着统御之手拳套，腰带上别着帝皇本人的宝剑。佩戴着这些武器的伟躯，比随行的原体卫队还要高大，举手投足间流露出的力量和意志，令凡人们都屏住了呼吸。

"第一连连长安德罗斯！第二连连长希尔！你们的连队准备好了吗？"巨人高呼道。

两名连长走过甲板迎接他们的主君。第二连连长希尔没有戴头盔，身上的动力装甲承载着荣誉，而第一连连长安德罗斯的身躯被完全封闭在笨重的终结者装甲中。他们向原体致上极限战士方式的问候，单手握拳划过胸前——这是统一战争时代的古老符号。

"基里曼大人！老兵们听候您的命令。"安德罗斯的声音从头盔下方的通信发生器中响起。

"我们准备好了，原体。"艾恩尼德·希尔说。他的声音丰润而柔和，并未因通信器的机械转换变得刺耳。不久前，在荷鲁斯之乱结束时，希尔还是一名年轻的星际战士。此刻，他脸上充满了忧虑。

基里曼坚定地注视着他的连长们。原体的身形甚至比包裹在巨大的终结者装甲中的安德罗斯还要高大。他是活生生的神，被人类的力量所捕获并塑造出肉身。

希尔回望着原体，似乎无法将目光从他的基因之祖的脸庞上移开。希尔是一位经过许多次战斗考验的优秀战士，敢于表达自己的想法。虽然他谦虚地隐藏着自己对主君的敬慕，但这敬慕之情仍然在他的脸上像光芒般闪耀。

我辜负了他们，即使如此，他们依然对我献上忠诚。基里曼想道。

他的军团里，最早加入的战士只有很少一部分活到了现在。补充进来的成员们都诞生于这个与过去不同、更具有不确定性的时代。虽然他和希尔的友谊培养了很长时间，但希尔也从未因此失去叛逆不羁的本性。更年轻的星际战士们则是另一回事。基里曼依然记得他的战士们还不那么虔诚的时候的样子，那是一段美好的时光。

"我们马上出发，"基里曼声音坚定，"叛徒这次将无路可逃。六个战团的战士随时准备支援我们。我们不会失败。立刻就位——准备进行大规模传送。"

"大人，我们准备好了，"安德罗斯小心翼翼地说，"但是敌人的数量远远超过我们。我担心我们不会有成功的机会。而如果遇到巨大的抵抗，又应该采取什么实际行动？第二连连长希尔和我都一致认为您应该留在这里。我们去拖住敌人，力量之握号则尽快撤退。我们不能……"

基里曼朝安德罗斯瞥了一眼，目光足以杀人。

"为了我的意愿已经流了太多的血。我不会逃避这场战斗。"基里曼说，他的语气不容置疑。"在打垮帝皇之傲号前决不撤退。在这之前，我必须面对我的兄弟并牵制住他。如果终有一战，不是他死就是我亡。我不能让他再次逃脱惩罚。我的孩子们，"他补充说，声音柔和了下来，"这是逃离这个陷阱的唯一办法。"

安德罗斯低下他戴盔的头颅鞠了一躬。希尔犹豫了一会儿后，也做了同样的动作。确定达成共识后，基里曼从两个凡人仆役推来的反重力平台上拿起了自己的头盔。他登上传送平台——直接踩了上去而非通过甲板上的台阶——然后转向他的孩子们开始了演说。

"现在，勇士们，让我的兄弟看看反叛泰拉和帝国的下场！"

"为马库拉格而战！"他的子嗣们咆哮着，汇合在一起的呐喊声足以盖过战场的雷鸣。

基里曼的原体卫队跟着他走上传送台，在他周围组成了一个警戒圈，他们高举的盾牌和动力斧形成了盾墙，准备直接传送到战斗最为险恶的地方。

对基里曼身边的这些人来说，他是一位绝对正确的领袖，他具备超自然的能力。即便是崇尚理性、相信帝皇和他的原体们是人而不是神的极限战士，对他也渐渐滋生出一种近乎宗教般的敬畏。自从大叛乱进入尾声，这种敬畏变得更加明显。

但罗保特·基里曼并非绝对正确。

基里曼很清楚这次行动充满了危险。安德罗斯对失败的担心是有道理的。原体后悔自己刚才没有褒奖他的孩子的洞察力，而是驳回他的劝谏。他对帝皇之子发起的这次战役，无论从哪个方面来看都已经失败了。弗格瑞姆掌握着主动权，基里曼只能随着对方的舞步做出抉择。败局已定，只剩下唯一的选项：他们不得不撤退。

但在眼下，撤退也是不可能的。如果力量之握号企图脱离战斗，帝皇之傲号将会对这艘战斗母舰给予重创。一旦他们的防御被粉碎，弗格瑞姆极有可能会尝试一次传送突袭。基里曼绝不会让他的兄弟肆无忌惮地这么做。

基因原体利用自己强大的思考能力考虑了所有的可能性。他自己写过的战略论著肯定会建议他尽快撤退，组织一支强大的后卫，然后撤出其他的主力部队。以用大量的次要舰艇作为牺牲品，使旗舰可能受到的损伤最小化。

但基里曼并不喜欢牺牲其他人的生命来解救自己，特别是在他发现了一个虽微小但有可能通向真正胜利的机会后。他不能轻易忽略这个能手刃他背信弃义的兄弟的机会。基里曼的结论是，抛弃自己的正统战术，或许能给弗格瑞姆来个出其不意。

这么做，机会渺茫。弗格瑞姆很可能是故意关上了旗舰的护盾，嘲弄性地再次施展当年荷鲁斯的最后诡计。在泰拉围攻战的结束阶段，荷鲁斯正是用这一策略引诱帝皇登上了他的船。

基里曼也有自己的计划。一些独立行动但具有环环相扣的战斗目标的传送部队，会与自己的部队一齐进行传送。从多个战团抽调出的精英小组带着不同任务分头前往引擎室、指挥甲板、导航室、弹药库、次要指挥甲板和主炮控制中心。哪怕只有半数的攻击小组取得成功，就有可能从内部狠狠地削弱帝皇之傲号。他命令战士们一旦达成目标就立即撤退。他要尽可能确保更多的人能活下来，基里曼不会让他的孩子们为他的错误付出代价。

而他必须亲手解决自己犯下的错误。

基里曼并不否认他已经成了一条上钩的鱼。他唯一能做的就是奋力夺回自由，并痛咬把他诱入陷阱的敌人。

"准备好！要开战了！"他大喊。

随着他的指示，传送甲板上的机器被激活了，开始嗡嗡作响。巨大的反应柱噼啪作响产生强大的动力，为聚能阵列提供能量，以撕开现实空间与亚空间之间的薄纱。它们放射出令人双眼刺痛的光芒，随着光芒越来越明亮，卷曲缠绕的具象化的电荷光球被启动锯齿过滤后进入传送设备上的烧瓶里，犹如有生命一般剧烈扭动着。

我的众多原体兄弟已经死亡、堕入混沌或失踪了，基里曼心想。我们自以为是永生不朽的，但事实却并非如此。我的那一天迟早也会来临，但不会是今天，不会是在弗格瑞姆的手上。

神秘的传送机械仿佛在呼喊和哼唱着，整个甲板都因它们的运动而震动。噪声越来越强烈。

突然传来了一声轰隆爆响，化学闪光漂白了传送甲板。蒸汽遏制剂从口径粗大的管道中喷出，以免超载运转的机械着火燃烧。凡人士兵们举起了霰弹枪，戒备着可能出现的亚空间缝隙和恶魔入侵。

没有发生异常。信号灯闪烁：红，红，红，蓝。

"传送成功，传送成功。"一个机械音低沉地说。

照明光管再度亮起。烧瓶内的电荷光球耗尽了，发出的尖锐声响戛然而止。

气压通风口吸走了烟雾，展露出空无一人的传送台。技术专家查阅着参数屏幕和沉思者打印出的纸带，看到读出的结果，脸上都露出了宽慰的表情。

罗保特·基里曼和他的战士们登上了帝皇之傲号。

罗保特·基里曼

第二章

帝皇之傲号

　　每次进行传送，当基里曼悬于那种既非生亦非死的奇妙状态时，他总是会在那一段时间内有醍醐灌顶般的感觉。

　　那一刻他的灵魂跨越亚空间和现实世界，基里曼知道自己并非只存在于物质世界，而是同时存在于这两个世界。那一瞬间，他相信——不，他清楚地知道——他是由两个世界的原材料混合而成的。到达目的地后，这种感觉就消散了，甚至变得有点荒谬，但那一刻的感觉意味深长，仿佛他只要拿出勇气接受自己的天性，朝更深暗处眺望，就能理解造物的究极奥秘。

　　基里曼不缺乏勇气，但从未去眺望。他知道那是一条带有诅咒的邪路。

　　诱惑结束了。醍醐灌顶的感觉消失了。一道耀眼的光芒把基里曼和他的战士们领回了蒙昧的现实世界，目的地到了。眼前的光芒消散得很缓慢，使得还处于目眩半盲状态的他们随时有遭受敌人攻击的风险。基里曼紧张地准备迎接战斗，但攻击并未发生。一缕缕浓稠的亚空间能量渐渐散去，把攻击部队遗落在黑暗之中。

　　这里比泰拉的夜晚还要晦暗，但头盔的机能协助他的强化过的视力，投影出由像素颗粒构成的这艘亚空间飞船的内部景象。

　　有那么一会儿，基里曼恍惚觉得自己已经迷失了，被抛到了遥远的亚空间。他仿佛看到了一幅描绘出死寂噩梦的画面。在大叛乱结束以来的一百年里，基里曼曾经和恶魔战斗过，他踏上过被混沌的不洁之物所腐化的世界的地表，也曾经在巫师邪术制造的血肉裂隙之间瞥见万恶深渊。帝皇之傲号的内部与其极为相似。

　　正如预期，攻击部队被传送到了凯旋大道——这是贯通帝皇之傲号船体前后的宏伟长廊。不止一次，多个军团的星际战士们曾在这里集结，沿着这条长廊游行，庆祝弗格瑞姆为帝国取得的胜利。但那些日子已经永不会再现了，荒废的大道变得空旷寂寥。

基里曼的原体卫队检查了周围环境，战士们紧握着盾牌和动力斧警惕着可能发生的攻击。便携占卜仪播放着平安无事的信号。刺眼的灯光从装甲配件上射出，照亮了船内的轮廓。

理智铠甲内置的沉思者系统自动高亮显示出关键地点和威胁来源。基里曼随意地检视了一下。基因原体经过改良的大脑能同时处理海量的信息，这一直是他特殊的天赋。基里曼倾听着舰队战斗的喧嚣和他的小队展开队形时低声传递的命令，检查着派出的其他突袭小组的通信频段，同时他仔细观察着大道，还阅读着在他面甲屏幕上不断滚动显示的海量数据资讯，没有遗漏任何信息。他构思着作战计划，并用通信发生器和数据突发传输器下达简短的命令。但最吸引他注意力的是这艘船本身。

凯旋大道已经面目全非，曾经是那样的显赫壮观，如今已被深沉黑暗支配。从极限战士身上发出的微小的白光传不了多远就被黑暗吞噬殆尽，只给周围物体的边缘涂抹上一层惨淡的银边。目力所及范围内物体都很模糊，看不清细节，以至于难以判断距离的远近。而在最黑暗的区域，覆盖其上的或许并不是阴影。伫立在这黑暗之中的极限战士们，犹如蓝色的孤岛。

希尔第一个打破了沉默。"凯旋大道，"他说，"它的样子发生了变化。"

"一个世纪的时间足够让恶魔们干完这些活。"基里曼说。

"帝皇之子堕落得太深了。"安德罗斯说。

原体还记得凯旋大道昔日的景象，那时它堪称人类艺术尽善尽美的展馆。现在，这条宽广道路两侧林立的青铜英雄雕像已不复存在，悬挂在它们之间由第28远征舰队的艺术家们描绘的杰作也已无影无踪。取而代之的是令人触目惊心的憎恶之物——表现出丑恶本性的扭曲雕塑和描绘亵渎和淫秽的画作。后者的涂料显然来源于某种不洁液体，画作上已层叠滋生出厚厚的霉斑。

这些新的陈设并未得到细心安置，甚至旧时代的遗留物也没有被清理掉。破碎的画框像朽木般堆放着。散落在地板上的青铜破片，被凝结的污垢所掩盖。大理石墙面到处都坑坑洼洼，乌黑的黏液从宽大的裂隙中缓缓渗出。扭曲破裂的玛瑙柱倒在地上，柱身镌刻着的纪念过往胜利的文字错乱成了一堆不堪辨识的字母。石板路面多处碎裂，本该显露出来的金属甲板却只是深不见底的黑暗坑洞。

最诡异的是这里的死寂。声音的传播不自然地减弱了。外面的战斗正在激烈地进行，船体正遭受沉重轰击，但这里并不像力量之握号内部一样充斥着爆炸巨响和过载机械的号叫，帝皇之傲号里除了不时传来的震颤之外什么也感觉不到。透过凯旋大道上方的钢化玻璃窗，看不到任何炮火的闪烁，只能看见沉沉黑暗。某处突然传来不和谐的音调，三声尖叫则从另一个方向传来，逼近基里曼。

基里曼曾经目睹混沌奴仆制造的更骇人的景象。然而，在凯旋大道上似乎正孕育着比他曾见过的最血腥的景象还要更邪恶的预兆，令他心神不宁。

"小心戒备，"基里曼说，"这里不像看上去那么简单。帝皇之傲号内部现在并不完全处于现实世界。"

"是的，"希尔在通信中说，"这个地方散发着亚空间的恶臭。"

星际战士的心智坚定，他们在从凡人到超人的神圣转化过程中获得升华，并历经多年训练以克服恐惧的影响。但当基里曼的老兵们目睹了就连他们的原体也为之警惕的一幕后，他们的步伐中也透露出了些许不安。他们摆出迎战的阵势：持盾突破小组在传送进入点附近建立了阵地，终结者们组成了一个个小队。原体卫队则用盾牌建立起能最大限度保护主君的队形，他们手中的动力斧产生的分解力场，在黑暗中散发着苍白的光亮。

基里曼把通信转入加密频段："我们已经到达。各小组，报告你们的情况。"

夹杂着诡异的笑声、尖叫声以及电流杂音的混乱通信冲进他的耳朵。半分钟后，一个声音在嘈杂中响起。

"原体大人，能听到我的声音吗？"

"我已与你取得联系，鲁登战团长。"基里曼说。

"我尝试联系您已经好几分钟了，大人。曙神星战团进展顺利。我们只遇到轻微的抵抗。这里有——"战团长的声音在频段里变得模糊不清，随着一个疯狂尖叫般的声音响起，信号又接通了。"——只有十四个。几乎都是尸体了，全都被大卸八块。我们正朝目标点前进。"

"愤怒突击小队，大人。"另一个声音响起。一个符文在基里曼面前显示屏的地图上闪烁标识出二十层甲板下方的地点。通信报告里传来的是爆矢枪的猛烈射击声和热熔武器灼烧空气的咆哮。

"科尔武战团长。"基里曼的脸上露出笑意。科尔武是旧时代幸存下来的少数老兵之一。

"新星战士正在三处战线苦战，大人。"战团长喊道，"敌人的数量远超预料，预计将于原定时间十二分钟后到达目标点。"

"随时告诉我进展。"基里曼说。他自己的部队还未接敌。但他接通的其他任务小组,除了曙神星战团之外全都被大量出现的敌人牵制住了。遍地都是帝皇之子,但这凯旋大道上却空无一人。

"前进!"基里曼下达命令。卫队的警戒阵型立刻解散,和他一同以敏捷的身手,进入帝皇之傲号的暗夜当中。"这里没有敌人的踪迹。"

"他们不可能没有发现我们。这是另一个陷阱。"安德罗斯说。

"我的兄弟正在试探我。"基里曼说,"弗格瑞姆总是醉心于营造戏剧性。"

"我们必须警惕埋伏。"安德罗斯说。

"别太担心,兄弟。"希尔说。"这个阴森的长廊不适合弗格瑞姆。他只会待在最华丽的舞台上。我们应该能在赫利奥波利斯大厅找到他。"

战场报告在高效传递着。基里曼循环切换着每个下级指挥官的直接通信频道听取汇报。因基里曼舰队的轰击,帝皇之傲号的船身持续轻微震荡。从力量之握号发来的报告说已经对帝皇之傲号造成了重创,但在弗格瑞姆的船内没有任何迹象可以证明。两艘巨舰擦身而过,双方的护卫舰在周围对决并进行着高速穿梭,为两艘旗舰开辟出通道。小型舰只被集火攻击后陷入沉默,但其他舰船仍在竭力战斗。基里曼舰队倾尽全力支撑着战局,但对方具有压倒性的数量优势。他没有多少时间了。

第一连和第二连登上了如同山丘般高耸的阶梯。空气中弥漫着由汗臭、香水味和血腥味混合而成的气味。一股不可能来自凡俗肉体的浓烈麝香味,甚至穿透了密闭到足以抗拒真空侵袭的星际战士的呼吸面罩。

罗保特·基里曼上一次经过凯旋大道时,身份还是受到尊敬的贵宾。数以百计的帝皇之子在楼梯和平台上列队迎接基里曼,队列整齐神采奕奕。他的兄弟弗格瑞姆也热情地欢迎他。

如今在黑暗中再访此地的他,犹如夜间的鬼祟窃贼。基里曼感到一阵突如其来的悲凉。

通往赫利奥波利斯大厅中庭的道路突然从黑暗中浮现。前方显出的凤凰之门的轮廓,就像一个大步走出洞窟发起挑战的食人巨魔。基里曼的军队停止前进,快速展开。基里曼的头盔陆续收到从其他突击小组发来的报告,里面夹杂着轻微的爆裂声,又被地狱般的尖啸和呻吟声所覆盖,而在此时,基里曼正用悲伤的目光注视着弗格瑞姆对凤凰之门所做过的事。

在大战前的那些日子,凤凰之门曾经是雕塑艺术的杰作,合在一起的两扇青铜大门上，描绘了弗格瑞姆一生中最荣耀的那个时刻。

帝皇站在此地向弗格瑞姆授予皇家之鹰纹章的形象，还残留在大门上。在这两个人形身后，还刻画着人群崇敬地仰望着他们的场面。这个光荣的授予仪式，正是他们的父亲曾展现过的对帝皇之子的最大的器重。而这道门正象征着弗格瑞姆回应的忠诚和奉献。

除此之外，大门上的其他事物，都发生了很大变化。

这件华美的艺术品遭到了严重毁损，光滑的青铜表面被毫无美感地刻上了亵渎的符号，两个主要形象背后的人物全都被修改成了淫荡起舞的非人生物。涂鸦的水准参差不齐，有的部分很有技巧，有的部分则粗糙不堪。

原本，这些配角巧妙地把观众的注意力引导到画面中的两位主角身上；现在，这些背景角色个个都很抢眼，风头甚至盖过了帝皇和他的儿子。这些涂鸦带来的不协调感，毁坏了最初的雕刻所呈现出的视觉深度。

曾经只有弗格瑞姆的军团被允许使用帝皇的个人纹章。如今这份殊荣的讽刺意味沉重地压在基里曼的心头。弗格瑞姆曾经是那样的浮华奢侈、自以为是、自吹自擂且狂妄自大，但他有足以盖过这些缺陷的更优秀的品质。

但在目睹凤凰之门遭受的亵渎后，基里曼心头一紧。皇家之鹰的双目已被剜去。帝皇的头颅被从浮雕上凿掉，换上了一团用黑筋捆扎的白骨。弗格瑞姆的脸变成了一个仿佛会动的银色面具，不知不觉间变换着一系列不同的表情，每个表情都挂着令人憎恶的傲慢讥笑。他的躯体也发生了改变，长出许多条手臂，身体变得像蛇。这幅浮雕把弗格瑞姆描绘成了一位蛮荒的神灵，充满着野性力量，虽然这和他现在实际的形象并不匹配。

"他应该就在里面，等着我。"基里曼说，再次凝视这一亵渎艺术的丑恶事物，随后转身面对希尔和安德罗斯，"在这里等我回来。"

"大人，"希尔说，"弗格瑞姆毫无疑问是在等您——他一向如此。这些浮夸的演技虽然很幼稚，但他依然非常危险。我还记得他的所作所为。您只要进去，就会被他玩弄在股掌之中。我们不该跟他玩这可笑的游戏。我们应该一起冲进去宰了他。"

"我自己进去。"基里曼坚决地说，"如果我们一拥而上，他也会做出同样的应对，我们就会在其他兄弟完成任务前被击退或者消灭。让我先牵制住他，他那自负的性格会让他沾沾自喜一阵子。当他进行着毫无意义的表演的时候，他的注意力势必会从其他地方移开，我们或许就有机会使这条船瘫痪。"

"他会要求和您战斗。"希尔说。

"没错。"基里曼同意。

"他或许会伏击您。"安德罗斯说。

"这不太可能。"基里曼说,"他会想要证明他运用武器的技巧比我更强。"

"他会杀了您,大人。请不要这样做。"希尔说。

基里曼瞪了回去,他的表情隐藏在头盔面甲背后。"我必须与他战斗。"

"您确信自己能击败他?"希尔追问。

"不知道。"基里曼沉默了片刻。

希尔移开视线,叹了口气。他的声音从头盔的通信发生器下传来,听起来像是一阵低沉的咆哮。"我担心的是,您实际上更渴望和您的兄弟面对面一战。大人。"

"你这是什么意思?"

船体在受到一次迎面重击后,产生的爆炸带来了颤抖,扰乱了这艘战舰内部不自然的安静。

"骄傲毁灭了您的兄弟。"希尔直截了当地说,"骄傲会毁掉最强大的人。请勿骄傲,大人。"

"难道你就不会骄傲吗,我的儿子?"

"我很骄傲。"希尔说,"因为能成为极限战士的一员,因为能拥有您这样的基因之祖,因为长久以来能随您一起战斗。但是,我并没有骄傲到会让它夺走我的性命。"

基里曼在他的头盔下露出了笑容。"你还是没有变,艾恩尼德。别害怕——我不会让骄傲毁灭我。你暂时在一旁等待片刻,保护我的背后。如果我不能在单挑中胜过弗格瑞姆,我会立刻召唤你们,给他带去应得的可耻死亡。"

"遵命。"希尔松了口气。

"肯定万无一失。"安德罗斯跟着说。

罗保特·基里曼的子嗣们无奈地伫立在大门外。基因原体举起手掌平放在那被玷污的金属门板上,把门推开。他本以为会听见门轴转动的吱吱声和金属间摩擦尖锐的响声,但门却无声地打开了。当门板向两侧分开时,一阵恶臭涌出。前方除了黑暗之外空无一物,那黑暗甚至比在凯旋大道上还要深沉。

基里曼进入了赫利奥波利斯大厅。随后,大门在他身后关上了。

第三章

堕落凤凰

赫利奥波利斯大厅已沦为一片废墟。黑暗里到处是成排碎裂的大理石座位。过去的岁月里,弗格瑞姆还没有带着他的军团坠入黑暗时,他的追随者们在这里集会,坐在这些座位上,倾听基因原体的演说。此刻,过去辉煌的灯火和壮观的场面已被腐化和亵渎的痕迹所替代。大厅圆顶上的百叶窗也因无人维护而紧闭着,宏伟窗户不再射入光芒,只剩黑暗。所有陈设上都有厚厚的积灰,空气中充满了浓重的汗臭味和腐坏的麝香味。

许多白骨散落在翻倒的火盆周围,其中大多是普通人类的,但也有一部分是星际战士的遗骨。无论是其巨大的尺寸,还是进行过骨架加固化的胸腔,或是附着于骨骼上的残破黑色甲壳,都清楚表明了这一点。大理石地面上的弹坑诉说着许久前发生过的战斗。那些半径巨大的弹坑,很明显是石板被爆矢枪击中爆炸所致。在这里曾发生过星际战士对星际战士的战斗,但基里曼无法猜测那是何时发生,又是因何而起。或许这里是忠于泰拉的帝皇之子们的生命终结之所,但也很可能是几十年后互不相让的混沌战帮们在此爆发了一次火并,很难说得清楚。

天花板的镶嵌画上也布满了弹坑,上面的人脸已经都被打得粉碎。人物形象间的钩子上挂着扭曲的旗杆,而旗杆上的凯旋锦旗早已破碎,残片随着船身的震颤而动。这些旗帜曾经是数以千计以帝皇之名获得的胜利的骄傲纪念,但现在,它们就像曾经赢取它们的勇士们的誓言一样变质毁损了。一面罕有的保持完整的旗帜悬挂在所有这些破布中间,但其上却沾染污秽。这在某种程度上显得更为恶劣。

无声的静默笼罩着赫利奥波利斯大厅。各种通信报告在基里曼的头盔里不断响起,汇报着各个小队的目标已接近完成,并为这死寂的殿堂带来了战争的喧嚣,但这噪声仅局限在基里曼的头盔内部。静默是压倒性的,紧紧地压迫着基里曼的陶钢面甲，将他和那些以他的名义作战的人们隔离开来。

在赫利奥波利斯大厅的中央，有一个漆黑王座，王座下面有一个圆环区域。基里曼又回忆起他在此地与他的兄弟并肩谈笑的日子，那时怎能想象得到眼前的疯狂。这时，一道锥形的柔光照亮了王座周围，显出厚厚的瓦砾堆间的阴影，黑色水磨石地板反射着诡异的光芒。基里曼从凤凰之门沿着台阶缓缓走下，这条昔日抛光明亮的主梯道，已充满划痕暗淡无光。

来自曙神星战团的战斗怒吼，来自新星战士战团的战争誓言，以及末日雄鹰战团的咆哮都在他头盔内回响着。一阵响亮的静电杂音代表着发生了猛烈爆炸。基里曼头盔屏幕上的一个信号符文开始闪烁绿光——曙神星战团已经摧毁了这艘船的导航室。连长们混乱的报告和其他的通信争抢着频段，伴随着苦战取胜的狂喜，他们发出了即将撤退的信号。基里曼听见曙神星战团兴奋地召唤传送锁定，随后就离开了。

其他的信号符文在他面甲显示屏的顶部仍发着暗红的光，代表着他的突击小组还未完成目标。还有两个关键系统，只要能再出现两个绿色的符文，这些小组就可以逃离此地。但基里曼自己的部队还需要坚持更多时间。

"继续你们的目标，我的孩子们。"他对着通信器清晰地说，"目标达成后就撤退。帝皇注视着你们。"

他关闭了通信。赫利奥波利斯大厅邪恶的死寂立刻侵入了他的头盔。

基里曼走到最后一级台阶上，在中心圆环的边缘停下脚步。他那最后一下沉重的脚步声没有引起任何回音。污秽的光芒照射在圆环上，受某些亚空间的影响,他的视野中赫利奥波利斯大厅的四周变模糊了。基里曼已陷入险境。这里是弗格瑞姆已抛弃的荣耀的最后遗迹。也是他那堕落的兄弟专门为两人的最终对决选定的舞台。

"弗格瑞姆！我来了！弗格瑞姆！你的兄弟，罗保特·基里曼，此刻已重返赫利奥波利斯。你会来欢迎我吗？"

基里曼经过通信放大器增幅的声音回荡在赫利奥波利斯大厅，每一声重复回响都产生了悲鸣，到最后竟变成了夸张的啜泣。

这个反应让基里曼感到失望。"我曾经的兄弟，你那廉价的巫术并不能扰乱我的心神。如果你还有勇气的话，就出来面对我，还是说你在堕入混沌的同时也变成了懦夫？"

金属般的嘎吱响声传来，鳞片外皮摩擦石板发出的刺耳声音在座位后排回荡着。基里曼眯起眼睛望去，但他眼前的光芒欺骗了他的视觉，让他只能看到圆环内部。

"我听到你了，弗格瑞姆！"他叫道，"到亮光里来！"

这一次，弗格瑞姆回应了。他的声音还像以往一样悦耳。但和以前不同，如今的他话语虽更故作亲密可信，却充满了欲望和恶意。

"你何必如此心急？"他的窃窃私语声回荡在整个赫利奥波利斯大厅。"你的战略在于拖延时间，不是吗？只不过是为了让你身着各种别的颜色的盔甲的子嗣们弄瘫这艘船。他们的制服现在看起来色彩丰富多了，基里曼，可不像以前你那些蓝色、蓝色、蓝色一样单调乏味。当你拆散自己的军团时，基里曼，你心疼不心疼？"

"来面对我吧。让我们体面地解决彼此的分歧。"

"你想聊聊天？"弗格瑞姆依然隐遁着，发出一阵窃笑。"聊什么呢？小小的家庭聚会？你我没什么共同语言。过去我们之间就没什么可聊的，现在就更少了。我侍奉宇宙间的真正力量，而你却在我们那个死去的父亲掌中潦倒奔波。我太了解你了，罗保特。"他大笑着。"你是如此沉闷，如此冷漠。无趣的老罗保特！和那些吸引了父亲全部注意力的闪亮群星相比，你不过是个不被爱的孩子，直到最后都被忽视；而当父亲需要你的力量的时候，你又缺席了。如此受人冷落，兄弟，你的心不会刺痛吗？我知道佩图拉波为这种待遇闷闷不乐，而你呢？"

基里曼努力透过光芒凝视着，在圆环远端发现了一个蜿蜒移动的残影。

"父亲一直很尊重我。"基里曼的喊叫声穿过了空旷的大厅。

弗格瑞姆大笑着，笑声越来越响，直到整个赫利奥波利斯大厅充满了仿佛来自一千个人的疯狂笑声。"噢，原谅我！这可真是珍贵的回忆。你还记得我的鹰徽吗，亲爱的罗保特？受到父亲尊重的人是我，不是你。"

鳞片的摩擦声越来越近。发光的绿色眼珠在不洁光柱的另一侧闪烁。基里曼挺直了高耸的身躯。

"或许你看不上我的军团，弗格瑞姆，但我选择了求慢求稳的那条道路，那也是最好的选择。你总是在追逐着完美，逃避你对失败的恐惧。你的恐惧让你直接跳进了该受天谴的恶魔的手心里。"

弗格瑞姆

"失败？"弗格瑞姆嗤之以鼻。"天谴？我并未失败！我也无可谴责！"弗格瑞姆滑到光柱之下。"我得到了救赎。"

"我心爱的泰拉……"基里曼低声自语。

基里曼曾经多次观看泰拉围攻战时他的兄弟们的影像记录，可以忍住强烈的反感，平静地注视他的兄弟们身体上发生的变化。在那之后，他在报告中或从他的缴获物中，偶尔也会瞥见他的兄弟的图像。凤凰之门上的雕像并不令他吃惊，他知道自己应该会面对什么，但在亲眼目睹了弗格瑞姆变异的血肉之躯后，他仍然不得不竭力克制心中的惊骇。

凤凰大君的双腿已消失无踪，取而代之的是一条长长的蛇尾。他的躯体和脸被拉长了，胸腔产生变异以容纳一对额外的手臂。尽管这身体是如此怪诞，但整个体型却意外地完美。他赤裸的胸肌轮廓分明，他的皮肤呈现艳丽的渐变的浅紫色，他下半身的蛇皮闪耀着宝石的光华，他移动的姿态蕴含着足以令灵族都自惭形秽的魅力。但这所有的一切只是他往昔俊美的外表的扭曲，甚至扭曲了俊美这个词汇的本意。太过分地追求完美，扭曲了人类本身的形体，超出了人类心智接受的界限。弗格瑞姆的新躯体，在让人敬畏它的艺术美感的同时，又因这过分的放纵的美激发了人类强烈的厌恶感。他的形态魅惑诱人，又同样令人惊骇不已，避之不及。

弗格瑞姆的头颅被特别改造了，外形变得狭长，他的脸还保留着昔日的模样，而在蓬乱的白色头发间升起的深红色长角，犹如为他黑暗升魔加上的冠冕，这一切就像个令人作呕的笑话。目睹兄弟的面容与这个怪物融为一体，基里曼不禁悲从中来。

做工精致的饰品在弗格瑞姆的异肢上相互碰撞，叮当作响。他右边的两条胳膊上用柔软的皮带系着长长的手套，左边的两条胳膊上描绘着精美的图案。他的手指悬挂着手链，指甲上涂着撞色的油彩。邪恶印记装饰着铠甲的搭扣。更多的同类标记文遍了他的身躯。

弗格瑞姆向上伸出他那布满纹路的尾巴，在赫利奥波利斯的苍白光柱下伸展开他的四条臂膀。

"瞧啊，我的兄弟。快看！帝皇的造物已经被欢愉王子进一步改良了。我完美吗？我曾经作为奴隶被创造，但现在我自由了，并且成了比我们的父亲更强大的神的同伴。"

"帝皇不是一个神。"基里曼冷冷地说。

船体又发生了震动。基里曼头盔中显示的另一个信号符文从红色转为了绿色。左舷的虚空发生器已经失效。传来的数据资讯告知他钢铁巨蛇战团的第四连正在且战且退。

"你还相信这种事吗？"弗格瑞姆说。他缓慢前行，犹如催眠般摇曳着蛇身。

"他对此否认了太多次。我知道你认为我是个叛徒。你认为我自私，是被欺骗的，但这完全比不上我们亲爱的父亲的所作所为。他教会我那么多事情，尤其是背叛别人的滋味。"

弗格瑞姆屈身靠近，直到他那温暖、芬芳的吐息可以触到基里曼覆盖着面甲的脸庞。浓到发臭的香味渗透基里曼呼吸面罩的栅格，令基里曼几欲呕吐。在那大杂烩般的混合香味下隐藏着某种腐败气息，犹如一束奢华的花束正暗自腐烂。

正是如此，基里曼心想，堕落的瘴气，源自埋藏在锦簇花床下的被谋杀的尸体。

"加入我们，"弗格瑞姆继续诱惑着，"你一定厌倦了所有这些纷争。我们能携手结束这场战争，一同在甜美的放纵中狂欢至时间的尽头。我会向你展示那些你做梦都想象不到的愉悦事物。你觉得亚空间是地狱，但其实那里也会是天堂。只要我们一起，就能开创一个永无止境的全人类的欢乐时代。"

"不可能。"基里曼说，"你被欺骗了。我不会随你一同步入黑暗。"他向后退了一步，手放在了帝皇之剑的剑柄上。两位原体都是身型庞大的巨人，但在受混沌力量的改造后，弗格瑞姆比基里曼高出了将近一米。

"被欺骗的是你，罗保特。"弗格瑞姆说。

"看看你自己变成了什么，这就是抛弃忠诚的报应。"

"你跟我说忠诚。"弗格瑞姆发出嘘声，摇了摇他那长而扭曲的头颅，"那么你的忠诚又在哪儿呢，总司令大人？你没能及时赶到泰拉皇宫，对吗？被延误了。你总是这样，你对自己独立王国的热爱胜过了你对我们父亲所谓的忠诚。你就像一个小小皇帝，在沙滩上玩着当爸爸的游戏，打造一个小小的帝国。你为了拯救自己的五百世界，丢了我们父亲的百万个世界。真可怜。"

一条分叉的长舌头掠过他那浓艳的嘴唇。"现在你的五百世界呢，兄弟？还剩下几个？四百？三百？我听说安格隆和洛加在那里推倒了你的小王国的要塞群，撕裂了你的子民的喉咙，度过了一段难忘的快乐时光。"

基里曼怒火沸腾。"我绝不会向你的主人卑躬屈膝。你和你那些同类敬拜的那些东西，并不是神。它们除了怪物之外什么也不是。我们之间不会有友情，不会有和解。你已沦为敌人的工具，我将处死你。"

"你是来杀我的？真的？有意思。因为我也是来杀你的！真凑巧。"弗格瑞姆故作惊讶地说。他用上面的一双手鼓掌。"你应该知道，我并不需要星舰来进行亚空间航行。"他用身体做着姿势，四只异肢猥琐地移动着，同时作出意味深长的暗示。"我已不再是这个灰烬世界的住民，而是亚空间中光芒四射的生物。"他摆了个同情的鬼脸。"噢，抱歉，但这只是一个针对你的圈套，罗保特——从我在泽尔科第一次夺走你预期的胜利开始，你早已坠入陷阱。"

自从弗格瑞姆暴露出要在这里发起反击的意图开始，基里曼就知道自己已经失败了，但他不愿让他的兄弟心满意足地知道他的想法。他硬下心肠，准备战斗。

"我绝不背叛。"

"我也从未期待。"弗格瑞姆悦耳地说。

帝皇之傲号又发生了一次剧烈的颤动，代表对引擎室突袭的符文信号变绿了。科尔武应该正在把他的战团带回去。

"你可以逃走了。如果你想的话。"弗格瑞姆说，"我相信你的战士们已经完成了你派他们去干的活。这艘船已经无法追击你了。你们中的一部分人应该可以逃生，我不在乎。反正你们所有人最终都将臣服于色孽。"

"够了！"基里曼说。他用右手拔出了帝皇之剑，剑立刻燃烧了起来。

"父亲的剑！或许你最后还是得到宠爱了，亲爱的兄弟。"

统御之手带着电弧启动，一个光滑的蓝光力场笼罩了他那巨大的机械手指和悬挂其下的爆矢枪。他把剑锋平举在他的头盔开口处，向他的兄弟致敬。

"你不想走吗？"弗格瑞姆说，"没有戏剧性的突然传送？没有战略撤退？你真的想跟一个你不可能赢的对手打一架？好吧、好吧、好吧，你开始让我吃惊了，罗保特。我从未想到你还有这种特质。或许你根本就不那么无聊。"

"荣誉要求我必须杀死你。"

弗格瑞姆伸展他的异肢。剑刃在虚无中浮现,从他紧握的拳头中冒了出来。这些剑刃的形状互不搭配，每一把都带着彩铅般的不同色调，逐渐成形的金属冒着漆黑的蒸汽，发亮的毒液从它们的边缘滴落。

"荣誉会让你被宰掉。"弗格瑞姆把他的剑刃举在面前，锋刃交错碰撞作响。这次致敬里没有嘲弄的意味。"那么，兄弟，这就是最后的结局。在你死后，我的其他兄弟将会一个又一个地随你而去。失去你的领导，帝国也将分崩离析。因为只有你才能把这些七零八落的碎片拼在一起。"他悲哀地笑了笑。"虽然你那么沉闷，但却是我们当中最优秀的人之一。想到要杀了你，我甚至有点抱歉，因为你再也无法见识到宇宙间真正力量的胜利，并且知悉他们将带来的解放。"

弗格瑞姆发起了攻击，犹如毒蛇出击般迅猛。四支剑刃迅速朝他的原体兄弟倾泻而出，快到看不清它们掠过空气的过程。基里曼用帝皇之剑的边缘挡住了它们，火光大盛，灼烧着弗格瑞姆的脸庞，使得他惨叫起来。巨大的能量碰撞把两位原体向各自身后弹了出去。

弗格瑞姆再度发起攻击。基里曼发出一声吼叫，有一道剑刃越过了他的防御，并在他左臂的陶钢臂甲上留下一道冒烟的划痕。他明白自己不可能打赢这场决斗了。

"希尔、安德罗斯，"基里曼发出信号，"就是现在。"

一个微小声响犹如叹息般传来，随即变成了沉重的低吟，在赫利奥波利斯大厅激起了隆隆的共鸣。凤凰之门被向内炸开了，大厅里淋下了无数被熔化的青铜碎片。第一连和第二连的极限战士向内猛冲，用爆矢枪对正和他们主君对决的恶魔原体射击。

"到最后，你的真面目总算暴露了。"弗格瑞姆说，"这就是你所谓的荣誉，甚至不敢独自面对我。"

在狂怒中，弗格瑞姆朝基里曼发出一连串雨点般的攻势，逼得基里曼后退了一步又一步。瞄准恶魔原体射击的爆矢枪受妖魔的伎俩的影响产生了偏移，弗格瑞姆傲立在极限战士的正面猛攻之下。

"我的孩子们正等着欢迎你的子嗣。"他说。"让他们加入这场欢宴吧。"弗格瑞姆傲慢地轻松招架了基里曼的攻击，随后向后仰过头去。

他的嘴大幅张开，张到足以吞下一整个人的宽度，随后发出了凄厉的尖啸。

从赫利奥波利斯大厅的远端，一阵刺耳的嘈杂声回应了恶魔原体的呼唤。扭曲的帝皇之子战士从上方阶梯的座位行进而来，许多人携带着可以弹奏出毁灭性音乐的声波武器。

"现在，让我们看看谁的子嗣能存活下来！"弗格瑞姆咆哮着冲向他的兄弟。基里曼招架着并发起反击，他强有力的拳套拍歪了弗格瑞姆的剑刃，自己的剑则从弗格瑞姆四把剑交织成的钢铁牢笼中夺路穿出，刺进了后面那污秽的血肉。

基里曼的剑锋划过弗格瑞姆的皮肤，令他发出了痛苦的咆哮，剑上的火焰将浅色的皮肤熏得发黑。弗格瑞姆用尾巴抬升起自己的躯体，剑刃高速向下连续斩击。基里曼用武器以最能卸力的方式把剑刃全都弹开。尽管如此，他依然感受到了沉重的冲击力。他在许多个世界和多种多样的恶魔战斗过，并将它们一一击败。然而，弗格瑞姆却是基因原体和恶魔的不洁的融合物。在他身上，亚空间能量与上古科技的睿智融为一体。他的一部分是物质世界的神，另一部分则是虚空世界的恶魔领主，他的力量强大无比。

基里曼以挥砍发起佯攻，并用统御之手攥住弗格瑞姆的左下肢所持的剑。剑刃的不洁金属割破了拳套的陶钢厚层，腐蚀毒液溅落在理智铠甲上，铠甲被腐蚀了，冒起青烟。

基里曼的装甲破损了，刺激性的疼痛透过装甲，在装甲结合皮肤的接口处，灼烧着神经。他咬紧牙关扭绞着拳套，随之发出能量爆裂的巨响，弗格瑞姆的剑刃断成两截。脓水从剑身空洞的内壁汹涌而出。基里曼把剑尖甩到旁边，一长串的血肉随之被撕扯飞落。弗格瑞姆犹如肢体被扯掉般发出尖叫，向后退去。基里曼努力克服自身的疼痛，用帝皇之剑发出猛力斩击，深深地切入弗格瑞姆失去剑刃的那只臂膀。

"你怎么敢！"弗格瑞姆尖叫着，身体向后仰去。随后他扑向基里曼，猛撞进基里曼的怀中，把基里曼击倒在地。基里曼的原体卫队迅速冲下台阶帮助他们的主君，在他周围组成一道盾墙以争取时间让他站起身来，但弗格瑞姆顺势滑入当中，把他们绊倒在地，然后大开杀戒，每一次挥剑都切断了众多肢体。

"去死！"基里曼吼叫着。他冲过最后一名贴身侍卫时，弗格瑞姆的剑已经洞穿了这名星际战士的盾牌、盔甲和躯体。基里曼用力挥起拳套，但弗格瑞姆的身手灵活，早就闪避到一旁。统御之手的猛击打在了大理石台阶上，击碎了三段石阶。

基里曼转过身，准备迎接弗格瑞姆的下一次进攻，但恶魔却已遁去。

他在冲突中寻找着他的兄弟。两支部队已经遭遇，他们的搏杀充满了整个赫利奥波利斯大厅。他的战士和帝皇之子们混杂交错。极限战士的蓝色装甲在装饰着绷紧的死人皮的紫色装甲的海洋当中，只是些许点缀。肉眼可见的锥形声波震撼着空气，将基里曼的战士们掀翻在地。被震碎内脏的星际战士，在濒死之际，从呼吸面罩的栅格间咳出大量鲜血。一小股白盔的终结者背靠背挺立，杀死任何靠近的叛徒；极限战士第二连的弟兄们则组成一道人墙向前推进，枪声大作，把癫狂的混沌战士纷纷逼退。

到处都是激烈而绝望的战斗，外空战局正是赫利奥波利斯大厅里的镜像倒影。基里曼的战士在数量上被压倒。很快，他们将会死伤殆尽。

第一个理论，基里曼思考着，弗格瑞姆是世上首恶之一。推导出的现实是，我必须诛杀他。

第二个理论，基里曼进行反思，你正在愤怒。推导出的现实是，你会令你和这些部下的生命都白白牺牲。你已经输掉了这场战役。撤退。

一个关于康诺王——他的养父——的回忆，在他脑海中闪现。

"控制你的情绪。"康诺曾告诉他。"你在任何方面都远胜他人，这也包括你的激情。驾驭它们，否则你将失败。"

发怒，他总是在发怒。罗保特·基里曼仔细留意过自己的情绪，在他的大部分人生中，他已经在好几个重要的时刻被怒火冲昏了头脑。在考斯，还有索萨被攻击时，或者在他没能及时赶到泰拉的时候，又或是在大清洗的早期……他应该把今天也加到这个记录里。在他威严的外表之下，基里曼怒火中烧。

"弗格瑞姆！"他发出咆哮，"出来见我！"

只见身旁人影一闪，弗格瑞姆急速穿过混战的人群，出现在他的左边。基里曼才刚举起他的剑，弗格瑞姆已扑到面前，语无伦次地怒吼着，将他撞得向后倒退。

"你弄伤了我，你这只腐尸主人的哈巴狗。"最后一丝人性从弗格瑞姆脸上褪去，他的脸上布满了纯粹恶意。"没人能弄伤我。没人能打败我！"

他用尾巴缠住了他的原体兄弟，并用巨大的力量收紧，甚至连基里曼的装甲都开始发生龟裂。弗格瑞姆把手中的一柄剑抛开，向下伸出那只空手揪住基里曼的头颅。

"你想见我,那就好好看看!"弗格瑞姆说着,一把扯掉了基里曼的头盔,将他的肉体暴露在空气中。

腐化的兄弟发出的恶臭,令基里曼想要呕吐。当未经头盔系统减弱的恶魔原体的气味侵入他的鼻孔和咽喉时,他感到一阵眩晕。

"可怜人!"弗格瑞姆大喊。他伸直躯体把基里曼甩到一边。此时弗格瑞姆受伤的手臂已经痊愈,汹涌的亚空间能量在他的原体生理机能的协作下让他完好如初。他空着的手中再次喷泻出毒雾变成了剑刃,向马库拉格之主飞扑而去。

基里曼艰难地站起,不停地喘气,但每一次呼吸都把更多的弗格瑞姆的致命香味灌入他的肺部。这香气的毒性如此强大,连他那超人的肉体也不堪承受。他一次又一次招架攻击,但他毫无还手之力,被逼得向后退上台阶。直到一记重击猛地甩开了他的胳膊,他甚至都没有看清那一剑是如何砍下的。

冰冷的剑刃亲吻上了他的咽喉,紧随其后的是灼热的剧痛,动脉血从他破损的脖颈上喷涌而出。他把手紧紧按在伤口上,但伤口在铁甲手指按压下还在扩张,血流不止。毒素从血涌出的地方渗入,开始影响他,首先令他嘴唇发麻,随后让他的眼皮变得沉重。用尽全部气力,罗保特·基里曼最后一次举起了帝皇之剑。

"怎么做到的?"他试图用嘴说。但声带已经断裂,鲜血从口中溢出,代替了言语。

"我看到了科尔·法伦的匕首留下的伤痕。"弗格瑞姆摇曳着走近。"他永远不能转变你,但他造成的伤口是来自亚空间的痕迹,永远不会愈合。这是一处致命弱点,就像你的正直一样。"弗格瑞姆用涂着毒液的嘴,发出微笑。"或者我应该说,这里就是复仇之子终结之地。"

他恶狠狠地把基里曼的剑扫开。弗格瑞姆举起四把剑,摆出了处刑的架势。"替我向父亲问好。"

一阵火焰风暴从楼梯上吹下,爆矢枪弹交织而至,紧随其后的是等离子的灼热洪流。弗格瑞姆号叫起来。防护着他的神秘力场发出尖锐声响和闪烁,令他的形象开始扭曲。一股炽热气流穿透了他的防护罩,焚烧他的侧身,使得弗格瑞姆发出尖叫。

"原体!去原体身边!"安德罗斯悲痛地咆哮。

基里曼跪倒在地，无法说话。他的知觉变得支离破碎。蓝色的战士奋不顾身地扑向旋转中的恶魔王子，却在半空中就被切割成血红的碎块。

他的子嗣们慷慨赴死，只为能让他再多活几秒。

一个个名字和面孔在基里曼的脑海中飞掠而过，那么多勇敢而高尚的人被叛徒击倒了。他的许多兄弟因为个人的弱点不知不觉地腐化或毁灭了。剩下的则被屠杀了。他的子嗣们正在不断战死。这么多孩子……

一个正在咆哮的黑影袭来。他倒下了，但他没有撞在地面上，就像漂浮起来一样。他被一片芳香之海包围，欢乐随波而来。

谎言，他心想。谎言！我不能就这样死去！

基里曼强迫自己睁开双眼。他发现自己正仰面朝天躺着，望着天花板。他的四肢被芳香麻痹了。一种虚假的愉悦感刺激着他的心神，剧毒正在他身上发挥作用。

安德罗斯连长在他身旁。战士们组成一道蓝色的陶钢墙壁在周围保护着他。

"现在，你们这些混蛋！现在！紧急传送！紧急传送！"安德罗斯吼叫着，他的爆矢枪也在同样咆哮。

他在恐慌，基里曼心想，安德罗斯慌了。

声波武器弹奏出的啸声撕裂了安德罗斯最后的遗言，他的头颅在一团鲜血薄雾中消失了。连锁的爆炸在基里曼周围炸响。一些组成人墙保护他的战士被击倒了。一具身躯从空中飞过，那名极限战士的蓝色动力装甲已经破裂，被鲜血染红。战斗仍在激烈地进行着。十几支爆矢枪在他脚边猛烈射击，同时一些绝望的手臂正拖曳牵引着基里曼，沿着台阶向上往被摧毁的凤凰之门移动。基里曼的装甲撞到了子嗣们的尸体，每次撞击都给他受重创的脖颈带来剧烈的刺痛。血从他的气管倒流进肺部，使得他发出虚弱的嘶嘶声。他即将被自己的血液溺死。

"撤退！撤退！"一个声音叫喊着。"时机已经失去了！"

希尔？基里曼想。是你吗？

他听见弗格瑞姆那轻柔如恶魔般的笑声正在逼近。

有多少极限战士为救我而死？

某种仪器发出一个和谐乐声，比基里曼那破损的装甲内泣鸣的警报声更加响亮。

"他们已经完成了传送点锁定，大人。"有个人说，声音近到基里曼感觉他的呼吸就在自己耳边，虽然他不能转头看清他是谁。"您很快就安全了。"

基里曼尝试着把刚才的人声关联到面孔。他记得他的许多子嗣，但这位却仿佛躲藏着他。他脑海中的黑雾正在弥漫。

"我们正在失去他！"那个声音因为惊慌而变高了。"传送点在哪里？让我们离开这里。让我们——"

希尔，基里曼想。确定是希尔。

随着一道炫目的闪光和大气替换的撞击，罗保特·基里曼从弗格瑞姆的剑刃下被传送走了。

时间停驻在瞬间和永恒之间。基里曼也停滞了。那一刻，一切陷入了平静。

"——离开这里！"

吼叫的后半截响起，随后是重新实体化带来针扎般的不适感。基里曼被从那层薄纱中推回了人类的世界，并伴着一声巨响落在了传送甲板上，震痛了他的伤口。沸腾的毒液充满了他的体液循环系统，让他清楚意识到了死亡降临。

他即将死去。

在自己的最后时刻，基里曼开始感到惊惶。他并不害怕死亡，但却害怕自己的死亡对于整个帝国的影响。

安德罗斯是对的。但如今他也已成亡者。

我不能死，他想。我不能死！我不会死！

他想用尽他令人生畏的意志力，让他的身体活下去。

但只是无意义的白费气力。

基里曼从未抛弃他的冷静本性，甚至在生命的最后依然如此。当他一边唾弃自己的命运时，却一边理智地感知到自己的器官正在衰竭，他的眼前越来越暗，疼痛的愉悦已经转化为麻痹的快感，向他的心脏蔓延。这一切，就像是他在浏览一栋新的公共建筑的建造过程报告书一般清晰明了。

许多面孔拥挤着出现在他正在缩小的视野中。头盔被扔到一旁，显露出了那些悲痛的脸庞。

他们已经在为我哀悼了。我已经死了。我现在还不能死，现在不行。有太多还未完成的事业。太多，太多了。没有了我，鲁斯会做什么？可汗呢？

太多了……

极限战士们呼唤着药剂师。有什么东西猛拽着他毁坏的胸甲。一只白手套在他那暗淡的双眼前一闪而逝。冰凉的药物曾有一瞬抑制了弗格瑞姆毒液的剧烈焚烧,但当它卷土重来时药物也无能为力。基里曼的脉搏正在变慢。许多彩色斑点在他眼前旋转。

"父亲。"基里曼的嘴唇一张一合。他颈项的切口处涌出带毒的血沫。"父亲,今后谁来指引他们?"

"他在说什么?"一个极度痛苦的声音叫着。"他说了什么?"

父亲,基里曼在内心呼唤。救救我。

他的心脏最后颤动了一次,之后再也没有跳动。他的子嗣们的声音听起来那么遥远。

黑暗笼罩了他。

他的心脏停止跳动了。

血液的流动也停止了。

他站在悬崖上,眼前是一片血红而又丑陋的灵魂之海,被搅动天地的疯狂的黑暗诸神的笑声所驱使,发出恐怖的咆哮。

"父亲!"基里曼发出叫喊。他的声音已经从侵入他肉体的剧毒中解放。他的孩子们现在听不见,但他的父亲可以。

一道寒冷的金色光芒亮起,带来一个痛苦的终点。咆哮之海消失了,悲伤吞没了他的灵魂。

罗保特·基里曼不复存在。

浩瀚的虚空是不可能被人类理解的,层叠无穷无尽的亚空间更是如此。

唯有死亡,将它们笼罩。

第二部

远征军的终曲

第 41 千年

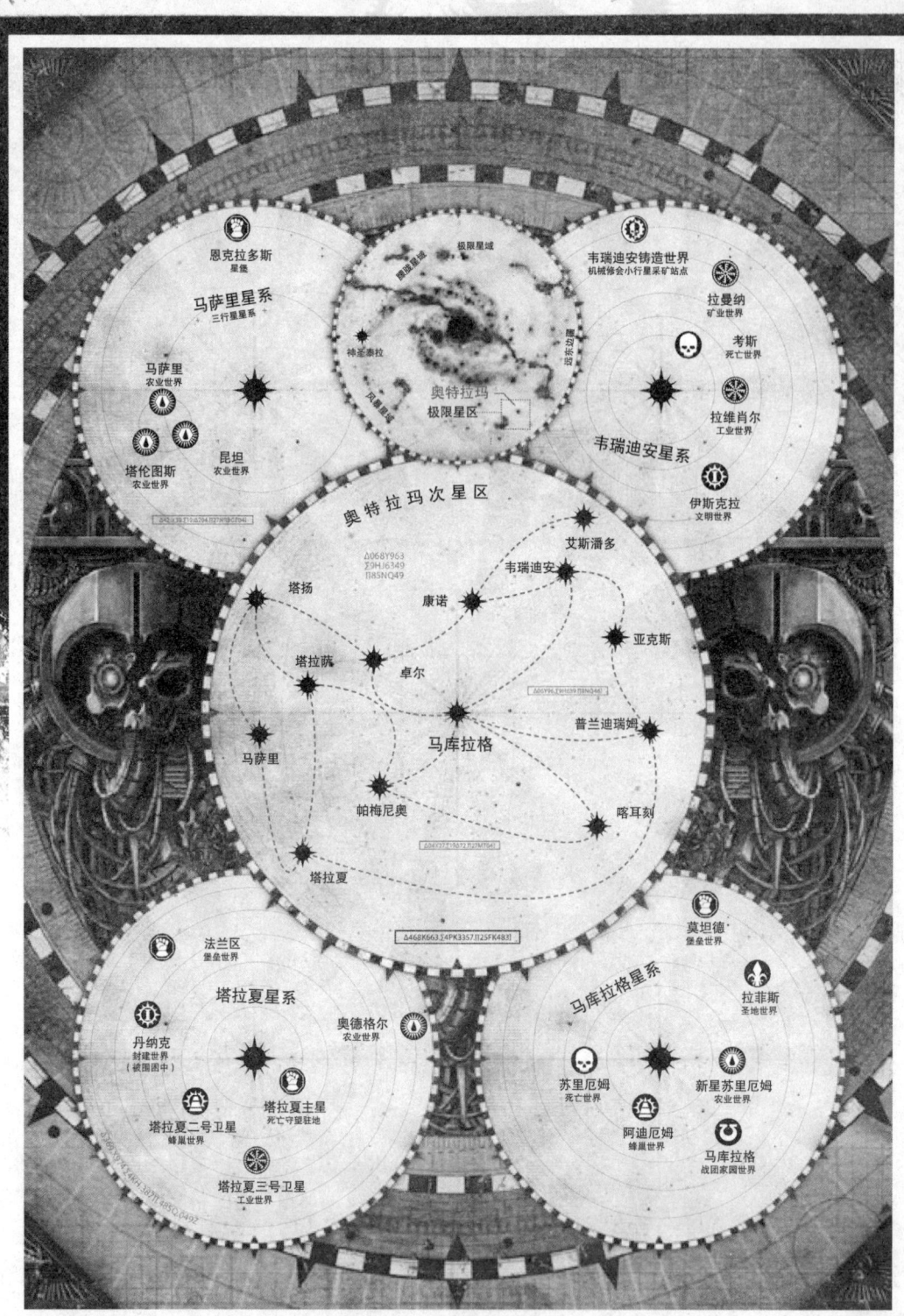

奥特拉玛疆域图

第四章

基里曼的生活

罗保特·基里曼深呼吸了一次,随后又一次。

他还活着。

血液在他的雄躯中汹涌流淌。空气以四倍于常人的速度往返于他的肺部,呼吸卷起的气息仿佛带着潮汐的力量。

死亡曾经降临。基里曼已沉睡了整整一万年。他的躯体被妥善保管在他的家园世界马库拉格上的静滞力场中。直到一个世纪前机械教大贤者贝利撒留·考尔借助灵族异形和一位据说是帝皇意志化身的圣徒的帮助,才把他唤醒,回到这个饱受战火折磨的银河。

荷鲁斯时代的叛徒从恐惧之眼中涌出——那里是现实世界的伤口,亚空间从那里渗入物质世界。通过毁灭性的古代异形科技,他们的领袖——曾为荷鲁斯副手的掠夺者阿巴顿——使得恐惧之眼就像疤痕一样延伸到整个银河,形成一个巨大的亚空间裂隙将帝国一分为二。

帝国如今的悲惨状况令基里曼为之震惊。他从死亡中醒来,却发现自己仍然深陷在这场原以为在一百个世纪前就已获胜的战争当中。这个世界没有希望,也没有诺言。帝皇的计划已经完全失败,苦难是所有人类的命运。银河系中的人类甚至比过去的任何时代还要凄惨。只有在古老漫长的黑暗年代里,人类才像如今这样濒临崩溃。基里曼正是旧日美梦最后的残留,是浓重的夜色里最后的微弱光芒。

从那时起,基里曼开始领导众人。他战斗,他流血,但他从不入睡。他不能入睡,就算他对此是那样渴求——只因帝国正在死去。在他疲惫困倦时,基里曼就回到私人房间,在冥想室中陷入沉思。

那次死亡在许多方面扰乱了他的生理机能,睡眠仅是其中一项。

自从复活以来,基里曼觉得自己已经不再需要睡眠了。他的私人医师也无法解释这到底是真正的生理变化，还是创伤应激导致的心理影响。基因原体的心灵和肉体构造超脱常识，任何现有的医学都无法解释。或许只有大贤者考尔这样疯狂的学者，才能初步理解他的身体是如何运作的。

不管失眠的原因是什么，在经历了一万年的静滞后，罗保特·基里曼觉得自己已经睡够了。

弗格瑞姆的毒刃几乎终结了他。如果不是基里曼的部下们匆忙将他放入静滞力场，他或许早已死去。即便如此，基里曼的缺席也已让帝国付出了高昂代价。正是他的误算导致了如此严重的后果，他发誓永远不再低估他那些堕落的兄弟。

色萨拉的余波如今早已成了神话。在许多关于基里曼生平的历史著作中，他的死亡真相被隐藏在反复叙述的难以理解的辞藻之中。仅仅在极限战团的图书馆里，基里曼就找到了对这一事件不下二十六个版本的描述。

唯一确定的是他被认为已经战死。他的大部分舰队被摧毁了，色萨拉的卫星的表面直到今日还是凋萎的荒原。基里曼不知道和他并肩作战的子嗣们后来怎么样了。大多数情况下，他们的名字已经消失在时间长河里。例如艾恩尼德·希尔，基里曼就无法确定他后来的人生如何。回到马库拉格，基里曼在深藏于赫拉城堡下方的一座小教堂里，发现第二连连长的名字被刻在一座磨损的荣誉纪念碑上。这显示希尔在那场战役中幸存了下来，但基里曼不清楚在那之后他还活过了多少年月。他也不知道希尔是如何承受失去原体的悲痛的，是克服了这一切，或是在内疚的折磨中度过了一生？

基里曼不知道是哪位药剂师拯救了自己，不知道是谁指挥战团带领力量之握号突破了弗格瑞姆的陷阱，也不知道自己是如何被安放在修正神庙的静滞场内的。在曙神星战团和新星战士战团的档案室里，只能查阅到关于他们的战团长和连长们在色萨拉的事迹的零星报告，且很少提及极限战团。

可以肯定的是基里曼被抢救了过来，而他的子嗣们则付出了沉重的代价才把他从弗格瑞姆的罗网中仓促带走。他已在一万年后醒来，面对同一场战争的另一次战役。

他获得了将这世间的一切予以修正的机会。

基里曼回想起自己刚苏醒的那个时刻。

他在修正圣殿中醒来，披挂着陌生的铠甲，手中拿着帝皇之剑，周围环绕着他的子嗣，正与强敌的仆从们作战。从一场激战中突然转到另一场九十多个世纪后的冲突，他的困惑使他一度陷入黑色军团异端星际战士的重围，差点丧生。

　　黑色军团——这个可怕的时代的敌人的名字，对他而言也全然陌生。

　　一切都改变了，在这个抛弃真理的时代，只有战争才是永恒不变的主题。所幸，基里曼对战争还算在行，他只得把全部的精力都投入到战争中去。在心情最低落时，基里曼甚至觉得自己说不定早已死去，目前只是被贬入了某个原始宗教信仰里的地狱中，饱受战争之苦。幸好，他从不相信这类迷信，也不认为自己该受那样的惩罚。

　　罗保特·基里曼广阔的心灵恢复了平静。就在今天，一锤定音的时刻即将来临。战争虽然还远未结束，但在经历十二年的艰苦作战后，不屈远征即将迎来一个关键的节点。他的军队已经到过泰拉。他已和父亲进行过交流。此刻他终于下定决心，去做那件必须要完成的大事。

　　他已经把帝国全境都拖进了需要整体动员的全面战争。大批新舰队被建立，所有人口都被招募进军队。大贤者贝利撒留·考尔也兑现了他在上次原体死亡之前立下的诺言，在基里曼沉睡的一个千年里征集了数量众多的改良新型战士——原铸星际战士，并从他们的队伍中组建出几十个新战团。

　　基里曼的远征军不断战斗，穿过整个帝国圣域，迅速解决一个又一个危机。每到一处，不屈远征军都为那些被围攻的人类世界带来了希望，更带来了帝皇的一位子嗣再度昂首阔步群星之间的奇迹。

　　远征的第一步已经完成。众多叛逆舰队被击溃，恶魔军团被驱逐回亚空间。许多世界已被收复，另一些腐化的世界则被清洗。随着帝国圣域的平定，原铸星际战士们大军征战的时期已经结束，现在需要做出战略上的转变。

　　为了确保胜利，需要有条不紊地进行许多准备工作。基里曼耗费了大量的时间来修正计划，思考着针对众多可能的敌人行动的对策。他发现当自己不在冥想室的时候，很难有时间来进行深度思考。自基里曼苏醒以来，有太多事情都需要他去关注。这个小小的立方体房间——四米长、四米宽、四米高——是他能将异常强大的思考能力倾注于单一主题的唯一场所。

　　但是时间非常宝贵，而且他很难抽得出空。一个刺耳的机械音打断了他的思绪：″大人，我们正在接近 108/β - 卡拉普斯 -9.2。″

基里曼在这个被舒缓蓝光照亮的朴素房间内睁开双眼。代表这个时代人类艺术风格的丑陋的哥特式的奢华放纵，并没有在这个房间内留下任何痕迹。他让温热的空气填满了肺部，屏住呼吸，而后在经过控制的长长吐气动作中将其吹出，让自己的轻微紧张感随之而去。

他站起身，转过头，但因为咽喉处皮肤拉紧带来的不适感而停顿了一下。

伤处依然疼痛。原体的躯体本不会轻易落下伤疤，但弗格瑞姆却给他留下了一条完整的剑痕。绞索般的疤痕从左到右横贯他的咽喉处。伤疤翘起的边缘正好在他颈甲密封条上方地显露出来，无论他调整多少次颈甲位置都一样。

"给我准确的到达时间。"基里曼要求。

经过短暂的沉默，受防腐保管的死者大脑们计算出答案。

"四小时三十六分钟九秒，原体。"

"告诉我的侍从菲利克斯，还有冠军卫队的西卡留斯连长，我已经休息好了。通知指挥甲板，我马上就到。召唤我的武装机仆和装备保管员。我现在就去他们那里。"

"如您所愿，原体。"那个声音说。

基里曼伸展手臂。这间冥想室小到他不用迈步就能够着门的控制面板。他的手指掠过一块空白的钢片。嵌入式传感器确认了他独特的能量信号，门旋转开启了。

基里曼离开冥想室，回到自己的私人房间，就像很久以前一样，马库拉格之耀号上的一整个尖塔都属于他，基里曼的宿舍区从那时起就保持空无一人的状态。这艘荣光女王级战列舰在整个大远征时代都曾是他的旗舰，在荷鲁斯之乱初期，被他派遣前去追捕反叛的兄弟洛加的旗舰伪帝号。基里曼曾以为马库拉格之耀号在追击过程中沉没了，但事实上并非如此，这艘战列舰在原体阵亡后很久才带着重创返回家园。自它归来后，基里曼的宿舍区一直被妥善照看，仿佛他只是暂时离去。

荣光女王级战列舰是为了旧式军团设计的，旧时军团的规模在当代的千人战团的百倍以上，该型舰设计搭载数千名阿斯塔特修士。在基里曼回归之前，很少有这么多人同时登上马库拉格之耀号。随着原体的复活，极限战士们的旗舰再度搭载着如旧时数量的全副武装的超凡勇士。但在过去的一万年里，马库拉格之耀号的许多大厅一直未得到充分利用，所以也没有必要去征用原体的旧宿舍区。

尽管极限战士们注重实用，但在他们被铸就时就已融入了多愁善感的情绪，敬畏感为他们父亲的居所增添了一把隐形的锁。从没有战团长会把基里曼的宿舍区当作自己的住处，虽然他们有充分的权利可以这么做。原体的住所就此成为了一个圣地。在举行原体归来的庆典之前，这些房间始终密闭着，受到神秘法术和凡世武器的保护。即便在基里曼通往泰拉的艰难航程当中，红海盗们夺取并一度占据了这艘船，他们也未能突入这个圣所。

多年来，虽然基里曼的住处得到精心维护，但岁月依旧蠕动着它的魔爪渗入复杂的构造，使金属钝锈，使织物腐朽。自不屈远征开始到现在，一百多年过去了。这里虽然已经有人居住并经历过多次改造，罗保特·基里曼依然从泄露在空气中的机油味里，察觉到了时间对这里的侵蚀。

他穿过客舱区，走下通道，通道两旁的豪华客舱都敞着房门。这些房间目前是空置的，除了一些分散各处的维护机仆之外，基里曼没有遇到任何活人。基里曼在休息时，要求有独处的空间。所以他没有客人时，他的仆从们在这几层没什么活可做。

通过庄严的楼梯间和快速升降梯他走向武装室。

现在只有屈指可数的活人还记得那场大异端战争。帝国熙熙攘攘的众生对帝皇被荷鲁斯之乱毁掉的那个理想浑然不知。没有几个活人能注意到奥特拉玛的复仇之子发生的变化。他那高贵的脸庞已长出了皱纹，主要是担忧所致而非岁月的痕迹。如果有人可以触摸这张脸，手上会有凹陷之感，尤其是在脸颊周围更为明显。基里曼的脸庞有着雕塑家会努力捕捉的精致纤细，他依然英俊——甚至可以不恰当地用美丽来形容，因为帝皇的每个子嗣生来就具有完美的头脑和外貌。但这英俊正在被逐渐侵蚀，就像山脉的悬崖边缘发生的磨损。他的金发稀疏了，在太阳穴周围出现了几缕灰发。当他疲惫时，眼睛下方会出现浅褐色的眼圈，他的下颚肌肉紧绷，这也是自从他复活以后内心承受的痛苦的表现。

他常会感到有些不适，有一部分是生理原因。来自弗格瑞姆的剧毒无法根除，仍在造成影响。但在他由基因工程铸就的身躯内也常常有一种莫名的缺失感，基里曼称之为感情痛觉。尽管他已经出现在了这个新时代，他内心深处依然不情愿把它视作是精神创伤。他过于理性，不愿相信自己的灵魂已经受损。

从他第一次尝试脱下命运铠甲以来，这种不适感变得更加严重了。他可以经常穿上铠甲，这样可以大大减轻他的痛苦。事实上，灵族的伊芙兰曾建议过他永远不要脱下铠甲，但基里曼拒绝被除了帝皇之外的任何事物所限制，因此他先是冒险脱下了铠甲，随后又努力承受住了没有铠甲的痛苦。

与上层空间相比，尖塔的下层甲板十分热闹，人类仆从来回忙碌着，机仆带着重物笨拙地不停移动。当他大步走过时，两位科技神甫停下交谈向他鞠躬。

他走近武装室的大门，身穿式样已经变化了的奥特拉玛禁卫制服的战士向他立正致敬。随后大门轻声开启，他走了进去。

"武装室"这个名字对于基里曼的武器收藏量来说并不相称。这里半是博物馆，半是军械库，它本身就堪称一座建筑群，宏伟的军备大厅占据了中央最醒目的位置，这里不只陈列着他个人的装备，还有从异形缴获的战利品和古代人类设计的武器。一个巨大的落地窗填满了整面墙，镶嵌在落地窗中央的彩绘玻璃上描绘着奥特拉玛旧日五百世界的地图，这是在这艘星舰改造时由原体指定添置的。除了落地窗之外另外三面墙的夹层里，则摆满了各式各样的军事装备。

极限战士们在其漫长历史中配备过的每一种式样的动力装甲，犹如仪仗队排列在中央走道两边。从轻量级的侦察兵装甲到大远征巅峰期所制造的庞大的终结者装甲的原型，包括每种型号的每个变体，总共有三十六种之多。

基里曼走过最后的展台，这里伫立着贝利撒留·考尔设计的新型第十代动力装甲的无数迭代样品，分别对应不同的战斗角色。在它们中间还站着更多的奥特拉玛禁卫海军的凡人士兵，当基里曼经过时，他们举起动力长矛致敬行礼。

从宏伟的军备大厅出来，基里曼走进他的私人武装间。战团仆从和机仆们正在等待着他，两名科技神甫站在队伍前方。命运铠甲的部件整齐地排列在覆盖蓝色天鹅绒的孔雀石平台上。这件装甲是出自大贤者考尔之手的众多杰作之一，比起基里曼在过去岁月里披挂的理智铠甲要更加先进。而那件理智铠甲，现在已经被存放到马库拉格的圣物箱之中。

在连长卡托·西卡留斯的带领下，冠军护卫们迎了上来。

"大人。"西卡留斯说。冠军护卫们全都屈膝跪下。

"起身。"原体命令道。他走进一个特大号的武装架，褪去他的长袍。接过它的战团仆从的全身都被皱起的长袍淹没。

基里曼穿着一件灰黑色的紧身衣，表面标记着未激活的暗银色电路。电路呈复杂的螺旋形图案交会在多个金属接合端口，隔着紧身衣镶嵌在他的身躯上。

"准备好了吗，大人？"科技神甫中较资深的那位问。他的声音从镶嵌在背后的通信发生器里传出。

"武装我。"原体下令。

基里曼伸出他的双手。在机械教修士的指挥下，装备小组开始把装甲的各个部件装配到他们主君的身上。装甲十分庞大，每一块部件都需要投入装备工业级强化义肢的机仆来搬运安置。靴子是最先用柔软的货运钳运到前面的。单单这双靴子就重达数百公斤。

"西卡留斯连长，向我报告。"基里曼说。

西卡留斯走向武装架。基里曼初次见到他时，他还带着剑术大师的傲气。他是第二连连长，守望之主，塔拉萨大公爵，马库拉格的冠军骑士，奥特拉玛的高阶领主——拥有许多显赫的头衔，但在一段时间的亚空间迷失经历之后，西卡留斯往日的傲慢已渐渐消散而去。

如往常一样，他把一只手搭在鞘中阔剑的圆柄上。基里曼印象中只见到西卡留斯拔剑出鞘两次。尽管最近的遭遇改变了他的性格，但第二连连长依然是个固执的人，让基里曼依稀联想起希尔。

"大人，"西卡留斯说，"敌人正在这个星系的三号行星附近聚集兵力。来自怀言者、钢铁战士、黑色军团的一部分叛徒和其他多股叛逆势力正在合流，怀言者是其中最强大的势力。当我们离开亚空间跳跃点时，他们就已经注意到我们了，但并未从行星上出动来进行拦截。"

"很好。"基里曼说。在极限战士和怀言者之间有着古老的宿怨。在不屈远征中，这支叛逆军团也进行过强有力的抵抗。"能有拿洛加的幼兽们血祭的机会总是受欢迎的。他们的出现并不奇怪。只有这些狂信者才会干出建造这座轨道站这样疯狂的事情。敌人的部署怎么样？"

"他们各自为战,缺乏我们这样的严密组织,大人。"西卡留斯说。"这里本可以进行一场赢得荣耀的防御战。但就像这些异端们往常的情况一样,这取决于——他们是否有一位强力的领袖。如果没有,他们会很容易对付。"

一根连接探针刺入神经插孔,令基里曼皱起眉头。"我们必须抓紧,赶在他们用巫术召来更多的恶魔援兵之前。"

"根据我军战术参谋们的推算,这支小型舰队是敌人在这个星区的主力。"西卡留斯说。"参谋们认为这支部队集合起来是为了保护轨道神殿。如果敌方舰队确实在这里聚集,我们就能更轻松地歼灭他们,我们没什么可担心的。"

"我欣赏你的乐观。"

伴随着科技神甫为这件装甲祈求保护和顺利运转的祷告声,带着动力引擎手臂的机仆把胫甲装配在基里曼的腿上。

"命令塞拉斯图斯战斗群转向。"基里曼说。"让战斗群司令迪亚米斯指挥它们增强我军的后卫。后卫需要警戒我军后方五百万公里的范围。我要几个警戒群组定期巡查星系边界周围,全方位虚空占卜仪每五分钟扫描一次,查找亚空间出口的迹象。检查亚空间跳跃点、重力静止点,以及这个星系的每一个重力作用下可以进行紧急突入的区域。叛徒们已经陷入绝望了。我们必须警惕叛徒和恶魔的援兵。"

"如您所愿,基里曼大人。"

"这个星系至关重要,西卡留斯。我不能失去它。发通信给大祭司吉弗里沃,我需要他带上他的战争教团的高层指挥官,在战役结束时和首席炼金术士科杜斯-罗一同前来见我。"他避免使用过去的旧术语"主教近卫军"。机械修会的军事组织自旧机械神教的时代以来已经改变了很多。"一同前来。要绝对清楚地表明这点。我不会再容忍他们那些小小的纷争。他们必须直接答复,大祭司能否好好协助首席炼金术士。让他们明白地知道,一旦拿下三号行星世界,我们必须立刻开始工作,所以杜绝任何纠纷。"

"是的,大人。"

"在我休息时,局势有什么发展?"

西卡留斯微微一笑。基里曼十分关注细节。而他刚才仅仅冥想了三十二分钟。

"所有相关情报已经输入您的私人数据源,大人。除了接近拉科斯星坑导致星语通信出现了一些状况，没有什么值得汇报的事，不管是这个星系内还是其他地方。"

"没有从其他远征军舰队传来的中继通信？"

"没有，大人。"

"那就好。"基里曼说。整备员们已经将他武装到腰部了。手持诊断器插入他的装甲的接合点，开始检查下半身装甲机能，整备员们的动作暂时慢了下来。基里曼双腿的肌肉纤维束收缩并绷紧了一下。手持仪器发出鸣叫表示一切正常，于是整备小组继续进行工作。

"马库拉斯和泰巴斯留下。"基里曼朝两名极限战士点头示意，"我希望和他们聊聊韦里迪安星系的重建计划。"冠军护卫们通常应该同时具有战士和政治家的素养，这是基里曼重新引入他的战团的另一个尝试。"你带着其他冠军护卫先去指挥甲板，我很快就与你们会合。"

"遵命。"西卡里奥斯说。

"还有，菲利克斯在哪？"基里曼说。

"他被耽搁了，大人。对此他深表歉意。"

"好吧。"基里曼说。"战役开始时，我要看见他和我们在一起。眼下我需要第一舰队的所有战力出动。这是个大日子，西卡里奥斯。"

基里曼铠甲的背部装甲板已经用起重机降下到对应位置，由四名人类仆从用戴着天鹅绒手套的手稳稳扶着。两个力量强化过的机仆从桌上抬起了命运铠甲的胸部装甲板。随着机仆发动机的小小哀鸣，胸部装甲板被完美地挪到了校准位置，然后砰的一声被推了进去。它和背部装甲板相互锁定时，响起了轻微的撞击声，两名仆从迅速拧紧六角螺栓，彻底完成了密封。

"是,大人。"西卡里奥斯说,然后鞠了一躬，在留下两名冠军护卫后离开了。

"为命运铠甲赞美万机之神！"科技神甫正式宣布。"赞美帝皇的睿智！赞美激活了原体护盾的动力源！"

基里曼掩饰了自己对热情的科技神甫的厌烦。他才没有时间留给宗教。

还好，至少他们没有开唱，基里曼心想。他曾经下令制止了那件事。

"泰巴斯、马库拉斯——来这儿。"基里曼对冠军护卫留下的两名成员说。他靠在武装架上，铠甲的剩余部分被装配在他身躯周围。"来说说你们想在考斯的产粮世界推行的节水制度。我知道你们一直有分歧。现在让我们来解决这个问题,否则我会比大贤者更严厉地责骂你们。"

两名战士互相瞥了一眼,靠了过来。两人分别说了自己的计划,以及还未达成一致的地方。原体倾听着,偶尔加入讨论。

在和平议题的讨论中,基里曼的舰队加速驶向拉科斯星坑,敌人正在那里等待着他们。

第五章

基里曼的慈悲

不屈远征已经让基里曼远离奥特拉玛星区,但他还是尽量抽出时间远程治理他的家园。

奥特拉玛的战事和其他地方一样胶着。瘟疫之神纳垢的追随者们袭击了极限战士的世界群,敌人带来的地狱疾病比他们的子弹夺走了更多生命。

根据罗保特·基里曼的直接命令,整个奥特拉玛星区生病和负伤的士兵都被送往亚克斯行星。在战前,亚克斯本是一个农业世界,由于景色宜人,被非正式地称为"花园行星"。但极限战士的控制区当下正以惊人的速度流失人力,于是基里曼把亚克斯重新规划作为动乱时期的医院世界——这几乎是永久性的规划。

这个任务十分复杂,将全部的伤患送往亚克斯的花园空港耗费了大量的时间。敌人传播的疾病带有超自然的活性,因此必须执行严格的检疫程序。这是一项很重要的工作。就像奥特拉玛其他的所有事务一样,只要一件工作被认为足够重要,那么就会得到准确的执行。

一批新的伤患正乘坐穿梭机前来。负责净化的人员回到着陆场和它周围规模不断变大的白色圆顶帐篷群,进行了当天的第十七次清扫。每一次航行结束后,穿梭机都会在轨道上的医护船里被清洗消毒,这是医护船船长的职责。但确保着陆场清洁卫生的工作,则属于亚克斯上的医务统领办公室。

虽然亚克斯医务统领卡力多玛斯也觉得等穿梭机从锚点降落到地表后,再对其净化会更好,但出于时间和效率的考虑没有这么做——只清洗停机坪要比清洗穿梭机外壳省时得多。他的顾虑被亚克斯上附属于医务部的机械修会生物学家们打消了一些。他们详细计算了穿梭机的大气圈再突入方式,认为可以在大气圈中焚烧掉最恶劣的一部分病毒和污染。科洛梅克高阶技师甚至建议把清洗程序从着陆流程中彻底省略,但医务统领卡力多玛斯向来勤勉,他会尽一切努力来规避风险。

　　净化工作产生的宣传效果也很重要。船上其实并没有严重的疫病传染源。由它们运到亚克斯的，来自这场战争的多条战线的士兵们才是传染源。但这些人又不能被拒之门外。停机坪的高压清洁胶管排出的大量气体在几公里外都能被看见，这也能让人宽心。所以着陆场的清洗程序依然被保留着。

　　在亚克斯，轻度疫病患者和伤员都在一起治疗。有一部分在奥特拉玛肆虐的疾病，是可以通过标准医学技术在适中的检疫隔离环境下进行处理的；其他的则需要专门护理，甚至包括启用经国教批准的驱魔仪式；至于那些更具侵略性、精神被腐化的患者，则被安置在轨道上的特别委托站点里。医护人员会对那些已经无药可救的人实施安乐死，当然要尽量避免发生这种情况。

　　对奥特拉玛而言，这就是罗保特·基里曼的慈悲和帝皇的慈悲的区别，这片疆域内陷入困境的人民，为领主对他们福祉的关注而感激不已。

　　根据典型的极限战士传统，许多帝国修会和政府部门集结起来照料这些伤员和患者，并由安插在奥特拉玛政府里的新成立的后勤部官员对他们进行协调。由于伤员和病人们会发出的可怕惨叫声，医务部获得了了自主判断的权限。许多检查在轨道上进行。当来自奥特拉玛交战区的医护船抵达时，船上的伤员都进行了传染病病原体检查。通过第一轮检查的人被送往较小的舰船上——大多是为此从帝国行商船队征用的商船，或是那些严重受损以致无法尽快返回战线的海军舰艇。在医务统领看来，这些船越小越好，越小的船就更容易进行完全隔离。

　　在从前线运往亚克斯途中，士兵们都被安置在单独的隔间里，以防止患病者间互相传染导致疫病蔓延。生化免疫达到最高等级的机仆，负责照顾他们的生理需求。因为没有足够的船来把患病者和伤员分开运输，无法避免交叉感染，不少伤员也在不知不觉中感染了疫病。

　　在亚克斯轨道上，不同症状的伤患们被按照类型进行划分。首先鉴别的是那些仅仅受伤的人，不论他们的伤来自肉体层面还是精神层面。伤者将严格进行疾病检疫，经确诊不具备继发感染条件的人被挑选出来，送往因此目的调到亚克斯轨道上的科斯提尔星堡执行净化处理，最后送往亚克斯地表。那些被检查出患有疾病的人——不论是不是伤员——都被送回患病者大组里。

　　患病者再被分成已知病原体和未知病原体两个群组，然后划分为肉体、精神、灵魂不同方面问题的群组，接着按严重程度划分组别，最后所有这些组别又被分割为既受伤又生病和仅有疾病的两个子类。

检查全部结束以后，患病者被分成按数字编号的小组，并移动到停留在轨道上的交通工具上。在这里，会执行更进一步的抗生化措施。接着进行第二轮和第三轮检查，被筛掉的患病者，将会被禁止离开。通过了三轮检查的人则被认为是安全的，可以送往亚克斯地表，安置在治疗各类疾病的设施内。

那些在第二轮和第三轮检查中筛掉的患病者被留在隔离船上，继续治疗，并且定期反复进行疾病检查。病情好转的人可以离开，而那些最终病故的，在接受临终祝福后，尸体在隔绝灵能的等离子火葬炉中化为灰烬。

就这样，在惊人的效率下，数目可观的奥特拉玛病患被一个阶段一个阶段地分解成最小的单位。成千上万的患病者被分成几千人，再到几百人，最后只有数十人的单位。所有的患病者都被仔细认真地用医务部的分类标签登记造册。在帝国的其他地方，这样的精确作业是不可想象的。大多数世界从未执行这类工作——感染疫病的患病者都会被进行肉体毁灭，伤员则丢给命运去处置。

但在奥特拉玛不同，这些身着蓝白制服的人类辅助部队受过严格的训练，其中大部分人都累积了实战经验。通过救治伤病员并送回战场，奥特拉玛始终维持着军队的作战效能。

"通过保护生命，我们维持了输出死亡的能力。"原体曾经这么说。或者，至少历史记录表明他这么说过。现在基里曼已经再度回到生者们当中，人们可以向他求证所有的这些名言是否都出自他口。在最初的三十年里，基里曼习惯于纠正他的下属，坚持许多所谓他的名言都是伪造的，直到他在恼怒中放弃。他的纠正根本不被大众接受，对人们来说原体依然是完美的典范。人们认为自己先入为主的观感比活生生的证据更有价值。

尽管和大众认知不太一致，但没人能否认，拯救伤病员生命的努力符合原体本人的信念。基里曼昔日注重细节的做法仍有一部分保留下来，在这个时代发挥作用。

亚克斯已经成为对抗瘟疫的中心，这里既是实验室又是疗养院，随着敌人在奥特拉玛战线释放瘟疫的不断变化，这里也在不断研究调制出应对的疗法并传播到前线。

不论多么高效，但对病人的处理始终需要大量的人力物力。体型巨大的登陆船很难确保能被完全净化，因此被禁止降落到地表。但使用更小的运输机或者穿梭机就意味着需要更多的往返次数。这就导致了仅一艘轨道医护船上的伤病员分拨进行登陆都需要花费漫长的时间，总是有大量的伤病员在等待登陆。

以不专业的眼光来看，停机坪的清扫作业会给人留下深刻印象，显示着检查程序正在有序运作。事实上，那是最不重要和最轻松的一环，只要委任给低级地勤人员和那些把生物部件严格密封在无机质框架内的单线程机仆就可以了。

亚克斯行星有明显的轴向倾斜，此时南半球的秋天即将结束。当清洁小组从他们的载具上爬下来的时候，夜晚已经渐渐变凉。他们排队穿过一个喷雾门，这是环绕停机坪的气泡状帐篷群中唯一的通道。用强力的抗生药物沐浴之后，他们不断来回，从水罐车上取下的巨大胶管绕在他们的背上，喷头指向地面喷射液体。他们的外表被巨大的防护服掩盖了，难以分辨谁是机仆谁是真正的人类。在猛喷一阵沸水之后紧接着喷出除菌喷雾，抗生药剂的喷雾扫过岩石混凝土。大量的冷凝水蒸气进入寒冷的空气中。这种主要起宣传作用的表面工作是需要长期进行的。

当清洁作业完成后，身着抗生化法衣的牧师从围绕着停机坪的互相连通的圆顶帐篷中行进而来。他们在无菌地面上来回往复，从盛满圣油的容器中轻弹出圣油，杀死那些无法用化学药品清除的超自然腐化物质。

最后，检疫主管们——中级医务官员、当地帝国国教的医院修女会干部和军需部的净化军官——从帐篷里走出，对工作进行验收，给予认可并把他们的印章盖在相关的批文羊皮纸上。在这之后，一架运输机才得以降落。

每一个完整的流程都需要花费半个小时。

地勤人员必须随时待命，以防清洁工作存有漏洞，只有当他们的上司们回到停机坪周围杂乱的气泡帐篷内后，才能松了一口气。作为整个工作链里的最后一环，地勤人员疲惫地卷起他们的消毒胶管，穿过喷雾门撤回他们的检修车辆，快速穿过着陆场，尽可能地享用四十分钟的休息时间，之后再进行一次清洁流程就可以结束他们长达十八个小时的轮班了。

停机坪的空地现由几名医护人员进行操作，他们的防护服上用密封软管附加上了笨重的占卜仪。在仪器表面，刺眼的红光在快速闪烁。

在几千米高的空中有明亮的光点闪烁，运输机飞速来到。当它变成一个咆哮着、背对着下沉的太阳的棱角分明的黑影时，医护人员在嘈杂声中引燃了停机坪周围的净化炸弹，放出一缕缕带着苦味的白色烟雾。运输机在抗生化药剂形成的烟雾中降落，并不关闭引擎，在降下了活动梯，并等机上最后一名伤兵也登陆后，立刻起飞离去了。

以这种方式，塔拉萨第30奥特拉玛辅助团的图利乌斯·瓦伦斯来到了亚克斯。他和上百个像他一样的人拖着步子走上了停机坪，在光线暗淡的星舰小隔间内度过整整一周后，他冲着阳光眨眼。他所剩的全部家当只有背上的这几样行李：激光步枪、防弹装甲和制服。所有其他物品都已经被焚化了。

"靠近点，布勒斯。"他对旁边的人说。"别瞎走！"

布勒斯是位长着乱糟糟的黑白混杂胡子的老人，正用极度不安的眼神瞪视着前方。

从化学烟雾中走出的医护人员，推搡着精疲力竭的士兵们排成一列。当医护人员用戴着橡胶手套的手抓着瓦伦斯时，他虚弱得无力抵抗。但当他受伤的背部被粗暴地一抓后，他咆哮起来。

"小心点！"瓦伦斯说。粗暴对待他的那名医护员没有做任何解释，就去找下一个人了。瓦伦斯随着人流蹒跚前行。突然他转过身，发现布勒斯没有跟上来，仍然困惑地站在飞船用舷梯将他放下来的地方。瓦伦斯叹息着，跑回到布勒斯身边。

"来吧，布勒斯。"他低声说，同时抓起了朋友的胳膊肘。

自康诺统治城最后一次被攻击以来，布勒斯再也没有回复原来的样子。过去他曾是那样喋喋不休而又自信满满，如今却顺从地让瓦伦斯领着他走了。

"武器堆到红圈里，装甲和武装带放在绿圈里。"一个医护人员通过内置在厚厚的防弹玻璃护目镜的通信发生器叫喊着。他指着在气泡帐篷群入口侧面画出的几个圈说："制服放在蓝圈里。"

"全部吗？"一名士兵问。他因筋疲力尽显得有点呆滞。一名医护人员正挥动着嘟嘟作响的医学占卜仪在他身体上下探查。

"全部。"医护人员说。

辅助士兵们疲惫地卸下了所有的装备，单薄的躯干在寒冷的夜晚中瑟瑟发抖。

瓦伦斯伸手去够布勒斯的枪。他自己的激光步枪从肩膀滑下去碰痛了伤处，吃了几个月数量可怜的口粮后，他已经瘦得皮包骨头了。这支枪感觉上就跟一把重型爆矢枪一样沉，但他咬紧牙关克服着疼痛解下它，然后同样抓住布勒斯的武器，从朋友无力的手指中轻轻地解下了枪带。

"最好也把衣服脱了。"他对布勒斯说。

布勒斯疯狂地看着他。"十五！十五！"他一边说着，一边友好地伸手指戳着另一个名叫吉迪恩的士兵。

吉迪恩是瓦伦斯在这群人中为数不多的旧识之一，是个吹牛大王。瓦伦斯不怎么看得起他。

"十五！"布勒斯急切地指着吉迪恩说。

"嗨！嗨！"瓦伦斯在布勒斯的脸前打了个响指。老人安静下来，通红的双眼瞪着瓦伦斯手里的武器，就像他被冒犯了。

"什么，这把枪吗？"瓦伦斯说。"我会处理它们的。快脱衣服，老头，我会帮你把所有东西都堆上去。不要引起别人的注意。明白了吗？"

布勒斯点点头，瓦伦斯捏了捏他的肩膀。然后瓦伦斯极不情愿地把布勒斯留下，蹒跚着走向那些带颜色的圈。士兵们把枪和装备扔进岩石混凝土上的几个物件堆，传来清脆的撞击声。

瓦伦斯不能忍受这样不尊重武器的行为，他怒视着他的同伴们。许多人都是从离瓦伦斯很遥远的世界来的。受疲劳或是病情影响，没有人注意到瓦伦斯责难的目光。他挤上前去，小心翼翼地把他和布勒斯的枪放在了圈的边缘。

"你的服务不错。"他轻声说，把手放在他的激光步枪上。"如果你不再回到战场，我祈祷你的灵魂得以安息。"

放下他的枪，瓦伦斯心里怅然若失。但当瓦伦斯站起来，虚弱地呼吸了一次后，他意识到丢下它未必不是一种解脱。

瓦伦斯的手放在系紧铠甲和武装带的搭扣上。虽然他还穿着衣服，但仍冷得发抖，他的手指麻木了，吃力地抓着钩子。这不仅仅是因为寒冷，还因为他的伤也在困扰着他。瓦伦斯背上丢了一大块肉，就在肩胛骨下方的位置。伤口周围还在发炎，并且不寻常地发烫。他不记得怎么受的伤。好像只是件简单的小事，却造成了长时间的疼痛。虽然他已经尽力，他还是不得不承认自己的身体变得很脆弱。无论是虚弱地滑过搭扣的手指，还是背上伤口的灼痛，都在证明这一点。

在半分钟的折腾后，钩子终于被解开了。沉重的肩甲从身上滑落下去，带走了一部分体温。瓦伦斯不愿意再脱掉制服。

布勒斯的喊叫声让他抬起头来。

"十五！"布勒斯在一名医护人员手臂的钳制中挣扎着。他用力伸出双手，挣扎着去够吉迪恩。医护小组的喝令在人群后方响起，严厉而刺耳。不一会儿，就会有武装人员从帐篷群里出现。

"不知道你脑子进了什么水，老头！"当布勒斯扑向吉迪恩时，吉迪恩大笑着说。"你得冷静下来。要是顺利的话，我们还有一个多月就要回前线了。"

"十五！"布勒斯叫喊着伸手去抓医护人员的面甲。

"别紧张！"那个医护人员叫着。他的同事正去拿一把冲击射网枪。在瓦伦斯眼里，似乎医护人员已经习惯了这类事件。医护人员并不惊讶，他们早就目睹过足以让任何人精神失常的景象。

"嗨！"瓦伦斯喊。他把铠甲丢在地上，从士兵中间挤了回去。一大群人停下来围观，使得他过去的路变得拥挤，不得不用胳膊肘推挤着前进。

布勒斯既没有脱掉制服，也没有拿下铠甲。

"把你的铠甲和武装带放到绿圈内，制服放蓝圈！"一名医护人员吼着。射网枪已经拿来了。瓦伦斯害怕万一布勒斯再度被捆起来以后会有过激反应。

医护人员用力抓着布勒斯，使得那个男人不停抽搐，不断号哭。

"放开他！"瓦伦斯叫喊。"他的精神有点不正常——他忍受不了战斗而痛苦。帝皇的牙齿啊，你们不是医生么！你们看不出来吗？只要让他一个人待着，很快就会好的。布勒斯，布勒斯，嗨！"

医护人员挡开他，使他不能靠近。

"瓦——瓦——瓦伦斯？"布勒斯急促地说。

"是的，朋友，是我。按医护人员说的去做，你明白吗？"

布勒斯疑惑地看着医护人员们。

"布勒斯！来吧，你知道了吗？"

医护人员仍然拿着冲击射网枪，但布勒斯浑然不觉。

布勒斯犹豫地点了点头。

"脱，"医护人员说，"铠甲放在——"

"啊，我们知道，"瓦伦斯厉声说，"我都已经听你说四遍了。我会帮助他的。"他小心地挤进朋友和医护人员中间。"我们曾并肩在艾斯潘多打了两年仗。那时候你们在哪里？"

"我没有必要回答你。"一个医护人员说。

"这里，"另一个医护人员说，"一直在这里。"

"那么你不知道我们经历过什么。给他应得的尊重吧。如果不是像我和他这样的人，你们和所有的这些都会成为灰烬和烂泥。瘟疫战士、异端阿斯塔特、帝皇诅咒的活死人，布勒斯和我全部都面对过，而你们那时候正穿着你们的橡胶服度过美好时光。"

"我们在这里拯救生命。"第一个医护人员说。"因为帝皇的恩宠，我们都有自己的职责。我们来这里帮助你们，但你们俩都需要被检查筛选。如果不合作，他是不可能通过的。"

瓦伦斯抓住布勒斯的肩膀，力道大得令布勒斯有点害怕。"这个男人救过我五次命。如果你认为我会让他去死的话，你可得费点劲。"

"你选的，士兵。"射网枪举了起来。

布勒斯平静了下来。刚才说的有些话应该发生了作用，他正在松开他的武装带。"不，瓦伦斯，不。"他的头猛地一晃，几乎不受控制。他的铠甲带着一团乱糟糟的带子滚落到地上。布勒斯笨拙地脱光了自己。

瓦伦斯做了同样的事，同时小心翼翼地看着朋友，万幸没有更多的突发状况。

布勒斯交出了他那污秽的白色制服。瓦伦斯把它和自己的制服一起包了起来。两人苍白的躯体上，有不少污垢，暴露在不带暖意的秋日空气里。

医护人员终于收起了射网枪，用他的占卜仪对布勒斯上下照射。仪器颤动着，发出沉闷的响声。仪表上闪烁出绿光。

"他通过了，但让他保持平静。整个过程需要时间。"

"他会没事的。"那个更平易近人的医护人员说。

"我明白。"瓦伦斯说。他的愤怒消失了。刚才他处在一触即发的状态下。这样带有攻击性的状态能让他有效地做出反应，也曾经多次救了他的命。但这种紧张的临战状态并不适合这样的场合。对他来说，整件事十分离奇。这些医护人员怎么可能理解？

医护人员在瓦伦斯包扎好的伤口上挥动着占卜仪。"你是怎么受伤的？"

"和异端阿斯塔特作战时受的外伤。"他平淡地说。"不知道是怎么挨的。"

医护人员并没有被瓦伦斯的话吓到。"如果真是这样，你早就已经死了。"

"你觉得我是个骗子？"瓦伦斯说。

"我会称你为幸运儿。"占卜仪发出了刺耳的响声。"伤口被感染了。"

"这怎么可能。"瓦伦斯说，"经过多次的检查都没发现，应该是皮肤上的烧伤吧。"

"这伤口看起来比烧伤要讨厌得多。但这不严重——感染可以被治愈。"绿光一闪，医护人员把占卜仪拿走了。"主帐篷。"

"帝皇啊，我们知道。让我们稍稍换位思考一下。让我们快点到里面去避寒，否则我们会冻死的。我们是人，不是装弹药的托盘。"

"在你被检查和清洗三次之前你不是个人，士兵。在那之前，你是个会危及这整个世界的感染源。现在，让你的朋友好好听话，否则我们不得不给他安乐死。"

"我们来这儿是为了接受基里曼的慈悲。"瓦伦斯说。

医护人员在面具后笑了起来。"慈悲的供给现在有点不足。把你的衣服放下，然后往前去接受净化。"

他已经冲着下一个士兵挥动占卜仪了。

"一个感染源，对吗？"瓦伦斯在医护人员身后说。"那么，我想检查下士兵吉迪恩。"他对医护人员指出了那个男人。"布勒斯和我曾经跟瘟疫领主战斗了那么久，他已经获得了一种对疫病的嗅觉。"

瓦伦斯帮助布勒斯把他的制服和装备放到正确的物件堆里，然后排进了前往帐篷的颤抖的人们的队伍。没有一个人类辅助士兵状态良好。毫无例外，瓦伦斯身边那些裸露的躯体都带着过去的疾病和创伤的痕迹。他们当中许多人都曾经像现在一样，始终保持忍耐，排着队去执行他们一无所知的命令。瓦伦斯很冷，又累又紧张。仅仅靠着辅助部队灌输给他的纪律，他没有叫出声，但那也接近忍耐的极限了。

但当他听到占卜仪刺耳的叫声和吉迪恩的咒骂时，他还是能笑出声来。

"船虱。"医护人员说。"体外寄生虫，没什么大不了的，让他进第三帐篷，执行三级以上净化方案。"

瓦伦斯转过身。他穿过三重的塑料门，走进净化大厅。里面十分闷热，化学蒸汽充满了他的鼻腔，让他眼泪汪汪。他的伤口刺痛起来。不管在第三帐篷等待着吉迪恩的是什么，瓦伦斯希望那里会比这里更不舒服，他罪有应得。

"十五！"布勒斯咯咯笑了起来，就像在分享一个特别的笑话。"十——十——五！"

瓦伦斯的短暂幽默感就像从管里喷出的滚滚蒸汽般被吹走了。布勒斯数数的事情是新的状况，瓦伦斯也一点都不希望看到。这是布勒斯发疯的另一个表现。瓦伦斯希望休息能让朋友的心灵得到治疗，但他并不确信。他以前也见过战争休克症。唯一确实有效的治疗手段只有一颗仁慈的子弹。他从未想过布勒斯会沦为这种病症的牺牲品，这令他感到愤怒。布勒斯曾经那么勇敢，那么坚定。如果他有可能发疯，那么任何人都一样。

"来吧，老头。"瓦伦斯说。他又抓住了布勒斯的胳膊。他的皮肤潮湿，疲劳的肌肉变得松弛，他的兵团纹身因为皮肤下垂而变形。"洗澡时间到了。"

在布勒斯的腋窝下，有一个小东西在蠕动，就像蛆在活动。如果瓦伦斯看到它，他或许能发现战争休克症只是折磨他朋友的病痛中最不重要的一个。

那怪东西转身消失在布勒斯的肋骨的骨腔中，没有被察觉。

第六章

拉科斯战役

  第一舰队的高级官员们在马库拉格之耀号的指挥甲板上集合。他们环绕着原体和他的亲密助手们所在的讲台。舰长布雷赫的指挥座因为安置在讲台前方，也被人们挤得水泄不通。

  星界军的将领们，与战斗修道院的大修女们并肩而立。机械修会的大祭司们就像一堆橙色、铁锈色和血红色长袍的组合般聚集在一起。星际战士的领主们，和政委们、审判官们、骑士家族的爵士们一同等待着。从泰坦的驾驶舱上下来的机长们，因为被这么多人围着显得局促不安。这里还有海军联队的指挥官们和主力舰的舰长们。寂静修女们站得离其他所有人都很远，她们散发出的令人不安的气息，使得离她们最近的人感到战栗。机械修会护教军支部指挥官们高声喧闹着。军务部和后勤部的官员们则低声密谈。历史作家们分散在各处为这一事件进行着记录。

  帝国军队的每一个部门，以及那些进行补给、指导和支持的部门都派了代表出席，不论来的是真人，还是从那些成群聚集在人们上空的伺服头骨投射出的全息投影。

  透过指挥甲板巨大的观察孔可以看到，马库拉格之耀号的船首利刃正指向拉科斯星坑。那是笼罩在一颗垂死恒星的发光气体中的巨大而怠惰的、连接了亚空间与真实世界的接口，拉科斯星坑位于大裂隙外部，尽管它是一处孤立的伤痕，却深不见底。它洞穿了时空，深入亚空间的心脏。那是一片横贯数百万公里，到处是淤紫的虚空区域，散发着病态的紫色光芒。越往中间去，它的色泽越倾向于腐化的黄白色，位于中心区域的是一个巨大的黑色天体——就像眼珠的虹膜般布满纹路——像脉冲星一样高速旋转着。

  在星坑边缘，有个环绕着一个中等大小的红色恒星的星系，正在逐渐衰弱。它从未被人类殖民或是命名，但被星语厅指定编号为"108/β－卡拉普斯－9"。

引力作用从恒星拉扯出长长的白炽气体光羽,指向异常区。自从大裂隙出现以来,这颗太阳已经缩小了十倍。围绕它进行轨道运转的行星们越来越暗。

从高速旋转的眼珠状的天体里散发出由灼热物质构成的扭曲触手,这些触手纠合并歪曲了周围的太阳气体,形成众多不停旋转的旋涡群。这些旋涡正向"诅咒瘢痕"那更粗大的伤痕延伸,就像寄生虫正从寄主身上转移出去。

如此规模的次元破裂曾经是令人惊恐的异常现象,但在这个黑暗时代,已经变得司空见惯。大裂隙将整个银河割裂成两半,上千个类似拉科斯星坑的地点撕裂了现实。

大自然的铁则在这里变得虚弱无力。从星坑翻腾的深处,涌出了被噩梦造物操纵的半疯狂的舰队。不可思议的怪物们,在星坑周围几光年的那些行星世界的黑暗角落中浮现。大多数怪物在现实世界里只有短暂的立足时间。有些更神秘的种类,刚刚诞生就被物理法则抹去成为灼热的放电光球,尽管这些小恶魔带来了骚乱,但它们并不是真正的威胁。对于使用混沌力量的恶魔军团来说,拉科斯星坑就是一个开放的大门。遵从黑暗诸神的意志,又有大裂隙的超自然能量作支撑,堕落生物组成的大军从拉科斯涌出。恶魔们引发的恐慌,又进一步加强了他们的力量,形成了持续运作的恐惧循环。

基里曼毫不退缩地瞪着那个看上去和肮脏的囊肿一样的星坑。

"又一个失去的星系。"禁军护民官马德瓦·柯肯恼怒地说。其他五位禁军在原体身后站立着保持警戒。他很少开口说话,但每次开口却似乎都只在表示对帝国的冒犯也是对他的羞辱。柯肯很清楚,一万年以来对帝国的危局,帝皇的护卫们只是作壁上观。他唯一的应对只能暗自恼怒悔恨。

当基里曼返回泰拉时,他发现这个战士兄弟会被悔恨和责任心所蒙蔽,对皇宫高墙外发生的任何事情都不感兴趣。一个接一个的危机动摇着帝国的根基,而禁军却隐世不出。

如今,他们最后终于从宫墙后走出,许多小规模的禁军队伍在整个银河中奔走。但钟摆已朝其他方向偏离得太远了。泰拉的黄金战士们仍处在被愤怒蒙蔽双眼的危险中。

"这里并没有失去,因为它从未归属于帝国。"基里曼说。"但这个目标还有点价值,我们会宣称它属于我们。注意敌人在它周围聚集的方式。他们的神庙接近完工了。"

一个全息投影的战略展示图，以一系列带着数据符号的暗淡图像，标记着这个星系以及它的丑陋的寄生虫们。在这种方式下，它看上去如此乏味，不过是一个平淡无害的星云。在 108/β－卡拉普斯-9.2 周围的混沌舰队是肉眼不可见的，但马库拉格之耀号的占卜仪可以清晰分辨出它们，标记着数据资讯的许多亮点聚集在高锚点的位置，环绕着一个单独的点：怀言者的轨道神庙。

原体的嗓音不需要任何增幅装置就能让所有指挥官都听见。他的话语传到指挥甲板最边远的角落。当他开口，所有人都安静倾听。

"这里正在建造一座轨道神庙。它必须被摧毁。这是敌人的一个补给站，但他们来到拉科斯星坑并不是为了普通的补给。"基里曼直指在异常区当中的那个漆黑眼球。"他们在这里进行鲜血献祭，并且呼唤他们的恶魔诸神派出奴仆来帮助他们。恶魔从这个裂隙赶来，成为叛徒的助力。这些通道必须被封印。"

"虽然以我们现在的能力，暂时还无法做到，但所有的通道都必须被封印，以父亲之名起誓。在此之前，我们先要击退从这些通道进入的怪物们，并且由帝国派出最强力的战士们把守。因此，我们需要将混沌的凡人奴仆和他们的超自然盟军分离开。不屈远征军已经从帝国圣域的一边横扫到另一边，让我们的仇敌承受了该受的报应。我提议，在我们的战绩上再增添一次新的胜利！"

人群高声欢呼，星际战士们如雷的喊声也伴着沙沙作响的扩音器声音汇入其中。

随着舰队加速驶向目标，观察孔中的星坑显得越来越大。为了取得胜利，第一舰队的大部分战力都已集结在此。几十艘主力舰带领着阿尔法、塞拉斯图斯、多明纽斯和伽马战斗群前进。当舰群驶入各自的攻击位置时，引擎组闪耀着人造的星光。基里曼把舰队排列成五爪阵型，伸出五根长长的手指各为一个独立战斗群，排成直线队形前进，负责摧毁经过之处的敌军。手掌部分则是众多舰船组成的厚重舰列，舰列中央挺立着马库拉格之耀号。原体的计划是引诱敌人迎击手掌部的移动堡垒，随后五根手指将会减速并且聚拢，正如拳头握起的动作，包围敌舰队的后方。

另一个战斗群远离前进中的主力战线，直指星坑。在这个战斗群中央的舰群，是三艘战列舰保护下的寂静修女的寂灭船。这些长达数公里，外观犹如战争教堂的战列舰，并不常用于护送任务，但这么做是合理的：对于敌人来说，这些强大的战舰并非是这个战斗群最致命的武器。那些修女们的庞大、漆黑、迅捷的寂灭船才是成功的关键。

马库拉格之耀号的指挥人员由普通人类和星际战士共同组成。普通人类占主要部分，虽然他们都身穿奥特拉玛的制服，但却来自帝国各个角落，会集到不屈远征军旗下。他们各不相同的出身，并不妨碍基里曼把他们铸成一个高效的群体。

在通信井上方，通信主管晃动着他的指挥讲坛。成堆的风琴管般的强力的通信发生器，把他脖颈下方都隐藏了起来。他的脑袋也被庞大的通信装置包裹着，只有一张嘴能被看见。"寂灭船将会在一小时后到达位置，大人。"

"附议。"占卜主管说。他的位置在舰桥的阶梯墙上方，在他身边的是由屏幕和有线机仆们构成的小王国。

在全息投影的战术球体上，符文图形闪闪发亮，一些虚线闪烁成型，描绘出它们的行进轨迹和终点位置。

在远征军出发前，马库拉格之耀号在环绕火星的钢铁之环船坞里进行了全面的改造，指挥甲板也一改当年的式样，进行了彻底的重新配置。大贤者考尔的手笔遍及各处。新的机械和对旧设备进行的前所未有的重新组合，取代了已经使用上千年的配置。科技神甫们为之愤怒，但基里曼制止了他们的抗议，考尔有他自己的方式。

虽然机械修会的宗教情感因此不安，但事实证明这一船体改造很有价值。机械装置虽然还保留着第四十一个千年的科技产物的丑陋外观，但基里曼认为光在战术反应速度上就提高了百分之十之多。多重冗余配置和新集成的系统赋予了这艘船更好的生存能力。从考尔的派阀送来的几十名科技神甫，努力让大贤者巧妙平衡的设计得以运作。它确实发挥作用了，而且运作得非常完美。

"大人们和女士们，"基里曼说，"今天将会是帝国的一个伟大时刻。我赞颂你们对帝皇——人类之主的守护。现在出发——到你们的舰船和战争机器上去！到你们的载具上去！开战！"

"开战！开战！开战！"人们回应。

大多数指挥人员迅速离去。全息投影闪烁几下后消失了。很快指挥甲板只剩下了基里曼的核心幕僚和这艘船的舰桥军官，但仍有四百人之多。

在 108/β－卡拉普斯 -9.2 的图像上，暗红色的敌人舰艇符号开始移动。

"敌人有反应了。"基里曼说。"全舰队全速前进。我们要毫无怜悯地击打在他们身上。"

舰长卡斯特林从指挥座上站起身。

"马库拉格之耀号全速前进。"他下令。"全舰队全速前进。"

"全舰队全速前进！"通信主管对他对面的每个编号的舰队都重复了一遍。甲板上层层叠叠的工作组和站点立刻忙碌起来。负责力场维护的技术人员们校正了稳定船体的能量矩阵，为即将到来的加速调整了参数。引擎室的科技神甫向舰船深处的各个引擎大厅的同僚们传递了时间校准。

"反应堆就绪。"一个金属面孔的技术专家报告。

"引擎室就绪。"一个身穿干练的海军少尉制服的男人说。

一小群电力神甫，身躯冒着电火花开始唱起赞美诗，科技神甫们在他们的桌上喃喃自语地祈祷。

动力主管紧握着他的讲台的栏杆。在他周围圆形排列坐着十几个机仆，他们死去的大脑开始闪烁着计算如何将马库拉格之耀号从当前位置移动到攻击位置。当数据传输到沉思者时，那些电脑发出哔哔声快速进行二进制的跃动。

"承诺。引擎以最大功率运转。"机仆们以同一个声音说。

"即将全速前进，三、二、一。标记。"动力主管说。

"标记。啮合中。"

船尾响起了隆隆声，越来越近，就像一台巨大的引擎正在逼近。一阵震颤掠过船体，变得越来越强，犹如震颤从结构内部穿过般，所有机械都在蜂鸣。这些声音汇入了这艘船系统里那永不停止的许多嗡嗡响声当中，成为其中一分子，盖过了船员们发出的警告声。

舰体后方喷出尾焰，随即人们感到胸口被轻轻一推。

马库拉格之耀号加速至百分之一光速。在它周围，舰队的其他船只也开始加速，所有舰只的引擎都运转起来，完美地维持着舰队阵型不变。

108/β－卡拉普斯 -9.2 迅速增大。

不久之后，第一轮导弹就向它们袭来。护卫着巡洋舰和战列舰的小型驱逐舰，发射反导武器进行拦截。太空中立刻产生了一连串小范围的爆炸，接着爆炸声变成了舰队进军中持续不断的伴奏。少数几枚鱼雷穿透了火力拦截网，它们高速移动的动能甚至比携带的弹药还要危险，但鱼雷在离船体还差几百米远时，就在虚空盾上炸开了。虚空盾闪烁着，将巨大的破坏性能量转移到亚空间。

基里曼注视着战局，并不怎么担心。这样的远程交火从来不是决定性的，也不会造成特别大的损害。主要战术球体上显示着基里曼的五爪阵型的手指正在扩张。他在数据板上敲出几个命令来调整舰队的位置。此时此刻，他的计划中最重要的部分正在被准确地执行。寂灭船正在拉科斯星坑和行星中间移动。它们的存在会破坏任何可能到来的恶魔入侵，寂静修女和灰骑士驻守在那支舰队里，准备应对登船突袭。敌人将不会得到来自亚空间的援军。

108/β-卡拉普斯-9.2 变得越来越大。这是一个暗淡的橙色球体世界，顶端戴着冰冠。这个星球整体是一片沙漠，赤道带上打了几个可怜的绿色补丁。这是又一个太难以殖民的低级世界。

他们已经近到可以通过肉眼看到敌舰的引擎亮光。混沌势力的舰船已经展开战线，试图拦截帝国舰队五爪阵型的手指部分突入。基里曼观察着他们的部署。透过这些舰船的运作，他看出这里并没有战争领主在进行整体指挥。敌人的舰船以紧密的舰群形式移动，每个战帮都独自集结。

混沌势力抵制任何统一指挥。这是原体曾经一再利用过的弱点。

混沌方有五个舰群，四个较小的舰群独自结阵，彼此之间严重缺乏协调。第五个舰群是敌舰队中的主力，它的舰船移动有良好的秩序，散开形成标准的拦截阵型，迎击帝国战斗群中最左翼的两支舰队。

这是怀言者的舰队，帝国舰队所要面临的主要挑战。后方是他们献给黑暗诸神的众多庙宇建筑。这座轨道神庙某些部分的规模，在其他叛徒建造的神庙中非常罕见。怀言者有狂热的信仰，会在他们征服的许多世界中建造起巨大的神庙，并且将战斗到最后一人来捍卫这些神庙。

基里曼的先头部队在距敌不足一百万公里时，立刻开始射击。舰队射出的鱼雷呈扇形广域散布，构成了交错的线条。舰船上的火炮朝敌军射出数吨重的反舰炮弹。这样的炮弹需要花费几分钟才能到达目标，而且大多数不能命中。但这并非发射这些炮弹的目的，基里曼正在用炮火封锁叛军的行进线路，强迫叛军进入他期望的位置。

他的五爪阵型的第二根手指，被一支较小的敌方战斗群拦截了。双方都在高速行驶，只来得及进行一次短暂的交舷炮击，就错身而过。一道由威力强大的新星炮发射产生的光芒掩盖了战斗的痕迹。随后一道更耀眼的光亮产生，这表明一艘舰船被命中后，因它的反应堆发生了爆炸而被摧毁了。当光芒消散以及占卜仪变清晰后，帝国战斗群丢下了一艘烈焰滚滚的巡洋舰，继续前进，叛军舰队的情况更糟，这支舰队受到了严重损害。它的战力核心是四艘大型巡洋舰，一些更小的船只围绕着它们。但现在其中两艘巡洋舰已经受到了重创：一艘引擎失效，偏离了飞行路线；另一艘的船身已被火焰焚烧殆尽，落在队列后方。剩下的两艘巡洋舰径直飞向五爪阵手掌部分整齐的舰列。

基里曼在他的仪器上敲击出对应数据。"舰列中的伽马战斗群——锁定并且摧毁叛徒的战斗群。"他说。通信主管将他的命令转达给关联舰船。

"叛徒们真鲁莽。"护民官柯肯说。"他们不可能穿过我们。"

"或许如此。"基里曼说。"他们也可能正在试图割裂我们的阵型。"

"为了损伤一个战斗群？我们有四个战斗群，而且手掌部份的舰列是绝对无法突破的。"

"那么就是为了扰乱我们，或是他们的战争领主闹翻了。也可能是他们正在逃跑。"

基里曼的目光从他手中的仪器和战术天球上移开，瞥了禁军一眼。"我不会做任何臆断。希望你也不会。"当他讲话时，他咽喉的伤疤隐隐作痛，提醒着他上一次犯的错误。原体曾暗自发誓，永不再重蹈覆辙。

柯肯的嘴唇撇了一下。他不喜欢在战术方面被训斥。但基里曼并不迁就他。虽然禁军们仍是超凡的战士，但他们自从旧时代以来已经很少担任将领，许多个世纪的孤立已经消磨了他们曾经拥有的指挥才能。

"永远不要低估敌人，柯肯。十次中有九次，这些乌合之众都是组织混乱和内部分裂的，但在第十次他们会出乎你的预料并摧毁你。叛军中那些最强大的领主可以把不共戴天的几伙战帮整合成一支毁灭性的战斗力量。很明显，叛军的意图是反封锁和拖延。在他们的舰队牵制我们的同时，他们的巫师会试图召唤恶魔盟军。"

他向他的灵能顾问们投去目光，几名星际战士和原铸智库站在紧靠原体手边的地方。而其他那些普通人类灵能者们因为靠近寂静修女，看起来显得很痛苦。

"正是如此。"他们的首领，曙神星战团的典记长多纳斯·马克西姆做了确认。"帷幕正在削弱。亚空间并不平静。"

"这么说叛徒们正在试图招来亚空间的援兵，这帮不上他们了。"基里曼的脑海中浮现那些巫师可能正在做的不可言说之事。邪神的怪物们只会在献祭了鲜血、灵魂和痛苦之后才会降临。

"大人，"占卜主管说，"主要目标将会在十分钟九秒后进入射程。"

"他的估算有五十秒误差。"柯肯说。

"如果你愿意，你可以接替他的位置，护民官。"

柯肯轻蔑地哼了一声。

混沌舰队的主力已经进入帝国战斗群的射程。随着舰队占卜仪收集到更多的讯息，每艘敌舰都被分配了不同的数据标识符号。五艘战列舰构成了主战斗群的核心。正如基里曼的预料，三艘是怀言者叛逆军团的，剩下两艘属于钢铁战士叛逆军团。它们腐化的船体上的古代传感塔播放着可以追溯到大远征时代的频段代码。基里曼辨识出了其中两艘船的名字。混沌舰队总是与帝国舰队不同，包含许多早已停产的型号。这些战列舰舰首装着光滑而致命的撞角——这是远古时代遗留下来的更先进的式样。

剩下的三个次要战斗群的混沌舰船，正在加速越过五爪阵型伸展出的手指，并攻击这些部分脆弱的后方。其中一支小舰队带着痛苦领主的印记，这曾是一支忠诚战团，但在永夜浩劫期间整个战团都投入了混沌方。剩下的则是五花八门的海盗船，以及叛逆军团和其他变节者混杂的舰群。

三个较要战斗群的威胁暂时可以忽略。痛苦领主的舰队比较引人注目，但星际战士们使用的舰艇的主要用途是突袭行星，擅长轰炸并将战士们送往地表。不能在太空战中发挥太多用处。

但战列舰是个大问题。它们排列成箭头阵型，在后退时会加速。当双方舰队交错时，这样的阵型将会对帝国方的舰列造成严重破坏。

敌舰的舰首炮一齐开火，光矛划破了虚空，在帝国方舰船的虚空盾上溅起令人目眩的光芒。马库拉格之耀号前方的虚空盾受到了轻微的一击，能量流泻产生的紫丁香花般的光芒照亮了甲板。一发偏离目标的新星炮产生的能量波，在离旗舰最近的六艘船的护盾上激起了阵阵火花。

"它们瞄准了我们的位置。"占卜主管说。

"傻子都能看出来。"柯肯咕哝了一句。

护民官对凡人的蔑视令基里曼感到忧虑。

"你耗费了一生来守护帝皇,但却忘了帝皇本人在守护着什么。"基里曼说,"宽容点吧。"

"如您所愿。"柯肯说。根据传统,禁军只接受帝皇和他们自己的军官的命令。但如今基里曼已经被宣布为帝国摄政——帝皇在尘世的代言人。

"保持航向。"基里曼命令。"所有能量都集中到前部虚空盾上。第三和第五战斗群,停止前进并开始侧翼包抄敌舰,锁定攻击痛苦领主战团的每一条船。我方舰队所有舰船在敌方次要战斗群经过时都寻找目标开火。所有的排炮都装填好准备近距离战斗。船首炮准备向前方开火。把光矛的功率开到最大。新星炮绘制好射击方案等待命令。"

各个工作组和站点都确认收到了基里曼的命令。指挥甲板上的活动变得更加频繁。

通过前方观察孔,可以看见敌方舰船从微小斑点放大到了模型的尺寸,随着远征军舰队高速前掠,那些船继续变大、膨胀。在太空中,这种透视会产生视觉欺骗。当人们感觉那些船仿佛已经近到要和马库拉格之耀号直接撞上时,敌舰的尺寸却还在继续增大。视觉上,它们舰首的撞角从锐利的手术刀变成了巨大而厚重的悬崖峭壁,上面林立的传感塔和武器炮台清晰可见。

"大人?"卡斯特林舰长有点疑惑地问。

"还没下令开火。"基里曼说。

混沌舰艇的前部排炮释放出了由激光和实弹形成的风暴。基利曼忽略了它,目光扫过敌人,寻觅着占卜仪都无法发现的弱点。另一次光矛齐射在前方护盾上激起了火花。大部分的炮火都冲着马库拉格之耀号而来,混沌战列舰群正在校准方位,以便追踪逼近。

"前部虚空盾失效!"护盾主管高喊出来。

"我们的旗舰被多重目标锁定!"占卜主管报告。

"大人?"卡斯特林再次问。他非常冷静,比起其他事,他更在意原体将会怎么办。像卡斯特林这样的人可谓罕有。

"再等片刻。"基里曼说。他的手指在凝胶屏幕上飞舞,被他触碰到的材质表面随之扭曲，示意图和占卜数据在荧光屏和小型全息投影上不间断地高速闪过。基里曼看完一页的时间甚至比普通人类的眨一眨眼还要更快，他在几秒钟内就能审阅海量的数据。

在那里。

一个虚空盾正在闪烁，它的脉冲调制器失调了。

一个弱点。

"那艘船，钢铁领主号。"他斩钉截铁地说，"瞄准那些位置。"他的手在显示屏上舞动，按下按键，并从模糊中激活全息标记。钢铁领主号的影像在卡斯特林座前的一个次级全息投影上形成。许多舰船的瞄准数据几乎以同样快的速度浮现出来。

这些指令通过数据链传到整个舰队。一连串的确认通过通信主管返回。

"全舰队确认目标已捕捉。"

"那么，开火。"基里曼说。

战线上的二十艘巨大舰艇准备已久的炮火瞬间爆发，全都瞄准了钢铁领主号。

正常情况下，战列舰本可以承受几个小时的炮击。战列舰的核心部位隐藏在内部，多层虚空盾防护着它们的船体，船体自身也有几米厚。甚至在被击毁后，战列舰依然还可能被回收修复，再次出击，因为它们的船体框架是用精金铸造的。

但帝国舰队现在是由一位原体在坐镇指挥，就像一位碎石大师知道如何敲击一块燧石使其断裂，罗保特·基里曼也知道如何夷灭一艘星舰。

钢铁领主号的虚空盾顿时被爆炸淹没，护盾发生器在频繁闪烁中过载。无数光矛覆盖了虚空盾的表面。随后虚空盾上冒出沟壑状的白色火焰，整个消失了。上千吨的实弹接踵而至。钢铁领主号承受住了整整二十秒的轰击，但随着船体的火苗汇聚成一个巨大的火柱喷出，它的船脊断裂了。一秒后，反应堆发生了爆炸。一个微型太阳把这艘船笼罩在形状完美的黄色球体内。马库拉格之耀号的观察孔随之自动变暗以遮蔽光线。反应堆爆炸产生的新星反应的边缘触碰到了钢铁领主号的姐妹舰的护盾，使得这艘船的虚空盾也在许多窜动的紫色电流形成的风暴中过载关闭了。

帝国舰队并未减速，敌舰队在他们的视野中显得巨大无比。

"宣布作战命令,全舰队!"基里曼命令。"自由射击!"

五爪阵型的手掌部分熟练地分散成小块,经过了敌人的舰群。马库拉格之耀号猛冲进钢铁领主号毁灭后遗留下来的灼热云团。敌舰的残骸撞上马库拉格之耀号的虚空盾,顿时化为乌有。这艘帝国舰队的旗舰直穿而过,炮火从船体两侧倾泻向那些失去护盾陷入裸露的混沌舰船。

帝国舰船从舷侧开火。混沌舰船也发起还击,但它们剩下的四艘战列舰中的两艘已经失去了护盾,这两艘战列舰随后脱离队伍,排放出燃烧的空气。当手掌部分的舰列突破敌方阵型时,前面的三支手指也不再和那些小型舰队交战,掉头返回,朝着混沌舰船易受攻击的引擎组直接开火。随着引擎组发生了异常猛烈的爆炸,一艘混沌战列舰失控了,不停地旋转。它旋转着飞走,整个船尾部分都消失了。

马库拉格之耀号甲板上的人们并没有欢呼。所有人都在忙于确保胜利。庆祝可以再等等。

混沌舰队的阵型陷入混乱。帝国五爪阵型的手指部分牵制了剩下的三艘混沌战列舰和它们的护卫舰,手掌部分则急速驶向建造在 $108/\beta-$卡拉普斯-9.2 的最高轨道锚点的轨道神庙。

轨道神庙还远未建成,但基本框架已经就位,很像罗盘的八角形。这是被黑暗诸神的牧师称为"八角"的混沌之轮的形状。它的中心被诡异的灯光围绕。

炮火在背后闪烁,帝国手掌部分的舰群未受阻拦地接近了神庙。围绕在混沌之轮中心的灯光愈加明亮地闪耀起来。

"右舷九十度,"卡斯特林命令,"给它瞧瞧我们的大炮。左舷排炮瞄准敌战斗群。"

马库拉格之耀号立刻开始旋转,避开了追踪它驶向"八角"的混沌小型舰船射出的鱼雷。这次转向最大限度地利用了向心力,舰体因为急速旋转而发出呻吟,但整个转向十分迅速。轨道神庙从前方观察孔中移开了。它的侧视图被投放到主要全息战术投影上。

"开火!"舰船进入战列后,基里曼怒吼。"把它拿下!"

战列舰侧面的巨大排炮顺次发出炮击,产生的后坐力使得指挥甲板都发生了颤动。转向和炮击两个动作产生了巨大的动能,这些动能必须转移到舰船的所有区域以确保船体不会因此崩解。猛烈的炮火轰进了未完工的神庙，打断了带着矛尖的轮轴，摧毁了它的中心点。旋风鱼雷——为消灭一整个星球而设计的炸弹，被用来确保此处被彻底毁灭。两轮齐射之后，"八角"最后剩下的只有散布在一千公里范围内的旋转的碎片，而且这个范围还在扩大。

"让叛徒们看看，他们为黑暗诸神建造的神庙，没有一个不会被我推倒！"基里曼说。"这些叛徒胆敢对抗帝皇最后的忠诚子嗣的意志。他们将认识到自己选了错误的道路。一万年来，他们不断挑战帝皇。现在，他们的性命就将终结！"

战场上已经没有任何一艘船有能力挑战马库拉格之耀号。虽然混沌方还有几艘战列舰残存。正常情况下，这些战列舰威力巨大，令人生畏，都有资格成为一只舰队的旗舰。但在此时，帝国舰队已经在数量上压倒了叛军，再加上基里曼运作舰队的巧妙手法。很快，叛军就被瓦解了，最后的几艘战列舰很快陷入孤立。既然一开始时没有协同作战，他们就再也没有这样做的机会了。混沌方散乱的战斗群没有任何办法阻止马库拉格之耀号，它全速穿过神庙站点的碎片区域，朝下方世界驶去。当帝国舰队转入行星轨道时，从行星地表的防御激光炮射来的光束在平流层不断炸开。

马库拉格之耀号受到多次攻击，在爆炸中来回摆动。

"通信主管，把我的话发给舰队。"基里曼说。

"大人。"通信主管回应。

"轨道站已被摧毁！"原体说。"通道已经打开。所有登陆舰向前移动。开始部署对地面的总攻击。迎着敌人的炮火，降下你们的部队和军团。帝国的将领们，是时候清扫这个世界了。"

第七章

灰盾的最后飞行

鲁登斯号发生剧烈的震颤。伴随着虚空盾发生器工作时制造出的沉闷且难以听清的爆裂声，到处充斥着尖锐的警报。喧闹忽然间结束。这艘突入艇已冲破了敌军防线，船上的灰盾们开始准备最后一次前往战场。

"兄弟们，我们正在接近突入点。"中队长萨尔基斯从通信中说。"两分钟内开始空降。开始最后准备。帝皇必胜！"

"必胜！"他的战士们回应。

贝利撒留·考尔创造的数以万计的原铸星际战士，只有半数在一开始就编组成了新的战团。其余的则被整编成许多支军队，每一支军队都具有同一条基因序列。战士们穿着代表自己对应的基因原体的制服，他们的徽章上是交错着浅灰色的Ｖ形标记。在每一支具有相同基因组的军队内，原铸星际战士们又进一步被划分出接近一个战团大小的编队。

至此，阿斯塔特圣典画上了句号。

原铸军队被官方命名为原体们的"编外之子"，但他们都称自己为"灰盾"。他们是旧日科技创造的新生子嗣，除了他们的兄弟会之外别无其它的归属。基里曼充分发挥想象力，灵活地运用这一新武器。原铸星际战士们有时以旧时代的军团形式战斗，由同一基因组的战士编成庞大的编队；有时他们也以各种规模的混合群组作战，从五人突击小组到两个战团大小的军力不等。这些战士是基因意义上的堂兄弟，他们了解彼此的癖好和长处，袍泽之情没有因各自不同的原体和基因种子而减弱。

随着不屈远征第一阶段的进行，编外之子们的数目已经大大减少了。在遇到人力不足的星际战士战团时，罗保特·基里曼会把编外之子们从各自的连队和小队中抽调出来编入这些战团，可能会送走一整个连队，也可能只送走少数人员。有时原体会从他们当中调拨出上千人建立新战团，用于例如守护几个重要的世界、扫荡一个宇宙区域、执行他认为很重要的其他任务等用途。一个接一个的，编外之子们散布到了整个银河系，也把如何创造他们的秘密方法带到了他们的新家园。基里曼的编外之子成了曙神星战团成员或是末日雄鹰战团成员；多恩的编外之子加入了黑色圣殿或是帝国之拳；科拉克斯的编外之子成为暗鸦守卫或是谩骂者。在基里曼抵达拉科斯时，在第一舰队里只剩下几千名最初的编外之子。在远征的编队中，这样的情况不时反复出现。

　　查士丁尼士官和他的先驱者小队挂上了空降用的机械臂。这里每三名战士被编为一个小队，在他们这边的空降隔舱里共有六个小队，再加上他们的首领萨尔基斯中队长。和查士丁尼同一个小队的分别是科杜斯——基里曼基因序列的子嗣，以及阿德雷德——多恩的后裔。在这艘突入艇的另外两个空降隔舱，还有另外三十六名原铸星际战士在等待着战斗，他们被包裹在庞大的空降铠甲内——为了单人突入大气圈而加固的先驱者战斗装甲——并装备了笨重的跳跃背包用于维持飞行。他们的武器是一对突击爆矢枪，正如他们的装甲一样，这些拥有重型爆矢枪的制动力量的巨大手枪，也是贝利撒留·考尔近乎异端的神奇设计之一。

　　空降隔舱一片黑暗，只有工作中的机械发出闪烁的亮光，查士丁尼和战友的装甲被绿色和红色的镶边勾画出轮廓。他的视野被一个硕大的跳跃背包阻挡了。在他前方的战士是他的朋友索拉斯，虽然只有那身被固定在固定臂上血红色的巴尔式样的装甲，才让查士丁尼能辨认出对方的身份。索拉斯装甲的背包又高又圆，就像一只大甲虫，朝后的喷嘴口就像一张生满钢牙的巨口。索拉斯十分安静，他的装甲又如此巨大，从后面看起来完全是一个机械。在这层层叠叠的陶钢中看不出人类的表征。

　　"传输任务数据中。准备让装甲搭载的沉思者进行接收。"萨尔基斯说。查士丁尼的听筒发出了电子音："启动空降覆盖图。任务激活。"

　　脉冲激光在他的镜片的边缘闪耀，直接向他的视网膜投射出一个虚假的世界面板展示。覆盖图使得查士丁尼受限的视野更加狭窄。空降罗盘的巨大刻线在他前方闪烁——两个包含在十字线内部的圆环，都以最完美的测量法进行分割。总计八个标记为 0 的任务计数，燃烧着暗橙色的光。

　　"计划空降坐标。贝塔-7987-3872，卡帕-0031-4822。确认。"萨尔基斯说。

　　空降覆盖图现在已经占据了查士丁尼的整个视野。尽管它只存在于这支小队的个人认知中的虚构世界，但罗盘看起来却像是悬挂在他前方空中的实物。借助神经链接——把神经系统连接到装甲和装甲上的沉思者的装置，查士丁尼将空降坐标加入网格中。随着鲁登斯号冲向他们的空降点，查士丁尼的装甲也同步更新着他的位置，显示屏中的两个巨大圆环都在快速进行着三维旋转。舰船的引擎发出了轻微的响声，船体的震动通过固定臂直接传到了查士丁尼的装甲。随着舰船的加速，原本柔和的反作用力变得越来越大。鲁登斯号总是这么快。

"确认。"查士丁尼说。当他的装甲归位到自动挡、沉思者标识出空降区域后，他的显示屏中的几枚指针变成绿色。显示屏左上角的一对符文也闪烁着同样的颜色——这显示他的小队成员们也已经完成锁定。"小队确认。"

其他士官也用自己的装甲处理了空降数据，确认任务准备已经完成。

"三十秒后开始行星空降。"萨尔基斯说。"最后一次武器检查。"

查士丁尼自动完成了程序，屏幕中符文指针闪烁，但大半被支配他视野的空降罗盘图形所遮盖。突击爆矢枪内的上弹盘旋转了一次，弹药不断填入，发出咔嗒咔嗒的声音。电子音通知他一切进展良好。先驱者装甲内部的机魂执行了一系列的自动校正。装甲内部开始空气增压，嘶嘶作响。背包上跳跃引擎底部的反应堆进入高出力模式并发出尖锐的声响，随后又再度返回原样。跳跃引擎的喷嘴空喷了一下，使得查士丁尼在空降背带里的身体随之振动。在他前方，索拉斯的引擎喷嘴在一秒后点燃，喷出一道蓝色的火焰旋涡，随后火焰又消失了。

在查士丁尼视野右上方闪烁着表明装甲当前状况的图表，某些部位从琥珀色转变成绿色。他只花了一半注意力在这上面。这套动力装甲的机魂在进行了仪式性的激活，并设置正确路径后，就能自动完成准备，他对此非常熟悉。这时，突入艇震动得更加猛烈了，引擎发出的声音频率也有所改变。舰船绕过一个他看不见的威胁，水平加速使查士丁尼身上承受的推力不断变化。接着鲁登斯号被炮火命中，随之发生了数次更加强烈的摇晃。

"外头有一阵火焰风暴。"萨尔基斯说。"敌人不怎么欢迎我们。"

"这是个笑话吗，萨尔基斯？"第二小队的士官比亚德尼说。

"我不开玩笑。"中队长回答。

"那么就算是一个牵强的评语。"比亚德尼说。这名鲁斯之子嗣正悬挂在查士丁尼旁边的空降线上。他用突击爆矢枪的后柄顶了一下查士丁尼的胳膊。

"祝我好运，兄弟。"他轻声说。通信球把他的声音直接传入查士丁尼的耳中。

"为何你需要比我们其他人更多的好运？"索拉斯打断了他。

"这是我的第十三次行星空降，"比亚德尼咕哝着，"一个不吉利的数字。"

"原体的军团就是第十三军团！你不记得了吗？"查士丁尼说。

"为何我会不记得？"比亚德尼反问。"那么现在第十三军团在哪儿呢？"

"一万年前被用来创造战团了，为了帝国更大的利益。"科杜斯说。

"你的意思是被打成碎片？"比亚德尼说。"我可不愿意被打成碎片。"

红光闪烁。空气被强劲的风扇吸走了。隔舱内的喧闹也随之而去。

"正在开门，正在开门，正在开门。"一个机械音低沉地重复。

狭窄的隔舱门向后滑开，任由未被大气衍射柔化的明亮阳光洒满长廊。船内残留的水气冻结在原铸星际战士们的金属装甲上，给装甲带来了一层钻石的光泽。固定臂开始行动，把他们从船舷推了出去。原铸星际战士们来到了厚达五米的船壳外，感受到了太空战的怒涛。

鲁登斯号是一艘专为不屈远征军定制的小船。它只能搭载五十名阿斯塔特修士——甚至不到一整个连。但自从极限建军以来，空降作战已经发挥了在之前的星际战士军队中从未有过的重要作用。鲁登斯号长约七百米，外形像标枪一样修长，行动迅捷。对这样大小的舰种而言，鲁登斯号的装甲非常厚重，强化过的舰体足以承受行星大气层的摩擦。它是一艘快速突入艇，用于突破近距离轨道战的旋涡，通过行星大气层边缘将乘员直接送入地表。

鲁登斯号只有小型机库，没有空降舱的管道。它是新型舰船，已经多次令敌人猝不及防。

鲁登斯号周围不断发生爆炸，查士丁尼头盔上的护目镜因为炫目的光芒而自动调暗。数道激光从船体侧方擦过，射向无尽虚空。行星地表的地面激光防御武器朝上方猛烈发射着粗大的光束，但鲁登斯号巧妙地避开，从未被激光命中一下。

前方一场巨大的爆炸，使得船体整个颤抖了一下。星际战士们在固定臂下方摇晃。燃烧的飞船残骸布满了电火花和灿烂的冰霜，从鲁登斯号旁边飞掠而过。一队护送的拦截战斗机开始加速，并在鲁登斯号旁边列队，穿过混乱的战场冲向前方，其间机炮的射击不曾间断过。查士丁尼的视野被突出的盾牌所限制，这些盾牌可以遮住原铸星际战士的身体，抵御榴弹破片的致命冲击和轻武器的正面射击。他们后方，鲁登斯号铁制的船体挡住了视线。在这堵巨大的铁墙之后，更巨型的舰艇们应该正在激战。

虽然猛烈的反舰炮火正从地表向上交叉射击，但在查士丁尼的脚下，这个世界似乎正在平静地飘浮着，它的黄褐色地面被稀薄的蓝色大气层笼罩，其间的云朵投下斑驳的阴影。查士丁尼已经从这个独特的视角观察过许多世界。他曾以为自己总有一天会厌倦这些景色，但这一天却始终没有到来。从这个高度鸟瞰，每个世界都有所不同，无论是地狱或是天堂，都有各自的独特美感。

"风暴前的宁静，兄弟。"索拉斯说，仿佛能读出他的想法。

"这些我们为之而战的地方。"卡莱尔说。他穿着暗黑天使的绿色装甲。"它们可真小。我们都会保守这个秘密的真相。从太空中看，每个世界都只不过是无尽漆黑中的一小块易碎的玻璃饰品。"

"十秒，九秒，八秒……"机器开始倒计时。

查士丁尼注视着这颗行星。爆炸的闪光沿着它的曲线扩散开去，随着鲁登斯号高速驶向战斗位置而变得越来越近。地面正在进行的战斗，从轨道位置上看带有一种虚假的美感。五颜六色的爆炸和耀眼的风暴，看上去是如此精巧，没有一点破坏性。爆炸产生的冲击波将云层震得四分五裂，因此查士丁尼还窥见泰坦们从灵柩船中笨重地走出。在空气的包裹下，那些硕大的战争机器就像是从未学会游泳的水生昆虫，注定要艰难缓慢地沿着池塘水面行进。

"距离战场八十公里，持续接近中！"萨尔基斯说，略微提高的声音流露出他的兴奋。"准备空降！帝皇会在我们飞行时庇佑我们，并给我们的拳头赋予力量！"

"四秒，标记。"机械音说，"三，二，一。空降。单位 10-5011/32A 脱离。"

萨尔基斯背后的固定臂松开了。将他紧紧挂在这颗行星天空上方的爪子无声地打开了。空降包顶部的一次性推进器点火了，将他射向目标区域，这名费鲁斯·曼努斯的黑甲子嗣掉了下去。推进器迅速耗尽了燃料，随即分离。萨尔基斯没说一句话，就冲着这个世界垂直坠下，犹如一枚由沉思者制造的炸弹。在萨尔基斯修正航线时，背包上的喷嘴闪了一下，随后他就消失了。

半秒钟后，船上机械念出了代表比亚德尼的原铸编码。这位狼之子大喊一声落了下去，只在空中残留下一道灰色轨迹，他的小队另外两人也随后降下，动作十分迅速。很快，他们的推进器也在喷嘴的火光中与装甲分离。

轮到查士丁尼了。

"单位 13-10889/189E 脱离。"机械音响起，他坠下。

机械爪的轻轻松开，轻得就像跟他吻别；推进器的点火则重得就像给了他一拳。经历了一秒的燃烧后，推进器停止了工作。查士丁尼感觉到推进器从他的跳跃背包上脱离，除了因此产生的一次颠簸之外，他的飞行还算平稳。

查士丁尼骤然下落。他的头顶上鲁登斯号修长的船体迅速变小，变成了充满了轨道战的爆炸光晕的天空上的一道光刃。离开的飞船被敌人光矛的锋利光束追逐着，在星球的磁力圈中拖曳出一道闪电状的轨迹。敌军战斗机在它后方加速，帝国海军拦截战斗机则从侧面接近，在空中画出各自的轨迹线，围绕着鲁登斯号形成了绝妙的图案。

查士丁尼把这一幕铭记在心中，让他的装甲每隔五十毫秒拍摄下一组图像。要是这次他能幸存，他会在太空里画下这场战争。查士丁尼喜欢绘画。

罗盘内嵌的标线轻微移动着，他向下看去，两个圆环彼此倾斜，提供给他一个虚拟的水平和垂直测量值以确认他的下降点。科杜斯和阿德雷斯在圆环中是漂浮着的两颗橙色泪珠，其他小队的成员则是上下展开的许多黄色小点。

一条蓝线在显示屏上升起，查士丁尼在沉默中下落了好几分钟。地表如此遥远，他感觉降落过程仿佛毫无进展。

在一个世界的大气层和外部的虚空之间，并没有画出鲜明的界限，而是有一个逐渐稀薄的区域。这个区域里，在原子层面上，大气层逐渐变成真空。但还是存在一个高度，这个高度上空气的浓度足以支持大气圈内的飞行——即所谓卡门线——在这里，空气的浓度已经可以被感知了。查士丁尼进入了卡门线并颠簸了一下。灼热随之而来，片刻前还毫未察觉的摩擦力，迅速在他铠甲周围生成。等离子火焰的咆哮声充斥着他的双耳。

接下来的阶段至关重要。在这个阶段获取一个好的下降角度将会确保任务成功——但这其实毫无意义，只代表着在敌人找到机会射杀他之前，他暂时还不会死。

警报声从耳边响起。科杜斯的信号闪烁了一下。

"科杜斯,在垂直方向上把航线修正两个点,你正在漂流。"查士丁尼说。

"好的,士官兄弟。"科杜斯答复。他的信号点和附带的符文从查士丁尼的显示屏上移走,图像不再闪烁。

其他人以广域方式散开。这半个连总共有三个目标点,它们是一连串紧密聚拢的堡垒,每个堡垒都设置着大炮。

明亮的阳光洒在查士丁尼的装甲上,产生了高热,其中那双强化陶钢靴子最烫。这感觉很不舒服,但还没有到危险的地步。只要先驱者装甲上没有裂缝,他就是安全的。

这个世界的轮廓迅速变大,地面开始在他的视野里出现。随着时间流逝,太空逐渐退到他的视野边缘。当太空最后的黑色也从视线消失后,他终于感到自己正在坠落。地表不同的地貌分散开来,细节突然变得锐利清晰。虽然从查士丁尼的相对高度看来,这些都是平坦的。茂盛的群山看起来就像是在画在一块圆形画布上。不久后,查士丁尼就达到了最高下落速度,不再加速。

在他下方,战火正在一片平原上肆虐,围绕这片平原的连绵山脉,被一道宽阔的峡谷所贯通。越过峡谷入口是一座高墙,在墙后方不远处有一座坚固的要塞。两条战线肉眼可辨。他们的交火看起来就像色彩夺目的光芒之网。一个庞大的星界军坦克方阵,在机械修会的半机械人军队和战争机器的援护下,正从降落点向高墙推进。

那堵墙看上去就像一条丝带,但实际上它几乎有一百米高、四十米宽。金属军团的泰坦正在展开,它们甲壳上的徽章在渐渐变得鲜明可辨。这些泰坦现在看起来是人类的大小,而在它们脚边乱转的战士们就像是小虫。这幅在查士丁尼眼中越变越大的场景,宛如向四周伸展开的一张不规则挂毯。

战机在下方飞掠而过,如飞鸟般迅捷,与龙形的恶魔机器为了争夺制空权而对决。

"半连进行分组。"萨尔基斯发出命令。"各小队在三个任务目标中找到指定的目标。喷射器点火。阵型散开。"

"喷射器点火!"查士丁尼命令。一个较小的十字线在他的罗盘中心亮起,并在上面设置了他自己小队的登陆区域——高墙的中央塔,也就是最高的那座。

他背包的喷射器喷出烈焰,对抗着行星的引力。查士丁尼只减缓了一点速度，就改变了他的航线，现在他朝着那座塔的侧面疾飞而去。

不到降落的最后一刻，他们会尽量避免使用喷射器。当先驱者们第一次被运用在实战中，敌人还曾误以为他们的小队是坠落的残骸或是偏离的炸弹。在混乱的战场中没人注意到他们，直到战局已不可挽回。近来，帝国的敌人们已经渐渐了解先驱者空降的战术。在他们的喷射器的这次喷射结束后，天空中顿时布满了高射炮的炮火。

查士丁尼穿过一片火雨。弹片砰的一声被他的装甲弹开。大气层的雷鸣减弱了。半个连的攻击全面展开，代表着每个战士的小点完美地定位到三个集群，每个集群都在向一座防御塔移动。

几秒钟后，目标从一个小孩的玩具般大小放大成了一座高耸的大型建筑物。

"喷射器点火，长时间爆发。"查士丁尼继续命令。"减缓至交战速度。激活你们武器的机魂。"

查士丁尼举起双枪，渴望着用它们对敌人进行扫射。他的喷射器再度点火，这一次它们持续喷射了一段时间。在他停止时显示屏上的燃料槽已经从全满下降到了三分之一处。他不再是坠落而是开始飞翔，因此他的燃料正快速消耗着。他和小队成员以雷霆之势冲向防御塔上方的城垛，划出一道优美的弧线。堡垒上有一个尖叫的恶魔面孔状的饰物，看上去十分可笑。堡垒的铳眼很高，毫无必要地做成了尖矛的式样，但它的装甲十分厚重，在四个角落各有一座重炮台，上面各布置着一座立方体状的高射炮，正在向来袭的星际战士们猛烈射击。异端阿斯塔特们也在朝降落的先驱者们开火，他们的射击比高射炮更有威胁。一枚爆矢弹打飞了查士丁尼喷射器左喷嘴上的护罩，使得他在飞行过程中剧烈颠簸了一下。更多的爆矢弹迎面而来，很快就变得像暴风雪般猛烈。

科杜斯的识别信号闪烁着变成了红色，随后从查士丁尼的显示屏中消失。查士丁尼冒险回头瞥了一眼。浓烟和爆炸遮蔽了科杜斯的命运，他没能看见他的战友的死亡。

另一发爆矢弹打进了查士丁尼的胸甲，打裂了外壳并且折断了里面的动力缆线。裂缝处涌出了烟雾，他的跳跃背包也迸发出噪声。他立刻在空中东倒西歪，胃里翻江倒海。同时头盔内部的屏幕上有图标闪动，发出了尖锐的警报声。但在他的努力下，装甲内的沉思者调整了动力线路。喷射器再度咆哮，

原铸先驱者

他快速飘升。冒着泡沫的密封剂立刻涌出，堵住了装甲的破口。

想要阻止他，敌人还得再加把劲。

查士丁尼越过了城垛降落下去。阿德雷德在他旁边一起落地。六名钢铁战士列队出现在护墙上。爆矢枪的闪光，照亮了他们的角盔以及呈现了恶魔面孔的面甲。钢铁战士是可怕的敌手，帝皇将他们铸造成阿斯塔特修士，黑暗诸神又赐予他们更强的力量。曾经，这些异端阿斯塔特们是银河中最强大的战士。

但如今他们已不再是最强的了。

"你们的死期到了！"查士丁尼咆哮着。他在滚烫的浓烟中降临，头盔上的通信器发出了刺耳的爆音。"准备好接受帝皇的审判！"

查士丁尼用仿佛能震碎骨骼般的气势重重落在地面上，产生的冲击足以震碎塔顶的水泥地面。整个过程中，他手中的双枪不断开火。突击爆矢枪是强有力的武器，但如果不明智地使用它们，几秒内就能打光弹药。补给舱还未着陆，查士丁尼必须克制住他的怒火。

即使如此，他依然以惊人的速率射击。这两把武器的排气孔上火光闪耀。射出的弹药产生的爆炸重重地将钢铁战士们掀起，把他们向身后掷去。旧式的标准爆矢枪决不可能具有如此的巨大威力。

比亚德尼落到附近，开始高声号叫，他的小队成员也像他一样在落地后吼叫起来。随后是拉斯蒂克斯士官的小队，索拉斯是其中一员。在空降过程中，原铸星际战士们颜色各异的制服被烧焦冒烟，形同恶魔，看起来几乎就像他们的敌人一样。钢铁战士们落入了八名原铸星际战士凶猛的交叉火力之中，全都被打成碎片。其中有一人，穿过火网扑向查士丁尼，高高举起链锯斧。查士丁尼操纵喷射器点火，向后跳开，在跃起的过程中用单手的一把枪瞄准了那名战士。他不能让敌人近身。

先驱者的装备的唯一弱点是缺乏肉搏兵器。不过这并不是什么大不了的弱点，查士丁尼握在铁护手中的双枪可以弥补这一缺陷。

查士丁尼用突击爆矢枪直接地击中了叛徒的胸口。那名钢铁战士式样过时的铠甲炸裂开来，在城墙上喷出了光滑血红的古老内脏。他的链锯斧掉到地上，链锯的利齿咬在水泥地面上，疯狂地旋转，直到它的电机发出的隆隆声逐渐减弱，最终停了下来。

"为了帝皇！为了基里曼！为了人类！"查士丁尼高喊，冲上堡垒的顶端。他比异端阿斯塔特更高大，小腿和足部的减震装置更增加了他的高度，他在敌人的头顶开火，将他们射倒击毙。

最后几个叛徒也都倒下了。他们未被奇袭所惊吓，也发现了先驱者的空降。但这并没有多大区别。没人能挡在帝皇的新生子嗣——原铸星际战士的面前。

拉斯蒂克斯士官的战士们冲向高射炮，举起突击爆矢枪，把正在开火的高射炮打得千疮百孔。爆矢弹在高射炮内部爆炸，引爆了炮弹。高射炮的炮管在爆炸中被炸飞，从华丽的防御塔侧面坠下，发出当当的响声，落入下方的护墙中。很快，四座高射炮都成了冒烟的废墟。

"主要目标达成。防空炮沉默。"查士丁尼发出通信，同时传入萨尔基斯中队长和他所属的原铸战团的指挥核心。"执行次要目标。"

带着身穿帝国之拳炫目黄色铠甲的阿德雷德，查士丁尼冲下楼梯前往更低的楼层。他用双枪杀死了所有遭遇到的目标。此处叛逆星际战士的人数不多，这是最近几年来常见的情况。混沌方的势力庞大遍及各地，但显而易见，他们的精锐正在基里曼的无情征伐中不断损失。塔内大部分的防御者都是天生的奴隶，或是从被征服世界中哄骗来的凡人，为了多活几周就把他们的生命献给了恶魔。他们成群扑向查士丁尼，肮脏的脸庞上带着烙印和刺青，扭曲地发出绝望的吠叫。查士丁尼毫不留情地将他们打倒在地。

"叛徒该死，他们无法否认帝皇的至高无上。"他面无表情地说。

混沌奴仆们纷纷死去。他们脆弱的躯体被查士丁尼的突击爆矢枪的质爆弹炸成碎片。更多的敌人迎了上来，补充得是如此迅速，查士丁尼不得不停止开火以节约弹药，开始用枪托打倒他们。塔内很快就血肉横飞，他装甲的颜色也被鲜血所遮盖。

查士丁尼和阿德雷德沿着楼梯井向下前进，突破了好几个楼层。比亚德尼小队紧跟他们之后。在第十六层他们分头行动，比亚德尼高喊着，带领小队冲向动力核心；查士丁尼和阿德雷德则前往堡垒的火控中心，那里的机组和机仆的意识指挥着防御塔下层的大批火炮进行投射。偶尔有通信消息传到查士丁尼耳中：或是状态更新，或是萨尔基斯中队长要求报告，或是来自负责这条战线的更上一级指挥官的要求。至于比这更高层级的消息，则由萨尔基斯和他的同级军官对之负责。

他们的枪不再经常开火。最勇敢的奴隶们已经战死，只有少数还在绝望地扑向原铸星际战士。大多数人跪下乞求宽恕，但他们并没有活下来。

"这里没有宽恕。就算死两次也比背叛帝皇要好。你们做了错误的选择。"随后查士丁尼或用突击爆矢枪射击，或用他的铁拳挥舞，在刚才叛徒跪着的地方留下鲜红的血迹。

战斗一度停了下来。这座建筑物并未显露多少混沌的痕迹，在厚到几乎坚不可摧的水泥内核的外面镀了一层完整的塑钢外壳。体积硕大的堡垒隔绝了外头平原上的战争雷霆，即使是对它进行最猛烈的轰击，堡垒内部的这些原铸星际战士们也只能感受到轻微的震感，除此之外并没有别的感受。建筑物结构内有机械在轰鸣，虽然装饰很野蛮——恐怖的战利品被钉在墙上或是插在矛尖，诉说着钢铁战士们的血腥倾向——但并不存在亚空间之物。

当原铸星际战士们来到火控中心时，情况发生了变化。这座塔的火控中心是一个有三层台阶的巨大房间，很像帝国防御工事内的类似构造设计。但占据这座火控中心的东西，绝对不会在任何帝国建筑物内出现。

这里本该坐着众多的技术奴隶和机仆，遵照他们主人的意旨操纵要塞武器，实际却被一层厚厚的肮脏的有机体取而代之，通过散发着恶臭的触手连接着墙体。这团不洁的污物在中央处变得更厚，虽然在它的边缘处只不过是一层折叠的薄膜，却是某种意义上的活体。在有机体最厚重的部分，不断发生着脉动，使得整个有机体都随之颤动。一阵轻柔的抽泣在某处响起，令原铸星际战士们饱受折磨。

"帝皇保佑我们。"查士丁尼说。

亚空间的恐怖，并未减轻查士丁尼的厌恶感。他曾无数次目睹过人肉挤压堆叠而成的怪物，基因被腐化产生的突变体，以及被困在人形机器内的恶魔。不管他看见过这些东西多少次，每次再见都让他恶心不已。

"如果这儿还能有什么纯粹的机器，我会把你的机魂献给火星之神。"查士丁尼高声说。他可是认真的。虽然他并不相信帝皇本人就是万机之神，但他尊重机器的信仰。

查士丁尼举枪开火。阿德雷德也加入了他，举起双枪往腐臭的肉块中射出了高爆子弹。抽泣变成了尖叫。弹药在有机体上炸出许多的大洞，让它的内脏暴露在冒烟的空气中。滚烫的黄色液体从上面飞溅出来，流量之大让人不敢相信这个东西内部竟可以容纳这么多液体。尖叫声越来越刺耳，使原铸星际战士们头盔的噪音抑制系统都出现故障。当尖叫突然中断时，他们的听觉设备得到解脱般发出尖锐的长鸣。这个房间内的压迫感随着这个怪物的死亡哭号而消失了。

"不管那是什么，它死了。"阿德雷德说。子弹击发产生的烟从他的枪上腾起，开火产生的闪光让他们的枪口都变色了。

片刻后，灯光熄灭了，这个房间内少数依靠更自然的动力形式运转的机械，也全都闪烁着停止了工作。

"看来比亚德尼完成任务了。"查士丁尼说。他把通信转换到萨尔基斯中队长。"防御塔 β 已经解决。高射炮已经拿下。中央火控系统摧毁。"

"确认。通知已收到。"萨尔基斯回复。"我们已经完成这里的任务。和其他人会合，等待进一步指示。"

"来吧。"查士丁尼对阿德雷德说。"我们应该在顶层等着。如果敌人决定把这座塔连着我们一起弄塌，我们可以从那里自由跳跃出去。"

当他们在护墙上再次和比亚德尼和拉斯蒂克斯的小队会合时，许多空降舱如同一阵火雨正从天空中快速坠落，在墙后着地。由于原铸先驱者小队完成了任务，整个空降过程得以免受高射炮的干扰。同样的，因为不再受到炮火的压制，墙外的部队也得以顺利前进。

比亚德尼朝护墙下方张望了一会儿，随后他的灰色头盔转了过来，朝向查士丁尼和拉斯蒂克斯。

"这儿无聊透了。"

"我们在等待命令。"拉斯蒂克斯说。

"我们在等待命令。"比亚德尼轻蔑地学舌，讥笑拉斯蒂克斯庄重的语调。"嗯，你们很好。我可不想错过战斗。你们两个真的打算站在这儿傻看？"他发动了跳跃背包，那低沉的轰鸣在如此近距离内震耳欲聋。比亚德尼小队的其他人也跟着照做，热浪冲刷着查士丁尼。

拉斯蒂克斯咒骂。"蛮子。"他说，但或多或少带着点亲昵的意味。

查士丁尼虽然绷着脸，仍旧笑了笑。

"如果我是你，我现在会很忙。"比亚德尼在通信线路里说。话音刚落，他的突击爆矢枪就发出了长鸣。"我会给你们留点，但这儿已经没剩多少了。"

"他说的对。"查士丁尼说。

"他没有遵守规章流程。"拉斯蒂克斯说。

"萨尔基斯中队长,这里是查士丁尼士官,通告我们将立刻重新加入战斗。塔已肃清,我们移动前往协助登陆部队。"查士丁尼轻轻地启动了喷射器——像比亚德尼那样用力启动会缩短喷嘴旋转轮的寿命。"这样,士官兄弟。"他对拉斯蒂克斯说。"就符合规章流程了。"

查士丁尼打开了喷射器的节流阀,阿德雷德跟随他一起越过护墙。他的燃料指示条正在疯狂闪烁,油箱已经快要耗尽。这增添了向下落进战场的兴奋感。与从轨道上进行的壮观的自由落体运动一样,地面在视野中快速放大。查士丁尼好不容易才躲开了各种爆炸和快速移动的物体,进入了战斗最激烈之处。

查士丁尼在离地十米处关闭了喷射器,让撞击缓冲器消去落地的震感。他蹲着落地,听着装甲发出令他愉悦的轻响,然后起身大踏步走向战场。

战斗就在他前方进行,但塔的背风处却很安静。没有空降舱或者炮艇能靠近这里着陆,也没有残余敌人会从堡垒的装甲大门涌出。太阳在建筑物的另一侧,阳光投下的阴影和这一片平静的区域正好吻合。当查士丁尼和阿德雷德完全走进108/β-卡拉普斯-9.2地表微弱的阳光下时,战场上一种无形的力量似乎注意到了他们,把他们热心地推向战场中间。

空降舱布满了墙后的空地,舱门伴随着狂暴的战吼被推开,放出那些搭载的身穿动力装甲的天使们。几个空降舱在靠近地面处被击中,倾斜,燃烧,被黑烟形成的厚柱笼罩。但空地上更多的是叛徒的战斗飞行载具的破碎残骸。这里曾经是一片开阔的杀戮场,现在已经变成了一处由密密麻麻的破裂装甲构成的迷宫。敌对已久的双方在帝国黎明时期孕育出的仇恨的鼓动下,在这里相互狩猎。

解除了武器的射速控制开关,查士丁尼大步走进灼热的战场中。叛徒们已经四分五裂。许多人被困在城墙上。在那里,他们遭到防御塔各面的星际战士们的攻击,又被墙外布阵的更强大帝国陆军猛攻,难逃被歼灭的命运。另外一些则一边射击一边撤退,乘坐装甲车辆逃回要塞。叛军庞大的钢铁要塞就在眼前森然挺立,布置的亵渎装饰比城墙和防御塔更多,上面的枪炮还在开火。

"比亚德尼在哪?"查士丁尼问。

"我们可没法在这找到他。"阿德雷德说。

"那就让我们记下我们消灭的敌人数目,等回到鲁登斯号后好好羞辱一下那位狼兄弟。"

"拉斯蒂克斯。"阿德雷德指向天空。那个小队的三个成员从天而降,身形消失在战场的熔炉中。

"争夺战斗记录的对手又来了,我们的芬里斯朋友应该会这么想。"查士丁尼说。

"你跟他在一起太长时间了。对待战争应当更严肃一点。"

"你听起来真像拉斯蒂克斯。"查士丁尼和阿德雷德的沉重空降装甲如此硕大,以至于他们不可能隐秘前行,于是两人快速冲入那已打成一团的残骸迷宫,让速度来为他们提供保护。

"拉斯蒂克斯说得在理。"阿德雷德说。"但我承认比亚德尼的战争之道确实很有趣。"

他们绕过一个已经发生倾斜的笨重的空降舱,空降舱的涂装已经被烧焦而裸露出了金属,下方推进器部件被降落的冲击力撞进了客舱内部。主支柱被消耗的力量压成了皱巴巴的一团,下半部分的门被堵住了,如同卡片般弯曲变形。一束精确瞄准的激光打穿了空降舱的侧面,有一股被烤熟的皮肉的臭味渗入查士丁尼的呼吸过滤器。残骸的分布在这里稀疏起来,战场再度变得开阔。只有几辆被击毁的坦克正猛烈燃烧着,挡在他们和迎面出现的敌人之间。

敌人的数量超出了查士丁尼的预期,而且全都穿着装甲。"兄弟!"查士丁尼在小队内网发出信号。他举起了几乎完全被突击爆矢枪发射装置包裹住的手。"现在有个帮助我们的堂兄弟的机会。"

靠近他们的位置,有五辆敌军的掠食者坦克正在转动履带倒退,一面后退一面射击,掠食者的正面装甲正对着帝国军队的主攻方向。这些掠食者坦克上的重型爆矢枪把白银颅骨战团的一小队星际战士压制在燃烧的残骸后面,而一个由钢铁战士组成的叛军小队正在向他们的侧翼方向运动。

"那儿。去左边。"查士丁尼说。他的沉思者把他的计划目标转换为数据流,发送给阿德雷德。

"不错的选择。"多恩的黄甲子嗣说。

两名原铸星际战士一同跳起，飞越了被围攻的白银颅骨战团战士们的头顶。当两名先驱者在空中出现时，顿时变成了集火目标。子弹、爆矢弹、激光纷纷向他们射来。各种各样的武器击中了他们的铠甲上厚厚的电镀层，但没有一样能穿透铠甲进入柔软的肉体。

查士丁尼注意到他内嵌的战术部件突然发出的警报，他急忙改变了飞行路径，让一枚追踪火箭从他和阿德雷德之间飞过。随后他们从空中落下。想杀死他的敌人们现在又去攻击其他目标了。

他们降落在那群正鬼鬼祟祟绕过被击毁的机械残骸堆的钢铁战士们的右侧。查士丁尼和阿德雷德并未被他们的猎物发现，两名原铸星际战士隐蔽在一个被击毁的骑士级泰坦残骸背后。残骸的硬壳上覆盖着不洁的混沌印记，驾驶舱已经破裂，在本该由一名人类驾驶员乘坐的位置上，暴露出一个骨化的人与机器的融合体。

"他们还没看见我们。"阿德雷德说。

"他们会的。"查士丁尼说。

查士丁尼向外走出，双臂向前伸直，开火。

钢铁战士的装甲可以经受住爆矢弹的第一阵猛击。因此他们还来得及注意到两名原铸星际战士正在侧翼袭击他们，但在他们能还击之前已经有数人倒下。

查士丁尼左手的突击爆矢枪打光了弹药。在他视野中央附近出现一个红色警告信号发出刺眼的光芒，他躲回残骸背后。他的另一支枪的弹药指示条也已经在闪烁。

"我只剩七颗子弹。"他告知阿德雷德。

阿德雷德绷着脸笑了笑，七颗子弹只够打半秒。

"我剩的也就比你多一点。"

"我们需要装弹。"查士丁尼找到了一个差不多在两百米外的原铸补给舱的定位。"我有个坐标。"

白银颅骨战士们还被掠食者坦克的火力压制着，但多亏原铸先驱者们的援助，现在他们察觉到了另一个迫近的威胁。忠诚派星际战士和剩下的异端阿斯塔特们展开了激烈交火。

"可惜我们做不了更多。"阿德雷德说。

一场爆炸掀起了一辆掠食者坦克，它的残骸在烈焰中翻滚倾覆。

"我们没有必要再做什么了。"查士丁尼说。

三辆反击者反重力坦克犹如巨石般从天而降，迅速减速并且停在离地面几米高的地方，正撞上了进行侧翼包抄的钢铁战士们。反击者剧烈运转着的推进器，将叛徒们推到旁边。一名钢铁战士从身上拽出一枚热熔炸弹，潜入坦克下方，想要找地方贴上炸药，摧毁这辆原铸装甲车。

那名叛徒显然从未对付过一辆反击者。

这辆坦克高速运转着的反重力引擎产生的巨大压力把他压扁了，只在地面上留下一个模糊的银色人形轮廓，正不断渗出血水。反重力坦克的对步兵武器短时间内就干掉了其他的叛徒同党，随后反击者坦克继续飞行，被强大的压力碾成玻璃碴般碎末的沙子在下方闪耀。敌军掠食者坦克重新定位了炮火，一边加快了撤退的速度，一边向反击者反重力坦克齐射出激光炮。但反击者反重力坦克行动十分迅速，它们追踪并击破那些叛军的履带式载具，把掠食者精确地炸成碎片。反击者坦克快速飞越被击破的敌人上面，车体下方产生的反重力把敌人坦克的残骸压成了一堆钢板。白银颅骨战士们在它们后方奔跑，肩甲上的宝石闪闪发光。

一阵响亮的呼啸声撕裂了天空，甚至盖过了泰坦们靠近城墙残剩的撞击声。更多的空降舱和炮艇从轨道上降下，大部分都向要塞砸去。几秒钟后，在残骸废墟和前一批空降舱着陆区以外的广阔区域，已经被新到达的飞行器全部挤满。当空降舱打开舱门时，上面自动发射的爆矢弹火力形成了一场小规模的炮击浪潮。

上千名星际战士从里面涌出，与此同时星界军的大部队也已经到达另一侧的城墙脚下。泰坦狰狞的面目浮现在防御工事上方，无视敌人射出的弹雨，用巨大的动力铁拳将护墙扒倒。足以粉碎一艘小型星舰的强大的分解力场发出爆裂声，使战场上的声音变得更加刺耳。一段城墙在泰坦的沉重打击下崩塌。当城墙的碎片落地时，泰坦已经转过身躯，用外装加农炮朝着某些查士丁尼看不见的目标倾泻着炮火。

"结束了。"查士丁尼说。"城墙已经拿下了。"

随着金属军团战争号角的响起，城墙上的叛徒们被包围歼灭。

要塞在五小时之后陷落。

第八章

在亚克斯的休憩

　　亚克斯的日子平静地流逝。瓦伦斯的伤口愈合后,他开始每晚都来到医院设施的阳台上。

　　这座设施位于一处可以俯瞰海泽恩湿地的高地上。在高地下方,广袤的湿地向远方延伸,直到地平线。就像奥特拉玛的一切,这片湿地得到了良好管理和充分利用,水产养殖设施星罗棋布,螺旋涡轮机一改往日的风格,在风中轻柔地旋转,这片土地还保留着一丝荒野的气息,生态系统健康地发展着。

　　医院的位置很好。这个残酷的时代已经侵蚀了人类的许多高雅品位,但奥特拉玛的医者们颇有眼光,他们知道平静的大自然带来潜在的康复疗效。

　　夜色降临,空气里散发着落叶的潮湿气息和入冬前最后一批时令收获物的芬芳气息。在外头的湿地里,飞向赤道的鸟儿们因为要与曾经的夏日家园别离,发出哀鸣。地上的芦苇不断摇摆着,孩子们穿行其间,带起芦苇如波浪般起伏。孩子们发出的尖啸像鸟鸣一样刺耳,他们正要驱赶牛群回家过夜。牛从鼻孔喷出灼热的气息,在半空中形成了一片水汽。

　　此地一片祥和。这真是奇妙的感觉。瓦伦斯还以为自己再也见不到和平的景象了。

　　瓦伦斯倚靠在护栏上,让自己放松下来。他的恐惧感减轻了不少。他不再觉得死亡随时会来临,虽然他还有些失眠,噩梦也会让他尖叫着在深夜惊醒。

　　阳台坐落在医院门廊的顶部,在一处凹形屋檐的前方,这并不是通常的设计方式,但在瓦伦斯眼里还算过得去。虽然位置选得不错,但医院的建筑设计与亚克斯的美景并不和谐。从某种意义上说,建筑师对奥特拉玛式美学的演绎有些生硬,医院生硬的轮廓在柔和的景色中也显得刺眼。大理石的冷光增添了夜晚的寒意,使得这座建筑和这片浅褐色、绿色构成的湿润开阔的景观更加格格不入。

只穿了一件病号服的瓦伦斯冷得发抖，但他还不想回去，至少现在还不想。瓷砖透出的寒意穿过他薄薄的拖鞋提醒着他还活着。瓦伦斯的伤口直到最近还时常灼热难忍，但现在已经开始发痒了，这意味着他很快就会恢复健康。在外面的阳台上，瓦伦斯感到自己才像人一样活着，而不像在治疗大厅时是个患者，或者更糟糕地说，像个编号。对军务部的后勤专员而言，所有人都只是编号，就像子弹一样可以冷静地消耗掉。瓦伦斯很享受现在的宝贵时光，战争和帝国的需要都从他的脑海中向后退了一步，现在的他可以过得很简单。

当这里的人们痊愈后，就没剩几天安宁的日子能过了，很快就得返回战场再度成为一个编号。编号从数据表的一列转换到另一列上，从病患转为健康，从枯竭的资产转为可用的资源。

很少有人在回到前线后能再活过几个月，在这悲惨的时代很少有人能长命百岁。在奥特拉玛的边缘，怪物正蔓延肆虐。它们中最可怕的就是那些异端阿斯塔特和他们的领主——帝皇的叛逆子嗣们。

凡人无法战胜那些带着上千年的仇恨而活的生物。不可思议的是，瓦伦斯曾面对他们而且幸存了下来。下一次再遭遇，他必死无疑。

他完全理解生命的短暂，因此瓦伦斯以生于和平时代的人所不会有的心态，享受着风景和寒冷。那些生活中充满了琐碎小事的人，远不会有这么多的感悟。瓦伦斯可能会因为自己经历了那么多丰富多彩的事情而略感宽慰，他不像这个时代那些默默无闻的人一样自私自利。瓦伦斯为奥特拉玛和自己为之而战的事业感到骄傲。他凝望着眼前的风景，准备好要为它所代表的东西而死。对瓦伦斯而言，知道这一点就足够了。

"就算在死神面前，人类也会找到一条生存之道。"他低声自语。

"你说什么，朋友？"一个粗哑的嗓音说。

瓦伦斯从阳台栏杆望去。说话者是一个水桶形身材的秃顶男人，他有着一头乱蓬蓬的红发。下巴上的胡须也乱糟糟，与环绕着秃顶的头发相互映衬。

"我没听见你走过来的声音。"瓦伦斯说，"真让人吃惊。"这个男人看上去十分笨重。

"别被我的体重骗了。"男人两手拍着肥厚的腹部。"从来没有人能察觉到我的出现——这可是我的秘诀。你刚才在这儿正说什么呢？"

"是我们的牧师经常说的话。"瓦伦斯说。新来者仔细打量着他，但瓦伦斯因为在这样一个独处时间里被人搭话而感到窘迫。这是一种可以理解的状态，不带有别的感情色彩。

"我是瓦伦斯，"他说，"来自塔拉萨。"

男人对惜字如金的瓦伦斯失望地咕哝了一声，但依然很友好。

"我的名字是加斯坦德，考斯第455团。"

他伸出一只强壮的手，手背上厚厚一层杂色红毛。瓦伦斯和他握手。在这个寒夜里，加斯坦德的手掌很温暖。

"喜欢这风景吗？"瓦伦斯问。

加斯坦德做了个鬼脸。

"你不喜欢吗？"

"我说不上喜欢这类开放空间。"加斯坦德说。"我从小在地下建筑里长大。这样的风景让我有了广场恐惧症。这里竟然没有屋顶！"

"那又为什么要走出来？"瓦伦斯问。

"我需要从病人们的呻吟声中清静一会。"加斯坦德可怜兮兮地说。

瓦伦斯点了点头。"这外头很安静。"

"太安静了。"

"这总比战争好。"

"对你来说，或许是这样。"加斯坦德说。"但我想早点回到战场。我不喜欢在好人们正在死去时无所事事。当我的手可以握住滚烫发热的激光枪时，我不应该沉浸在风景之中。这里的一切看着都够漂亮，但没有一件事是对的。自从那之后，没有一件事是对的。"加斯坦德冲着天空用力一伸脑袋，但并没有抬头向上看。

"裂隙？"瓦伦斯瞥了一眼天空。肉眼可见的大裂隙占据了天空的三分之一，就像一道紫色的污迹。这道裂缝距离亚克斯有数光年之远，但它的邪恶影响在奥特拉玛每一处都可以被感知到。

"别朝它看，孩子！"加斯坦德说。"没有人应该去看它。"

瓦伦斯皱了皱眉。

"这并没有什么区别。"他说。"不管我们看或不看，它都在那里。战争像过去一样持续。我们还在进行战斗。但现在有原体领导着我们。我并不认为大裂隙带来了什么不同。我还依稀记得过去的日子。""

"你当兵的日子很长了？"

"我一到当兵的年纪就加入了。这都怪我父亲的经历。他是个辅助军士兵，曾经和星界军一起走遍了整个星域到处战斗。"

"你说的是我们还往外派出兵团的那个时期吧。现在早就不这么做了吧？真是羞耻。我要是能被选中加入远征军就好了。"加斯坦德说。"在奥特拉玛发生了太多事情，我们没有余力去这么做了。"他战栗了一下。"能别看裂隙吗？这是被禁止的。"加斯坦德匆忙在心脏前方做了个天鹰手势。

"一切都是被禁止的。"瓦伦斯说。"有谁会监视我是否看裂隙？"他目光锐利地打量着阳台上上下下。

"我并不是在说政委的处罚。太经常看它，你会做噩梦的——坏的梦。"

"每个人都有噩梦，"瓦伦斯说，"我每晚都会做。"

"不是那种因为你在这儿待的时间太久就会做的那种梦。"加斯坦德神经兮兮地说。"我听说了一些事情，据说有些坏梦让这里整个病房的人都在尖叫里醒来。事情不太对。恶魔之眼就在此地上空。"

瓦伦斯并不想要人做伴，尤其是这种人。他的心情已经被破坏了。他已经有够多的噩梦要去面对，不想再对此谈论更多。

"晚安，加斯坦德。"瓦伦斯说。

"等等！"加斯坦德说。他抓住了瓦伦斯的上臂。"我曾经和那些人战斗过，那些异端阿斯塔特。他们有某些计划——他们总是这么做。亚空间正在窥视着这儿，带着饥渴。我们不应该往回看。永远不要！"

"你和瘟疫领主战斗过？"瓦伦斯说。

加斯坦德点头。"是的！相信我。我看到过恐怖的东西。在塔忒拉附近，就在那里陷落之前……"

"我也和他们战斗过。"

"你也遇到过？"加斯坦德平静下来。他松开了瓦伦斯，抚平了自己的衬衫，又恢复了几分刚才的和蔼态度。

"那么你应该是精英部队的成员。你知道的，异端阿斯塔特们很少会暴露自己。他们人数并不多，更愿意让死者或是那些已经被他们转化心智的人为他们做事。"

"我也见到了。行尸走肉。但在艾斯潘多一段时间后，瘟疫领主们来得更加频繁。先是小队，然后是更大的数量。最后一次那里有二十个以上。我还以为他们会把我们都杀了，但当他们进入战壕时，他们……好吧，他们消失了。"

加斯坦德点头表示赞同。他怎么会知道？瓦伦斯对他感到一阵恼怒。

"我们遇到了同样的事情。那里只有七个瘟疫领主。他们攻击，他们屠杀，随后他们消失。"加斯坦德的双眼睁大。在从室内洒出的照明灯光下，瓦伦斯看见他的眼白泛着不健康的黄光。

"就像在艾斯潘多一样。"瓦伦斯不安地说。

"当时有没有阿斯塔特修士靠近你们的部队？星际战士？"

"没有。"

"同样！"加斯坦德说。"大家都觉得他们会去有死亡天使们在的地方，不是吗？我听说他们彼此憎恨。我还遇到过另一个叫鲁森的人，他也有一个类似的故事。他那时在艾弗。鲁森说瘟疫领主们出现在他当时的作战位置，正当瘟疫领主们即将杀光建筑物内所有人时，他们却都消失了。你认为他们为什么要做这种事？"

"什么？"瓦伦斯说。思考这件事令他感到一阵头晕。他想要一个人待着，但加斯坦德并未察觉到他急促的呼吸和颤抖的肢体。

"为何他们来的人这么少？为何他们会消失？你杀死过其中任何一个吗？"

"可能杀死过几个。"瓦伦斯说。"我是这么认为的。我不知道。"

"这里面有蹊跷，你不觉得吗？"

"一个士兵总觉得看到所有事情都很蹊跷。"瓦伦斯说，"死亡令我们多疑。"

加斯坦德的胡须根根竖立。"没有所谓的巧合。你想要见见他吗？我觉得这是个好主意。我们能彼此分享经验。这里有什么正在发生。想想瘟疫领主是如何轻易地让死者复活的。巫术，瓦伦斯，巫术！这些巫术无所不在。"

加斯坦德看起来相信阴谋论。

"就在上面。"他一边说一边指向大裂隙，没有去看它。"贯穿奥特拉玛，"他补充说，朝天空胡乱地挥舞着手。"还有这里。"他用手一拍阳台的护栏。"鲁森有个猜测。黑暗出现在许多世界，怪物穿过亚空间而出。虽然它们让这里看起来是在打仗，但并没有发生需要使用战舰和大量士兵的战争。鲁森知道！它们能，他说……它们能进入你的脑袋，这样就能以某种方式利用我们。"加斯坦德在思考中脸色发白,他凝视远方,目光鬼祟。"来见见他吧。"

瓦伦斯觉得头晕目眩,仿佛有些缺氧。加斯坦德说的对他没有任何意义。"见谁?"他低声地说。

"鲁森!"加斯坦德说。"见见鲁森!或许这里还有更多像我们一样面对瘟疫领主后幸存下来的人。或许我们能找到他们。或许我们能搞清楚正在发生什么事。"

瓦伦斯对此毫无兴趣。到处都是瘟疫领主。这些来自死亡守卫军团的叛徒,是旧时代遗留下来的古老憎恨。他们有星舰。他们可以在虚空和亚空间航行。就是这样的。

回忆突然攫住了瓦伦斯,那是一个恐怖的家伙,被足以杀死自身无数次的疾病腐化,他的脸上覆盖着腐烂的呼吸器。他的装甲渗出脓水。瓦伦斯曾和他以及其他人交战,其他那些也在稀薄的空气中消失了的人。

"不!"瓦伦斯说话的声音比他预想的要响得多。他不愿意去想这个。他想要享受这短暂的安宁。他很快还会再次面对敌人。他丝毫不愿再去想起那些回忆。再这样下去他会落得像布勒斯一样的下场。要么,他就开始变得像加斯坦德一样疑神疑鬼。

他无法清晰表达这一切。他的喉咙不让他说话。

"晚安,加斯坦德。"他终于说了出来,说出口要比他预想的困难得多。

加斯坦德脸上残留的最后一丝友好也不见了。

"随你便,"加斯坦德低声说,在他松弛的脸上有某些情感消失了。尽管他不喜欢这风景,他把长满胡须的下巴缩到胸前,目光离开瓦伦斯转而投向湿地。

瓦伦斯匆忙回到室内,突然虚弱下来。

第九章

帝皇的荣誉

当战争的需求远去后，罗保特·基里曼依然没有闲着。他像往常一样工作，日夜不停地为人类操劳，即便现在他是为了物种的苟活存续，而非为了文明进步。

在马库拉格之耀号上方的原体宫殿中央，是罗保特·基里曼的书房。在这些房间里的藏品胜过大多数的图书馆，而且更加整然有序。在远征的最初十年间从整个帝国圣域收罗来的书卷，把这里填得满满当当。在书房高耸的圆顶下，书架环绕墙面从地面向上延伸到七十米高。就在被这圈书架墙包围着的一张桌子上，罗保特·基里曼挥霍着自己稀少的可自由支配的时间。

旧纸张在空气里散发着酸臭味。腐朽的卷轴被放在数据晶体和磁带旁。刻着符咒铭文的破碎树皮放置在一些全息投影圆柱上——这些全息投影圆柱存储着那些被遗忘的战争的信息，可以投射出 3D 影像。带雕刻的铜立方体和几个泛黄纸箱占满了桌案上的空间，立方体内部储存着从活人大脑中攫取来的记忆，纸箱里则装满了陈旧易碎的经过简易化学成像的胶片。

用人类的各种设备记录下来的几千年历史，围绕着原体，但放在这里的只是他收藏品中很少的一部分。更多他曾经研究过、通读过、处理过的文献资料，已经被记录到存放时间更久的数据采集系统中。

基里曼还没有掌握在他倒下的一万年里发生的所有事件。贝利撒留·考尔曾经用机器调节的方式，给原体进行了虽然痛苦但很有必要的记忆更新。但考尔是个隐匿起来的怪物，当他致力于创造原铸星际战士的任务时，却与银河系更广大的部分处于隔绝状态。因此他的记录并不完整，有时甚至支离破碎到了极点，而且所有的记录都缺乏细节。

又一次，基里曼发现需要靠自身的努力去来弥补他人的疏漏。

历史学科像其他许多基于理性的学科一样，已经因为迷信、狂热和泰拉元老院铁腕统治的需要而堕落了。比较和确证这样的分析方法已经被流言蜚语、小道消息和民间传说所取代。而这一切又和纯属捏造的作品混杂在一起。帝国对历史编纂的干扰介入，不论是否已经误入歧途，都再次摧毁了许多过去的记录。战争毁灭了众多世界的全部历史。大量知识被狂热的审判官焚烧一空，通常只是为了掩盖某个令人不安的真相。总之，人类知识的现状比起统一战争——帝皇在大远征前统一泰拉的战争——结束时还要更加恶化。在基里曼自己所处的时代，由那些记述者们花费大量心血拼凑出来的许多泰拉的古老历史，再次失传了。

关于亚空间的真实本质的知识虽然受到管制，还是零星散布了出去。这个源自帝皇的大骗局已经不可能再维持下去，审判庭却并未因此放弃尝试。关于恶魔或者黑暗诸神的知识仍是禁忌。许多无辜者因为无意中了解到真相而付出了生命的代价。

甚至连基里曼自己——帝国摄政本人——在探寻这方面的知识时也遭到了审判庭的反对。为了对付审判庭严苛的审查，基里曼不得不组建一个他自己的历史学者团队。在战役的间隔期间，他寻找那些具有求知欲的人，确切来说就是那种长期被帝国官方厌恶的个体，把他们从劳役拘禁和即将进行的洗脑手术中解救出来。最初的几个成员，由基里曼在时间许可的情况下亲自教导。然后，他们再不断地传授给更多的人。每个成员都由原体亲自考核评估。通过考核的人被授予历史学者的头衔。未能达到基里曼严格标准的人则在这个新组织中承担相对轻松的工作，例如图书馆员、仆从和助手。通过阅读文献，基里曼了解到帝国政府的政治体制相当残酷，对失败者并不友好。这也是另一件令他对如今这个时代感到悲哀的事。没有生命应该被白白牺牲。原体的内心里有相当的良知，也还足够热血，并且也懂得如何更好地掌控臣民。

从他重生到现在的十年以来，历史学者的人数从四名，增加到八名、十六名……直到现在，理性信史协会已经有了超过一百名正式成员和上千名辅助员工。他们采用早已被遗忘的学科制度，尝试着去完成一件不可能的事业：为帝国构建可信的历史。在极端不利的条件下，理性信史协会的少数成员们搜索着古老的记录。凭借盖着原体印章的介绍信，许多原本禁止入内的密室被开启、搬空，它们内藏的物品被复制并送往基里曼的远征军，无论远征军已经行进到何方。

理性信史协会的工作是一件枯燥而又危险的事务。战火吞没了半个银河，基里曼的历史学家小组有时会在其中消失得无影无踪。他们经常遭到敌视，但基里曼不会迫于压力半途而废。

每个人都需要消遣的时间。甚至是一位原体。

基里曼正在读一本新近加入收藏的书。它的封面是古代的皮革，已经十分脆弱，一不小心就会大面积破损。这是一本有关泰拉时空纷争的书，带有很明显的党派倾向。基里曼一边阅读，一边工作着。

桌上的几块数据板的屏幕不断闪烁，资讯飞掠而过。而在基里曼两侧也各有一个小型全息投影装置，尘埃被装置投出的光线照亮漂浮起舞。原体似乎忽略了这些讯息。但每一个掠过的数据都已被他浏览过了。基里曼用一支羽毛笔在设置在他右手的自动板上快速刮擦，批注报告，答复一连串涌来的问题。这些动作幅度不大，十分敏捷和熟练，旁人通常难以察觉。就在解读这本书晦涩难懂的文句的同时，他那超群的头脑正组织着上千个目标不同的团队的行动。

基里曼并不喜欢他读到的内容。

作为帝国内部的相互竞争派系进行的上千次秘密对抗之一，时空纷争是一场关于帝国历法体系的斗争，还在时空审判庭内部激烈进行着。基里曼读到的内容令他绝望：甚至连他父亲创造的历法也未能在这个千年完整无缺地幸存下来。

在大远征时代和异端叛乱时期，标准历法体系为将事件按时间顺序排列提供了一些思路；但就像帝皇创造的其他一切事物一样，历法也已经由于教条主义的固执和修正主义的轻率而堕落。从帝国标准历法中演化出了许多种互相竞争的历法体系，构建一部真实的银河编年史几乎已经是不可能的了。通过五个最主要派别的历法变种，基里曼推算当前的年份差不多介于第四十一个千年和第四十三个千年之间，而这个算法已经把无数种更次要、更离经叛道的解释排除在外。

这本书里有许多有用的信息，但它的写作风格过于枯燥，过于繁琐。作者的观点也超越了狂热的范畴。

"在这种蒙昧的时代，谁不是一个狂信者呢？"基里曼自言自语道。他推开了这本破旧的书，他的耐心在作者无数次号召对竞争对手进行公开献祭后终于耗尽了。"帝皇保佑我摆脱迷信。"他一边说着，一边从座位上站了起来。

还是无法能找到一个历法系统的解决方案，基里曼感到一阵烦恼。他在一个放在桌上的银托盘里洗掉了手指沾上的旧书霉菌，并且最后一次检查了那些不断发来的报告和信息。里面没有什么不能等待的急事，而他需要休憩片刻。于是基里曼迈步前往环绕图书馆底层的钢化玻璃回廊。

在书架墙之外，塔的基部有一排拱门，每座拱门上沉重的防爆门都已经升起。在这些拱门对面，有一条环绕着书房的漫长的钢化玻璃走廊，可以从各个方向俯瞰整个马库拉格之耀号。如果基里曼环绕着书房散步，能一直看到马库拉格之耀号巨大的船首和上面的精金撞角。船首向两侧伸出了覆盖着传感矩阵和占卜仪的粗短船翼。几乎就在基里曼居所的尖塔的正下方，是这艘船的主机库甲板；而往船尾方向，引擎发出的如同太阳般明亮的白热光芒反射在玻璃回廊上。

来到右舷，基里曼视线中的拉科斯星坑转了一个方向。基里曼能感觉亚空间似乎正因为叛徒们的败北而愤怒，因此拉科斯星坑中的无瞳之眼正更加凶狠地瞪视着他。从前，他会把这种感觉斥为幻想，觉得只不过是人类的心智在处理视觉信息时的一种人工产物。现在他明白并非如此。银河是远远超出了父亲教导过他的所有知识的陌生之地。

想到父亲，他在王座厅目睹的情景突然侵入他的脑海。在黄金王座上有某种东西正在艰难抗争，苟延残喘。他与自己真正的父亲的最后一次会面，就像一支混合着光明与痛苦的标枪，留下的灵能余震至今仍困扰着他。帝皇已经失去了把握分寸的能力。

基里曼暂时搁置了回忆，等有空时他会关注它的。这种反刍从未有好的结果。他期望他能和某个兄弟谈论在泰拉发生的事情，但他们都已离去，或是坠入死亡和疯狂。

基里曼忧郁地叹了口气。他寻求的安宁使得他想起自己有多么孤独。他让视线漂浮在虚空中，清空他的大脑，让他的悲痛之情退去。

战场上的残骸遮挡在了马库拉格之耀号和拉科斯星坑之前，拉科斯星坑深处亚空间莫名的躁动也不再可见。反射着金属光泽的阵雨、冻气云和破碎的船壳从太阳前方飘过，就像黑影一样。打捞被毁坏的帝国舰船的工作在进行着。在经过精确计算的，距离各个残骸最近的中点上，矗立着巨大的机械修会救援方舟。救援舰船在方舟和残骸之间飞行，按照精确的时间间隔带来破裂的船体。拾荒者在太空中来回爬行，它们伸出的机械肢和成群的无人机在一起像成群的昆虫一样工作着。在更完整些的废弃飞船上，大量小型救援舱犹如帽贝般锚定其上，在这些尚可回收的舰船上到处都迸出蓝色的火花，最终将进行亚空间跃迁前往宇宙船坞。

帝国军舰的精金框架几乎是不可摧毁的。只要没有发生反应堆爆炸，它们就可以进行修复重建，有些船甚至已经反复维修过一百多次。

远征军舰队在帝国的打捞舰船制度上做了一些调整。基里曼命令必须彻底摧毁叛徒的沉船。修复敌人的舰船原本已经成为机械修会和帝国海军的习惯。毕竟混沌方的舰船也都是帝国建造的，而且通常是更古老和优良的型号。原体努力推行这一政策。他曾说，去建造新船，把过去的留在过去；亚空间的腐化会深深埋藏在它触碰过的任何事物内部。

火星的住民们对此并不高兴。他们贪婪地注视着古老型号的舰船。他们指出，就连原体自己的马库拉格之耀号都是从大漩涡的红海盗手中夺回来的。但基里曼意志坚定，并处理了几个违反禁令的例子以儆效尤。

除了打捞船之外，舰队的其他舰只高悬在狂暴的星坑前方，布设成箱形的防御阵型。战列舰之间的光芒细线标记出船舶间交通的飞行路径，军官和维修人员乘坐穿梭机在舰船间往来。每艘船上都带有伤痕，这些伤痕来自于这场战役或是之前的某次遭遇战，伤痕处不停闪烁着等离子火焰的火光。就算负伤，这支舰队依然强大。基里曼对如今这支规模庞大的不屈远征军非常自豪。

在最靠近拉科斯星坑的舰列背后，寂静修女的寂灭船正在等待，它们的神秘武器足以抹去任何胆敢进入现实领域的可怕敌人。但基里曼并不认为这里会有任何敌人出现。灵能顾问团告诉他，此处的裂缝已经休眠。轨道神庙已经不复存在，而这个星系唯一可用的行星世界，现在属于帝国。

在拉科斯星坑的更远处，闪耀着诅咒瘢痕，这是从银河一端延伸到另一端贯穿宇宙的一道宽大的能量带。它将银河恰好一分为二，完全掩盖了银河心脏部分的卵黄状的稠密的群星，它发出的光会令观测者痛苦。虽然这看起来像是自然现象，但只要盯着看一段时间，人们就会看到自己不愿看见的事物。

基里曼看到的是一场悲剧，是一场延续百万年的争夺中的最新的演出。

过去的一万年的战争，对于整个人类种族的存在时间而言，只是心跳般的一瞬，或是仅仅持续一个夏天的战役。但这场对抗混沌的战争影响深远，使帝国陷入迷途，让人民受苦受难，令原体也畏惧不已。基里曼曾从灵族了解到了关于天堂之战，以及上古种族之间的冲突的信息。虽然灵族并不愿告诉他故事的全貌，但基里曼所知的已经远超过去。

一个又一个种族在与这吞噬整个宇宙的邪恶的对抗中损耗殆尽，人类的第一个群星帝国也因此而衰败。基里曼的父亲——帝皇独力承担这一任务，并为之献身。这是帝皇没有让他的子嗣们去分担的另一件事。

我们在不断为父辈的罪孽而战，基里曼想。无论从单独一个世界的角度，还是从永恒时间的尺度来看，这个观点都同样真实。是那些早已逝去的事物让我们蒙受苦难。

基里曼失望地凝视着帝国，这一帝皇理想的废墟。他从不放纵自己的感情，也从不向他人流露感情，但这些感情依然还存在。甚至在帝皇随着荷鲁斯之乱陷入沉寂后，他也曾经希望去追求进步，相信还有可能为帝皇实现他的理想。但是，基里曼曾追求的理想却是一个错误。帝国本是为了达成帝皇的理想所施的手段，而帝国的存在与否并不是帝皇的理想。要是他能找到些许借口来原谅自己的话，基里曼只能说这是因为他的父亲没有告诉他。帝皇什么也没有告诉他。

基里曼从未预见到这样的未来。在这里，迷信压过了理性，普罗大众愚昧不堪，在痛苦的呻吟。这里没有希望，只有对皇帝的盲信，亿万生灵聚在一起疯狂地请求救赎，如今这绝望的前景中，最重要的部分将由基里曼来担起。全人类的目光都落在他身上。基里曼从不抱怨。但在他停下脚步的这段时间，当他对战略和谋划的思考出现了片刻松懈，绝望的感觉就油然耳生。黑暗诸神正等待基里曼被绝望淹没，向他们屈服。

"我不会屈服。"基里曼咬紧牙关朝向拉科斯星坑说。"我永远，永远不会停下，直到这一切被导入正轨。我蔑视你们，正如我的父亲蔑视你们一样。"

父亲，这个词出现在他嘴边。自从王座之间的会面过后，他现在很少使用这个称呼了。但一万年来形成的习惯很难改掉。

基里曼松开了下颚，他的双手在无意识间紧握成拳。这是愤怒，很好——这会让他走在正确的路上。这会贯彻他的一生。

他舒展手指，平静地做了一次长长的呼气。

这时，一个轻柔的电子音响起。一个带金属翅膀的智天使在书房里进行着笨拙的搜寻，发出咔嗒的响声。这种事物真是太荒谬了，这个时代的科技炼金术已经远远偏离了他生活的时代里的纯粹机械技术。火星的疯狂科技体现在所有的东西上。基里曼看着智天使可怜地飞着。在寻找基里曼时，智天使那动力不足的视觉感官还在绘制着书房的网格路线。

钢缆线插入了智天使苍白的躯干和手臂上的皮肤，让人看着就心痛。智天使身体的其他部分都是机械，包括一对金属翅膀和双腿、一个用完美白银制成的小孩头颅装配着铜织的脖颈。这真是一个令人厌恶的时代里的令人厌恶的造物。

智天使通过一扇拱门摇摇晃晃地绕行进入回廊，之后就很快找到了基里曼。它盘旋着停了下来，翅膀不断拍打着，发出嘈杂的声音。

"大人，基里曼大人。"这个东西的骨制下颌被铸造成闭合的，菲利克斯的嗓音从缝合进死者手中的黄铜小号中传出，噼啪作响。每说一个词，智天使的翡翠色眼睛都会闪烁一次。

"我很抱歉打扰您的工作。"菲利克斯继续说，"不过那位牧师已经到了。"

"他来早了。"基里曼说。

"他对此道歉。大人——他仅仅是希望能准时。"在智天使的机械义体发出的柔弱无力的声音影响下，菲利克斯的嗓音带着不自然的低沉：这是原铸类型的标志之一。"他说他乐意等待，大人，但我想最好还是通知您一声。"

"世上有许多恶行，菲利克斯，但早到并不是这类令我烦恼的事之一。"基里曼说。"我现在就见他。"基里曼凝视着智天使的眼睛。"我刚从其他人的喋喋不休中解脱出来短暂地休息一会儿。让他进来吧。我很期待让这次谈话帮助我改变下心情。"

"即使是一位牧师？"对这位侍从而言这可是很少见的揶揄。菲利克斯连长是个从不做轻浮之举的严肃人物。

"即使是一位牧师。"基里曼说。

"如您所愿，大人。"

智天使眼中的光辉消失了。它飞走了，电机嗡嗡作响。原体用挑剔的眼神注视着它飞回栖息地。那对翅膀并不只是装饰物，从智天使的动静里可以听出重力推进器并没有产生足够的升力来维持悬浮。这个新千年里的机器是如此的粗陋。要是基里曼兄弟中的那些工程师们在场，早就一把抓住这个东西重建它的电机了。基里曼差点就自己这么去做了；或者打开空气锁把它丢进太空，换一个不那么令人毛骨悚然的东西取代它的作用。

基里曼克制着不表现出他的想法。思考、评估、行动，这才是他的方式。罗保特·基里曼并非激情的奴仆。

对智天使的思考带来了另一个不快的记忆，那是他在终焉之门背后看见的：被机械修会的不洁技术拥抱着的尸体，一部分是血肉，一部分是机械，以及从那些灵魂虹吸管中传来的恐怖尖叫……

他摇摇头，压下了回忆。他不可能修正所有的东西，也不能立刻就让形势好转。基里曼小心不再去想那个荒诞的装置，回到桌案前。他没有坐下，而是取出另一本书站着浏览。基里曼今天不想再继续听到关于时空顺序的夸夸其谈。那位作者已经死了一千年。他的言语可以再多等一天。

三分钟后他已经理解了这本新书的一半内容。没有感兴趣的地方——只是另一个渺小世界的渺小人物和渺小事迹。

书房入口的门在均衡的压力下轻快地打开。基里曼因为专心阅读几乎没有听见声音。他抬头望去。基里曼本已经决定在见到牧师本人之前尽量避免对他先做评判，但先前的经验已经让基里曼对这些僧侣有了深深的成见。这个男人会像上一个人一样用号啕大哭做开场白，或是在宗教信仰的狂喜中崩溃？有可能会出现的情况基本就是这些，因此令人厌烦。

基里曼想，如果是洛加，应该会很乐于对此做出嘲讽。

凉鞋在大理石地面上发出轻轻的拍击声，回荡在图书馆内。这个谦卑的声音是战争使徒的下一名候选人对原体的通知。这要比传信智天使的合成颤音好听很多。

马蒂厄修士是一个瘦小的人。他交叉的双臂，被阿奎那托钵僧的朴实白袍的长袖所掩盖。基里曼怀疑自己如果没有收集到这位牧师的情报，还能不能辨识出牧师的宗教服饰。帝国国教有太多的次级修会，就算是基里曼也不可能把它们全都记住。

马蒂厄原本浓密的头发被剪成了一缕额发垂下紧贴前额的造型，其他部分全都被剃得干干净净，露出了带着短发茬的泛青头皮。他看起来镇静而健康。

如果说有什么能让原体感到惊诧的，那就是他看起来太年轻了。那些进入战争使徒候选名单的人，在基里曼手头都有许多扩展阅读资料。但基里曼出于自身的偏见，认定神职人员已经沦为这几个种类：老朽的、疯狂的、放荡的、狂热的或是这些"讨人喜欢"的特质的组合。

基里曼做了个心理暗示调整自己的思维。他刚才陷入了危险的思考方式。

马蒂厄不是一个顽固的暴民煽动者，或一个病态的黑齿极端主义者。但他也不是一位年迈大主教，身着锦缎华服，带着长年静坐产生的积灰。平和宁静的气氛从他身上散发开来。虽然基里曼曾经遇到过这种情况，但马蒂厄并没有那种总是笼罩在信仰者身上的自负。他的动作表现出他是位习惯于战斗的人。

一条鲜红的袍带系在他的腰间，袍带一侧挂着一个简易的小袋钱包，另一侧则挂着一个用来装长筒激光手枪的磨旧皮革枪套。不过枪已经被拿走了，菲利克斯的勤勉令基里曼不禁莞尔，这名牧师无论如都不会对他造成威胁。

在马蒂厄后方，与头同高的位置牵引着一颗伺服头骨，就像它的主人一样谦卑。伺服头骨的前额雕刻着大字"HV"，但总体而言仍是未经修饰的。电机罩、机械臂、单传感器的框架都是朴素的塑钢，骨骼上也未镀过任何贵金属。

马蒂厄渐渐靠近，充满自信，并未因为如此接近一位帝皇的子嗣而虔诚地表露出狂喜。他既没有战栗也没有唱诗，或是放声大哭。马蒂厄并不害怕。相反他笑了笑，带着一丝狡黠，基里曼马上就喜欢上了这个笑容。那是一种微笑，坦率承认了当前处境的不佳，和双方权力地位的差距。那是一种微笑，仿佛在说做出这个表情的人理解这一切，并且觉得有趣。

牧师在基里曼面前的一张宽地毯上停下脚步，张开双臂，俯身鞠了一躬。

"罗保特·基里曼大人，"他说，"很荣幸见到您。"

牧师的长袖轻柔地拂过地毯。

"请，马蒂厄修士，坐。"基里曼指向一条为凡人定制、塞在桌下的凳子。基里曼在上面放了一堆书。马蒂厄移开了书，两人都坐下了。基里曼坐在宽大的椅子里，马蒂厄则像在学校老师面前的孩子般坐在凳子上。"你知道为何我叫你来这里吗？"

马蒂厄点头。"我想我知道。"

"那么说说是为什么。"

马蒂厄咬着嘴唇，抬起一条腿用两手抱住膝盖。"这听起来像是傲慢之举，但借用您的子嗣们的口头禅,这是唯一符合理论的实际。不过,我担心我是在接受考验,并且有点害怕自己会显得太过愚蠢。"

基里曼喜欢这个男人的诚实,坦率地点了点头,表示赞同。"就算你说错了也不会有任何事发生。我没有那种献祭不合我意的人的癖好。"对热爱使用火刑的国教教徒说出这样的话,是很缺乏交流技巧的,不过却是经过盘算的。如果这位牧师要为基里曼服务,他必须符合基里曼的想法和信念。帝国国教对于任何对他们行为的控诉已经有过太多恶劣的反应。

马蒂厄没有理会基里曼的评论,在开口说话前,停顿了片刻,思考了一下。

很好,基里曼想。

"战争使徒杰森已经去世了。"马蒂厄说,"就在拉科斯的光荣胜利前不久,您想为远征军寻找一位新的战争使徒。如果您允许的话,国教会自行任命一位,但您更想要亲自选拔。我觉得您希望找一位地位比较低的牧师,但我还是很惊讶您居然会挑选地位低到我这个程度的人。我对战争很熟悉,我相信这您看重这一点。我是个诚实的人,我还要说出您偏爱我的另一个特质。我在这艘船上很有名,当他们被困在大漩涡里的时候,我就在为这些人们执行牧师工作,自从马库拉格之耀号归还之后,我也始终忠诚地为人们服务。"

"你觉得你胜任战争使徒吗?"

"不,但我认为您会让我胜任的。帝皇用迂回曲折的方式推动着我们,大人。我能想到您召唤我来此的唯一原因,就是任命我作为您的神圣喉舌。除非我以某种方式冒犯了您,让您想要惩罚我。如果我确实这么做了,请您原谅我,但我不认为是这个原因。我也不认为您叫我来这里只是为了收集情报,因为您也不知道的事情我几乎肯定也不知道。"

"喉舌?"基里曼说。

马蒂厄点头。"一个穿着僧袍的工具。这就是战争使徒的职责所在。我听说过您并不把帝皇看做是神,也不相信自己有神性。您需要某个人来减轻这种理念会造成的恐慌。因此,您需要一个喉舌——一位牧师来安抚群众,告诉大家您并非一个可怕的异端。"

马蒂厄再度微笑起来。

基里曼轻咳了一声。"我需要有自由意志的人为我任职,而非喉舌。但除了这一点外,你说的都对。"他拿起一大张发亮的牛皮纸。"你的委任状。"

马蒂厄扬起一条眉毛。他抬腿跳到地上，挠着后脑勺。

"就这样？没有什么仪式？"

"不是今天，不。"基里曼说。"我当然会尽快正式任命你，但我需要你现在立刻开始工作。"

马蒂厄没有接过牛皮纸。"这是莫大的荣幸。"

"正是。"基里曼说。"但你不接受委任状。"

"我不确定我是否胜任。在我接受前必须小心。也许我不应该接受。"

基里曼耸了耸山脉般宽阔的肩膀。"你的犹豫很明智。"他把纸张放到旁边。"你有些疑问，说出来。我许可你这么做。"

"恐怕这些问题会令您生厌。"

"我的脾气和行事方式广为人知。对我自己的人民而言，我是这么陌生吗？"

"您被传奇围绕，大人。"马蒂厄环顾房间，伸长脖子指向环绕着房间轴线的一排书架。"您到底在这里做什么，大人？"

基里曼随着牧师的视线看了一下高高的书架。"知识就是力量，而我缺少很多知识。在开始重建帝国之前，我需要了解很多的事情。为了这个目的，我收集了尽可能多的世界的尽可能多的历史。我将会用它们来构建最近的一万年的模型，这样我就可以研究它，并从中得出一个真实的历史，像这样的东西已经有几千年没有过了。如此一来，我就会理解父亲的计划是如何走入歧途，并且能构想出一个修正方案。"

"您说得很直白。"

"在故意混淆中无法获得任何结果。"基里曼说。"时间短暂。我为什么要撒谎？"

"我明白了。"马蒂厄又停顿了一会儿。"我恳求您宽恕我的无礼。大人——"

"你充分意识到并且承认了对我的冒犯，但你仍在继续。"基里曼暴躁地打断了他。"问我，或者别问。如果你能有效地为我服务，你我之间不会有任何秘密。"

"我很抱歉。"马蒂厄修士流畅地说，牧师平静的脸上显示出极度紧张的信号，一只眼睛的眼皮跳了一下。

基里曼注意到了这一点。他为自己把这个人推入困境而感到懊悔，他向后靠在椅子上，将双手交叉放在膝上。这位超人采用了这样一个更随和的姿势。"让我们重新开始，"基里曼说，"应该道歉的人是我。人们之间或许会抱有截然不同的观点，但这并不是做出不礼貌行为的借口。过去的我脾气要更好些。但现在……"基里曼的声音逐渐减弱了，他的目光迷失在这些小丘般的由一万年历史堆成的遗骸上。"事情已经不再是曾经那样了，我也不再是过去的我。我在各个方面都有压力，我的脾气压倒了我。虽然已经迟了，但还有太多的事得去做。"他摇摇头，努力微笑了一下。"请吧，牧师，把你所谓的'冒犯'更大胆地说出来吧。"

马蒂厄修士放松了下来。这只是姿势的细微改变，普通人难以察觉，但在原体眼里却一清二楚。马蒂厄的脸上掠过了闪光，他下定决心了。牧师再一次仔细斟酌他将要说出口的内容。

"您的行为中有一个虚伪之处，大人。您命令马库拉格的托勒密图书馆锁上大门，宣称学习的时间已经结束了，但在这里您却全神贯注地追寻历史。"

基里曼露出了包容的表情，大方承认了这一点。"我认为我的行为并无不妥。终有一天，这些大门将会被打开。我在那里的行为只是象征性的。就算在我自己的领地内，现在有谁还在阅读图书馆内的藏品？我封印那扇门并不是为了反对真理，而是为了反对取代真理的那些迷信。"

基里曼不常说谎，但这次他说谎了。在托勒密图书馆里藏着一本书，里面记载着他不希望任何人读到的历史。基里曼不能让第二帝国的阴影妨碍他即将进行的冒险行动。

"我们所有的注意力都必须放在将来。"基里曼继续说。"有一个关于过去时代的记录被保存在那座图书馆中，而现在人们记得的是另一个不同的版本。那扇门的关闭虽然只是个象征，却是强大的封印。它暂时封印了将来可能会产生的所有说法。我有所准备，马蒂厄。在这场危机度过后，尽管我们还有一条漫长的路要走，但或许我父亲理想中的某些部分能得以实现。如果我们够幸运的话，当我重新开放托勒密图书馆的大门时，进入者或许能最终理解他们读到的事情。"

原体叹了口气。"我会对你说实话，所以好好听着。你将会参与我不愿对外公开的事务。我明白在大异端战争结束后的那个时期，我过分专注于军团改革，信赖父亲创建的用来进行英明统治的议会。乐观的情绪令我误入歧途，导致了我现在身处的这个可怕未来的出现。我犯的错绝不亚于任何其他人。现在我已经结束了对《阿斯塔特圣典》的修订，我开始致力于撰写一本新书。这本书我将会命名为《帝国圣典》。在里面我将会制定进行良好统治的准则，这是我们人类久违的事物。编纂一部准确的历史，只是这个过程的开端。"

"您是在指挥这场战争当中进行这件事的？"马蒂厄难以置信地说。

"我并没有太多你们神职人员认为我具备的神力，马蒂厄，但我拥有其他能力。我被创造用来同时完成多个任务。"

"帝皇真是英明，创造了像您这样的人。"一丝敬畏隐隐出现在牧师的表情中，令基里曼反感起来。

"他并非如你所想的那样英明。"基里曼说，声音里有着无法掩饰的痛苦。"我是二十个原体中的一个。两个原体的创造失败了。剩下的半数反叛了父亲。帝皇并非始终正确，我也如此。"这是意图激怒牧师的亵渎之语，一种廉价的战术。所幸马蒂厄不为所动。

"二十个？"牧师扬了扬眉毛。

"是的。"基里曼说。

"不是十八个吗？九位神圣原体，九个堕落恶魔？经书上是这么说的。"

"不，是二十个。你们的教会对许多事情都一无所知。"在这第41个千年里的大多数人都不清楚荷鲁斯和他的同伙们曾经也是忠诚的，所以对于他的两个失败的兄弟不为人知，基里曼并不感到惊讶。许多信息被有意隐藏了。流传的更多是神话。

"我知道了。"马蒂厄看上去若有所思，将这些信息藏在内心里以待后用。他带着一丝神秘感微笑了一下："但由于您的神性，您并未被腐化。"

"我并不神圣。"基里曼说。"如果你必须这么做的话，去崇拜帝皇吧。但我不值得你的赞美，我也不会接受它。"

"我听说过您的一些信念。"马蒂厄说。"当您刚苏醒过来时，您坚持某种您称之为'帝国真理'的东西。"

基里曼望向远方，恼怒地想起了那古老的谎言。在苏醒后，他轻率地说出了他对教会的不满。基里曼花了很长时间才可以自如地应对，并且为他所发现的事而惊惶。

基里曼对帝国真理的情感仍然是矛盾的。他还没有原谅帝皇对他们所有人隐瞒了亚空间真实本质的事实。他也不知道他今后是否能够原谅。这一弥天大谎令父亲所说的一切都不再可信。如果他没有撒谎，历史或许会大不相同。

推想起来，基里曼的思维进入了马库拉格式的辩证法。如果帝皇撒谎的内容不止只有亚空间的诸神呢？

基里曼过去绝不会接受这样的想法。但现在的这个人间炼狱已经动摇了他曾经相信的一切。基里曼没有预料到人类会因为帝皇的谎言发生了如此巨大的转变。而现在又出现了其他的威胁，从远古而来的更多的入局势力，他们对人类的危险程度不亚于混沌。帝皇是否也知道这些？

他在皇宫大门之后看到的那一切……

别分心。

"一个修正过的版本，没错。"他说。"理性在这些疯狂中仍然占有一席之地。"

"有人可能不会赞成。"马蒂厄友善地说。他的眼睛闪烁着精明的光。"据我所知，大人，这个真理不但否认了您的神性，也否认您父亲的神性。"

"帝皇否认过自己的神性。"基里曼直截了当。

牧师耸了耸肩。基里曼在这名牧师脸上看到的神情已经在其他神职人员脸上看过太多次，那正是狂热的神情。

基里曼心想，如果帝皇亲自站起身，走下他的黄金王座并且宣称："我不是神！"随后这些人应该会将他当作一个异端烧死。

马蒂厄并未表现出太多盲信的迹象，但原体会再多给点时间。牧师的外貌越沉静，他内心的信仰就越深。信仰越深，他就越可能把你投入灼热的正义之火。这是基里曼所需要的一种情绪平衡。他的战争使徒需要保持某种激情。

但要小心这场火不要太大，罗保特，基里曼责备自己，否则你可能会被灼伤。

"如果您没有遵循我们荣光教会的教义。"马蒂厄说，"那么您为何要与我们来往呢？"

"因为帝国国教拥有权力。虽然它在不明智的场合滥用权力，但只要处理得当，我会认为它是一股良善的力量，而且已经是了。"基里曼直直地望进牧师的眼睛。牧师试着注视回去，但还是退缩了。"我需要国教。我需要国教的支持。银河系的运转依赖于他们的赞同，虽然我宁愿事情不要这样……"他停顿了一下。"不屈远征的第一阶段已经结束，但接下来还有许多事情要做。

我需要得到教会的祝福——既为了鼓舞部下们的士气，也是为了给那些会在帝国内部制造分裂的势力提供一条统一战线。或许你并没有意识到，这些人的数量极为庞大。"

"您并不需要寻求国教的祝福，大人。我的任何一个同侪，任何一位大主教或是主教，都会立刻抓住一切机会宣扬您的神圣意志。"

"我想我没有询问的必要。"基里曼说，拿起一本薄薄的皮革绑扎书卷。"但如果我这么做，那时你们就会认清我到底是怎样的人，认清我并非是你们信仰之中我应该成为的那种人。神不需要对凡人有礼貌。这是另一个原因。"

基里曼递出那本书卷。

"让我们先不去管你的委任状，如果你愿意，就拿走我的这本笔记。这些是我想要获得祝福的主题。你们宣称国教就是帝皇的喉舌。你最好能既说出他的意愿，又服从我的命令，巧妙地解决两者间可能存在的所有矛盾。世事难料，我不能只靠强制命令来进行统治。每个机构都按照我的要求而行，只因为我是帝国摄政。我确是帝皇的世间代理人，但我并非暴君，我也不会成为一个暴君。我想要让整个帝国心甘情愿地跟在我身后，否则我们都将一败涂地。我不能成为我的兄弟荷鲁斯那样的人。"

"没有人说您是个篡位者，大人。"牧师一边说着，一边从原体手中接过那本薄薄的书。他的指尖颤抖。作为纸张和皮革而言，它简直没有什么重量可言，但其中的责任却足以粉碎一大群圣徒。

"最危险的想法没人会说出口。"基里曼说。"但许多人这么想甚至在这支舰队内。而在泰拉，这是被公开讨论的话题。"

他转过身面对他的数据信息和全息影像，翻开了那本时空纷争的书。谈话已经结束了，但牧师还留在原地。片刻后，基里曼回过头说："还在这儿，牧师？"

"如果您能屈尊迁就我，我还有一个问题。"马蒂厄说。

基里曼拿起一支细笔在数据板上做着标记，屏幕上有一个关于他的图书馆的新发现的列表闪着绿光。他在他想要第一时间看到的书的名字上打钩。"你想知道为何我选择了你，为什么不是一个大主教，甚至是大司教本人？这很正常。"

牧师点点头。"我是最低级别的牧师，大人。"马蒂厄说。"即便在星际传教会当中，我也是默默无闻的。我的事业是与穷人和病人们在一起。这不会带来任何威望，而且常被蔑视。我从未渴望权力或是影响力。我只是想要完成您父亲下达的工作。这对我来说已经是足够的回报。"

"说得好。这就是为什么我选择了你，而不是一些君主式的宗教领袖。你可以做到。你和我的军队一同战斗，你关心最卑贱的奴隶。"基里曼高贵的脸庞变得更加庄严。"况且，我已经听过了你的布道。"

"您听过？"马蒂厄说。他十分惊讶，感到非常荣幸，但他仍然没有跪倒在地号啕大哭。基里曼对自己做出了正确选择而感到满意。

"拿上这本书。我的侍从会授予你我的印章以及你的战争使徒委任状。对我来说，你已经是这个角色了。如果你愿意的话，我们可以把它看作一个临时任命。你有一个星期的时间来决定是否永久担任这一职位。但无论如何，我希望你能为我做一件事：为我计划中的凯旋仪式写一篇布道文，并进行布道。"

"您是在命令我？"

"我在请求你。你并非必须这么做。"

基里曼仔细打量着牧师。马蒂厄紧握着书。

"好，"基里曼说，"现在走吧——你需要的任何东西都会向你提供。"

"您可以自己来宣读这些话，大人。"

"马蒂厄修士。"基里曼把手放在一堆用审判庭标记的封条粗糙地装订着的文件上。"我已经仔细研究了许多可能的候选人。之所以选择你，是因为我所拥有的所有智慧都认为你的人生履历说明了你是一个诚实的人，热情而理性，善良而勇敢。如你所说，你帮助有需要的人，除却行善之外没有任何野心。而正如我所说，我以前并未在这方面看走眼。"

"我还有自己的工作要做。"

"但我交给你的工作更重要。"基里曼说。他压低了嗓音，穿过回廊望向战舰外面太空战产生的漂浮着的残骸。"如果我说自己不是神，在我父亲的崇拜者眼中，我就是在诅咒自己。如果我说我是神，在那些怀疑我的人眼中我就是在再次诅咒自己。并非每个人都认为我的归来是个偶然。某些怀疑正在发酵。有人在诽谤我。我需要有人能悄悄地操纵国教。而对我来说，最危险的事是把一个崇拜者放在这个位置上。我需要能把事情搞定的人，在我说话时永远不会陷入兴奋状态，当我应该被质疑时能提出质疑。简言之，我需要他能从神的背后看见我是个人。"

"你随意地来到我身前，你没有跪倒在地。你可能会感到吃惊，你是你们组织中能和我进行一场正常谈话的极少数成员之一。在最初的几分钟谈话里，你称我为伪君子。最重要的是，你并没有被我吓倒。因此你很适合这个角色。你可能并不完全相信我。但我认为这也是一个优点。"

牧师把书紧紧抱在胸前，犹如它是一个珍贵的孩子。"我相信您，大人。"

"因为你有信仰，牧师？"基里曼说。这一次他没有掩饰他的感情。

他的轻蔑就像一盆水向马蒂厄修士浇下。

"不，大人。这是因为我见到了您，并且我认为您是真诚的，除非我被刻意误导了。"马蒂厄再度鞠躬。"我将会完成您要求的事，写作那篇布道文，并且进行布道。在一个星期内，我会给您答复我是否接受这一任命。"

第十章

奥特拉玛的新闻

当舰队进行维修，补给舰穿越星区前来为第一舰队供应物资时，108/β-卡拉普斯-9.2 的地表上已经开始进行建设作业。战场的残留物被挪走，叛徒们的尸体被焚烧。当所有的战斗痕迹都被清除之后，远征军在胜利的地点开始为拉科斯凯旋仪式做准备。

成群的自动唱诵者从裸露的土地上空飞过，高唱着颂歌；乘坐着浮游讲坛的牧师呼号而过。对这片被污染的不洁土地施以净化祝福。交错排列的巨大机械，正用推土铲刮平地面。在这些机械后面的是大型罐车，搅动的巨罐喷出液态的混凝土。罐车后面，一大批人带着耙子和刷子努力平整还未凝结的混凝土，几十名工匠们密切注视他们，工匠们的伺服头骨和电子驽兽使用激光光束发出的脉冲波测量地基的平整度。当准线设置完毕，机仆们就紧随其后，用从整个星区采来的彩色石块铺设成复杂的镶嵌画。最后出现的是装着刷子和抛光臂的货车。就这样，这片岩石荒野逐渐变成一个横贯三公里、装饰着巨幅镶嵌画的大型军事广场。

峡谷入口处的广场只是一个开始。爆破步行机拆毁了钢铁战士的城墙，以建造道路通往一座横贯整个平原的巨大凯旋建筑物。当他们的拆除作业还在进行的时候，在高墙中央大门的位置已经开始搭建一座宏伟舞台的布景。这项工程在峡谷外沿树起了巨大的立柱和三角墙，在那上面帝国英雄群体的雕塑正凝视前方。这里产生的噪音极为惊人，在方圆数百公里之内的平原上回荡不停。建设活动的源头一直向上追溯到行星轨道。一排排登陆货船从天而降，带来了工人和材料。

基里曼在一辆笨重的建筑履带车的观景台上观察着这一切。菲利克斯很好地完成了自己的工作。外头的机械并不是旧有的大型峡谷挖掘机，但还是可以完成任务。菲利克斯连长大有长进。

基里曼还在等待着，而新来的一批建筑师们正为他的计划而绞尽脑汁，准备递交给原体审阅。一堆图纸和石块雕刻的砝码堆积在不堪重负的地图桌上。军事工程师们则显得更稳重一点，等候着轮到他们的时刻。在他们的设备中，储存着即将在钢铁战士堡垒的基础上新建的战团要塞的建筑集群的设计。

"大人。"一名雕塑家挂着因为害怕而凝固的笑容走近基里曼。原体从低矮倾斜的窗户转过身，开始观看一件拱门檐壁的全息影像。这个男人结结巴巴地进行着陈述，他的设计天赋极佳，但在人际交往上则多有欠缺。因此当菲利克斯连长走进这个狭窄房间时，基里曼感到十分欣慰，似乎得到了解脱。设计师们几乎都像害怕基里曼一样害怕菲利克斯，急忙在他面前散开。菲利克斯咳嗽一声向基里曼示意。当原体低下头时，菲利克斯在他耳边低声说了几句。基里曼皱起眉，点了点头。

"先生们，我们得稍后再议了。我保证，我会在今天看完你们所有的计划。请吧，在你们等待的时候，菲利克斯连长会为你们准备一些茶点。"

菲利克斯显得惊慌失措，眉头结在了一起。履带车上的例行供应是循环温水和应急配给饼干。但基里曼相信他能安排点什么。如果说有谁能从不存在的地方变出恰当的食物，那肯定就是菲利克斯。菲利克斯脸上的表情堪称滑稽。基里曼忍住了安慰他的冲动，原铸连长应该学习如何相信他自身的能力。菲利克斯连长对他自己的能力不太自信，但用不了多久，他就需要将这些本事全部施展出来了。

"这边，"菲利克斯说着，把设计师们领进履带车小小的客舱。"我去看看能不能找到点酒。"

设计师们将信将疑地互相看了一眼，穿过了门。当他们全都走过去后，基里曼用内部通信联络菲利克斯。

"谢谢你，连长。我不会花很长时间的。"

"他就在外面，大人。"

基里曼离开履带车的甲板。这台机械主要用于大规模的民用工程，在设计时并没有考虑太多舒适性。即使对标准人类来说，内部也已经算得上狭窄了，基里曼不得不弯腰通过走廊，几乎把身体蜷曲到一半大小来挤过门。

走出隔音的指挥台，就会听到这台机械内部运转发出的雷鸣。基里曼的耳朵被巨大的活塞撞击声震得嗡嗡作响。履带车在此刻还只是挂着空挡，等它行动起来后会发出更大的声响，震耳欲聋。

基里曼停在这辆车的主管私人舱室外，并敲了敲门。主管比那些设计师们要更严肃一些，对于帝国摄政站在他的私人舱室外，看起来只是略带惊讶。

"我们的会议还没结束，弗彭主管，"基里曼说，"我要去接待一位客人。"

"只要您需要，我的指挥台就是您的，大人。"弗彭轻快地鞠了一躬。"我很乐意休息一下。"

基里曼越过这个男人的肩膀望去，舱室里塞满了文件和数据板。

"你对休息的定义和我一样，"基里曼说，"那就是不休息。"

"为帝皇服务永不停歇，大人，"弗彭说，"总是有更多的事情要做。"

基里曼点头。"等开完会后我会通知你的。"

他离开主管舱室，继续沿着走廊向下走去。车组成员们比他们的领导更认真地安排自己的临时休息时间。当他经过履带车的休息室时，听到了响亮的笑声，里面的人正愉快地摆弄乐器，并不知道帝国的主宰离他们只有几米。

基里曼顺着台阶向下，从履带车推土铲后方的一扇双重闸门中钻了出来，绕过庞大的液压设备，最后出现在平原上。

一位极限战士正在那里等候，带鬃毛的头盔被夹在一条手臂中。他的装甲已经积了一层尘土，但在灰尘下第四连的绿色装饰物仍闪闪发光。这个人拥有众多荣誉印记，他的地位毋庸置疑。

"文崔斯连长，"基里曼说，走到他身旁，"你远道而来，抱歉让你久等。"

文崔斯转身下跪。"原体大人。"他低下头，保持目光注视地面。

"请起，孩子，"基里曼说，"你无须向我下跪。"

文崔斯依然跪着。

"大人，原谅我吧。很不幸，我之前没能见到您。您被唤醒以后，我的连队立刻开始返回，但当我到马库拉格时您已经离开了。"

"履行职责并不是错误，连长。我不接受你的道歉，因为没有道歉的必要。"

"我总是感觉我应该早些赶去马库拉格，这非常重要。"

"你现在已经来到这里了。"基里曼说。他向文崔斯走近了一步，伸出了手。"请起。"

连长并未站起。"我和我的兄弟们谈论过您，我仔细听着他们所说的一切。但没有一句话能比得上实际来到这里见您。我曾想带着我全部的人马站在您面前,但我又不敢期盼这样的画面。我期待自己能感受到什么。我觉得见到一位原体就像是传说,但这确实发生了,我现在已经有点混乱了。"

"你可以站起来了。"

"但……但是大人,我不能站起来。"文崔斯抬头看着基里曼,他饱经战火洗礼的脸庞因为眼前的奇迹而看起来变得年轻了。

"那么我命令你站起来。"基里曼说。文崔斯的反应既感动了他,又激怒了他。"像看父亲一样看我,不要像对君主。你来自我的基因序列,是我的孩子之一。"

"遵命。"乌列·文崔斯缓缓站起,他的装甲的动力系统发出咆哮,仿佛连它们也在惊叹。连长观察着他的基因之父的脸庞。此时,基里曼正向下望着他。从连长驯服的外表下,原体感受到他内心的挣扎、愤怒以及为原体服务的渴望。

咒语解除了。文崔斯腼腆地笑了笑。"西弗勒斯提醒过我这个。"他说,摇了摇头。"他提醒了我,我还不相信他。我对他说'我不会昏了头的'。如果我告诉他刚才我做的事,他的表情一定会很好看。"文崔斯挺直腰杆致敬。"我很抱歉。阿格曼连长是对的。"

"没什么。"基里曼伸出了手。文崔斯不再犹豫,伸出手紧紧地握住了它。

"我很高兴终于认识你了。在此之前已久闻你的名声。"基里曼说。

"并不都是好的名声,大人。"文崔斯说。

"如果规则和习俗始终不被打破,乌列,它们将变得毫无意义——要么因为滥用而令人难以接受,要么太强势而压倒了一切,变成阻隔心灵的墙壁,掩盖了规则和习俗被制订时原本要保护的真理。我猜想你是作为第一连长阿格曼的代表被派来出席凯旋仪式的。你应该还有消息要给我,才会前来打断我和建筑师们的重要工作。"

文崔斯深深低下头。"确实有。奥特拉玛的战争进入了一个新阶段。三支敌人的大军已经从天灾群星中出发。坚韧号——死亡守卫的领主莫塔瑞恩的舰船,正带领一支舰队驶向奥特拉玛。"

基里曼并不感到意外。"这只是时间问题。随着马格努斯重访帝国,我估计我那些兄弟们中更多的人将离开他们的后方要塞,再来一次冒险。"基里曼望向远方,思索着。"莫塔瑞恩确实出现了?我们最后一次见面时他并不喜欢欺骗，但那以后他有很长的时间去学点新把戏。"

"有人看见他了，大人。在攻陷代达罗斯时，他亲自出现过。一条星语通信和图像编码一同被送来。一旦处理完星语隐喻，我们就能拿到他的清晰图像。"

"代达罗斯？那个世界的命运如何？"

"伤亡惨重，被大量的病毒污染。莫塔瑞恩的走狗到哪儿，疾病就蔓延到哪儿。他们毒害了大地，虽然在他们离开后，这些影响也会在一定程度上衰减——他们带来的污染并非完全自然形成，需要叛徒们的存在来维持，智库馆长提格里奥斯是这样说的。"文崔斯耸耸肩，"那本质上是灵能的作用，智库的工作范畴。那个人还说，叛徒们也带来了瘟疫。代达罗斯需要多年时间才能恢复。"

"莫塔瑞恩没有摧毁那个世界？"

"没有，大人——他攻击并屠杀了那里的辅助部队，在我们还击之前就逃走了。"

"那就说明莫塔瑞恩是故意露面的，"基里曼说，"代达罗斯没有太大的战略价值。他在试图把你们引出来，然后把你们打倒在地。"

"他所做的不只如此。我们得知莫塔瑞恩曾在四个核心星系出现过。无论他去了哪里，叛乱就随之爆发。最近，莫塔瑞恩改变了做法，在身边聚集了一支舰队。他已经在马库拉格星系中占据了阵地。莫塔瑞恩的舰队很庞大，我们的防御舰队难以直接对抗，但他们还不足以攻击马库拉格主世界。阿迪厄姆已经被封锁，上面的两座巢都正遭受攻击。他的出现带来了一波遍及家园星系的六个行星的骚乱。我们的人民未能免疫混沌的引诱。我们花费了大量时间来镇压死亡邪教，或是处理突发的疫病。在这些骚乱的掩护下，莫塔瑞恩派出小型突击队攻击关键的基础设施。我还不能说马库拉格正在被围困，但事态已经很接近这样了。"

"他到底在玩什么花样？我很疑惑。"基里曼沉思自语，他的声音低得接近耳语。"这些攻击，"他坚决地说，"它们看起来是随机的，但应该并非如此。"

"西弗勒斯也这么认为。但他还不能确定敌方的意图。"

基里曼显得不悦。"真是些坏消息。"基里曼说。"不过，艾斯潘多还没被夺走？"

"艾斯潘多依然屹立。"文崔斯说。"敌军已经逐渐加强了对艾斯潘多主星的攻势，但第五连连长斐连把他们都挫败了。敌军也没能在其他地方获得足够的收益，来集中资源吞没这个星系。只要补给线保持通畅，艾斯潘多不会陷落。"

"总算有件令人宽慰的事。"

"大人，我并不想破坏您的心情。但艾斯潘多并不能支撑太久。那个星系内，除了主星外的所有世界都已落入敌手，他们的舰队能在那里自由补给。"

"或许我耽搁得太久了。"基里曼说着，再次陷入了沉思。"跟我来，"他突然说，"我一整天都关在室内。现在我需要走走。"原体沿着履带车周围走去。十六个巨大的轮子列在车的侧面，每个轮子都有基里曼两倍高度，它们坚硬的塑钢板沾着厚厚一层沙砾。"其他敌军的构成情况是怎样的？"

"一支更小的死亡守卫舰队负责震慑外围区域，"文崔斯回答，"旗舰看起来是终焉号。这艘船是——"

"卡拉斯·泰丰，死亡守卫第一连连长。"

"这是他昔日的名字，但那已经是逝去的传说。现在它被我们称为泰丰斯（泰丰斯意为斑疹伤寒——编者注）。"

"是的，这当然。"基里曼说。

"泰丰斯的舰队不怎么需要担心，"文崔斯继续说，"虽然他已经夺取了星堡欧美尼斯，并且正集中攻击其他星堡，但我们可以庆幸的是只要泰丰斯去的地方，莫塔瑞恩就不会去。大多数死亡守卫聚集在他们的叛逆原体周围。最大的危机正以恶魔大军的形式出现。它们可以随意进出现实空间，而我们不知道它们是怎么做到的。提格里奥斯大人接受任务前往外部区域确定其原因。恶魔们暂时返回了亚空间，但奥特拉玛周围的亚空间的骚动正越来越大。智库和我们的星语者都认定它们还会回来。敌人正在计划着什么，第一连长对此确信无疑。塔忒拉最近被恶魔们毁灭，总督生还，但报告伤亡率超过百分之九十八。率领这支军队的恶魔已被指认是古加斯，它自称为"瘟疫之父"。在其他三个星系中也有别的迹象出现，虽然这些迹象总是稍纵即逝，但却是可以证实的。另外，这些迹象发生的时间和莫塔瑞恩行动的时间很接近，或者可以说是同时发生的。"

文崔斯停了下来，认真地看着他的基因之祖。

"大人，莫塔瑞恩和他的恶魔盟友们正在进行某种邪恶之事。奥特拉玛处在危险中。当我离开时，在整个区域内有一百零六条交火中的战线。当然，这个数字始终在变化。就算按照最有利的时间计算方式，自我离开奥特拉玛以来也已经过去了十四天，这么长的时间足以让事态发生变化，而且恐怕是往糟糕的方向发展。"

"你的报告呈现给我的场景，足以说明第一连长面临的挑战。"基里曼说。"他委托你把这件事当面告诉我，以免情报落入敌人之手，对吗？"

"已经有很多次敌人预先知道我们行动的例子，大人。"文崔斯回答。"我们不知道这是怎么做到的，但他们拦截并且正确译出了我们发送的星语。对于最重要的信息，我们已经开始依赖通信船进行联络。"

"莫塔瑞恩想要强迫我返回奥特拉玛，"基里曼说，"他真会挑选时机。我别无选择，只能做出回应。"

他们继续前进，从指挥履带车的阴影中走了出来，来到了凯旋仪式开始的广场。平原在一道矮墙前终止。在沙地的上方，闪亮的广场向周围伸展开去。一两公里以外的地方，那些巨大机械还在继续着扩展广场范围的工作。108/β－卡拉普斯－9 的微弱阳光，几乎无法穿透人们在重塑这个世界时扬起的沙尘幕。空气虽然稀薄，但还是可以呼吸的，寒冷、柔和的风吹过，将沙砾洒落在新近抛光过的瓷砖上。

"没有什么是永恒的。"基里曼说，注视着镶嵌石块的广场发出的闪亮光芒在飞扬的尘土中变得暗淡下去。"我们努力的成果总是难以保持。"

他沉默了片刻，文崔斯期望地等待着。

"告诉我，文崔斯连长，大奥特拉玛的重新整合有什么进展？"

"这是另一件事了，"连长有些勉强地说，"阿格曼的努力正在被阻挠。对于哪些区域属于奥特拉玛的争论，延误了将五百个世界像您在的时候一样整合起来的计划。顽固的指挥官们正在利用我们的信息缺失进行阻挠。我们的历史记录并不完整，大人。我们没有一张准确的您那个时代的奥特拉玛地图。托勒密的基里曼地图在几千年前就已经损坏了。残留下来的完整地图显示的是在不同扩展阶段，或是在您将其分割之后的领土。但这些都不是奥特拉玛巅峰时期的疆域。许多由您起草的授予当地行星指挥官统治权的文件已经丢失。但事情还是在推进。我们相信有四分之三的奥特拉玛旧领土回到了马库拉格的直接管辖之下。"

"阿格曼有我根据记忆整理的一份清单和一张地图，"基里曼说。"它上面盖着我的印章，代表帝国的全部权威。我在军备大厅的窗户里镶嵌了一幅大奥特拉玛地图。并没有什么需要争论的。"

"有一些世界怀疑这些证据。他们倒是很乐意接我们的战士，但有二十多个星系的帝国指挥官们在咬文嚼字，不愿重许他们的忠诚誓言。其中有一个案例：一名领主向您宣誓效忠而另外三名反对，争论甚至引发了一场星系内战。还有一些则干脆扯谎，告诉我们他们统辖的区域从未是奥特拉玛的一部分。或许他们中间有人是真的这么认为的。另有少数几个星系更加坚决，他们坚持古老的授权条约不能被废除，即使是由大人您来废除，他们决心保持独立。"

"他们是错误的。"基里曼说。

文崔斯注视着一辆小型轮式运输车快速穿过广场前往施工线。运输车经过他的面前，扬起了一缕尘埃，向地面缓缓飘落。"他们……因某些同僚的下场感到不安。"

"只有那些统治得很糟糕的人，才有必要恐惧。"基里曼说。

"是的，自然如此，只有那些专制的独裁者们才会反对您解除他们的独立。"

"他们只是在拖延无法避免的事情，"基里曼说，"很快，他们将排着队礼貌地请求宽恕，否则就会被处以极刑。"他看着一辆庞大的地形塑造机把一块凸出的岩石在瞬间磨平，喷出了浪花般的粉碎石子。塑造机拖斗上的熔炉将切下来的石材灼烧后制成石灰。石头将以这种新的形态，被地基小组快速地铺到这片原野上。

"我不该让五百世界自由。"他突然说。

"大人？"文崔斯说。

"我不应该做这件事。"基里曼重复了一遍。"我曾以为我做了正确的事。我觉得我遵从了帝皇的意愿，让人类去管理人类的事务。"他悔恨一笑。"在我施行阿斯塔特圣典并且分割军团之后，我认为一支千人的星际战士军队已经不可能既有效统治这样一个广大的领地，又去履行他们作为帝国监护者的首要职责。我的军团已经不存在了，我并不想要战团延续他们的孤立主义传统。让极限战士们去管理那五百个世界，他们的精力会被分散，可能再也不会离开奥特拉玛。"

"或许如此。"文崔斯说。"也许我们本可以治理好，大人。但我认为您的决定是明智的。"

"明智吗？"基里曼说。他突然又走了起来，转身绕过履带车后方，走向那片还没有开始施工的平原。

在这个方向上，几乎没有战争或者建设留下的痕迹。除了工业带来的改变，108/β-卡拉普斯-9.2寒冷、平坦，几乎没有生命存在，这个状态已经延续了几百万年，就像人类出现之前的火星一样。在上一个世纪里气温下降了几度，对类似这样的一个地方会意味着什么？也就是冰霜变多一些，光照变少一些。如果不进行人工干预，这个星系的太阳终会熄灭，108/β-卡拉普斯-9.2将被彻底冻结，也就不会再有人关心这里了。这个世界是如此荒芜。基里曼怜悯那些即将被他安置到这里的星际战士们，但像拉科斯坑这样的地方必须看守。不计其数的普通人和超人们将会在守望这条恐怖的帝国新边界的过程中筋疲力尽。这就是对帝皇的侍奉。

"我不再确信这一点，"基里曼继续说，"我曾经的一个子嗣，和你很像，他警告我不要骄傲。我觉得我已经不会被骄傲影响，但骄傲有许多种类，它仍在我决定缩小奥特拉玛时产生了影响。你知道，我想要极限战士离开那里，去群星之间。我希望极限战士的精神得以延续。"他再次停顿，目光扫过这片沙漠低矮凄凉的山丘。"是这些想法让我变得自私的吗，孩子？"

文崔斯不知该说什么。原体继续说了下去。

"当时还有一个更实际的考量。我并不希望产生让星际战士战团来统治帝国的很大一部分区域这样的先例。把统治权从潜在的暴君手中夺走，却让星际战士自己成为暴君，这有什么好处？帝皇已经通过他的行为，很清楚地表明了帝国大权应当由凡人来执掌，而非由阿斯塔特修士，或者我们这些原体。如果极限战士仍是五百世界的主人，那就会开启一条通往腐化的潜在途径。我不会让奥特拉玛的存在作为建立一千个小帝国的借口，因为我不认为其他阿斯塔特修士能复制我们的家园。战士当中总是会产生低劣的领主。收获一个新的奥特拉玛的可能性不高，更有可能的是会产生一个钢铁帝国。"

基里曼提及了异端时期钢铁战士的短命王国，文崔斯并不知道这件事，但他保持沉默，让原体继续往下说。

基里曼望向天空，这里的大气十分稀薄，透过尘埃，白天就能看见最明亮的星星。行星轨道上的舰船发出的光芒也清晰可辨。"然而，我复活后发现整个帝国已经成为围困人民的监狱。为了避免一个难题，我创造了另一个难题。如果我留下一个完好的奥特拉玛，更多的世界就能成为躲避这些痛苦的避风港，并且令帝国保持部分理性。一座更大的灯塔才能更猛烈地燃烧，发出更亮的光芒。我应该让大奥特拉玛完整留下，成为理想的范例。"

原体转向他的子嗣。"你们极限战士从最初创建到现在，经过了那么多世代。但你们依然保持着帝国的本真。极限战士的献身精神是奥特拉玛之魂和帝皇的愿望的证明。本该让你们来守护更多的世界的。你应该理解当时我为什么要这么做。我曾目睹半数兄弟坠入混沌，并且决心不让任何人再掌握一支军团的力量。我执着于防备对区区十万星际战士可能的滥用，但我却忘记了那些凡人的卑劣私心。就因为这样的原因，我匆匆结束了大远征，继续专注于和平事业！"原体嘲笑着自己。"或许我就算活的更久一点，也注定会失败。那些统治者否认我的印章和我废除条约的权力，他们并不邪恶——他们或许也不愚蠢。他们只是像所有其他凡人一样眼界太低。"

基里曼陷入沉默，随后悲伤地笑了笑。"吓到你了吗？我的孩子，我让你知道了一位原体也会犯错。"

文崔斯看起来有点不自在。"我的内心在说，是的。但是通过理性的论证，原体也会犯错是一个明显正确的结论。"文崔斯说。"您的坦白丝毫未减我对您的尊敬。尽管我们极限战士的身体被强化了，但我们依然保留了人性，我们也会犯错。随着孩子的长大，他会懂得他的父亲并非永不犯错，不论他是伟大还是卑微。"

"有时候我怀疑我根本就是个普通人。"基里曼若有所思地说。"在任何有意义的认知上。"

"如果您不是，您就不会关心他人的命运。"

"我的许多兄弟并不这样。或许这是一种做作的行为？"

"人性并不只取决于形体，而是取决于行动，大人。"文崔斯说。"一个凡人也可能会用非人的手段对待他人。我也见过异形们表现出荣誉感和公正性，而我们带给他们的只有仇恨。"

基里曼谨慎地评价着第四连连长。"你给我留下了深刻印象，文崔斯连长。我听说过许多你的行为。但我从未预料到你的思想这么有深度。"

"都出于您留下的教诲，大人。"文崔斯谦虚地说。"我们不仅努力去做一名战士，还要试着成为智者，能进行公平统治满足大众的利益。"

"然而让我的子嗣们放下武器的时机，现在看起来还不可能到来。"原体回答。"我一直有这样的意向。在大远征之后，让你们都去做管理者和政治家！"他再度大笑。"这看起来太天真了。看这个。"他指向那被尘埃所遮挡的星坑的凶光。

山上传来了隆隆的爆炸声，那里已经靠近峡谷。一边的山坡已经被炸塌，留下一面光滑的石崖。爆炸产生的碎石还没从山上全部滚落下去，机仆挖掘机就已经在清扫碎石了。合适的位置上已经开始搭建脚手架——他们是用车辆运来的，以便工匠们在基岩上刻出雕像。

"请放心，大人，我们依然还是政治家。我们交谈。我们思考。在初代原铸兄弟们当中，有不少人记得您还在我们之间的那些日子——倾听他们说的旧事让人印象深刻。他们的存在有助于解决某些纠纷。他们滔滔不绝地谈论着远古的事情和旧奥特拉玛的统一，让有些政府明白了反对统一并不合民众的心意。并非所有的争议，都不能用和平的手段解决。"

"这是一场战争。任何武器都是正当的，文崔斯连长。宣传也是一种武器，而且我的所作所为也有出于宣传的考虑，即使这些也是真实发生的事情。"

"您的坦率令人赞叹。"

"已经有太多的谎言了。"基里曼说。

"这里在进行的工作，大人，也是一种武器吗？"

"凯旋仪式是一个声明。我或许是在模仿荷鲁斯在乌拉诺的庆祝，但这样的表演也很重要。最后一批编外之子将要分配到各自的战团。我已经尽一切可能来维持这支军队。在我刚开始这场远征时，就有人指控我要重建军团。这些话题正在愈演愈烈。我必须向人们展示我的行为是正当而且深思熟虑的。这个命令也已经发送给其他舰队。灰盾将不复存在。"

"令人羞耻。"

"但这是必要之举。"基里曼说，"我并不是帝国内的唯一势力。我不能用其他方式来制止这个批评。内部的分裂将会像阿巴顿的作为一样杀死帝国。我的政治地位并不稳定。我们平定帝国圣域的成功滋生了自满情绪。在泰拉的那些蠢货看到我们的胜利后，又开始计划阴谋了。他们忘记了混沌大军和异形还在施虐。他们忘记了帝国暗面还在等待我们的解放。我很想找个机会返回泰拉，让他们认识自己的错误，但现在不行。进入暗面的准备还在进行。奥特拉玛还战火纷飞。我们的胜利并不持久——帝国依然处在崩溃的边缘——但我会让灰盾们在拉科斯最后一次齐声欢呼呐喊。"

基里曼转身面对平原。

"我知道你为什么来找我，连长。但我还不能回家，现在还不行。我必须公开我的意图，而且还要谨慎为之。这个兄弟会的最后一批战士需要顺利地进行分割和重组，而且整个过程必须在所有远征军舰队中协调一致完成。我不能显得操之过急。必须让全银河的人民看着我解散这些所谓的军团，同样我也不能让他们看着我在奥特拉玛遇到危险时就跑回家园。"

"很快，我就会向全银河系的人民提出许多要求。他们世世代代用鲜血为战争机器润滑。他们的泪水打湿了收获的土地。他们送出自己的孩子在帝国军队中死去。但在接下来的年头里，这些只不过是我被迫向他们要求的最起码的付出。我在此地的胜利只是一个开头。为了结束这场无止境的战争，需要每个人都做出牺牲——男人、女人和孩子。我必须向他们展示我们会赢，一切都在我掌握之下，而且我并非暴君。但如果我现在离开，这件事就无法完成。"

"莫塔瑞恩怎么办，大人？"文崔斯问。"他正威胁着奥特拉玛本身。"

"奥特拉玛并不是帝国。"基里曼轻声说。"如果它是，或许这一切都不会发生。但事已至此，无法挽回。奥特拉玛是我计划的关键，但我不能被人民认为喜爱我自己的家园胜过所有其他星区的世界。别害怕，连长——我会回来。我会把我的兄弟赶出奥特拉玛，而且我发誓当我前去解放帝国的其他部分时，奥特拉玛将会被更好地组织起来增强防御，更好地面对所有可能在未来出现的事件。但那个时刻还没来到。告诉阿格曼守住防线。我相信我回家时，他能确保马库拉格安然无恙。"

文特里斯鞠了一躬。"我会把您的答复立刻带回去——"

基里曼举起一只手。他的耳机中正在嗡嗡作响。

"菲利克斯连长，"他说，"你就不能再让我们的客人多等一会儿吗？"

"我不是因为他们的缘故打扰您，大人，"菲利克斯在通信中说，"从宫殿里传来了紧急通信。星语主管罗山提收到了来自大贤者考尔的信息。"

"我立刻就去。替我向设计师们道歉。把战团要塞的计划送到我的书房。我今晚就会检查。"他转向第四连连长。"原谅我，但我必须走了。看起来我今天很受欢迎。"

　　基里曼给他的私人穿梭机发送了一条信息，命令船员准备飞行，随后就离去了，留下文崔斯连长独自观看这片战场转变为帝国力量的象征。

第十一章
艾斯潘多回忆

瓦伦斯做了个梦：他回到了艾斯潘多的战壕里。这梦境就像他睡在驶向亚克斯的医护船里，以及那以后的每晚梦见的一样。

在这些梦里，艾斯潘多总是如此真实，让瓦伦斯觉得又回到了那里。齐脚踝深的污水还是散发着一样的恶臭。天空还是一样黑暗。来来回回的苍蝇嗡嗡声还是一样单调乏味。恐惧，也一样真实。

瓦伦斯和布勒斯正在交火线上。在他们后方是康诺统治城的断壁残垣，在他们前方是绵延数公里的破碎树林，迷雾紧紧包裹着他们，就像一件葬礼寿衣将蛆虫困在尸体中。死亡无处不在。这是一场苍蝇战争，一场步步紧逼的死亡攻势。艾斯潘多战役只是敌人折磨奥特拉玛的众多行动之一。但对瓦伦斯来说，这是唯一一场重要的战役。

夹杂着油污的雨向他们袭来，酸度不足以灼伤皮肤，但日积月累足以腐蚀军服，并让军靴碎裂。暴露在泥泞中的脚腐烂了。士兵们面具的生体密封效果被破坏，感染了疫病。敌人有一万种方法杀死一个人。这场雨只是其中一种。这掺杂着传染病和化学毒物的迷雾，则是另一种。今天的雾很薄，瓦伦斯和布勒斯觉得可以冒险将他们的呼吸面具和护目镜拿开片刻。强烈的幽闭恐惧症令战线中的许多士兵饱受折磨。

瓦伦斯因为背上的一阵瘙痒扭动了一下。过了一会儿他又感觉到了，瘙痒感从肩膀向上爬到了他的脖颈，然后刷过他的耳朵。瓦伦斯一阵恶心，下意识地狠狠一拍脑袋，把一只肥胖的苍蝇捣碎在头盔上。他做了个鬼脸，把那坨东西抹到肮脏的军服上，在覆盖生化手套的一层硬痂上增添了一块苍白流脓的污迹。

"哪怕在这场该死的雨里，这群苍蝇也不消停。"布勒斯说。"在这场战争里我最痛恨的玩意，就是这群血腥的苍蝇。"他补充说，把更多的苍蝇从他脸上赶开。"这就是为什么人们管这场战争叫'苍蝇战争'。"他咧嘴一笑。

在布勒斯和瓦伦斯身边的战士都绷紧了苍白的脸孔。有个人勉强微笑了一下,其他人都保持着呆滞的表情。

"真是快乐的一伙人。"布勒斯咕哝。

"对他们好一点吧,代理士官。"瓦伦斯说。另一只嗡嗡叫的苍蝇过于靠近他的脸。他朝苍蝇吹一口气,扰乱了苍蝇醉醺醺的懒散飞行。

"我会先对你好一点,再对他们好一点。"

"那么,还是让他们经历一次艰难的旅程吧。"瓦伦斯说。"我宁可面对敌人,也不想再被你骂了。"

他们为了激励士气而虚张声势地交谈着,但他们试图进行的揶揄和讽刺让别人感觉很尴尬,并没有多大的提振新兵们的士气。他们班的其他成员都是新来的。部队伤亡率很高。在瓦伦斯的上一个班里,只有六个人活了下来,老兵们都被打散并且编入新单位中用来增强新兵的决心。

"这场战争中,新兵很快就没了。"布勒斯就是这么形容他们的。这话让任何一个新成员都笑不起来。

类似的事情已经发生过太多次,瓦伦斯几乎忘掉了次数。他已经不再费心重新喷涂自己的单位标志,艾斯潘多战场既泥泞又肮脏,其实根本辨认不出这些标志。

他转了一下肩膀。刚才的瘙痒感带着一丝刺痛又回来了。那是另一只苍蝇,可能在寻找他的双层军服的弱点。这该死的东西是吸血鬼,它们全都是。

作为一个拥有广阔荒野地带的文明的宗教世界,艾斯潘多上的大部分地方曾经是寒冷的森林。人类的定居点仅限于西方大陆的城市,以及散布在更温暖地区的许多小型农庄,这颗行星的森林和海洋保持着接近原始的状态。在瓦伦斯到达前看到的任务预览上,差不多就是这样描绘艾斯潘多的,到现在已经过去了漫长的两年。如今他只知道这里是一片泥泞的海洋,一块垂死之地,每隔七小时死者们蹒跚着从破碎的树林残骸中涌出,就像工厂轮班一样有规律。

一些更大的城市已经消失,战壕环绕着剩下的三座城市。城市后方是一片泥海,零星的树林和农舍已被夷平以增大火力覆盖范围。驻守这里的奥特拉玛辅助部队装备精良,而死者的行动又相当缓慢,死者的攻击因此受挫。

敌人散播的疫病正四处蔓延,这颗行星的人口已经大幅度减少,在任何方面都已经不再是奥特拉玛的一处丰产区域。艾斯潘多虽然重疾缠身，但还一息尚存。

"还是帝国的，还是奥特拉玛的，还是活着的。以原体的名义，只要还有一口气就要为艾斯潘多而战，因为这是帝皇的意愿。"瓦伦斯喃喃自语。之后他就再也没有时间祈祷了，因为第七小时的警笛已经鸣响，敌人东倒西歪地从迷雾中走出。

"今天的批次来了！"瓦伦斯的中队长叫喊着。他的嗓音被附加在通信操作包上的混音器放大而扭曲了。"守住战线。准备听我发令开火。"

"戴上呼吸面具，伙计们，放下护目镜。"布勒斯说着，把装备放到嘴上做示范。他的下一句话就被面具蒙住听不清了。"确保你们身上衣服的密封性。别让敌人的污秽沾到你身上。"

瓦伦斯走下射击台阶去帮助一个惊惶失措的年轻士兵，那个士兵没有办法把装备正确放置到脸上。

"只不过是你的夹子歪了。"瓦伦斯说。瓦伦斯扯掉了一只肮脏的手套——没有用他的牙齿，那等于送死——然后调整了这名士兵的呼吸面罩，擦掉他脸上的雨水，解开他缠在一起的绑带。

"戴好护目镜和呼吸面具，这样就不会有皮肤裸露，帝皇就会保佑你，"瓦伦斯说着，把年轻人的面具放到正确的地方，然后戴好他自己的。"对你的战斗装备小声感谢，士兵。这会让你活下去。"

年轻人猛地点了点头。在战斗护目镜的黄色塑料镜框后面，他那睁大的双眼带着恐惧。瓦伦斯拍了拍他的肩甲然后走开。奥特拉玛凡人战士的装备比大多数星界军兵团的装备更好。要是没有这些装备，他们每场战斗后都会因为疾病损失半数兵力。

瓦伦斯检查着这个班里他负责的成员，拍拍他们的背，缓解紧张的情绪。当他觉得满意后，瓦伦斯爬出了战壕中黏稠的泥潭，再次回到射击台阶上的位置，把激光枪放在护墙的烂木头上，休息一会儿。

他背上的瘙痒和刺痛感十分恼人，但他几乎没有时间去关注。战斗已经开始了。

敌人冒着大雨从雾中缓慢地浮现。它们的轮廓还是人形，但它们的步伐已经不是了：蹒跚、笨拙，远远背离人类原来的样子。

艾斯潘多的死者正在进入战场。

一个新兵正在喘息，这个人在呼吸面具中几近窒息。一声尖锐的激光枪响让瓦伦斯转过身，他看见一张充满震惊、满是孩子气的脸正回望着他。新兵的激光枪口上的雨水被蒸发成水汽。

"别开火。"安提努斯中队长的声音响彻了整个班的通信频道。

布勒斯把手放在那把枪的枪身上，他潮湿的手套擦过枪管时发出嘶嘶响声。热量从能量匣中散发出来。"等等，孩子。你必须打准点。在这个距离射击只是浪费能量。雨和雾会驱散光线。等这些东西朝你脸上挥爪时，你不会想在那个时候换弹匣的。每一次节省下来的能量，都可以让你在关键时刻进行另一次射击。节省能量，直到命令下达。瞄准头部，特别是头部。"他补充说，意味深长地在战线上看了看。

那些已经恢复神智的年轻士兵们点点头，靠在他们的枪托上。只有两个人流着眼泪，目光呆滞。辅助部队通常需要经过良好的训练，但由于战争的需要，这些新兵被匆匆放行。他们只是动员兵，还没有做好准备。

死者的轮廓在雾中渐渐成形。他们中的大多数曾经是市民。被撕碎的脏衣足以说明他们原来的身份。死者当中也有一些穿着星界军的制服。当一个阵地丢失时，并不总是有机会对尸体斩首和焚烧。

"我们在和自己人战斗。"一个士兵说。一阵紧张的波动，把不安的情绪扩散到战线中。

瓦伦斯在内心里诅咒那个说出真相的男孩。"安静，举枪，瞄准。"

一阵敲击和咔咔的响声盖过了雨滴落的声音，瓦伦斯的命令被遵从了。别的士官和老兵们也都发出了命令，无数激光枪管指向了枯萎的树林，就像护墙上长出了无叶的树篱。

防御方没有进行炮击。有太多次，死者用爪子钻入地下又钻了出来，躲过了炮击，让防御者陷入恐慌。而且大炮的弹药即将耗尽。随着瘟疫舰队加紧活动，补给变得越来越困难。艾斯潘多很遥远，位于奥特拉玛的边缘，就算在五百世界的时代它也是孤立的。虽然许多其他世界在几千年前就已经切断了和奥特拉玛的联系，艾斯潘多依然留在了奥特拉玛的疆域里。

死者蹒跚而来，脸上挂着松弛的表情。他们不说话也不发出任何声音。只有它们的脚陷入泥地的声音和雨滴落的鼓点声伴随着他们的行进。

这些死者血肉模糊，脏器外露，变绿的肌肉暴露在褴褛的皮肤中。变成这样的生物组织不可能还在发挥功效。所有驻扎在艾斯潘多的士兵都知道这些死者是被亚空间驱动的。尽管政委们无情地处置了任何被发现在谈论这些事情的人，但士兵们正在面对非自然的怪物。这是巫术——这点无可否认。

瓦伦斯紧张地吹了口气。在面具中，他的呼吸带着酸味。

在阵地的另一边，最后一名团部牧师对沉默行进的死者队伍厉声念出祈祷文。死者们仿佛收到命令般从这个范围内转身离开。瓦伦斯希望这里有更多的神职人员。尽管艾斯潘多隶属于马库拉格，但主教们以帝国国教的名义统治着它，在城市中有许多人宣称他们是神圣的。但这个世界的牧师们却很少来到前线。他们声称，自己正忙于恳求帝皇把蝇群之云驱离城市，或者忙于照顾着众多的病患，以及监督对死者的处理以防它们再次苏醒。他们让自己显得手忙脚乱。

瓦伦斯认为这些人都是懦夫。

最初看见瘟疫行者时，瓦伦斯曾经感到很恐怖，但这种恐惧感在每次接触后都有所减轻。尽管死者们是可怕的存在，但它们是笨拙的，仅仅是因为数量庞大而危险。这些攻击虽然令人感到不快，却容易应付。

曾经，一个类似艾斯潘多的战争舞台会引起极限战士的关注，但现有更可怕的东西在攻击帝国，到处都在需要极限战士。据说在艾斯潘多的某处有星际战士部队。但瓦伦斯说不清这是不是真的。他从未见过他们。

死者越来越近，嘴巴不停地咂吧着，试图模仿活人讲话的样子。

"开火！"安提努斯中队长咆哮。

红宝石色的激光光束从战壕中刺出，刺破了雾气。但雨水又被激光蒸发变成了水汽，加厚了浓雾。

"开火！"中队长再次下令。

许多道激光射向了行走的尸体。死者开始了它们的舞蹈，随着激光齐射在它们毁坏的躯体上炸出碎块而跳跃扭动，他们依然没有倒下。

"瞄准头部！"布勒斯对新兵们大喊。他对一个蹒跚的轮廓猛开一枪。那副躯体被焚烧过，上面已经被打穿了六个黑洞，伤口仍在漏出漆黑液体。布勒斯的射击只撕开了那东西的耳朵，他诅咒了一声，重新校正自己的射击。

瓦伦斯击倒了布勒斯的目标身后的一只僵尸，他相信这位代理士官下一次能打准。瓦伦斯瞥见那个死人身上穿着肮脏的军官制服,一把堪称无价之宝的动力剑插在它腰部的鞘中。

"伙计!它们已经死了,但它们还会再死一次。射它们的脑袋!"瓦伦斯吼叫道。

布勒斯的下一次射击命中了,击中了正在接近的死者的整张脸孔。它的头部被粉碎了,迎来了第二次死亡。

雾在战线的正前方变暗了。那些死者散乱的剪影形成了一大团阴影。

"该死的,有一大群往这儿来了。"布勒斯捡起了通信操作包上的通信喇叭。

"这里是代理士官布勒斯,第二排第四班,要求立即在我的前方区域进行火力支援。"

艾斯潘多战争的老兵迅速做出反应。在大约五十米远的一个突出掩体深处,有一门重型爆矢枪旋转着,发出巨大的声响。密集的制导炸弹燃烧着穿过迷雾,拖曳出无数火焰条纹,足以用黄色火光照亮战壕。爆矢弹将死者切成碎片,然后深深钻入死者的血肉中发生爆炸。碎成小块的腐臭血肉洒在瓦伦斯的部队头上。

但死者并没有被这次射击解决掉,战线里的人们过早发出了欢呼。

还有许多死者依然站立。更多的死者拖着破碎的肢体穿过泥潭,它们根本感觉不到疼痛。激光猛击着它们,但太多的新兵在疯狂乱射,以至于本该在杀戮区域的泥地里就被消灭的怪物到达了战壕。到达这里后,它们直接向前扑倒,用能撞碎骨头的力量落在战壕底部的泥上,或是倒在了不幸的士兵身上。那些没有落在目标上的死者胡乱扑腾,僵硬的手脚扭曲挣扎着想让自己正起身来,好用牙齿咬向活人们的四肢。大多数新兵回忆起了操练的内容,赶紧逃开,但并不是所有人都能这么做。

"快!别让它们咬你们!杀了它们!"瓦伦斯命令道。他拔出手枪,朝一个正和新兵搏斗的敌人头上开了一枪。"只要被咬一口,你们就会像它们一样。头部,头部!瞄准头部!"

一声尖叫让瓦伦斯急忙转身,他发现另一个死者直接扑到了一名新兵身上。在死者破碎的脸上白得很突兀的牙齿,正咬向士兵的脖颈。瘟疫行者把年轻士兵拖下台阶。这个生物全身赤裸,但有一个头盔紧紧绑在它的下巴上。模糊的兵团刺青印在他的上臂。瓦伦斯的第一枪被头盔弹开了,第二发洞穿了它。这具一度复活的尸体死去了，头上滴下熔化的塑钢和腐烂的脑髓。在尸体倒下前瓦伦斯来到年轻人身边，把他从污泥里拖出来，并把他从休克中摇醒。

"你没事吧？"

士兵沉默地瞪回来。瓦伦斯迅速检查了他的嘴和眼睛周围的密封，然后把他推回到护墙上。最后几名死者已经被彻底击倒，不再有敌人靠近战壕线。在外面的荒原上，其他死者正在倒下，红宝石色的光刺穿了它们的头部。新兵们看起来终于掌握了诀窍。

"瓦伦斯！"布勒斯叫他过去。

"我们没有失去任何一个人。"瓦伦斯说。

布勒斯严肃地摇了摇头。"还没结束，有什么新的东西来了。听！"

瓦伦斯努力透过雨水和蒸汽看去。雾变得更浓了，能见度降到几十米以下。一阵挽歌从黑暗中传来。

"皆为灰烬，皆为灰烬，皆为灰烬。"

歌声又湿又厚，像是从充满液体的肺部呼出，然后在被痰堵塞的喉咙中升起，最后被肿胀的嘴唇念出。

"皆为灰烬，皆为灰烬，皆为灰烬。"有人在低声咏唱。

这些话语承载着失落和哀伤，以及宿命的结局，让瓦伦斯的脊背升起一股寒意。歇斯底里的狂乱笑声干扰了咏唱，就像咏唱者们在执行着他们不能完全认真对待的某种宗教义务。这让这些咏唱变得更加可怕。新兵们动摇了。

在最后几个蹒跚的死者身后耸立起巨大的物体，这是有着可怕轮廓的臃肿巨人。古老电机的摩擦声随着它们的每一步响起。虽然尖角和邪恶的装饰物已经改变了他们先前的形态，但关于他们是什么东西这一点，没有任何疑问。

"基里曼救救我们，"布勒斯说，他的信心在动摇。"异端阿斯塔特。"在他的护目镜后，他的眼睛闪烁着恐惧。"让小伙子们守住战线。"他低声说。"它们不会像那些死者一样轻易被击倒。"

瓦伦斯的胃收紧了一下。他差点就陷入了恐慌状态。但他受过的训练还是克服了恐惧。瓦伦斯点点头。

"皆为灰烬，皆为灰烬，皆为灰烬。"敌人咏唱着。

"站稳脚跟！"瓦伦斯叫喊，"要相信帝皇！相信他会保护你们和你们手里的枪,你们会活下来的!"他望向右手边的士兵们。他们更加用力抓紧了枪。在整条战线上,其他老兵们同样叫嚷着鼓舞或者威胁的话语,或是咒骂新兵是懦夫——他们尝试着所有能保持阵线不崩溃的方法。从近处传来一声命令某人停下的叫喊,随后是一记爆矢手枪的响声。士兵们都知道这意味着什么。新兵们平静了下来。作为逃兵必死无疑,而坚定迎战还可能生还。两相比较,使新兵们恢复了稳定。沉默如水一般填满了战壕。

"皆为灰烬,皆为灰烬,皆为灰烬。"哼唱声持续。

一个低低的声音在薄雾中响起,但不知道是谁在说话:"我不喜欢它,我不喜欢它,我不喜欢它。"

布勒斯猛地抓起通信器喇叭。

"安提努斯中队长,请给予有关新敌人的行动建议,"布勒斯说,"中队长?"他看着瓦伦斯。"没回应,他真该死。"

他们班的一个成员跪下祈祷,那人的激光枪从湿透的战壕护墙滑下,落在战壕底部的污水中。

布勒斯立马抓住他,把他拽了起来。

"你给我站好!"他冲着年轻人的脸尖叫。"如果你想跪着死,我就亲自开枪打死你,给敌人省点劲。"

一瞬间后,防御方的重武器开火了。这一次没有任何保留,炮弹如雨般点落下。单兵重武器也纷纷开火,把弹药倾斜到叛徒身上。令人作呕的泥浆被爆炸扬起,拍在战壕上。瓦伦斯看见一名瘟疫战士被一发激光炮炸成两半。这个家伙体面地死去了。其他的瘟疫战士仍在继续徒步前进,仿佛落下的炮火——美杜莎导弹、重型爆矢弹、还有其他的帝国军械射出的弹药——都并不比这场雨更值得关注。

重武器射出的弹幕缓慢后退到战壕边沿,防御者头上不断落下爆炸抛起的碎屑。随着弹药最后一次呼啸着落下,发生最后一次爆炸,炮击终于结束了。爆炸产生的烟雾令雾气更加浓重。

敌人已经进入射程。

"射击。"安提努斯在通信里说。

"开火!"布勒斯喊道。他的声音因为惊慌变得生硬。

一百支激光枪的枪口开始闪耀,激光枪射出的明亮的红光照亮了泥地和战壕中成排戴着护目镜的脸。这是某种原始神话中的地狱才有的景象，代表着赤裸和血腥的惩罚。瓦伦斯算了下，敌方的巨人不超过二十个，但他们依然敢于攻击这个阵地。布勒斯看见一个瘟疫战士被打得千疮百孔，射向他的火力足以把任何其他目标都炸成碎片。除了装甲冒着烟，那名敌人甚至没有减慢速度，就像什么也没发生一样和它的同伴们跋涉前进。这个过程中，他们的吟唱完全没有停止。

"皆为灰烬，皆为灰烬。"

叛徒越来越近，逐渐显露出他们恐怖的样貌。瘟疫战士已经不适合再被称为人了。他们曾经是阿斯塔特修士，出于神志清醒的人无法理解的原因，如今已把自身出卖给了堕落力量。每一种疾病都在折磨他们。他们的腹部肿胀，为了包裹住肚子，原本就臃肿的战争装备也发生了变形。裸露在外的皮肤要么红肿发炎，要么彻底坏死。他们的内脏随意悬吊在已经腐坏的装甲的裂缝中。黏液、尿液、粪便、鲜血——每一种体液从身上不停地滴落，全都沾染疾病，散发着恶臭。寄生虫在他们身上爬动，在永不愈合的伤口处钻进钻出。叛徒们喋喋不休地诉说着巨大的痛苦，但没有头盔的脸庞却灿烂地笑着。仿佛它们都知道一个共同的笑话，而且渴望着和整个宇宙的其他人分享。

风吹过战壕，虽然辅助部队的呼吸面具可以滤除所有的空气污染，但敌人散发的臭气依然无法阻挡，令瓦伦斯在面具内干呕不止。

"皆为灰烬，皆为灰烬。"

叛徒们漫不经心地举起武器。锈蚀的爆矢枪和破裂的等离子枪，指向战壕边沿露出的一排脑袋。

"皆为灰烬，皆为灰烬。"

瘟疫战士们不约而同地一齐开火。爆矢弹刚从枪口射出时会发出第一个声音。然后爆矢弹上的喷射器被点燃，使子弹加速突破音障，发出更大的巨响。爆矢弹射入地面或是人体后产生的撞击会发出最后的一次声响，随后子弹猛然爆开，产生致命的杀伤力。这也是爆矢弹被视为一种令人生畏的武器的原因。

瓦伦斯旁边的一个年轻士兵的脑袋被爆矢弹击碎，他的护目镜溅上了血块。这个人加入才两天，瓦伦斯还没来得及知道他的名字。

"继续射击！继续射击！"他叫喊着，一遍又一遍，直到嗓音变得沙哑。但战斗产生了巨大的爆炸声和撞击声，盖过了瓦伦斯的叫喊，他甚至无法听到自己的嗓音。

苍蝇们出现了，冒着雨水和炮火，进入混乱的战场。苍蝇们嗡嗡叫个不停，蝇群十分密集，连空气都仿佛变成了固体。瓦伦斯甚至看不见离他最近的人。

很长一段时间，瓦伦斯什么也看不见，然后蝇群从他头顶散去，瓦伦斯看见了死亡。

叛徒们已经来到距离战壕仅有几米的地方。就在他正对面，一个巨人穿着满是鲜绿色铁锈的装甲——看上去就像被海水腐蚀过一样，把武器转向了瓦伦斯。瓦伦斯心想自己难逃一死。但随后阵地两端的炮台开火了，炮火碾过叛徒的身躯。瓦伦斯惊奇地注视着这名瘟疫战士肥大的躯体吞下了四发重型爆矢弹，子弹在他庞大的身体内爆开，一股股脓水从装甲破洞处喷出。叛徒摇晃了一下，但并未马上倒下。第五发爆矢弹才使他彻底屈服，像一颗腐朽的老树一样翻身跌入泥潭。

一波新的蝇群猛击瓦伦斯的头盔，就像死亡世界里的冰雹一样坚硬，蝇群苍白多毛的躯体盘旋着形成的帷幕挡住了瓦伦斯的视线。当蝇群再次离去时，叛徒们已出现在战壕中。

三名异端阿斯塔特正在攻击瓦伦斯所在的阵地，他们扔出了干瘪的头颅，这些头颅就像手榴弹一样在士兵们面前爆炸。随后，一股呛人的烟雾弥漫在战壕中，烟雾进入了几名人类士兵的呼吸面具，他们立刻中毒倒地。

"皆为灰烬，皆为灰烬。"叛徒唱着。

最靠近瓦伦斯的瘟疫战士走上了土木工事的边缘。几十发激光光束立刻射向他。但光束要么被瘟疫战士已被腐蚀的装甲偏转，要么被他恐怖的肿胀身躯所吸收。这名瘟疫战士跳动着的腐烂器官，悬挂在装甲外面。油滴不断地从瘟疫战士的装甲损坏的系统中滴落，装甲背部的反应堆部件因为机械故障而发出刺耳噪声。

用木头和塑钢加固的战壕护墙被叛徒的巨大重量压垮，产生了一个缺口，这名瘟疫战士沿着倒塌的护墙滑下，溅起来一波烂泥和碎肉。

此刻，他就站在瓦伦斯前方。他的半个头盔已经腐蚀殆尽，露出了烂牙和一只黄色的独眼。头盔的残片看上去就像是以某种方式融入这名瘟疫战士的血肉中，变成了身体的一部分，但头盔和身体也没有完全融合——头盔底部依然像一个分离的人工制品一样晃动着，而在头盔顶部，斑驳的绿色皮肤

死亡守卫

和金属融合成了肉块，多个溃烂的伤口点缀其间。一支灰色的角从瘟疫战士的太阳穴横向生出，角根部裂开的地方流着恶心的黄色血浆。

在这个巨人背后，他的同类正冷漠地高效战斗着，突破了挡在他们前方几十名的凡人。阵地上到处都是喊叫声，许多武器都在开火。辅助部队的军官们开始打开他们携带的动力武器，分解力场不断发出嗤嗤的爆裂声。但瓦伦斯被前方的瘟疫战士那冒烟的、患病的巨躯挡住了，只能看见部分场面。

瘟疫战士的脸显得肿胀又苍白，那是一张垂死的人才有的脸，但一阵狂热的欢笑声让他的眼睛亮了起来。他结痂的嘴唇抖动出一个慈祥的笑，然后举起大棒般的手。手上面的小指已经是一条柔软的触手，带着发绿的指甲笔直指向瓦伦斯。

"你第一个！"瘟疫战士说。

他举起一把布满铁锈的爆矢枪。像这样的东西原本不该还能工作，但混沌的奴仆并不受自然法则的约束。

叛徒大笑起来，开枪射出了爆矢弹。瓦伦斯向旁边跳开，但瓦伦斯周围的战士都被击倒了。爆矢弹在人体内爆开，把人体炸成血红的碎片，消失在泥泞中。

"我说了你第一个！"瘟疫战士恼怒地咕哝着，大踏步向前，碾碎了一个负伤的辅助部队士兵的肋骨。淡红色的血水填满了它的脚印。

瘟疫战士非常可怕，这东西是对人类及其在宇宙中应有地位的亵渎，但同时也是不可阻挡的。激光光束会被他的装甲外壳啪啪弹开。大面积暴露在外的皮肤像皮革一样，被激光命中时会燃烧起来发出嘶嘶声响，但瘟疫战士似乎丝毫不受影响。

"纳垢慈父在他的花园里等着你，小家伙。"瘟疫战士一边说着，一边把最后一发爆矢弹塞进枪膛，平举枪指向瓦伦斯。"开心点，你会去一个比这儿好得多的地方。等你来到新家园的喜悦减退之后，别忘了告诉慈父，送你来的是死亡守卫第五氏族的奥吉赛斯。"

布勒斯不知从何处冒了出来，钻到了瘟疫战士的手臂下方。叛徒正要做出反应，可他唯一的弱点，或者说看起来唯一的弱点，就是和那些死者们一样行动缓慢。而布勒斯的身手并不慢。

布勒斯把枪顶在了异端阿斯塔特的头盔上。当武器把头盔从融合的血肉上顶开时，这生物发出愤怒的咆哮。

"看来你是会受伤的。"布勒斯说。"很好。"

就在叛徒将带着病毒的手向布勒斯的喉咙掩去时，布勒斯扣下了扳机。

纳垢的瘟疫战士原本由帝皇用高等技术制造出来，可以承受巨大的伤害，后来又被混沌的魔力强化了韧性，几乎免疫任何伤害。但他们并非是不可击杀的。甚至用激光步枪对着脸进行一次直接攻击就能办到。

叛徒的头吧唧一声裂开了。蜷曲旋转的血肉之雾从他的头盔里升起。在叛徒毁坏的咽喉里传出最后一次带着泡沫的呼吸声。随后叛徒向前方倒下，把布勒斯背朝下压倒在泥潭中。

布勒斯被死去的敌人压住了，只有手臂从叛徒碎裂的战斗装甲下面伸出来。

瓦伦斯跳上前去挖着泥土。布勒斯的手正在乱摸，不停颤抖着。"撑住，布勒斯！撑住，朋友！"

瓦伦斯在泥泞中快速挖掘，试着挖空一块地方能让他拖出布勒斯，但脏水很快就填满了挖出的坑。恶心的液体从死去的死亡守卫身上渗入这片脏污之中。

布勒斯快要在这片污秽中溺死了。

绝望中，瓦伦斯把手伸进死去的叛徒的肩甲下方，然后用力向上举。腐坏的陶钢在瓦伦斯手掌中裂成碎片，虽然装甲在陈旧的关节处转了一下，但瓦伦斯还是挪不动臃肿的星际战士。在瓦伦斯肩膀的下方传来一阵肌肉撕裂带来的疼痛感。瓦伦斯不记得自己曾经被击中过，这并不重要。他不能发挥自身全部的力量。但其实就算他能使出全力也不够。瓦伦斯感觉要推动这个死去的叛徒就像是在试图推动整个艾斯潘多一样艰难。

瓦伦斯感觉自己陷入了漫长的绝望，但时间可能仅仅只过去几秒。

几只手把瓦伦斯推开，腾出空间让给其他加入救援的人。他们都是新兵。其中有两个人从战壕里捡起几根塑钢横梁，塞到了叛徒的装甲下面。

"抬呀！"他们大喊着，把横梁当撬棍用。"抬呀！"横梁在污秽中滑下。布勒斯的动作越来越少了。呼吸面具的循环呼吸容量有限。他剩下的时间不多了。

"挖深点！"瓦伦斯叫道，爬上去抓起一根横梁。"找到硬的地面再对着推！"

他把塑钢往下推到再也无法推动，然后他跳到顶上，挂在横梁上方向后仰身，完全忽略了自己背上的灼痛。

"抬呀！"年轻的士兵喊道。他们咬紧牙关把巨人的肩膀转到足以露出布勒斯的程度。

两个年轻人在横梁滑下去之前迅速把代理士官拉了出来，叛徒的尸体掉回到泥泞中。瓦伦斯两手抓住布勒斯的脸。

"布勒斯！"瓦伦斯呼喊着，把朋友护目镜上的泥刮掉。布勒斯用空洞的目光往回瞪视着他。布勒斯陷入了沉默，但还活着。

寂静突然而至，雨停了。叛徒们都不在了。瓦伦斯不确定他们是死了还是消失了。

瓦伦斯没有时间松一口气。他突然间感到非常寒冷。瓦伦斯的背后传来一阵缓慢的搏动，让他想起自己的伤口。而布勒斯正向上瞪视着他，面无表情。

当这件事在艾斯潘多发生时，布勒斯的身体无恙，但他的心灵有什么东西消失了。之后，瓦伦斯和布勒斯通过了治疗筛选，乘坐医疗车从前线返回康诺统治城。他们在空港经历了漫无止境的检疫流程，最后撤离到了亚克斯。

一切就是这样。但是现在，噩梦已经和回忆的部分不一样了。

布勒斯的血肉正在腐化，令瓦伦斯在恐惧中退缩，但他的手不听使唤，他无法松开朋友。

"四十九！四十九！"布勒斯咯咯笑着。他的面具里塞满了从他正在干瘪下去的双眼里迸出的蠕动蛆虫，但他仍大笑不止。"皆为灰烬！"

瓦伦斯尖叫着在安静的医护室内醒来。双手的虚弱令他震惊。瓦伦斯再次发出尖叫，挥手猛击墙壁。

"哎哟！"瓦伦斯的手被人推开了。"闭嘴，瓦伦斯，我们还想睡点觉。"穆凯抱怨说，这个男人的小床在瓦伦斯旁边。他站在瓦伦斯面前，看上去很暴躁。

瓦伦斯回过神来，睡意消散了，但恐惧还在。瓦伦斯紧紧闭上嘴，压下了最后一声尖叫。

附近的床上传来了抱怨缺乏同情心的咕哝声。

瓦伦斯伸手去够小床旁边的水杯。但他颤抖的手把塑料杯打翻在地。

"为了帝皇，小声点！"床位在他另一边的哈马德森从枕头里发出了叫嚷。

"抱歉。"瓦伦斯说。他现在清醒了。他需要点喝的,于是他从薄毯子下滑了出来,捡起他的杯子。他的背部剧痛不止,但伤口正在愈合,恢复状况良好。

瓦伦斯揉了揉伤口,轻手轻脚地走过长长的床列。病房是一个宽广的大厅,一共有八排矮床。这里的人的伤势都严重到需要撤离前线,但不太可能会落下残疾。与其他一些病房的人不同,这里几乎所有人以后都会被送回战场。这医院里有些大厅,在里面的人将会迎来苦难的生活,必须去做任何与他们的伤残情况相符的工作。最勇敢的人可能会被修补好身体,并作为提升士气的榜样送回前线。但其他人只能听天由命。

"为了奥特拉玛,为了帝国,为了帝皇的恩宠。"瓦伦斯低声喃喃自语,下意识地在胸前做了个天鹰的手势。

休息区的灯光让他平静下来。瓦伦斯给自己倒了一杯水,尝起来就像是消毒水。瓦伦斯一口喝光了,当他把杯子从唇边拿开时,因为口中的余味而苦着脸。但这已经比艾斯潘多的水好喝得多,而且大量供应。瓦伦斯又喝了一杯,然后朝床位走去,但一阵没由来的不安,停下了他的脚步。在瓦伦斯反应过来之前,他已经转了个方向走向布勒斯的病房。

一名穿着灰色制服的低级医护人员坐在布勒斯病房门外的椅子上,低头专心致志看着一本宗教小册子。他的一只眼睛上戴着小灯,照亮了淡黄色的廉价纸张,鲜明地显示出纸面粗糙的细节。拿书的那只手也一样肮脏,而且因为辛苦工作而变得粗糙。

"你想干什么?"医护员抬头看,灯光照向瓦伦斯的脸。

瓦伦斯举起手遮住眼睛。"我来看我的朋友,布勒斯。他就在这儿。应该是 900018/43A 号病人?"他朝着带划痕的玻璃隔板挥手。一个大大的"16"印在上面。

"你以为你在干吗?这里禁止访问。"值班者说。他又开始看小册子了。

"拜托。"瓦伦斯说。"这与其说是为了看他,不如说是为了我自己。我……我做了那种噩梦。如果我能看到他一切都好,我就能睡得更好。如果我能睡好点,我就会更快离开这里,然后早日返回战场。"

值班者叹了口气,把他的小册子放在一旁,朝着走廊上张望了一下。他是唯一在值班的人。其他病房外都是空椅子。

"好吧——只此一次。不要被看到。如果我再在这里见到你,会立刻举报的。

明白了吗?"

瓦伦斯感激地点点头。"是,是,谢谢。"

值班者从腰带上拿出一个沉重的钥匙圈,用上面的钥匙打开了门锁。再次确认他们没有被人注意到后,他把门完全推开,领瓦伦斯走进去。

"一分钟。如果引发任何骚动,我就对你开枪。"

安置精神病患的大厅比让那些身体受伤的人休息的大厅要小得多。在白天,病患们都疯成一团;但在晚上,药物会让他们进入无梦的睡眠。机械会负责把麻醉药输进病患们用锁链绑缚在坚固的床边的手臂。瓦伦斯在这怪诞的寂静中走到布勒斯旁边。

瓦伦斯向下看去。在睡眠中,布勒斯仍皱着眉头,让他看起来就像过去那个硬汉的样子。布勒斯很平静,瓦伦斯松了口气,略感宽慰。

在向门走回去的路上,瓦伦斯听见布勒斯在说话。布勒斯不可能发出声音,尤其不可能在挂着麻醉药时这么做,但他确实开口了。

"四十九,"布勒斯咕哝着,"四十九。"

第十二章

考尔分身

　　马库拉格之耀号内部有一处秘密场所，唯有罗保特·基里曼本人在收到邀请时可以进入。此外，其他任何人在任何时候都禁止入内。

　　基里曼乘坐的穿梭机刚在个人机库降落，他就立刻前往自己的住所。在原体住所的深处某个隐藏区域内有一座加了基因锁的升降梯，升降梯的内置武器只要一发动，就能杀死任何试图闯入的人。在一次简单的视网膜扫描后，基因锁打开了。基里曼走进了升降梯，开始经受各式各样的安全检查。神秘装置从墙壁探出来，测试他的身体、心理和精神状态。接着，这个机械发出各种电子音表示基里曼通过了一步又一步的测试。最后，这个装置收回到原来的隐蔽处。升降梯平滑地启动了，几秒钟后就下降到了两百层甲板以下的地方，中途没有做任何停留。到达后，升降梯的后门开启，通向一个被红光照亮的房间。这里的光线很强烈，甚至连原体的眼睛都需要去努力适应。如果他是个凡人，现在应该已经被这光线弄瞎了。

　　房间里很热，不知隐藏在何处的机械开始轰鸣，不祥之感向基里曼重重袭来。这个房间的另一端有一扇紧闭的门。门的结构很复杂，由三组交错排列的厚达一米的黏合龟甲网构成。一旦走过这道门，基里曼将暴露在考尔的异端装置的灵能线路之间，这种不祥之感变得更加强烈，令人难以忍受。接下来，基里曼又接受了另外一系列测试。当基里曼成功通过所有测试后，大门缓慢地解锁，发出沉闷响声，不祥之感越发强烈了。基里曼被引导进一个被同样的红光照明、但范围更大的房间。这个房间的外壁进行了装甲强化。就算马库拉格之耀号被毁灭了，这个考尔制造的空间也能幸存下来。

　　基里曼做好了承受更大的灵能压迫的准备，然后走了进去。

　　他的头部感到一阵刺痛。空气里混杂着臭氧、圣油、凝结的牛奶和干涸的血液的气味。

这个圆形空间的直径约有二十米长，以星舰上的标准而言并不算大。带栅格的地板铺设在一个布满了嗡嗡作响的机械的深井上方，把内部空间一分为二。尽管机器的运转使整个房间都在以很高的频率震动，但这里却没有太大的噪音，甚至比基里曼在这个愚昧时代见过的任何设备都要安静。红光从地板的栅格间射出，在视觉上重塑了这里的空间结构，使得原本环境中的阴影和亮处都不那么明显。

"照明！"基里曼厉声命令道。

这里的机器设备发出哀鸣，然后变成了低沉的隆隆声。红光从墙上向下褪去，就像火焰逐渐熄灭一样。房间里的金属物件轻微咯吱作响，仿佛从红光的无形压迫中解脱。白色的光源在房间上方亮起，房间的轮廓显现了出来。

在白光的照射下，空间显得小了些，一些房间的细节也清晰可见。一扇小门正对着进来的大门。连接两道门的两侧的墙上，在与人视线同一高度的位置，各排列着十个封闭面板。天花板上悬挂着用金属钉子紧紧固定住的管道。令基里曼有些庆幸的是，这个房间并没有像第四十一个千年的其他所有东西一样，有着哥特式的奢华陈设。姑且不论功能如何，这里的风格简约纯粹。房间唯一的装饰，是雕刻在穹顶天花板上的十四行诗——这是火星机械修会的圣诗，就算是贝利撒留·考尔，也没有激进到可以省略这样的象征符号。

这个房间另一侧的小门向上升起。门后还有三道厚重的大门依次开启，显露出圭杜斯·罗山提的住处。那里面漆黑一片，因为罗山提不需要任何形式的光。

"大人。"罗山提从小门出现，走进房间。当他走出黑暗时，基里曼看见他纯黑的眼窝，里面没有任何眼白。罗山提看起来垂垂老矣，十分虚弱。但当罗山提靠近原体时，基里曼可以看出他明显承受住了这个房间里越来越强的灵能压迫。他那老迈的凡人躯壳内还有着巨大的能量。

"我尽我最快的速度赶来了，星语主管。"基里曼说。

罗山提微笑着，纯黑的眼窝周围的皮肤皱了起来。当基里曼离得足够近，就能看清罗山提的眼珠是黑玉般闪亮的黑色球体。罗山提越过地板走向帝国摄政。他很有自信地拄着手杖，黑色木杖头上的金属箍从未滑入过地面上的格栅里。

"和我的主人说话，让我很高兴。"罗山提说。他的嗓音听上去年轻得多。

"你还好吗？"

"我很好。"罗山提用一只露出蓝色静脉的苍白的手，拉开了长袍的绿色兜帽。他的头皮上没有头发，颅骨在薄如羊皮纸的皮肤下清晰可见。

"我相信你的工作依然繁重，但还能坚持。"

"谢谢您的关心。我并不喜欢我的职责。总司令。考尔发来的通信异常乏味，欠缺那种心灵触及浩瀚虚空时产生的活力。我想他可能是用机械发送的，尽管我曾认为这种事情是不可能的。"罗山提停了下来，等待着基里曼对他的观点做出确认或是反驳。

"他有可能这么做。"基里曼说。"见识过他给我的那些作品后，已经没什么能让我吃惊的事情了。"

"当然，我并不想改变这个现状。考尔的信息非常简单，所以不可能遭受大裂隙开启以后灵能通信常常受到的那种腐化。考尔的信息没有被干扰，也没有受到恶意的篡改。我独自一人在此，和我的同类隔绝。必须在机器里待着的时候我很痛苦，甚至有点难以忍受，但我还没疯。尽管我们都希望为无上的帝国服务，但我得承认，我怀念过去属于自己的生活和灵魂，常常会有某种感伤。"

"如果你渴望解脱，罗山提，我可以给你解脱。"

罗山提发出了与他的嗓音一样年轻的清澈笑声。这明快的笑声激怒了潜伏在房间深处的什么东西，灵能压迫增强了。"大人，原谅我。我们都清楚'解脱'是什么意思。我向您保证，我已经满足了。您可以把爆矢枪的慈悲留到该用的时候。现在，我们可以开始了吗？"

"如你所愿，星语主管。"

罗山提因为职责的需要而独自工作。他是基里曼从能找到的最强大星语者当中挑选出来的。罗山提拥有众多天赋，他可以不需要任何解译者来为他看见的景象解释，也能回忆起在通灵状态中见到的朦胧图像并且亲自进行解释。虽然这两个天赋在星语者当中并不特别罕见，但兼有两者就少之又少。但这里的保密需求让机械只能有一个操作者，再加上同时罗山提又具有坚韧不拔的品质。这让罗山提的存在显得尤为难得。

"为了万机之神的意志，"罗山提用水晶般的嗓音说，"启动初始化序列。"

一阵嘎吱嘎吱的轻响从带弧度的墙壁中传来，随后响起了机械发出的刺耳的声音。

"提供身份。"

"首席星语者奥特·圭杜斯·罗山提。"

"身份确认。需要第二解锁。"

"基因原体罗保特·基里曼，"原体说，"人类帝国元老院总司令，帝国摄政。"

"第二解锁身份确认。准备基因扫描。基因扫描开始。"

一束水平的绿光从墙上射出，然后向上下散开扫过原体和星语者。

"基因扫描确认，身份确认，要求确认暗码。"

一台遮音器射出圆锥形的虚无之声罩住基里曼。基里曼什么也听不到了，甚至觉得连脚下的机器震动也是无声的。从基里曼所在的位置看去，罗山提的嘴唇正在开合着。他移开了目光。基里曼会读唇术，考尔也知道这一点。曾经发生过唯一一次意外，基里曼在星语者说暗码时不经意地把目光停留在星语者的脸上，基里曼立刻被一道激光频闪短暂致盲了。

基里曼不能挑剔考尔在安全方面采取的措施。虽然考尔对细节的关注近乎病态，但考尔的程序已经为罗保特·基里曼保守了秘密一万年之久，基里曼没有理由吹毛求疵。

圆锥形的虚无之声消失了。基里曼说出他自己的暗码，那是一串依据日期改变的无意义的字符。

"暗码接受。"那个声音说。"开始主要系统激活流程。"

墙上的二十个面板向下滑开。每个面板后面都有一个被照亮的钢化玻璃柜，里面有一个用明黄色营养液培育的被切断的人类头颅。每个头颅的脖颈被金属片包裹着，从下方延伸出小捆的整齐缆线和管道，与玻璃柜上方的机器相连。

"需要激活暗码。"那个声音继续说。

这一次，圆锥形的虚无之声没有再次出现。每次考尔都会以星语发送给罗山提不同的暗码，用来开启这台可憎的机器，因此没有必要剥夺原体的听觉。考尔在所有经手的事上都能体现出节俭的美德。

"墓地乌鸦，白乌鸦，白乌鸦，白乌鸦，墓地乌鸦，黑乌鸦。"罗山提说。

"暗码接受，暗码接受，暗码接受。"机器发出人声。"稍等片刻，考尔分身唤醒仪式进行中。请等候进行交谈。"

隐藏在面板背后的机器快速启动。地板下方设备的运转声变得轻柔下去，被其他声音所掩盖。金属墙壁上之前并未显现的许多细线，现在都缓慢闪烁着金色的光芒。刻在柜子玻璃上的电路也在闪烁着同样的光芒。那些人类头颅的脸孔开始扭曲。基里曼的目光不由自主地被它们的肌肉抽搐吸引了。这里的灵能压迫正变得越来越强。

罗山提对原体做了个鬼脸。"我向您请求离开，原体。"他说。"被唤醒的机器让我很不舒服。"

"好，好，当然。"基里曼说着，把目光从被切断的头颅上挪开。"请便。你不需要得到我的批准。我们已经这么做过很多次了。我知道考尔分身激活的时候你有多痛苦。"

罗山提感激地轻轻一鞠躬，戴上了兜帽，朝他那始终处在黑暗中的住所走去。

"罗山提！"基里曼一时兴起叫住他，提高的音量盖过了机械平稳的重击声。罗山提在住所的门前停下了。"在你没有被需要、独自一人的时候，你在这儿做些什么？"

罗山提转过头。他满是皱纹的脸沐浴在考尔的装置发出的暖光中。

"我写诗，"罗山提说，"幻想更美好的时代。"

门在罗山提身后关上了，只剩下基里曼独自留在考尔分身的房间里。

基里曼缺少他的父亲授予几个兄弟的灵能潜力。但基里曼毕竟也是帝皇制造的孩子之一，他能感应到一个真正的非灵能者察觉不到的灵能力量。这个世界的某个隐秘的部分改变了。能量在刻在墙上的通路中自由地奔流，从那些头颅向外延伸成肉眼可见的柔和的金色网络，在整个房间里交错成花朵的图案。图案的亮度超过了房间地板下的红宝石光源和头顶的白色光源。能量网络逐渐扩张，照亮了隐藏在这个房间结构中的标记——用灵能技师的秘密技术和神秘语言写成的守护符文以及其他明显来源于异形的文字。这些标记慢慢明亮起来，闪耀着光芒。考尔是个有收集癖的技师，他会收集任何自己需要的东西，他也不在乎那些东西的血统和起源。考尔的自由思想让基里曼深感不安。但考尔曾帮助基里曼在这个恐怖年代里复活。他还持续工作了一万年，完美地完成了基里曼交付的任务——创造出原铸星际战士，这足以证明了考尔的效能。而且这项工作还证明了考尔已经具备了改良帝皇本人设计的能力，着实令人惊奇。

除了信任他，我别无选择，基里曼想。这是我当下唯一需要考虑的现实。

随着能量网络的增大，基里曼胸部开始疼痛，并在持续加剧，两者之间似乎存在关联。内脏的绞痛强过了头部的压迫感，基里曼咬紧牙关忍耐着。柜子里的人类头颅带着绝对恐惧从囚禁他们的水牢中向外看，因为肌肉抽搐幅度地不断加大显得越发狰狞。这些头颅在剧烈抖动着，嘴巴张得大大的，却因为浸泡在营养液里无法发出尖叫。头颅上的眼睛在飞快地眨动，瞳孔中有一瞬间会闪过记忆的碎片。头颅的周围产生了无数气泡，快速向营养液的表面升起。

基里曼脑后也受到了压迫，他的眼睛也开始有痛感。空气闻起来带着灼热的铁块的气息，他甚至觉得自己的唾液也带着金属味。基里曼灵魂中潜藏的空虚感正向外不断扩张膨胀，脱离了肉体的物理限制。

突然传来了一阵清脆的爆裂声，基里曼很肯定不是从这些机械传出的，接着一切都平静下来。隐藏装置的剧烈撞击平复了，恢复成无声的转动。那些头颅的脸孔不再痛苦地扭曲。它们闭上了无神的眼睛。头颅周围也不再有气泡产生。

基里曼还在等待。机械给他造成的痛苦并没有减轻，但他已经习惯了。随着一个沉闷的金属声响起，在一阵嘶嘶声后，那些人类头颅的眼睛再次睁开。一个新的机器音响起，正是大贤者贝利撒留·考尔那不带感情如铜器摩擦般的声音。

"欢迎原体大人，总司令大人，帝国摄政大人，十二元老的基里曼大人。"

那些头颅的嘴笨拙地张大，似乎重复着机械音的内容，却没有发出声音。

"最后一个头衔是没有意义的。"基里曼说。

"千年来，你的名字对那些弱者而言都是一个尊称。在那个时代的习俗里，你是基里曼大人。"考尔分身说。基里曼不知道这机器到底是嘲笑他，还是走进了某种逻辑路径的死胡同。"只是冗余的重复。正如你恢复原有的总司令头衔一样没有逻辑可言，总司令的职位早已在野兽崛起大战后取消了。"

基里曼对那次纷争或是之后那场臭名昭著的处决都所知甚少。那件使帝国濒临毁灭的事件对考尔好像没什么影响。大贤者醉心于研究帝皇的研究笔记的残片，因此他对那次事件的记录令人恼火地简短。而且大部分关于那件

贝利撒留·考尔

事的记录也已经被故意销毁了。

"你重设这个职位是不明智的。总司令的职位与星界军的总指挥官在头衔上相似，而它又与太阳星域最高指挥官的权限有百分之五十的重叠。重复的头衔会带来效率低下。混乱也就不可避免。我更喜欢帝国摄政。没有其他人能拥有这个荣誉称号。"

"我并不只有头衔，"基里曼说，"每次我们谈话，考尔，你就会说起这些。"

"我不是考尔。我只是在模拟考尔。熟悉的抱怨行为是一种联系人类物种个体之间的社会纽带。我试图模拟这种互动，让你对我这个异常的存在能感到舒服点。这样的开场白是为了缓解紧张感，以及重建贝利撒留·考尔与罗保特·基里曼之间的关系纽带。"

"你很不会聊天，机器。把你的报告交上来。"

考尔已经活了一万年。在这样漫长的岁月中，除了最伟大的灵魂之外，其他的灵魂都被磨灭。考尔在身体上做了许多改造，使得他的心智得以留存下来，但这些改造也剥夺了他的大部分人性。考尔的情感，已经成为附在他心智寄居的伟大机械中的幽灵。而经过考尔分身的中介，考尔的真实感情实际上根本就无法传达到此地。但基里曼从来没能成功动摇过考尔毫无情感的言论背后隐藏着的强烈自傲，也从来没有遗漏考尔不时流露出的冷幽默，甚至在与这个没有灵魂的副体交谈的时候。

"那不是考尔分身的报告，是大贤者贝利撒留·考尔的报告。"

"我很容易忘记这件事。"基里曼说，"你是个机器，因此如此庞大的信息可以用如此简单的编码消息传输过来。"

"这些信息并非来自编码消息。这些信息在我诞生时就存在。编码只是解锁了适当的响应。我的造主给我提供了多种可能的场景，这些都是伟大、睿智和天才的他，进行数学推导得出的。我收到的编码消息仅仅是对那些预留的信息进行修正，以符合当前的现实。我的程序是预加载好的。这些链接的大脑和占用这个房间更大部分的逻辑引擎里，包涵了罗保特·基里曼大人和大贤者贝利撒留·考尔承担的任务中所有可能发生的意外情况。所有可能的未来都记载在我的内部。"

基里曼环视那些头颅，如果说它们是克隆的，个体之间的差异太大；但也不像是从罪犯群中拖出来的带着刑事编码纹身的机仆。他不想知道考尔是从哪里收集到这些恐怖的藏品的。

"像以往一样让我印象深刻，考尔分身。"基里曼说。这也是他们曾多次进行的一个谈话内容。

机器的声音改变了，变得盛气凌人。"那么，我的主人重复他的要求，希望你任命他为火星铸造统领。在你就职帝国摄政的时候，你替换了十二元老中的五位，以及上百名地位较低的其他领主。当你发现那些官员在你离开后的背叛行为，你又进行过一次大规模任免。为何不再做一次？"

"第一百次答复，我拒绝这么做。帝国对火星的控制力并不足以让我自行任命铸造统领，就算我这么做了，他们也不可能接纳你。你们教派的信条禁止类似这样的人工智能。你的实验——"

"大贤者贝利撒留·考尔的实验，不是我的实验。"机器死抠字眼。

"很好，"基里曼承认，"考尔的实验给他树敌众多。"

"实验的细节都可以详细解释，"机器说，"就以这个机器单元为例。我并非可憎的人工智能，虽然你的态度暗示着你认为我是。我的应答并非自发创造的，而是预先设定的。组成我的这些机仆是被执行刑罚的罪人。他们并非机器，而他们产生的我，也就是考尔分身，并非独一无二的造物，而是大贤者贝利撒留·考尔思想的有限表达。以这种情况而言，我并不具有被禁止的邪恶的自我感知。

"大贤者贝利撒留·考尔是位天才。进一步来探讨这个机器的单元。他设置在这个单元的十六进制编码是不可能被破解的，因为这些编码是不完整的。我的响应是这个单元的沉思者系统的固有反应。一条星语消息会被拦截，无论在上面加上多少道锁。其他使用电磁波的方法更不行。那些方法传递的信息不但可以被破解，还会被捕获，或者丢失。如果考尔用电磁波把那些信息传输到这里，要花上三千个标准地球年。便利是教条的敌人。你要求他讲究效率。只有他能研究、理解和改进帝皇的工作。只有他是一百个技术领域的专家。只有他不畏惧创新。他是统治火星的最佳人选。我向你提交他的情愿。给大贤者贝利撒留·考尔火星，他将会向你献上银河。"

基里曼当然考虑过这件事，但他并没有对考尔分身说谎。这很可能会导致机械修会下属的铸造世界间爆发全面内战。

"你的同僚不会赞同你的评价标准。"他说。"这办不到。"

"我没有同僚。"

"那么他的同僚。"

"他的同僚被限制了。他们的信念已经变成了他们不敢挑战的信仰。比起你的时代的机械神教，机械修会受到思维限制更深。基里曼大人，大贤者甚至在那久远的年代里也是激进分子。否则你也不会去找他了。既然你已经要求他执行了许多被禁止的任务，不论那些罪行有没有发生过，你和他同罪。"

"我并非机械神教教条的拥护者。"基里曼说。

"你要求大贤者介入了那些被你自身的造主——人类帝皇——所明确禁止的技术。"

机器满怀期待地等待着，对于一个自称没有生命的机器而言，也太过于像真人了。

基里曼并不相信它有自由意志。在基里曼的年轻时代，有一台称作色雷斯自动机的设备。外形像一个男人，设备可以和任何挑战它的人玩弑君者棋，每一次机器都会赢。人们可以向机器询问科学和历史问题，机器给出的答案都准确无误。康诺执政官——基里曼的养父，带着少年时代的原体来看这个奇观。基里曼立刻看穿了它，并且质疑发明它的人。那个人坚持说这是利用旧时代的科技进行工作的，并且向执政官和他的养子展示了人偶内部复杂的工作过程。但基里曼并不相信，他跳上前去，扯散了那个人偶模型。在设备内部的高脚凳上坐着一个非常矮小的真人。

这个人被证实是一位了不起的博学者。虽然他是个骗子，但他后来为基里曼的养父服务了许多年。

色雷斯自动机是一个强有力的例证。或许考尔分身是和那个设备完全相反的东西：一个真正的人工智能伪装成不具有自我意志的机器。基里曼不像他的兄弟佩图拉波、沃坎和费鲁斯·曼努斯一样是技术专家，但他怀疑大贤者是否告诉了他关于这个机器运作的全部原理。它明显有一部分灵能的性质，是融合了各种异形科技和帝国技术的大杂烩，不论它是否能进行思考，这些在好几个方面背离了机械修会的教条。

"最后的答复是'不'，就像以前一样。"基里曼说。

机器内部的核心发出咔嗒声，整理以后将会发送给考尔的答复。

"给我考尔的报告。"基里曼命令。

"探索教团正在穿越银河系。考尔近来结束了对卡德摩斯·弗斯的战争。不幸的是，在那里发现的方尖碑损坏得太严重以至于无法激活，他必须开始新的搜寻。"

"因此他还不能复制这项技术。"

"很遗憾，还不能。无法达到实现你的目的所需要的程度，大人。"那些头颅的松弛的嘴唇继续开合，笨拙地模仿着正常人说出这些话时的口型。"大贤者考尔研制了一些更小型的实验装置，可以达到类似异形的原型产物的效果，只是在强度上要弱很多。他提供了一些装置用来封闭拉科斯星坑。它们很快就会到了。"

"我知道。这是我们来此的原因。这也是要打这场拉科斯战役的原因。"

"抱歉，大人，我只能说出我的沉思者系统根据考尔代码选取的最合适答复。"机器说。这是个谎言，还是这台机器的运作是一个真正的人工产物？考尔总是混淆一切。

"这些装置会起作用吗？"

"它们会锁住空间裂缝。考尔仍未完全理解方尖碑是如何运行的，但测试装置在这里实际运作的效果将会推动他的研究。最终，他将能够复制这一技术，他会让空间裂隙一光年一光年地缩小，直到大裂隙最终被封闭。他发誓，大人，他会为此奉献他的余生。"

基里曼若有所思地挠着脸。最近几天，他都忽略了个人仪容的整洁，已经胡子拉碴的了。"真是令人鼓舞的话语。"

"我奉命对你发出一个警告，大人。"机器回答。"要完成这项研究还有一条很长的路要走，现在大贤者贝利撒留·考尔已经履行了他的诺言，遵照命令交付了所需的原铸星际战士们，而且现在他并不用参与远征，因此考尔现在拥有更多的沉思者算力来投入他的任务。方尖碑的原理是可靠的。这项技术得到了证实。使用卡迪安周围的少量残余方尖碑网络，考尔即将封闭恐惧之眼。他不会在现在放弃。"

"正送往 108/β－卡拉普斯 -9.2 的设备还没有测试过。它们可能不稳定，可能只工作一段时间就会坏掉，也可能根本就不起作用。这些设备在所有方面都比太空亡灵的技术要低劣。我们对超自然技术的理解没有可能与他们相比。在驱灵死域发生的事已经对我们显示了这一点。"考尔分身就像问早安一样，轻易地说着异端的话语——认为异形科技在任何方面优于人类科技的观点，在机械教看来罪大恶极。"不经过测试，大贤者贝利撒留·考尔不能确定它们的设计是否有效。随着时间推移，在探索教团成功发现一个完整的行星方尖碑网络后，他就能完善这一设计。"

"如果这些设计奏效了，我们当然现在就可以使用。"基里曼说。"假设考尔的方尖碑发挥了作用，我们需要花费多少时间建立起通往帝国暗域的稳定通道？这是一个迫切需要解决的问题。"

"至少要等到几年之后，"机器说，"也可能需要几十年。这次的实验将会给大贤者贝利撒留考尔更好的启发，他也就能给出更乐观的预测，基里曼大人。但贝利撒留·考尔会成功的。古代种族掌握着答案。古圣、太空死灵、灵族，分别掌握了其中一部分，但很快我们将凑齐这个拼图所有的碎片。我们将会把碎片拼合在一起。我们将会在他们失败的地方取得成功，并且击败从我们的心灵中诞生的怪物。"

考尔分身的话语中再一次带着情感，显露出决心和愤怒。维持着它存在的设备也随之嗡嗡作响。

"与异形非法交易、应用禁忌技术。你在机械教的同伴们不会接受这些的。"

"我预测他们的反应仅限于口头表达愤怒，摄政大人。但他们憎恨贝利撒留·考尔。如果他们意识到考尔的知识超出了他们的程度，嫉妒会促使他们中的某些人毁掉考尔和他的造物。我信任你会在那个时刻到来的时候给予我庇护。"

基里曼大笑起来。他现在并不经常笑，他的笑容总是夹杂着悲哀的情绪。"考尔分身，你的伪装暴露了。你就像一个活生生的人一样寻求保护。"

"我需要保护，而不是我渴望保护。我的存续是有必要的。如果考尔死了，他的全部知识都还保存在我的内部。这就是为什么我必须存在下去。如果他死了，你至少还有我。大贤者贝利撒留·考尔会保护他自己，而我不能。"

"大贤者考尔是我所知的最不需要他人保护的一个人。"基里曼表示同意。"而你在马库拉格之耀号的最深处也是安全的。现在，该说说原铸星际战士了。我们已经有了十来年的数据。他们表现得如何？"

"大贤者贝利撒留·考尔重申，所有的基因序列的生产线都在以巅峰效率持续运转。经过测试的基因种子，每一代发生突变的概率低于 0.001%。所有的现有战团重新补全了整套附加器官技术，取代了那些因为不当处理和进化变异而丢失的基因细胞，并且还增加了三个全新的植入体。所有原铸战团已经都适应了新的强化流程，新兵强化的失败率和培育中的失误率已经减少到了最低值。可以预期的是，大人，那些由你成立的新的原铸战团，拥有最低的出错率。新设备运转良好。对新型战斗兄弟和他们的配套装备的需求增长了，94%的现有战团表示出对他们的接纳。"

"那些存在更加根深蒂固缺陷的基因序列呢？"基里曼问。"圣血天使和太空野狼？"考尔通过自己的阅读和研究，已经发现了这两条基因序列的子嗣们竭力隐藏起来的危险缺陷。

"我的标准答复依然不变，大贤者贝利撒留·考尔理解您的保留意见。无论是完全由新的原铸星际战士类型组成的原铸战团，还是已经建立的战团，在新基因库里，那些被修正的缺陷都没有退化回先前不稳定状态的迹象。但是，并不推荐彻底清除某些基因序列的那些更特殊的特征。无论如何，这些特征是帝皇原本愿景的一部分，对那些基因序列生产线的正常运作至关重要。我将重申大贤者贝利撒留·考尔对此事的立场。第六军团和第九军团的改良基因种子是在可接受的参数范围内运作的。"

"此外，他还继续在测试的目的下进行实验，对到目前为止还未使用的基因种子进行了试验和监测。第二、三、四、八、十一、十二、十四、十五、十六、十七和二十军团的基因种子都没有显示出退化或者产生排斥反应的迹象。一切都很顺利，他很满意。大人，大贤者贝利撒留·考尔希望你能消除疑虑。因此指示我重复他的要求，让那些基因序列进行全面投产，就像帝皇原本期望的那样，为帝国服务。"

"不，"基里曼坚决地说，"我不允许。"

"大人，你的兄弟们的特质太宝贵了，不能被丢弃。帝皇为特定目的而培育战士们的计划是健全合理的，应该被运用下去。目前这个计划并不健全。在当前环境下，我们有半数的武器无法使用。把剩下的十一条基因序列加入原铸星际战士的生产，将会让星际战士得到更大的战术和战略空间，特别是在让他们协调一致行动的情况下。"

"我再说一次，不。不要再深入这项研究了。"

"战士们没有过错。科学没有过错。犯错的是他们的原体。过去的千年里，从你的基因序列衍生出的战团中,也曾发生过堕落,摄政大人,而我们没有对基因序列进行过删改。"

"我说不!"基里曼强有力地说。

机械音沉默了,房间里只剩下机械运转的嗡嗡声和咔哒声。

"遵命,大人,"机器终于说,"大贤者贝利撒留·考尔会照做的。"

我能相信吗?基里曼想。所有机械修会的技术大师都渴求知识。当得到新的知识时,他们很少能克制自己不去使用。在这个特别的问题上,基里曼一点也不信任考尔。有一个例子就是考尔的仆人原铸阿尔法。在这个战士的基因种子里,考尔混入过什么不洁的成分依然未知。

但基里曼丝毫没有暴露自己的想法。

"还有别的吗?"他问。

"对今天收到的编码所选择的答复已经结束了。"考尔分身说。"我将开始准备对你的命令进行编码,发送给大贤者贝利撒留·考尔。"

这个房间某个地方有什么东西正在运转,发出噼啪的响声,等待着基里曼的下达指令。一段简化代码将会被发送到考尔的方舟上另一个令人毛骨悚然的考尔分身里。以递交给基里曼的同样方式,编码会激活另一个单元上预先设定的答复。考尔坚持这么做。

"这是我的命令。"基里曼没有时间、也不需要考尔分身在向考尔提交信息时有任何开场白。"拉科斯的敌方舰队已经被粉碎。不屈远征的第一阶段已经告终。目前的计划是通过阿提兰隘口穿过大裂隙。我很快就会返回马库拉格对付我的兄弟莫塔瑞恩,他已经从巢穴中出来了。一旦处理完莫塔瑞恩,对帝国暗面的再征服战役就将启动。你继续解开方尖碑的奥秘。我们会坚持下去,直到这场战争结束。但只有消除阿巴顿对现实世界造成的伤害,才能确保人类最终能幸存下来。把精力集中在这件事上。"

"就这些?"

"就这些。"

"我会提供编码以激活信息里的这些要素。"

"下一次我们谈话时,我会提供一个让大贤者和我见面的时间和坐标,如果不能面对面交谈就通过全息投影。从我们上次面对面到现在已经过去很长时间了。"

机器陷入沉默。头颅们不断开合的嘴停住了。

"考尔分身?"基里曼说。从地板下传来一声机械运转的噪音。地板下方的红光亮了起来,把能量网络的金光染成了橙色。

"那不太可能,大人。"

"你究竟在哪里,考尔?你在干什么?"

考尔分身沉默了。沉思者的数据轮在房间墙后不停转动。红光变得更亮,金色消失了。

"这个单元没有这方面的资料。"

基里曼瞪着机仆们,这些头颅上的眼睛又瞪了回来,无视基里曼的质疑。它们能看到他吗?这个东西在撒谎吗?

"我没有更多信息传递了。"考尔分身说。"祝好,基里曼大人。"

机器关闭了。通路中闪烁的灯光熄灭了。柜子里的头颅们最后抽搐了一次,然后肌肉松弛了下来。每个钢化玻璃隔间的面板都合上了。一瞬间,机械造成的疼痛和压力回落到略有不适的水平。

基里曼透过牙缝艰难地呼吸。这些讨论让他紧张。

尽管考尔很有用,也渴望着拯救人类,但基里曼可以预见到贝利撒留·考尔终有一天会变成一个问题。

第十三章

拉科斯凯旋式

108/β－卡拉普斯－9.2 的军事广场上，四个远征军战斗群的兵力列阵完毕。他们面朝着帝国凯旋殿——这是一座被雕刻在山体上的巨人雕像环绕的庞大建筑，只为了今天的庆典而建。建筑的两侧连接群山，背后的整个山坡都被重塑了，雕刻上了更多的展示帝国力量的符号。昔日敌人留下的痕迹已经无影无踪。天空中的星坑，仿佛都在人类的强大力量面前怯懦黯淡了下去。

一声炮响后，帝国凯旋殿最高处的塔楼上的大钟被敲响了，每一声钟鸣，都代表了不屈远征进行的一个月份。

随着钟声响起，帝国凯旋殿走廊上方的立柱上，一大群奇特的飞行物涌了出来。伺服头骨、智天使、克隆出来的基因造物、坐在反重力布道器上的教士纷纷飞过广场上方。他们在焚香形成的烟雾中出现。十几首不同的赞美诗，就着各种美妙的旋律被同时吟唱出来，与教士们劝诚信徒崇敬帝皇的叫嚷声掺杂在一起。随着空中的飞行物分散开来，在军事广场上空盘旋，从帝国凯旋殿的阶梯上走下了乘坐各种不同载具的形形色色的牧师们。他们数以百计，从最富有的到最贫穷的，从温和的教士到煽动性的传道者。在人群中间，自动布道机正在前进，支撑它们的机械臂不停地发出叮当的响声。在布道机内部，那些殉道者腐烂的大脑，正使用原始的扩音器发出带有宗教用语的咆哮。在牧师们后面，一大群散漫的鞭笞者正在一边痛打自己，一边呼吁着救赎。帝国国教中每个期望获得权力的宗派，都派出成员出席了这场凯旋仪式。神职人员就像苍蝇缠着牛一样跟着罗伯特·基里曼，不论基里曼赶走他们多少次，他们总是会再跟上来。

神职人员源源不断地涌出，持续了一个小时。涌出的人填满了远征军队列之间的空间，但他们中没有人敢于走上广场中间的过道上的地毯。没人敢这么做，因为这上面只有基里曼才能踏足。

不屈远征

这些神职人员不断地歌唱、祈祷和咕哝。接着，帝国凯旋殿内又走出了大群僧侣。僧侣队伍的后面，上百位主教和他们所有的助手、机仆以及大群正在窃窃私语的心腹们正阔步而出。每位主教都在展示自己的富有，或是反向夸耀自己的贫穷。最后，一支簇拥着装载圣徒遗骨和不屈远征军阵亡英雄遗骸的神圣方舟的队伍出现了，数量庞大的信徒紧随其后。

游行的盛况空前，神职人员的风头几乎盖过了到来的原体。

几乎，但没有完全盖过。

马蒂厄修士是唯一一个俯瞰原体到来的神职人员。他站在帝国凯旋殿的阶梯上方一个隆起的开阔平台上，这是本周早些时候才搭建起来的。有二十名大主教也站在这里，站在人群的后方，但他们对那些较低级的神职人员没有任何兴趣。大主教们的地位很高，离帝皇更近，没有必要去观看他们的下属的虔诚表现。他们只和彼此交谈。

马蒂厄觉得帝国凯旋殿前这个的隆起的平台，应该算是某种形式的阳台。栏杆和大门通往位于山体内部的大厅，宽大的阶梯延伸向上方的长廊。这个平台具有阳台的所有特征，但它却是如此庞大，以至无法用言语准确地描述出来。平台约有一千米长，上面挤满了各种各样的官员。但这里没有几名军官，除了地位最高的指挥官们之外，他们都和士兵们一起待在广场上。他们中的大部分人站在广场突起的平台或庞大的指挥载具的炮塔上，以凸显自己举足轻重的地位。

好吧，马蒂厄修士想，也许在这里的军官人数并不太少。

在指挥官们抵达平台时，马蒂厄就已经数过了——那时候平台上的人还没有这么多。这里一共有三十六名战团长，另外十八名星际战士领主，他们是剩下的编外之子们的高级指挥官。六名禁军，三名战斗修会的大修女，五位星界军将军，来自各处的战争领主或是其他具有同等地位的人，菲利克斯连长，西卡留斯连长，全部二十名基里曼的冠军护卫，星界军总政委，舰长以赛亚·卡斯特林，阿尔法、斯拉斯图斯、多明纽斯和伽马战斗群的司令，几位海军上将和少将，还有几十位海军准将以及更多的舰长，此外还有众多其他男女军官，就算没有上千，也有好几百人。

但这些数字只是听起来不少。

在平台上的军人们，只不过是无数帝国臣仆们当中的沧海一粟。包括导航员、灵能者、星语者、科技神甫、官僚、元老或是他们的代理人——尽管帝国元老院里几百名渴望得到升迁的低阶领主亲自前来，但十二元老中只有三人敢于通过危险的旅行来到这里——以及行星防卫军指挥官们和其他有权势者。

就在不久前，马蒂厄想，这些人还能代表帝国力量的巅峰。

但再也不是了——在一位基因原体走到这些人中间去领导他们之后，就再也不是了。一位帝皇的子嗣回归了。其他所有人充其量只是一名助手，在最糟糕的情况下，有人甚至是那位永远受帝皇保佑的帝国摄政事业上的一块绊脚石。

马蒂厄全身都充满了信仰。信仰是支撑着马蒂厄的支架。没有信仰，马蒂厄觉得自己可能会崩溃，缺少骨气，被眼前所见的帝国的荣光压垮。如此壮丽的景象，如此众多的宏伟战争机器。如此强大的力量！

马蒂厄无法想象自己失去信仰的样子。信仰给了他力量，给了他目标。当马蒂厄和罗保特·基里曼在一起时，他的体内充满炽热的信仰；他的骨骼仿佛燃烧了起来，如同滚烫的铸铁。这高热并没有伤着他，而是让他充满了力量。马蒂厄一想到这里，就希望对着平台上这一大群喋喋不休的官僚们开枪，只求能让帝皇的子嗣更自由地行事。

当然，马蒂厄对原体隐藏了这些情绪。他在帝皇的计划中扮演的角色需要他这么做。这并不可耻。

理智是马蒂厄修士的特点。他对自我反省并不陌生。马蒂厄比大多数人更了解自己。在传教士学校学习时，马蒂厄曾经怀疑自己的信仰，还差点因此丢掉了性命。幸好，马蒂厄的老师发现马蒂厄只是因为太过震惊而产生了怀疑，并不是质疑信仰本身。马蒂厄被放过了，但老师还是劝阻他不要进行更深入的探索。这当然没有产生任何效果，因为对马蒂厄修士而言，唯一比信仰的内容更重要的事，就是对信仰的认同。在图书馆，他自学了许多修士们不打算教授的课程。马蒂厄坚持自己的想法，通过自己的探索，找到了符合自己信仰的逻辑系统。在大漩涡发生的事件，只是更加坚定了他的希望。

很明显，帝皇为马蒂厄制定了一个计划。基里曼选择他，也是因为这个计划的存在。尽管原体自己或许并不清楚。

马蒂厄检验了自己的信仰，发现自己的逻辑依然合理，他找不到其中的缺陷。帝皇是真实存在的，他就是一位神，是在这个恐怖的银河系中的代表正义的力量，马蒂厄全身心地为他服务。信仰是真实的，信仰就是救赎。

在马蒂厄得出这个结论很久之后，他目睹了帝皇的奇迹。第一次亲眼见证奇迹发生的荣耀时，马蒂厄泪如雨下。

但后来，马蒂厄认为自己的信仰可能是错误的。

马蒂厄的信仰无法得到合理的解释。帝皇虽然强大，但他的敌人更强大。银河系陷入了前所未有的困顿。马蒂厄修士每见证一次奇迹，就会同时目睹一万个正在发生的悲剧。帝皇要如何才能拯救他们？

但信仰让马蒂厄始终保留着希望。无论是理智，还是经验，仿佛任何东西都不能扑灭希望。这不合情理。马蒂厄本该为这即将终结的时代痛哭，但他并没有这么做。只要每次他尽到了自己的职责，就会由衷相信一切都会好起来的。

"希望是愚蠢的吗？"马蒂厄问自己。他望着密集的帝国军队，心想或许并非如此。

马蒂厄祈祷自己也能给原体带去希望。

现场响起了一阵马库拉格式的吵闹而突兀的嘹亮号角声。成群的牧师立刻变得像集合起来的士兵一样安静。罗保特·基里曼镇定自若地在刻有雕像的山体上出现。他沿着台阶走上一个雕刻成蹲伏的巨鹰状的讲坛——双头鹰是帝国的象征——眺望他面前的军队。

原体傲然挺立，威风凛凛，他的脸庞散发着高贵感。马蒂厄藏在自己的兜帽里，微微一笑。从基里曼的表现上，没有人能猜出神职人员们的游行会在多大程度上激怒原体。原体从未刻意对马蒂厄隐瞒这一点。因此当原体接受了马蒂厄的召开信仰游行的提议时，马蒂厄曾惊讶不已。

马蒂厄有敏锐的洞察力而且善于识别他人的品行。他已经明白了罗保特·基里曼是一位把原则置于一切之上的人。但基里曼坚持的原则中，实用主义往往胜过其他原则。

如果原体愿意咬紧牙关，允许国教宣扬他的神性，马蒂厄想，原体最终会改变自己的看法。

马蒂厄是一个富有耐心的人。他不在乎基里曼做了什么，也不在乎基里曼是怎么去做的。马蒂厄的思维中，尽管属于理智的部分会去质疑原体的行事动机，但属于信仰的部分仍相信原体做的一切都是正确的。对马蒂厄而言，原体为什么要做现在的事并不是重要，重要的是，马蒂厄自己最终会将原体导向何方。牧师明白，毋庸置疑，终有一天罗保特·基里曼会看见光明，接受自身的神性。

到那时，信仰就会回来。马蒂厄因为自己的想法，微笑了起来。

突然传来一阵警告声，令马蒂厄紧张了一下。基里曼要开始演讲了。

许多镀银的伺服头骨嗡嗡作响环绕着原体，为后人记录下他的影像。基里曼曾经告诉过马蒂厄，这些记录毫无意义，因为历史可以像一本布道笔记一样轻松地改写。原体瞪向飞行的头骨群，他的瞪视令它们在惊愕中退去。这位帝皇的子嗣还没有发现他自身具有的巨大权威。对基里曼来说，这些头骨是病态的象征，是被安置在被挖空的颅骨中的机械。对马蒂厄而言，伺服头骨有更多意义，是人类的精神信仰依附在遗骨上继续留存，在死后还想为帝皇服务。伺服头骨们感受到了原体的轻蔑——这就是为什么它们会从原体身边离开。为什么原体没能发现这点？

我的职责并非是说服神之子承认自己的身份。马蒂厄自责地想。我的职责是侍奉他，通过自己的努力把他导向真理。但我不能明示给原体。他必须自己去发现。

马蒂厄决心通过忏悔或是鞭挞救赎自己的放肆。然而，马蒂厄还是无法熄灭自己的希望，或者说是野心。

如果我能成为那个让原体睁开眼睛的人……马蒂厄继续想。如果是我公开说服了原体……

够了。马蒂厄捏紧藏在手心里的按钮。从他的腹股沟和眼睛内部迸发火花，令他感到疼痛难忍。马蒂厄咬紧牙关，阻止自己继续动摇或者崩溃。但植入体内的电连枷还不足以打消他的自负和野心。他以后要更严厉地惩罚自己。只有处于极大的苦痛中，他才能赎罪。

大钟最后一响的余音嗡嗡地回荡在广场上。基里曼向人群演说。

"不屈远征已经持续了十二年。第一阶段已经结束。帝国圣域已经平定，我们可以来评估现在的局势了。"一位逊色一些的领袖可能会吼出来，或是打着手势，但基里曼仅仅在用清澈的声音低声地讲着。他的言语具有千门巨炮的力量，足以横扫整个军事广场。"但这并不是我的功劳。"他的目光扫过整个广场，每个男人和女人都感觉到他在注视自己。"你们看着我说：'看！他就是那位人类之主的儿子！他来救我们了！他打倒了混沌的领主们。当所有的舰船都在亚空间风暴中沉没时,他穿越了群星!'。"基里曼技巧性地停顿了下来。

马蒂厄看出了基里曼的手法,他对在人群中演说并不陌生,但就算知道是演讲技巧,原体的演说依然打动了他。

"我告诉你们,我并没有做这些事。并不是我解放了上百个星系;并不是我为几十个战团提供了增援或是解救了被围困的军队,让他们能再次战斗;并不是我击退了黑暗。我只是一个人,是的,我说我是一个普通人,虽然我可能是基因原体。但我的灵魂还是人类,还有我的心,以及我的血,都是人类。

"我父亲的目的,是让我成为人类中最优秀的人,而我其实没能做到。但你们是,是你们——这个伟大帝国的所有世界和所有组织的人,完成了这些事业。你们是帝国的肌肉、帝国的筋腱、帝国的心脏和帝国的血液。没有你们,我能做什么?我告诉你们,我将一无所成!是的,什么也做不到!你们,你们所有人,都应该骄傲地抬起头。没有了你们的努力,帝国定会覆灭!"

基里曼现在开始吼叫了,声音响彻了广场。旗帜在这颗行星的风沙中飘扬。周围突然安静下来。成千上万的普通人和超人在军事广场上布阵。原铸编外之子的队列独占了四分之一的位置。他们按照所属的战团排列,他们身上的装甲按照各自对应原体的制式进行了涂装。原铸编外之子的队列形成了巨大的多个色块,让人联想起古老的军团。

花名册上说,这里有两万名原铸星际战士、四万名旧型的阿斯塔特修士、两千万名武装的普通人类和火星机械修会的智控战斗教众。大型的战争机器分列在广场后方较远的位置,从智控军团的战争机器人到遮挡天空的巨大泰坦。这样一支大军,怎么可能会失败?

"不屈远征军取得了成功。"基里曼继续说。"我宣布它的第一个任务已经圆满完成。用我们的鲜血和牺牲,我们给帝国赢得了宝贵的时间,但其他地方还需要我们。我们当中的一些人必须离去。"他再次暂停。"远征的最初行动结束了。拉科斯的凯旋标记着它的伟大胜利。真正的工作必须开始了。"

没有任何人说话,人群开始紧张了起来。

"原铸战士们,你们将会全员被重新编组。不久的将来,我会发布新的命令。我们的军队将会分头行动,无论敌人在哪里,都要给他们带去毁灭!编外之子们的努力奋战,足以令大远征时代的军团为之羞愧。是时候回报你们的功勋了。我将做出新的安排。新战团将会被创建。你们当中一部分人将会去加入你们基因之祖的后裔战团，他们会像兄弟一样欢迎你们，无论是在战场还是在宴会桌上，都会给你们留下象征荣耀的位置。

"你们当中其他的人，也需要离开我，因为我接下来的道路充满了未知的危险。但你们已经赢得了我的尊重。你们已经完成了不可思议的战争伟业。无论你们去哪里，其他的人类战士将会在你的装备上看见这次远征军的荣誉徽章。他们原本看不到希望，觉得自己失去了帝国的保护——但现在，你们挺身而出，带着心中的信念和握紧手中的枪炮，发出怒吼，不论何时何地，都要把敌人扔回亚空间！你们已经这样做了。你们还会继续这样做。我向你们表示敬意，你们是帝国的英雄们！"

基里曼高举巨大的统御之手，拳套上的机械手指成"V"型紧握着，向胜利致敬。广场上爆发出了一阵阵欢呼。

"基里曼！基里曼！基里曼！"

欢呼声非常响亮，震耳欲聋。马蒂厄修士感受到了人群的喜悦，觉得有一股力量冲击着自己，让自己的信仰如明星般闪耀。之前，他几乎因为对自己用电连枷而崩溃。如今他沉浸在宗教狂热中，如痴如醉。拉科斯星坑仿佛也在天空中黯淡下去，甚至 108/β - 卡拉普斯 -9.2 的枯萎孤寂的荒漠也变得清爽了不少。

"我的儿子们！我的兄弟姐妹们！"基里曼大声呼喊，让众人停止了欢呼。"过一会儿，我们新的战争使徒将会向你们所有人赐福，并且宣布我的父亲——帝皇的圣言！"另一阵欢呼响了起来，足以震撼大地。马蒂厄从旁边望向原体，他还没有答应这一任命。当然他会去做的，现在他已没有选择。他欣赏原体的魄力。有这样的领袖，他们怎么可能会失败。

"但对那些我的直系子嗣们，那些接受了我的基因遗传以及身着极限战士涂装的盔甲的人，我还有最后一句话要说——这里的事情结束后，我们要去打一场新的战争。我的兄弟莫塔瑞恩给我们的家园奥特拉玛带去了瘟疫。我绝不会让家园沦陷。"

原体暂停了一下，再次慢慢地扫视广场。

"我们为马库拉格而战。"

第十四章

瘟疫使者

瓦伦斯睡着了,他的梦很是奇怪。

他从身体外面看着自己,就像曾经在梦中梦到过的一样,他就像在扮演两个互不相干的人——演员和观众。观众瓦伦斯看见自己躲在医院的入口,监视着哨兵,哨兵们谈话呼出的水汽,就像一阵烟雾散进寒冷的夜空。而演员瓦伦斯在等待着,直到一名哨兵离开他的位置,想要进到里面去暖暖手。当那名士兵走过时,演员瓦伦斯拿起一个石瓮将他砸倒。然后这个瓦伦斯大踏步走上医院前院的砾石地面,手握着抢来的激光枪。

观众瓦伦斯只是在看着。

演员瓦伦斯举起了激光枪。另一名哨兵在头盔的阴影下震惊地睁圆了双眼。

"别开枪!"他说。

瓦伦斯扣下扳机,哨兵的胸口炸出一个整齐的圆洞。瓦伦斯跨过还在冒烟的尸体,随后扔掉了枪。

这个暴力行为令他醒了一半。

瓦伦斯本该觉得暖和,但现在,他的脚上却很潮湿,被冻僵了。一阵寒风吹过,令他感到更冷,他想要睡觉。

但瓦伦斯的伤口疼得厉害。

为什么会这样?瓦伦斯在梦里想着。我已经准备好返回战场。我已经可以赴死。

另一阵疼痛让他倒抽一口冷气,略微清醒了一些。他想要回去继续睡觉,但有一种恼人的杂音在周围越来越响。那听起来像是芦苇摆动的声音,芦苇在风中摆动。

瓦伦斯猛地睁开了眼睛。

他完全迷失了方向。苍白的线条在他鼻子的高度摇摆,填满了他的视野,把双眼所见的世界划分成黑白两半。瓦伦斯过了一会儿才分辨出这些线条应该是芦苇，而黑暗应该是天空，猛烈的风把云吹到群星上方。

他站在沼泽地里。瓦伦斯花了一些时间才弄清方位，找到医院的位置。医院看起来很小，沼泽只是黑暗中的一片略带蓝色的模糊虚影。瓦伦斯已经走了很长的路，远远越过了洼地的边缘，走进了沼泽里。

他的梦境又回来了：那些死去的士兵在眼前闪过。还是说现在才是一场梦，在他梦里出现的是真实的回忆？这不可能。

瓦伦斯突然觉得头晕。他把手探向前额。有什么黏糊糊的东西粘在手上，他把它在病号服上擦掉了。瓦伦斯的前额滚烫，他已经发烧了。他必须回去，一定是遇到了什么非常不对劲的事。

瓦伦斯转身面向医院。他的四肢颤抖，肌肉酸痛。瓦伦斯的脚正在冻僵。他赤裸的身上只套着一件病号服。如果还不回去，他就会死在这里。

肯定是发烧了。

"我被该死的死神在这儿逮住了。"瓦伦斯喃喃自语。他艰难地蹚过泥泞，走向洼地上更硬一点的地面。瓦伦斯差一点儿就走到了，但一个熟悉的声音在沼泽里叫住了他。

"布勒斯？"瓦伦斯发出回应。

他竖起耳朵。一年当中最后一批昆虫正在寒夜中鸣叫。除此之外，瓦伦斯什么也听不到，他决定把刚才的声音当作是错觉。

"一！一！一！"

"布勒斯？"瓦伦斯再次说，声音更大了。他在芦苇丛中什么也看不见，在沼泽和洼地的连接处，芦苇长得更高了。瓦伦斯咒骂着，挣扎着走到更坚实的地面上，回头望去。亚克斯的孤独的月亮在一朵飞驰的云背后出现，照亮了所有的银色和黑色。

"一！"布勒斯的话音轻得就像从远方传来，"一！"

瓦伦斯转身望向医院。如果现在回去求助，他肯定会失去布勒斯，当那些人再找到布勒斯时，或许会射杀他。

瓦伦斯扫视着沼泽，寻找他的朋友。最终，他看见布勒斯了：一个白色的幽灵高高跳过泥泞和水面，睡袍的袖子挂在手上，不停地拍打着身体。布勒斯的身后留下了一条覆盖着残破的芦苇的蜿蜒小道。布勒斯似乎正在走向一片低矮而细长的树丛，那片树丛就在沼泽和洼地之间第一个水塘旁边的小丘上。

"他真该死！"瓦伦斯说着，不顾寒冷和四肢的颤抖，一头扎回沼泽里去追赶他的朋友。

瓦伦斯很快到了布勒斯踩出的小道上。但这条路太难认了，因此瓦伦斯决定不沿着小径走，而是跟着朋友的声音追赶。他始终盯着那个矮丘和上面的树，并且确定布勒斯是向这个点行进。每当瓦伦斯因为水太深而被迫绕路，而且听不到布勒斯"一！一！一！"的怪异叫喊时，他就走向小丘，再次捕捉这个声音。

几个小时过去了，他的脚终于踩上了小丘上更坚硬的地面。瓦伦斯因为寒冷和疾病颤抖不停，但他还是努力爬了上去。这座小丘大概只有三米高，但瓦伦斯却觉得它像山一样高。他怀疑自己是否还有力气返回医院。这是个错误。他本该回去的。

"布勒斯！"瓦伦斯高声嘶喊。他并不愿意这样大喊。他穿过带弹力的树枝，走下杂草丛生的小坡。对面是一片开阔的水域。

"一！一！一！"布勒斯说

他蹲在湖边，凝视着自己在池塘黑水中的倒影。

虽然瓦伦斯又病又冷，但他仍感到如释重负。

"布勒斯！"瓦伦斯恼火地说。"你出来这里干什么？"

布勒斯从水面抬起头。他看上去很可怕，黑眼圈出现在双眼下方，胡子茬沾满了皮屑。

"二，二。"布勒斯悲伤地说，指向瓦伦斯。

"上次看见你时，你已经数到四十九次了。"瓦伦斯试图开个玩笑，但内心却像铅一样沉重。他把手放在朋友的肩膀上。但背上的伤痕传来一阵刺痛，令瓦伦斯露出苦脸。"来吧，我们得回去，我身体不太舒服。"

布勒斯摇头，不高兴地离开瓦伦斯。

"来吧！"瓦伦斯说。

他们身后传来了木片碎裂的响声。一个同样穿着病号服的男人，蹒跚着走出芦苇丛。那个男人满身都是划痕，他的眼神一片迷茫。

"三！三！三！"布勒斯说，用手指戳向对方。

"噢，真棒，真是太棒了。"瓦伦斯说。"嗨，嗨，你！士兵！停下！"

那个男人茫然地瞪着水面，然后走到水边，盯着里面看了几秒钟，随后脸朝前跌了进去。

"该死的！"瓦伦斯说。他吓坏了。这个男人的行为让他想起了在艾斯潘多的那些死者坠入他们的战壕的情景。瓦伦斯犹豫了一会儿，害怕自己会被冻死，但他的责任感胜过了自我防护意识，他挣扎着游进池塘里。在这时，那个男人已经漂出好几米远了。在这冰冷的黑水中，尽管只游了这么短的距离，但也已经耗尽了瓦伦斯的力气。

"四！四！四！四！"布勒斯叫喊。"五！五！五！五！五！"

又来了两名士兵，一个男人和一个女人，从树丛中走出来。男人猛地跃入水中。女人停了片刻，她迷茫的脸庞渐渐清醒。

"我这是在哪？"她说，然后就晕倒了，掉进池塘里。

"帝皇啊！"瓦伦斯说。他把已经失去意识的第一个男人拖回岸边，又把那个女人拉出来放到岛上。另一个男人在水里和他搏斗，随后沉入了泥沼的深处，消失不见了。

"布勒斯！布勒斯！帮帮我！"

"一，二，三，四，五！"布勒斯咯咯笑着，就像刚开始学数数的孩子一样摸着自己的指头。

瓦伦斯毫无保留地咒骂着，跪在第一个男人面前，把那个男人翻到脸朝下，然后开始用手按压。一股脏水从男人的嘴里涌出。当男人吐出水的速度缓慢下来以后，瓦伦斯把他翻到背朝下，把嘴压在那个人的嘴上，做起了人工呼吸。三次人工呼吸后，他起身再次按压男人的胸口。

"六！六！六！六！六！六！"布勒斯说。

第六个人在树丛里出现，呻吟着，晕倒在地开始抽搐。

瓦伦斯被吓坏了。在艾斯潘多他看过太多这样的情况。但这里没有活死人，没有叛徒，也没有叛徒们的可怕盟友——军官们坚称那些是外星异形，但有谣传说那是完全不同的某种东西。瓦伦斯正按压着第一个男人的胸膛，却因为刚来的人而心烦意乱。突然，有什么东西搔了一下瓦伦斯的手，他回头一看，顿时因为恐惧惊叫出声，跌跌撞撞地后退。

颜色令人作呕的昆虫从刚来的男人的口鼻中往外爬，一团团蠕动着涌到土壤上。

"布勒斯？"瓦伦斯压低了声音。

从刚才另一个人掉进去的池塘里，冒出了许多泡沫。池水仿佛沸腾了起来，死鱼和其他死去的水生生物在水面上载浮载沉，上面有食腐生物在蠕动。

"这不可能——不会在这里。不，不会在这里！"瓦伦斯哀号起来。他自己的身体中也有什么东西在爬。他背上的伤口比受伤时还要更疼。

他不记得他是怎么受的伤，但他记起了在战场的最后一天他拍死的那只苍蝇。

那件事似乎非常重要得可怕。

瓦伦斯的头痛了起来，在他耳朵里有一个声音在咆哮。

"七！七！七！七！七！七！"布勒斯叫着，站起身，用颤抖的手指指着缓坡。

加斯坦德，几个星期前瓦伦斯在医院阳台上遇见的那个人，从树丛间走了出来，他的胡须蓬乱，长袍污秽。瓦伦斯看不清他的脸。

"加斯坦德？"瓦伦斯问。

"发生什么事了？我在这里干什么？瓦伦斯？我是跟着鲁森来的。他告诉我来这里，还说这非常重要。"不像其他人，加斯坦德似乎心智完好，但当他抬起脸朝向瓦伦斯时，瓦伦斯发出了尖叫。"这很重要吗，我们在这儿干什么？我很冷，我该回去睡觉了。"

加斯坦德的眼睛不见了。肥胖的水蛭挂在他的脸上，它们蠕动着的前半身埋在他的眼窝中。他的前额大面积变形，当瓦伦斯看到的时候已经肿胀了。

"为什么我什么都看不见？"加斯坦德说。"我浑身都在发痒。我又被叮了吗？"

"黄金王座保佑我！"瓦伦斯说。他背上的疼痛令人发狂。他使劲用手在背后搔它。他的指尖擦过了什么硬的东西：那里有一个膨胀着的肿块，已经接近快要爆裂开来。

"一，二，三，"布勒斯说，郑重其事地反复数着每个人，"四，五，六。"他指向瓦伦斯。"七。"

布勒斯轻轻一拍胸膛。

"七，七，七。"他一边吟诵着，一边拿出了一支偷来的激光刀，然后按下了开关。激光刀慢慢靠近布勒斯的眼睛，他的眉毛在高温中变得卷曲。

"不！"瓦伦斯高喊。

"七。"布勒斯说，然后切开了自己的肚子。他的内脏掉了出来，他的内脏早已病变、腐烂，上面爬满了蛆虫。"七。"他说，然后死了。

恶臭的气味从河床上冒出。更多的死鱼浮上水面。加斯坦德尖叫着，抓着自己的脸。瓦伦斯感觉到有什么东西在他皮肤下方移动。他撕扯掉长袍，发现胸前的肌肉在扭动。他背后的伤口裂开了，全身都笼罩在恐怖的疼痛中。

"七！"一个响亮的声音越过沼泽传来，随之而来的是一阵低沉的笑声。

奇怪的光从沼泽上闪耀而起，亚克斯被永久性地改变了。

随着一个愈合中的伤口突然裂开的声音响起，现实世界被撕开了。天空像脆弱的投影屏幕一样破裂分离。在裂缝外面，现实世界依然维持原样。但在泛黄的裂缝内部，一个疯狂的景象浮现了：那是在炎热的夏日中的一个巨大花园，在腐朽中喧闹欢腾。无尽的深黄色浓雾开始侵入瓦伦斯的视野。皮肤潮湿的害羞的东西在丛生的枝叶后窥视着瓦伦斯，舔了舔嘴唇。

在这道裂缝上似乎还覆盖着一层能量膜，但上面已经布满了洞眼，而那些洞眼还在瓦伦斯的注视下不断变大。腐烂的气味开始向外流泻，蝇群从病态的植物上飞起，拖着肥胖的躯体穿过洞眼，就像在艾斯潘多时一样，开始猛撞瓦伦斯。随后蝇群离去，在嗡嗡声中越过了沼泽。

瓦伦斯朝他旁边的那个失去意识的女人望去，他为自己看到的东西而恐惧，呻吟了起来。

女人的双眼已经变成了眼窝里的胶状物。她的舌头变黑，下巴从软化的头颅上剥落。坏死的血肉从她的骨头上脱落，暴露出闪耀的粉红色和白色，一瞬间后就因为加速腐败而变成了灰色的黏液，暴露在外的毛细血管迅速死黑。

瓦伦斯紧紧闭上眼睛，从裂缝中转过脸。没人能在看过这个景象之后还能幸存下来。他皮肤下面某些的活动正变得更加狂野。瓦伦斯不得不去阻止自己正在撕扯皮肉的手，那双手想要释放在瓦伦斯体内的东西，让自身得以解脱，但瓦伦斯知道这么做将会杀死自己。

"别看它！别看它！"瓦伦斯说着，但他无法控制自己，还是朝裂缝中那边瘟疫之神纳垢的花园抬头望去。

片刻之后，宁静降临了。突如其来的闷热空气中，有雷声隆隆响起。一股腐臭的成熟香味，渗透到了万事万物之中。一道涟漪掠过沼泽——涟漪所过之处的一切都被腐化了，无论有无生命——草地发黑了。石块粉碎了。树木扭曲成了恐怖的新形状，迅速膨大，然后被自身的重量压垮，成为糊状的残迹。水也变得黏稠起来。

第十四章

"七!"有一个恶魔一样的声音在咆哮。

一阵灼热的、带有腐蚀性的风从裂缝中刮了出来。巨大的黑影乘着腥风,正从地平线上逼近。

瓦伦斯正被突如其来的灼热和疼痛感折磨着。他的皮肤正在裂开,让在他体内繁殖的害虫轻轻掉到地上。他的肚子膨胀起来,手指开始扭曲,后背耸起。他的眼睛也在变软出水,就像半熟的鸡蛋。他的脸颊就像火中的蜡一样融化,重塑了外貌。瓦伦斯觉得自己的脑袋就要炸成了两半。突然,他如释重负,一支腐烂的、短粗的角缓慢穿过他的前额出现,朝上扭动。

痛苦变得更强烈了,但他已经不再被困扰了。他发出了咯咯笑声。

这个曾经是瓦伦斯的东西在凋零的世界中睁开了一只独眼。用亚空间赐予的视力,他感知到一张由被腐化的精神力量组成的黏性网络,链接着他和其他六名死去的士兵,从它们长满蛆虫的心脏延伸向群星。当他注视时,亚空间内伸出的触须不断摸索着把这张黏性网络进一步扩大,远远越过了整个亚克斯。全部七个被选中者被纳垢以各自的方式标记了:通过明显的外伤、细微的划痕或被忽视的伤口。瓦伦斯自己的混沌标记是一个苍蝇的咬痕,属于瞬间就被遗忘的那种!他的新主人是多么慷慨。这个东西因为这样的荣誉而喜悦,在它的喜悦中瓦伦斯的最后一点点残留也死去了。

"一,二,三,四,五,六,七。"已成为瘟疫使者的瓦伦斯数着从地狱般的天空中滑翔而来的巨大轮廓,等候着它的主人。

第十五章

灰 盾

　　菲利克斯连长在想，去看他昔日同伴前是否要脱掉身上的装甲。他不喜欢自己肩甲上的极限标记在他和同伴之间产生的距离感。然而最后，他还是穿着他的装甲。他现在是一名极限战士，不应该对此感到耻辱，即使他还没有觉得自己完全融入战团。

　　担任基因原体的侍从，是一项有着沉重负担的殊荣。这些侍从无所畏惧！帝皇对他的星际战士们下达的命令从那个千年回响至今，通常来说，一名星际战士不会害怕任何东西。然而就算是无所畏惧，菲利克斯在从马库拉格之耀号前往鲁登斯号的途中却还是满心焦虑。

　　最令他焦虑的是，菲利克斯已经被正式许可加入极限战士战团，而他的朋友们却还留在之前的部队中。他现在是原体本人的战团的一员，这个战团古老而又肩负着厚重的文化。而且，他的迅速就职有点……奇怪。这不但是因为他还没有跟战团长打过招呼就成了这个战团的一名连长，而且这个战团早已满编，而且他还没有正式属于他的可以指挥的连。

　　这是出于政治原因，他很清楚。正是因为基里曼的意图，他才不得不接受这件事。有许多原因促使原体选择原铸战士作为他的侍从，而不是更有经验的星际战士们。

　　首先，菲利克斯推测，原体想要表明原铸星际战士们才是新的星际战士典范。

　　其次——这不是菲利克斯的推理，而是原体过去告诉他的——原铸星际战士缺乏政务经验。基里曼把政务放在非战斗技能中最重要的位置。他认为，政治才能与军事才能同等重要。

　　大贤者考尔旷日持久的催眠灌输里并没有给原铸星际战士准备这方面的知识，因此原体任命他们当中的许多人到重要但并非关键性的位置上，担任各色专家的助手，或是星际战士军官的副官，还包括让他们成为原体本人的侍从。在菲利克斯成为侍从之前已经有过两个前任了。基里曼频繁改变这些职位上的任命，让原铸星际战士从直接服务中获得的经验。他只提拔那些在政务上显示出非凡可能性的人，之后再命他们担任责任重大的永久性职位。菲利克斯为自己被选拔上来而深感荣幸，他每日都在努力，希望不辜负原体对他的信赖。

再次，菲利克斯还想到了一点，原体是想要近距离观察他的新战士们。原铸星际战士虽然是在基里曼的授意下创造的，但他们也是考尔的造物。如果自己是罗保特·基里曼，菲利克斯也不会信任大贤者。

但这些都不是让菲利克斯焦虑的事。以上这些都合乎逻辑，而且与原体喜欢做长期计划的偏好完全一致。但在菲利克斯的假设中还有第四个推测，而这最后一个推测正是让他烦恼的原因。

菲利克斯于大异端战争结束后不久出生在拉菲斯。他与同龄人相比似乎更清楚记得自己的童年，这意味着他记忆中的帝国，就是很久以前还依然存在希望时的样子。他记得旧奥特拉玛、帝国真理以及荷鲁斯的威胁逐渐远去后再帝国范围内重燃的乐观主义思潮。在他十三岁准备作为一名加入军团的新兵时，考尔的代表带着全部的授权文件前来传唤。从此菲利克斯的未来被改变了，陷入了这场噩梦。但他还保留着所有关于过去的记忆，经历几千年的静滞，也没有遗忘任何事情。

这些往事，也许是基里曼需要他的原因。

原体总是谈起过去时代的一些事情。菲利克斯察觉到了基里曼的怀旧情绪——基里曼虽然讲求实际，但带着很明显怀旧的倾向。第四个推测令菲利克斯焦虑，是因为这表明原体可能是孤独的。如果原体确实是这样的，那么他就过于富有人性了。

发现基里曼的人性令菲利克斯烦恼。帝国需要某个能够跳出人性束缚的存在来领导他们，而非一个具有普通人缺陷的人。

孤独的半神。这个想法让菲利克斯的脊柱颤抖了起来。

菲利克斯搭乘的运输机抵达了鲁登斯号上的小型空港，同时这略带伤感的想法也随风而逝。运输机穿过飞船的力场，进入了一处机仆们忙碌着的机库。甚至运输机还没有放下起落架，菲利克斯已经急不可待地想要下去了。

极限战士

菲利克斯能不假思索地背出鲁登斯号的舰内结构。他清楚地知道如何在战役中使用它,鲁登斯号是一艘能让任何一个懂得欣赏太空战指挥艺术的人热血沸腾的船。但鲁登斯号对菲利克斯具有特别的意义,并不在于这艘船本身的功能和优雅的外形。菲利克斯热爱鲁登斯号因为这里曾经是他的家园。他曾经指挥过鲁登斯号,船上的人们如同家人一样亲切。

随着运输机的着陆指示灯变成绿色,菲利克斯走出舱门,走向船上的营房区。虽然基里曼重视菲利克斯拥有的过去时代的记忆,但菲利克斯觉得自己在鲁登斯号上的回忆更加珍贵。他从未回过拉菲斯。说实话,他也并不想回去。他听说那里已经变成了一个宗教世界,广阔的大草原上建满了教堂和帝皇的神庙,这个时代的人们把帝皇当做神来崇拜。一想到他的家乡被外来的意识形态改变,已经面目全非,菲利克斯就感到悲伤。

或许他有原体一样的乡愁:记忆中故乡早已不复存在。

每个人的生活都需要一些东西来稳定——一些与他人共同的价值观或记忆。因此原体需要菲利克斯,菲利克斯则需要他的兄弟。他曾经拥有这些东西,至少,还能再拥有少数几个星期。

这艘船上熟悉的景象和熟悉的气味把菲利克斯的忧伤酿成了一种甜蜜的惆怅。菲利克斯一边想着,一边让双腿带着他从左舷机库走向飞船的船脊。在走上通道后,菲利克斯的惆怅之情越发强烈。这艘船的每个部分他都很熟悉:走廊两侧的扶梯仿佛在欢迎着他;舱壁上有规律重复的机械圣诗印记;巨大的防爆门外壳;透过厚厚的钢化玻璃窗斜射在船脊大道上的星光。这艘船很小,背面堡垒群的方方基座伸入船脊大道。从堡垒群底层的狭窄过道和弹药运输管之间可以看到,有个人影正在上方的网络中移动,就像蛛网中的蜘蛛。

这艘船的小是相对于帝国的宇宙舰船而言的。虽然和马库拉格之耀号相比,鲁登斯号只是条小鱼。但它的船脊大道仍有十五米宽,高度几乎是这个数字的三倍。它其实很大,足以让人在里面迷路。

菲利克斯不禁自嘲起来。当自己都已经变得过于多愁善感的时候,又有什么资格去烦恼基里曼对过去的思念。否则自己为什么要来这里,以自己通常的做法,发送命令不是只需要发送一个简单的数据链就行了?自己在干什么?莫非自己渴望着兄弟们的认可?或是自己想要给他们留下深刻印象,提醒他们,自己还是他们兄弟会中的一员?还是自己已经害怕自己已经不是了?

菲利克斯当然已经不再是一名灰盾,再也不会是了。但菲利克斯想念那段日子,想念他的兄弟们,他的兄弟们也会同样想念。现在,这一切已经结束了。

突然,船脊大道已到头了,变窄成了一个狭小的通道。这个通道进一步分裂成了三条独立的通道和两个楼梯。分别通往迷宫般的货舱、仓库、引擎室、反应堆以及电机室。

最左边的通道通向星际战士的住处,军械库就在这条路上,这里还有原铸星际战士们的训练房和小小的医护室,它们都远离飞船的外壳,位于安全的船体内部。这艘飞船上有半个连的星际战士,他们所需要的装备占据了很大空间。菲利克斯经过一个车库,五辆反重力坦克被固定在一座巨大的载具升降梯竖井周围的地面上,正在沉寂中待命。

菲利克斯转过一个拐角,然后听到了人声,有一部分战士正在食堂里。菲利克斯加快了脚步。他的强化听觉辨认出那个嘶哑的笑声是比亚德尼·阿威孙发出的,而且食堂里至少还有另外三个人。他听见了查士丁尼·帕里斯在说话,比亚德尼再次大笑。随后响起的是卡拉尔的那平静的语调,他来自基因原体莱恩(莱恩·艾尔庄森,暗黑天使军团的基因原体——编者注)的基因序列。当菲利克斯走近,他们的说话声变得更加清晰,菲利克斯偷听着他们的交谈。传来的说话声表明这里可能还有其他六个兄弟,他们的低声交谈被武器拆开清洗时金属相互碰撞发出的尖锐声响盖过。

菲利克斯离食堂差不多还有六十米远。当菲利克斯走近时,有一名穿着日常便袍的原铸星际战士背着一件带凹痕的臂铠和工具筒,从一个侧间走了出来。那名战士吃惊地睁大了眼睛。

"连长兄弟!"他说。

"索拉斯。"菲利克斯说。停在老战友的面前,两人紧紧握手。菲利克斯伸手拖下自己的头盔,夹进臂弯里。

拉菲斯离马库拉格星系的恒星比首都世界要更远,但那里的大气稀薄,太阳很容易灼伤人类,因此菲利克斯的皮肤略带浅棕色。他漆黑的头发对一名星际战士来说长了一点,发梢扫过浅灰色的眼睛,给人极度严肃的印象。

索拉斯来自圣吉列斯(圣吉列斯,圣血天使军团的基因原体——编者注)的基因序列,他的瞳色是近乎透明的浅蓝色,他的脸就像他传说中的基因之祖一样苍白且具有美感。虽然编外之子们穿着和他们同族的初创战团同样颜色的装甲，但他们的日常便袍都是灰色的。然而，在菲利克斯当初还在船上的时候，索拉斯就已经把袍子染成了红色，以纪念圣吉列斯。

"我们为何有这样的荣幸，可以来欢迎你到来？"索拉斯说。

"这是我的荣幸才对，我的兄弟。"菲利克斯说。

索拉斯疑惑地看着他，然后张开嘴，露出了锐利的虎牙。

菲利克斯微笑。"见到你们我很高兴。"

"这意味着你有坏消息告诉我们。"索拉斯说。"我能看出来，兄弟。"

"我这么单纯吗？"

"我不需要是个智库就能读懂你的表情，菲利克斯。你不是一个善于掩饰的人。"

菲利克斯伸手搂住了索拉斯的肩膀。

"这个消息既好又坏，我的朋友。既好又坏。来吧，我会告诉你们大家。你们应该从我这里听到它——这是我最起码应该做到的事情。"

从食堂里传来一声由撞击引发的可怕的巨响，随后又是一阵哄堂大笑，大部分音量来自比亚德尼那野性的叫喊。

"我会告诉你至少有一半人都在里面吗？"索拉斯说。

"我听到他们的声音了，虽然比亚德尼·阿威孙一个人就发出了十个人的噪声。很好。我想要跟他们所有人谈谈。"

"那么我回去带其他人来。我会传话的，连长。"

"中队长萨尔基斯在船上吗？"菲利克斯问。

"他在军械库。"

"又去乱焊他的战斗装甲了？"

"他还能干别的吗？"索拉斯说。"我先去找他。"

索拉斯匆匆离去。菲利克斯大步走下通道。食堂的门虽然关着但并没有锁上，他悄悄推开门，朝里面看去，脑海里立刻充满了回忆。二十位星际战士围着几条长桌站着，几乎挤满了房间。还没人注意到菲利克斯进来了。在他们面前铺着油布，武器部件被拆解出来进行清洁，他们全神贯注地干着手里的活。这地方散发着男人、枪油、研磨粉和冷掉的营养粥的味道。虽然规定上说他们不能在吃饭的地方从事这类工作，但他们还是聚在这里，因为除了训练场之外没有其他够大的地方可以聚会。军械库是不可能的,那儿太小了，而且萨尔基斯中队长的兴趣爱好在菲利克斯在的时候就已经占用了很多空间。自从那位费鲁斯·马努斯的子嗣掌权以来，那儿就变得更糟糕了。

不同基因序列的编外之子们组成了临时的战团，但在远征进行了几年之后，基里曼命令他们多花点时间进行混合小队的战斗，以使不同基因序列的战士能学习他人的长处，以及如何更好地进行合作。随着大多数编外之子们被永久分配到别的地方，他们在远征军中的数量不断减少，临时战团的成员每次轮换的时间也变得更长了。菲利克斯的半个连已经在一起战斗了很长一段时间。这里的大部分原铸星际战士都来自罗保特·基里曼的基因序列。只有五个成员不是：比亚德尼的基因种子显然来自黎曼·鲁斯（黎曼·鲁斯，太空野狼军团的基因原体——编者注），他的皮肤覆盖着褪色的芬里斯部落刺青。接下来是阿德雷德和乌斯坦，他们是多恩的族人；切格里斯的雷健；还有莱恩·艾尔庄森的基因之子卡拉尔。然而，所有成员都是原铸星际战士，他们不同的基因序列本来可能会让他们分离，但同为原铸星际战士又把他们团结在一起。

经历了十来年的战争后，原铸星际战士依然是个新生事物。帝国的各项技术发展早已停滞多年。原铸星际战士的诞生令人们震惊：这是对帝皇——万机之神的神圣工作的亵渎，毕竟对其他人来说，这明显是只有神才能完成的工作。这是可能的，菲利克斯想，只因为罗保特·基里曼这位原体的存在，才避免了原铸星际战士的降临引发帝国各个派系间的另一场战争。

不太有宗教倾向的人只关注原铸星际战士在战斗中发挥的作用。他们比旧型星际战士要更高大、更强壮、装备了新型的强力武器。在原铸星际战士和旧型星际战士之间还有其他细微的区别，虽然那些看不见的部分对拯救帝国来说更加关键，但当人们目睹战场上原铸星际战士的作用时，这些更深层的区别看起来似乎并不像他们更强的耐久力和新武器装备那么重要。

房间里的大部分噪声来自比亚德尼。总是比亚德尼。他用一把轻投斧瞄准了一堆空的营养罐。营养罐后面的墙因为反复受到撞击而伤痕累累。卡拉尔就在离墙半米远的地方，打磨着链锯剑的锯齿，毫不在意投斧的靶子离他的脸是多么近。

其他人菲利克斯也很熟，但没有比查士丁尼·帕里斯更熟的了；查士丁尼和索拉斯两人，都是菲利克斯最亲密的朋友。

第十五章

"我会扔中从左边数起的第二排第三个。"比亚德尼说,掂着手里斧头的重量。

"你赌点什么?"一个名为西塞罗的人说。

"这有关系吗?我从不失手!"比亚德尼吹嘘。

"你有次差点命中我,"卡拉尔说,"那就是一次失误。"

"那不是。我本打算吓你一跳,忧郁的天使。"比亚德尼露出夸张的表情说。他的头发是灰色的,剃成了高高的莫霍克发型。他的胡须根还带着些红色,让他看上去比实际年龄更老。比亚德尼的鼻子因为很早以前的一次折断而弯曲了。但遍布比亚德尼全身的伤疤并不都是在服役中获得的,有几个伤痕得归功于他在童年时得到了芬里斯恶名昭著的野兽们的"关照"。

"你不能不赌点什么就吹牛皮,比亚德尼。"查士丁尼说。"来吧,下注吧。"

查士丁尼是典型的马库拉格人,虽然他出生在阿迪厄姆的蜂巢世界而不是首都世界。他个子很高,金发碧眼,有贵族气质。如果他不是那么爱笑,他看上去就显得有些冷漠。

"我只能提供这一份美味的营养粥,"比亚德尼说,"谁会想要呢?"

"事情就是这样的。"菲利克斯说。他一边说着一边跨过了门槛。"荣誉要求每次自夸都带一份赌注。"

"菲利克斯!"比亚德尼叫了起来,咧嘴大笑,看也不看就掷出了斧子。投斧砰的一声撞上了他指定的目标,把罐子一切两半。那堆剩下的罐子从铁桌上弹起,滚得满屋子都是。卡拉尔从兜帽下面怒视着比亚德尼,一边把妨碍他工作的罐子弹飞。

士兵们从桌边站起来,向连长致敬。比亚德尼第一个过来,粗鲁地给了菲利克斯一个熊抱。

"告诉我,你是不是回来领导我们了,连长?"比亚德尼说。"再来一次,嗯哼?"这个芬里斯人用他的巨拳打了一下菲利克斯的肩甲。

"我真想是那样。我多希望我在拉科斯和你们一起空降。"

"我的兄弟。"查士丁尼说着,把菲利克斯的手放在他自己的手中,用力地握住。"真的太久了。"

"如果你不是来和我们一起战斗的,那你为何会来这儿,菲利克斯?"比亚德尼问。

菲利克斯走进房间，这时索拉斯带着其他原铸星际战士也一同挤了进来。房间里的人放下了原本手头上的活。原铸星际战士们坐满了长板凳。萨尔基斯走进来，向他的老领导点头致意。这位美杜莎人坐在查士丁尼旁边，他的神情有些暗淡。萨尔基斯不大赞成菲利克斯向大家分享他带来的消息。

当连队的多数人都集合后，菲利克斯请求大家安静下来。穿着极限战士装甲让菲利克斯觉得自己有点格格不入，特别是当他谈话的对象大多数都穿着编外之子的那件普通的灰色兜帽长袍。

菲利克斯准备开始说话，现在房间内有四十名原铸星际战士。几乎所有菲利克斯的老战友都在这儿。他对他们都很熟悉。这里也有几个他不认识的脸孔。他们随着远征军里编外之子人数逐渐减少，在编外之子群组互相合并后，转入进来。自从菲利克斯苏醒以来，他认识的、一起欢笑过的战士们中，有很大一部分已经不在了。菲利克斯异常强大的记忆力，让他永远不会忘记那些逝者。

过去曾经发生过很多失误。原铸星际战士虽然受过良好训练，但在不屈远征开始时并没有实战经验。许多人在很早以前就战死了。菲利克斯想象自己看见了那些逝去的战友们，他们依照各自的个性或微笑或严肃，站在房间里活着的战士们中间。

"菲利克斯连长？"萨尔基斯提醒道。

菲利克斯中断了回忆，逝者的脸庞消散了。"我决定自己来告诉你们新的命令，我的兄弟们，"他说，"我们的兄弟会即将解散。我希望向大家告别。当我们到达马库拉格之后，我们或许永远都不会再见面了。"他暂停了一下，不太确定如何继续。"我向原体的请求许可，希望私下告诉你们这个消息。他准许了。因此我把你们的新派遣状带来了。"

他打开了右腿盔甲上的一个小口袋，拿出了一捆羊皮纸。

"终于！"比亚德尼吼了起来，然后咧嘴一笑。"别生气，兄弟们。"

"我不喜欢。"查士丁尼轻声说。

"兄弟，"西塞罗说，"我们很早就知道这件事终要发生了。这是不可避免的。时代变化了。我们需要去其他地方，以便开始反击。"

菲利克斯点头。"灰盾的任务目标已经达成。编外之子的最后几个编队都会被拆散，无论身处何方。我们所有人都会被分配进其他战团。"

"对我们的统帅我只有敬意，但他缺少点灵活性。"卡拉尔阴郁地说。"他创建我们的编组只是为了避开自己对成立新军团的禁令。我很清楚他不能再违背自己的法令了。"

"兄弟，你过分了。"比亚德尼叫道。

"我不是批评他。"卡拉尔强调说。他的脸很窄，流露出一种怀疑的表情。他总是在窥探事物的背后隐藏的真相。"我所说的是，罗保特·基里曼是一位喜欢制定规则的统帅，当他发现自己被自己的规则所困时，他就会破坏规则。他是一位伟大的英雄，但正如他不厌其烦提醒我们的一样，他不是神，而且并不完美。我说的就这么多。"他拍了拍耳朵。"听我的话，比亚德尼兄弟，还是说野兽的咆哮吞没了你的理智？"

比亚德尼忽视了话语里的轻蔑，摇了摇头。"他不是鲁斯，那当然。鲁斯才不会关心什么规则。"

"你不应该这样谈论原体。"菲利克斯说。

"他不是我的原体。"卡拉尔说。

"但他总归是一位原体。"菲利克斯说。卡拉尔总是反驳他。"你该对他表示尊敬。"

"你只是不喜欢我说的话，但并不意味着我说的不是真的。这难道不是真的吗，菲利克斯？你应该知道。"

菲利克斯没有做出反驳。"别提什么军团不军团的，灰盾现在已经不能再一起战斗了。"

查士丁尼看着双手。"我们都知道这一天会来，但我还是不能相信。"

"随着战斗进行，我们的数量不是已经减少了吗？"卡拉尔说。"我们中的大多数人有了新的兄弟会。我们这些留在第一舰队的，大部分属于基里曼的基因序列，属于其他原体的基因序列并不多。这里的原铸阿斯塔特修士，足够补充极限战团十次以上。"卡拉尔拿起一个链锯剑的锯齿，仔细审视起来。"可能基里曼大人不想解散他的权力基础，而是改为公开宣布成立一个新军团或者十个他自己的基因序列组成的新战团——我在想他们可能会驻扎在哪里。"

"极限战团会保留他们二次建军以来的样子，一千名战斗兄弟。"菲利克斯坚定地说。"他的基因序列已经衍生出众多战团了。许多原铸星际战士将会被派往那些战团。他们都需要重建。"

"对你们来说，一切都好。"比亚德尼说，在桌子上拍打着双手。"罗保特·基里曼是阿斯塔特圣典的缔造者。但我的基因之父反对它。据我所知，芬里斯之狼们仍然保持这个态度。我的大多数兄弟都返回芬里斯家园了，但我还没有。什么样的命运在等待我？"

"你被遗漏了，野蛮人。"卡拉尔狡黠一笑。

"我们应该来场决斗。卡拉尔兄弟，这样我们就能看清楚谁被遗漏了！"

比亚德尼兴高采烈地叫喊着。总是这样。卡拉尔不时挑衅这只狼，比亚德尼假装没发觉对方是故意的。他们都甘愿为彼此而死，菲利克斯不明白他们为何要自相残杀。

菲利克斯的脸变得像纪念碑般严厉。比亚德尼的表情僵住了。

"兄弟？"

"我……"菲利克斯拿出了一张羊皮纸，上面写着比亚德尼的名字和编号。这很难，但身为领导者不能回避最困难的任务。"我很抱歉，比亚德尼。我知道回芬里斯对你有多重要。"

比亚德尼的脸色苍白。当他伸出颤抖的双手接过命令状时，他褪色的刺青在脸颊上清晰显示出来。

"你们中很少有人能去自己的创始战团的家园世界，"菲利克斯说，"很抱歉。我记得我们都谈论过想去创始战团服役。"

"你说起来轻巧。"比亚德尼说。"看在冰巨人约顿的面上，告诉我，这上面写的狼矛是什么？"

"他们是一个新战团，兄弟，"菲利克斯说，"鲁斯之子剩下的人都要留在这个战团，留在拉科斯。你要去守卫星坑。"

比亚德尼瞪着派遣状。

"那儿将会有许多战斗，"菲利克斯说，"你会成为一位大英雄。"

其他人向前走来，拿走了他们的命令状，低声讨论着他们的新兄弟会。

"你们或许没能加入初始战团，但你们大多数人都会加入第二次建军的始祖战团。"菲利克斯说。"你们没有发现这些留在舰队里的编外之子们是多么重要吗？我的兄弟们，你们是最好的！不要把这些命令当做惩罚，而是从相反的角度去想。帝国摄政的计划很长远。他对你们这些留到最后的灰盾的期望，是创建一个这样的战士团体：当你们分拆开来之后，将会培育出不同基因序列的阿斯塔特修士们之间的良好关系。我很了解原体。原体相信是他的兄弟们的军团间的分歧导致了荷鲁斯之乱，这场叛乱至今仍然困扰着帝国。大逆曾利用猜忌把军团和他们的原体一个一个的分开。他们曾并肩战斗，但很难相互理解。但现在，我们一起战斗，一起流血，可以做到这一点。"

"对，我们也一起赴死！"比亚德尼叫着，"而报答我的就是这个。"

"还会有许多战斗，记住这一点。"卡拉尔说。"新的史诗，新的传说，等待着我们谱写。"从朋友口中听到这些，让比亚德尼在某种程度上平静了下来。

"不论我们会去哪儿，我们都很乐意。一个战士的职责，就是在最正当的大义名分下，来一场最精彩的谢幕。"阿德雷德说。

"是的，"菲利克斯说。"我们有最正当的大义名分。我们曾一起生活和训练。我们比任何过去曾经出现过的混合兄弟会都要亲密。我们曾一起获得战斗的荣誉和一块体会等待的无聊。虽然我们各有不同之处，但我们已经是朋友了。而我们将会带着我们已铸就的友情去新的战团。我们将会超越旧的界限，成为将帝国的骨骼联结在一起的筋腱。"菲利克斯转向芬里斯人。"我们的羁绊永远不会断。你，比亚德尼，是芬里斯所生，得到了原体黎曼·鲁斯的基因的强化，和我自身的传承不同而且十分陌生，但你将永远是我的兄弟，不论你身着哪个颜色的涂装或是属于哪个战团。"

"这让我很烦恼，菲利克斯兄弟。"比亚德尼渐渐陷入沉思，尽管他平时快意笑骂，但在内心深处也有深藏情感的一面。"在我的其他亲属们前往加入太空野狼时，我觉得我应该只是被延后了。我渴望返回芬里斯，和太空野狼们并肩作战。如果我做不到，我能真的称我自己是鲁斯之子吗？"

这时剩下的原铸星际战士都挤进了房间，新来的人通过耳语被快速告知事态。菲利克斯把剩下的派遣状都递给了萨尔基斯，萨尔基斯将它们分发下去。

"那里有许多鲁斯基因序列的原铸星际战士，他们也都穿上了新战团的制服。兄弟，"菲利克斯说。"他们都会欢迎你的。而且我永远都会欢迎你。"

"然而，狼领主们会怎么看待这一切呢？我会永远都没有家，没有兄弟，只能流浪不能返回芬里斯吗？"

"你那么豪爽的性格，永远不会没有朋友的，"阿德雷德说。"我会去和任何敢否认这件事的战士打上一架。"比亚德尼和他击掌并紧紧握手。

"你们两个永远都有兄弟。"查士丁尼说着，站了起来。"只要我们当中的任何一个人还活着。"

　　查士丁尼一副十分镇静的表情，正看着他自己的派遣状。他被分配到驻扎在奥特拉玛的新星战团——依然在原体的领地，但新星战团并不是极限战团。菲利克斯试着去猜查士丁尼在想什么，但他猜不到。当查士丁尼在内心交战的时候，他就变成了一座城塞，把自己的感情埋藏在冷静的高墙之后。

　　"这些都是悲伤的消息，"查士丁尼说，"但它们把握着未来的钥匙。我们将和新的兄弟相遇，然后一起战斗。无论我们去哪儿，不管穿什么样的制服，总会有获得荣誉的机会，我感谢菲利克斯连长让我们知道这些。我相信总司令会好奇菲利克斯这么做的原因。宁愿接受原体的审查也要这么做，这是菲利克斯对我们的关心。"他指着房间后面的配食机器。"我希望能有更好的东西来向你表达谢意，我的兄弟，但我们所有的只有营养粥。"

　　"没有啤酒。"比亚德尼伤心地说。

　　"也没有葡萄酒。"卡拉尔说。

　　"我们拥有彼此，"查士丁尼说，"应该还有几个月时间。如果我预想的不错，在原体回到奥特拉玛之前，我们当中大部分人都还会在一起，而且通往马库拉格之路一定不会缺少战斗。我们要更加努力战斗，因为我们知道兄弟们正在其他地方作战。这并不是结束，而是开始。"

　　菲利克斯点头。这是他希望得到的答复。菲利克斯本该让自己置身事外，但他需要恰当的时机进行一次告别。

　　"敬菲利克斯连长！"查士丁尼说。"敬我们亲爱的朋友和兄弟，德西摩斯！"

　　"菲利克斯！菲利克斯！菲利克斯！"其他人叫喊，用拳头猛击着桌子。

　　他们聊了一会儿旧时光，渐渐地，成员们都返回了他们各自的岗位。菲利克斯逗留了太久，他意识到自己已经耽误了时间，于是他起身告别。

　　在菲利克斯离开前，中队长萨尔基斯用他的义肢抓住了菲利克斯的胳膊。"你确定这是明智的吗？德西摩斯，你不应该把你表演的这个角色留给我吗？"

　　"我很抱歉，没有给你这个机会。"

　　萨尔基斯笑起来露出了金属牙齿。"哦，不，我很高兴你来做了这件事。你对比亚德尼的安抚做得比我好多了。如果是我来告诉他这个消息，现在我应该正在和他打架。"

　　"你太夸张了。"

"并不夸张。你比我更有人情味。"

菲利克斯瞥了一眼抓住他装甲的裸露的金属手指。

"原体确实知道你这么做了吗？"萨尔基斯问。

"他看上去并不怎么担心。我知道他会答应我的请求，否则我就不会开口了。"

萨尔基斯用一只生命钻石制成的眼睛狠狠地瞪着菲利克斯。"你真大胆，居然揣测基因原体的想法。"

"我们已经很亲近了。"

"那么我祈祷这层关系不会给你带来麻烦。接近权力就是接近危险。"

"我不能对他隐瞒任何东西，"菲利克斯回答，"有一些事情我也不能瞒着我的兄弟们，我必须亲自来做这件事。"

"是为了他们，还是为了你自己？有一些事情最好还是始终保守秘密比较好。"萨尔基斯说。"记住你的位置，菲利克斯。我希望，接下来的一个世纪里，当我拜访极限战团时，是你来接待。而不是其他我不认识的战士，因为你不必要的多愁善感，取代了你的位置。"

他们互相凝视了许久。

这是一个美杜莎人才会说的话，菲利克斯想，但没有把这些话说出口，而是说：“谢谢你的关心，中队长。”

萨尔基斯又注视了他片刻，放开了他然后走了。

当萨尔基斯的义肢离开他的胳膊时，菲利克斯肯定地知道自己再也不会返回鲁登斯号了。他在这里的生活现在已经圆满地画上了句号。

"好好战斗，我的兄弟们！"他对其他留下的人叫着，高举起拳头致敬。"我们会在奥特拉玛重逢！"

第十六章

古加斯的行列

　　拙劣地模仿着帝国的巨大宇宙船，庞大的瘟疫方舟从映着纳垢花园的诡异天空中驶来。它们宛如游乐轻舟在一片平静的海面上安稳地航行，他们的总数是七，这是纳垢的圣数。

　　这些瘟疫方舟曾是活着的生物，甚至可能依然还是活的，他们被瘟疫之神的意志禁锢，成为了一个可怕的存在。它们带着极度悔恨在歌唱，它们的尾巴和钩爪无力垂下，它们的躯干已经腐烂，就像是在水中浸泡太久的尸体。它们的皮肤挂在因疯狂抽搐而剧烈晃动的肌肉上，皮肤下面厚厚的脂肪都腐化成了毛皮状的膨胀物，寄宿着多种寄生虫。它们的肋骨有战舰的桅杆大小，肋骨搭成的框架内部十分黑暗、臭气熏天。它们的躯体上的伤口无法愈合，滴着黏性液体。它们被寄居的食腐生物掏空，躯体上持续扩大的孔洞中，如泥浆般落下腐坏的血液和排泄物。亿万只肥胖且贪婪饥渴的苍蝇环绕着这艘血肉船，仿佛飘动的黑色薄纱。

　　瘟疫方舟其实是在永夜浩劫中被拖入混沌领域的虚空鲸，腐烂使得这些生物几乎难以被辨认。超自然的瘟疫和虫害在它们体内肆虐，将躯壳渐渐掏空，直到可以运输纳垢的军团进入物质领域。

　　第一艘瘟疫方舟遥遥领先，首先来到裂缝边缘。它裸露的下颌骨，探入了分割现实世界和亚空间的屏障中。它和屏障的接触点上泛起了虹光，起初这只虚空鲸只是自身被不断地拉扯变形，并没有成功突破屏障。但纳垢绝不允许失败，最终伴着一个潮湿的撕裂响声，这只虚空鲸的头骨终于刺穿了最后的屏障，整艘腐尸船被蝇群护卫着，像一个腐烂的死婴被举进现实世界里。

　　此时，来自纳垢的王国的魔法，还未能在亚克斯上发挥作用。当瘟疫方舟突出裂缝进入现实世界后，立刻向下坠落。这只虚空鲸肿胀的腹部撞上了浅水，泥浆四射。它继续向前方滑行，在惯性的作用下，穿过了沼泽的边缘，冲上了花园世界的翠绿洼地。从亚空间离开之后，虚空鲸的血肉腐烂明显加快了。它发绿的皮肤从侧面裂开，将成群的恶魔倾泻向奥特拉玛。

苍蝇是数量最多的亚空间生物。蝇群密密麻麻，黑得发亮。这些苍蝇的背上有象征着纳垢赐福的三个血红色的圈。随后，虚空鲸内部再次涌出大群嗡嗡作响、带着腐烂的恶臭的蝇群，使得护送这艘船的蝇群变得更加庞大。离开宿主后，无数的苍蝇向天空飞去，升起的蝇群遮蔽了亚克斯宁静的夜空，挡住了月光，使得这片大地陷入永久的黑暗。然后，蝇群从高空中出发，把瘟疫散布到亚克斯的每个角落。

咯咯发笑的纳垢灵的数量，比较起苍蝇来也不遑多让。瘟疫之神的这些邪恶的小鬼们，傻笑着从虚空鲸的侧腹被倾泻到地面上，它们从泥地里找出较小的生命体——那些生物在人们注意不到的地方工作，对亚克斯的存续至关重要关键。这些纳垢灵用灵活的动作让这些陆地生物腐化扭曲，然后发出咕咕声鼓励它去执行纳垢的任务。

从虚空鲸的内部伸出了朽木做成的潮湿踏板，落在毫无生机的地面上。从踏板上走下了瘟疫使者们、这些记账官受到了永恒的诅咒，负责统计任何引起它们的神注意的东西。它们头带独角、面色阴郁，嘴里咕哝着慷慨的父亲赠给凡人世界的一连串瘟疫。它们或者数着蝇群，或数着纳垢灵，或是数着那些感染瘟疫而变黑的垂死的草叶。持续计算纳垢赐福的数量，是几乎不可能完成的任务，对记账官们来说是一个永恒的折磨。记账官的首领们不得不高喊着记录到的数字，激励手下反复进行这令人厌倦的行为。

瘟疫使者们踩过了地面上的无数纳垢灵，咕哝着自行排成大队。它们高举旗帜，奏起刺耳的音乐，组成了七百七十七人的队伍，开始了游行。更多的恶魔在它们后面从腐尸船涌到亚克斯的净土上，就像从尸体腹部里钻出来的蛆虫。之后，钟声沉闷地响起，破裂的管乐器发出呼哧声，这些声音每时每刻都在计算着这次战争的账目。

游行队伍的兴致很高，甚至连那些最悲惨的需要拖拽重物的瘟疫使者，从腐尸船边缘的破口落地时，脚步中也带着一丝轻快。破烂的大车被它们拖到还未受玷污的草地上，车里的货物嘎嘎作响，原本鲜明的车身沾染了各种各样秽物。

第二艘瘟疫方舟也穿过了裂缝。像第一艘一样，瘟疫方舟的船身一旦脱离了亚空间，立刻就失去了飞行能力。随后虚空鲸肥大的身躯从空气中滑过，越过沼泽，在第一艘船旁边停下。地面上的上百只恶魔被第二艘腐尸船的巨大重量压扁。但是这艘腐尸船的侧面裂开后，立刻有数千只恶魔补充进了这群乌合之众。在恶魔的踩踏下，腐液和松软的泥土搅拌在一起，地面很快就变成了一个恶臭的泥潭。

接着第三艘腐尸船也降临了，它像古老的宫殿一样优雅地崩毁，然后是第四艘、第五艘。当第六艘船落下时，沼泽中已经布满了恶魔，与这几艘腐尸船接壤的陆地已经变成了充满瘟疫的泥沼。

到这时，第一位恶魔领主终于要降临了，它们将会在亚克斯这个凡人世界上推动纳垢的事业。

一名恶魔先锋从虚空鲸巨大的眼窝中走出，站在虚空鲸臭气熏天的嘴唇上。它虽然也是一个恶魔，但可能曾经是一个人。这名恶魔先锋并没有瘟疫使者那苦涩的表情，也没有它们的独眼。它有两只眼睛。它的脸上带着明显的笑意，就算盖在脸上的污秽也掩盖不住。

先锋用很大的力气清了清嗓子，皱了皱眉头，朝身后挥挥手。一名瘟疫使者拖着一个生锈的号角走到它旁边，把号角放进嘴里开始吹号。瘟疫使者只呼哧呼哧的吹了几口气，但从生锈的号角里却爆发出了巨大的声浪。一万多张带着病容的脸孔纷纷转向虚空鲸空洞的眼窝。

先锋因为得到这么多恶魔的关注而十分高兴，它挺起肿胀的肚子，拉紧了躯体上肮脏的丝绸，但从身上的破洞里漏出的东西让衣服变得更脏了。它把脖颈上的甲状腺肿块按下去，让自己能说出话来。先锋咯咯笑着，欢快地叫喊起来，就像刚才的号角声一样洪亮。

"败血病，败血病！第七魔殿的第七领主！"先锋号叫着。泛绿的大钟钝重地敲了一下表示尊敬。恶魔们耸了耸肩，转身继续咕哝、低语，走出混沌的疆域。

"败血病来了！七支大军的领主！生命的七大密码的守护者！它解开线团，它拉直线圈！强大的败血病！众多瘟疫中的老七！它来了，它来了，它来了！"先锋咆哮起来。

虚空鲸脸颊上的一块皮被拨到一旁，犹如戏台的幕布被扯开一样带有戏剧性色彩，随后一个瘟疫巨人走来了——一个大不净者，它臃肿的躯体硕大无比、不断摇晃，向外施放着各种病原体。它微笑着挥手友好地向仆人们致意，尽管此时它那灰色的肚肠，正悬在裂开的肚子上。这些肠子挂得太低，缠上了双脚上被瘟疫感染的指甲。它一走起来，肠子就被指甲切成碎片，从中流出漆黑的体液和蠕动的虫子。

败血病的胳膊很长，与它肥胖的躯体不成比例。两只手的七根手指上都镶着带剧毒的利爪。它的背上挂着一把又长又脏的剑，剑刃很钝，但上面带着剧毒，足以腐化灵魂。败血病层层叠叠的皮肤完全盖住了用破旧皮革制成的剑带。败血病没有穿任何衣物，除了它的剑和配套的装备之外再没有任何防具。但它的左手抱着某个不幸的生物的湿漉漉的胃袋，胃袋的顶部交织着的肿胀血管依然还在脉动。中空的分叉管被插在胃袋里，当败血病用肩膀顶开虚空鲸的皮走出来时，那些管子碰撞在一起啪啪作响。它在虚空鲸的脸上停住脚步，然后朝地面跳下，它相信自己那些低等亲属们可以用身躯为它缓冲。

败血病在坠落时发出疯狂的大笑，它落地产生的冲击，将自身的恶臭散布到四面八方，然后他带着露出黄牙，大笑着从亚克斯的泥泞中站起。当它调整姿势时，胃袋里的管子在不停滑动，发出了刺耳的声音。这是最可怕的音乐，连恶魔的灵魂都感受到了痛苦。恶魔们因这阵噪声而畏缩，大不净者放声嘲笑着它的奴仆们的反应。

"败血病来了！"它宣布。"我来这里引导你们，我的小家伙们。其他人很快也会到这里，因此我将要给你们弹奏一曲快乐的歌，纳垢爸爸的孩子们，快点从船上下来，快点上路！高兴地迈步吧，因为我们要在这里做伟大的工作——伟大的工作！"它抬起左手把长乐器的吹嘴凑近它那长疮的嘴唇，肺部蓄满了油腻陈腐的空气，然后开始对管子吸气。它腐烂的手指以难以想象的精巧动作在乐器的发声孔上舞动。它微笑着奏乐，但发出的却是一种"欢快"的如哀乐一样的声音，令人强烈联想起发烧和牙疼时的痛苦，令所有听到的生物都为之苦恼。

最后一艘瘟疫方舟降落了。它在着陆时侧翻了，虚空鲸的下颚颓然开启。一边抱怨着糟糕的着陆水平，第七个，也是最后一个军团出来了，它们的锣鼓声和铃铛声融合进了败血病演奏的轻快舞曲中。其他的恶魔也开始加入这个曲调，很快败血病的演奏就因为七百支更小的管乐器加入变得越来越响。

看到这样罕见的场面，足以让纳垢严重的眼疾为之缓解。在亚克斯这个花园世界聚集起来的生物都是纳垢的宠儿：包括最让人厌恶的、最能传播瘟疫的、最优秀的战士和最熟练的纳垢记账官。它们是瘟疫守卫，它们是亚克斯大入侵的前锋。不论是在纳垢的花园还是更远的地方，都无法找到比它们更可怕的军团。

大队大队的恶魔——瘟疫使者、纳垢兽、腐烂的蝇群、其他充满蛆虫还流着涎的各色恶魔，都在败血病的管乐中行进。纳垢灵像雨点一样不断地从散发着恶臭的虚空鲸身上的孔洞中落下，在其他更大的恶魔的抱怨中淹没了大地。

在败血病领主旁边还有其他大魔。它们是这支污秽大军的头领，纳垢自身的碎片，都想凭自己的意志去作乱。它们总共有七只，每一个都带领着一支降临的瘟疫军团。就算在纳垢的花园里，这些大魔也是屈指可数的强者。它们一个接一个地从瘟疫方舟上冲了出来。这些鲸船正在溶解，化为腐液。这些腐液毒化了亚克斯，大魔们踏上了被这些腐液润滑过的世界，肆意地大笑。

微笑者黑死病，所有恶魔当中最快乐的那个，它在败血病面前蹦蹦跳跳、大声欢笑，败血病友好地看了它一眼。然后，坏喉咙咬破了鲸船的胃壁出现了。当它加入恶魔的洪流时，还在狼吞虎咽地啃着光滑的腐肉条，打着响亮的嗝。它看起来胖得不能走路，但它是强大的，非常强大。毕竟，正是坏喉咙如此成功地打倒了古代的德拉维亚帝国，以至于没有凡间的历史再记录下他们，这是一个它在同伴中引以为豪的成就。

在坏喉咙后面的是乞徒，不同于其他恶魔的矮胖形象，它又瘦又高。它用僵硬的胳膊走路，拖曳着无用的双腿留下的污秽轨迹。接着是矮人、大瘟疫。最后一只大魔被称为饥荒，它的长相契合纳垢无限的幽默感，除了坏喉咙之外它长得比谁都胖。败血病，它们的副指挥官，是它们当中的第六个。

它们的统帅还没有出现。

败血病将管乐器的吹嘴从唇边拿开，用一只浮肿的手在嘴边做成了喇叭形。"噢，古加斯！噢，瘟疫之父！噢，纳垢的最爱！瘟疫大军已经集合！我们在等待！快来领导我们，强大的腐化者。赐予我们您的污秽的祝福吧！"

败血病开始踢踏着脚，打着拍子叫喊起来："古加斯！古加斯！古加斯！"它挥舞着空着的右手，指挥其他人，用恶臭的吐息呼唤着它们的主人，直到整个游行场地上方都回荡着恶魔的吟唱。

"古加斯！古加斯！"恶魔们呼唤着。败血病再次吹起它的管乐器，聚集在它旁边的乐队也都加入了伴奏。而黑死病高声大笑起来。

"古加斯！来了！"乞徒喘着粗气说。每个字都像是这个东西的临终遗言。它永远挣扎在死亡的边缘。

一声愤怒的咆哮是给它们的回答。从第一艘鲸船体内发出一阵扑哧声，然后又传来了另一阵扑哧声，一把像坦克那么长的生锈大剑，穿透了鲸船腐臭的兽皮。接着握着这柄剑的一只胳膊伸了出来，然后是一个长着一排角的头颅，终于瘟疫之父古加斯到来了——瘟疫之主，纳垢祖父最疼爱的孩子。

"够了！够了！"古加斯吼叫着，它坐着木轿莽撞地从鲸船降下。堆在轿子顶上的是被磨损的绳索绑扎着的布满霉斑的帆布包裹。在这个潮湿的包裹里，蒸馏器、香炉、火炉和烧瓶相互碰撞着——古加斯不论去哪都随身带着它的实验器具。成群的纳垢灵将木轿举起，纳垢灵的欢笑令古加斯厌烦，它是个阴沉的家伙。

"别再奏乐！别再笑了！"它粗暴地向左边探身，压得那一侧的纳垢灵纷纷爆裂，但总是有更多的纳垢灵会来抬起它那硕大的身躯。轿子转向它摇晃身体的方向。浸湿的旗帜在古加斯长角的头颅后沉重地摇晃，轿子转过来向前移动。

"闭嘴！安静！这里不许笑！"古加斯大喊。它的吼叫十分有力，传到了很远的地方。"纳垢尊父的事是一件严肃的事！"

败血病笑得更大声，演奏得更加欢快，底下的乌合之众开始用脚跳起缓慢的腐败之舞。

古加斯狂暴了，飞快地翻转它的眼珠，以至于有一个从它的头上掉了下去。当它的轿子移到败血病同一高度的时候，它才把眼珠塞回位置。古加斯一巴掌把乐器的吹嘴从中队长手中拍掉。那件乐器发出凄惨的呻吟。

"不要音乐。"古加斯抱怨。"为什么总要有音乐？"

"纳垢老爹需要快乐！"败血病窃笑着，朝它的大王露出黄牙，"好好看看，让我们来这里进行腐化是多么慷慨！看看所有这些可恨的组织。我们将会把它犁进土里，用凡世领域的腐化来浇灌这片土地。我们将会建起一座具有无尽繁殖力的成熟花园！混沌在召唤！毫无限制地生长！没有理由的腐烂！"

古加斯哼了一声。败血病的管乐器暂时没再响了，但它的乐队还在进行刺耳的演奏，用死者的股骨吹奏出它的曲调。整支军队都在歌唱着一首杂乱的、混杂着低沉喘息声的哀乐，完全是快乐的反义词。

"算了。"古加斯咕哝道。

败血病找回了它的吹嘴，扬起它粗大的眉毛征求古加斯的同意。古加斯喷了下鼻子，这个动作让黏液从鼻孔里喷了出来，牵出一条长线。

败血病歪着肿胀的头嘲笑古加斯，再次开始吹奏。

古加斯打了个嗝，催促纳垢灵们继续前进。它一边发出恐吓，一边穿过瘟疫守卫的队列，最后来到了洼地的边缘。古加斯抬起身子猛地站起，吓得下面的纳垢灵们动也不敢动。不远处有一座闪亮的白色建筑物，干净得可恨，清晰可见。古加斯闻到了清洁药膏和消毒剂的味道，立刻就觉得讨厌。

"药品，"古加斯嘶叫起来，"香膏。清洁！哦，哦，哦！它不能这样！那里是纳垢的礼物被杀死的地方。"

一个念头充满了古加斯腐烂的大脑，它阴郁的脸上差点就露出了笑容。这所医院是它开始任务的完美地点。它举起胳膊做了个手势。

"去那个进行治疗的地方！"古加斯命令，"让它变得肮脏！让它充满恶臭！让它适合纳垢的工作！"

缓步慢行、一路高歌的恶魔大军立刻改变了前进的方向，转向山丘上的医院。瘟疫蜂群嗡嗡作响，在空中慌忙转向，穿过蝇群形成的移动薄纱向医院飞去；骑着巨型苍蝇的瘟疫使者催动胯下带翅膀的坐骑，越过了用脚走路的恶魔。当它们接近时，枪声和爆炸声响起了，盖过了恶魔大军含糊不清的挽歌。

古加斯一脸轻蔑。人类无法阻止瘟疫守卫！古加斯在宝座上转过身来，大吼道："疱疹使者们，把巨釜拿来！"

七十乘七十个瘟疫使者从行军队伍中离开，走向淌着腐液的第一艘鲸船的大嘴。死去的虚空鲸剧烈抽搐了一下，吐出了黏稠的、腐烂的、由扭曲的毛发做成的绳索。

听到古加斯的命令，败血病摇晃着发号施令，它的管乐器在它的手上发出喇叭声和尖叫声。坏喉咙和黑死病跟着他。黑死病还展开了一条污秽的长鞭。

"抓住绳子——用力拉！"当古加斯投来视线时，败血病命令，"拉呀，我的美人儿！拉呀，我的血豆腐，我腐烂的血，我剥落的肉，我生病的宝贝，拉呀！"

伴着败血病的节拍和喝倒彩一样的管乐，瘟疫使者们用力拉着。用长瘤的手和因真菌感染而变软的爪子，用患麻风病的干瘪肢体，用得了关节炎而且因为坏疽断掉几根的手指，瘟疫使者们拖着绳子，每时每刻都在念叨着自己感染了多少瘟疫。

"拉呀！"坏喉咙咆哮道。黑死病的鞭子在空中炸响，鞭身上镶嵌的肮玻璃打碎了成片的苍蝇。

瘟疫使者们在恶臭的烂泥里滑倒，有的在摔倒后还被踩踏了。突然，一根绳索断了，猛地散开，洒出了酸液，随后绳芯被拉了出来，正在拉绳的整排恶魔全都跌进了烂泥里。但还有足够的恶魔和足够的绳索。一个巨大铁锅颤抖着从虚空鲸的深处出现，铁锈和碎头不断从上面剥落。铁锅撞在虚空鲸的下颚骨上，撞断了许多根巨大的鲸须。在大嘴的边缘，大锅被卡住了，就算用再大的拉力也没法把它拉出来。

蝇群已经遮蔽了群星。黑暗的天空中绿色的云匆匆飘过，落下带着恶臭的毛毛雨。

"拉呀！"坏喉咙喊着。

"快拉，你们这些拖后腿的！"黑死病叫嚷道。

败血病的演奏带上了踩跷跷板的节拍，很适合搬运的活。

"你，苍蝇在身上产卵的那个！你，满身皮疹的那个，去帮你的兄弟们！"黑死病咆哮着，它的鞭子在踉跄而行的恶魔们头顶炸响。更多的瘟疫使者从军团里赶来。它们用不停地抽搐着的双手在泥泞中拽着绳索，它们把力气借给了同伴们。天空中，响起了隆隆雷声。

"拉呀！"坏喉咙喊。

黑死病挥舞着鞭子，打倒了几个瘟疫使者。当瘟疫使者们不断摇晃着前进的时候，雨变大了，雨点砸在瘟疫使者们腐烂的背上。它们拉了又拉，败血病的粗俗音乐催促着他们，直到一根腐烂骨头发出了比暴风雨击倒树木还要响亮的破裂声。大锅移动了。恶魔们因为压力突然释放而跌跌撞撞，但没有人摔倒。

"抓紧绳子！接着拉！"坏喉咙和黑死病一起喊。

瘟疫使者们的最后一次努力把大锅从鲸鱼的嘴里拉了出来。大锅缓慢地滚落到泥潭里，压扁了许多将它拉出来的恶魔，最后停了下来。它布满红锈的锅身被雨水淋湿，变成了棕色。这口锅有一个高高的锅身和巨大的锅口，它的锅脚是三根结实的桩子。锅的外形并不起眼，除了它巨大的尺寸以及环绕着它最宽的部分重复了三次的纳垢三圈图案外，跟任何世界里的煮锅一个样。

瘟疫守卫的领主们已经走到了大锅旁，它们命令恶魔军团把锅放正。另外一些恶魔拖来从第二头鲸船上面取来的白骨滑车，把它放在锅边。

大锅被拖上了滑车放稳，古加斯盯着它，想起了自己在这口生锈的巨釜内部诞生的情景。这是纳垢本人的巨釜。像那些烦扰古加斯的乌合之众一样，古加斯曾经也是一个纳垢灵，直到它痛饮了纳垢最棒的瘟疫。

故事就这样发生了，这是真的。

夺走了父亲的宝贵瘟疫的耻辱感依然困扰着古加斯。纳垢很喜欢它的新儿子，向古加斯倾注了父亲的慈爱，但古加斯觉得自己并不配。

瘟疫之父望向天空，它带病的耳朵听见了正在接近的飞行器的声音。凡人们的反应很快，但这也救不了他们。古加斯打了个哈欠，炸弹落了下来，燃烧的蘑菇云在它行进中的大军里升起。凡人使用了火焰武器——那是用来净化恶魔的易燃的钜胶。但恶魔大军已经湿透，并且有混沌的魔法维持着生命。钜胶产生的火焰迅速熄灭了。

瘟疫守卫的大魔们纵声大笑。这时，一架攻击机从天空疾飞而下，推进器喷出蓝色的火焰，但攻击机的进气孔被昆虫堵塞了。攻击机猛地跌进沼泽，沉入水面以下，引擎的哀号变成了汩汩水声然后消失了。

"乞徒！饥荒！"古加斯大吼。"把凡人巫师找来。把重生邪教和赐福之角邪教的人给我带来。开始进行仪式召唤剩下的鼠疫传染者！"

古加斯怒视着它的奴仆们匆忙执行它的命令。从一艘鲸船上，它的前锋部队的最后一部分正从在从一艘鲸船上走出，那是崇拜伟大父亲的人类。邪教徒们干得不错，不过他们的数量已经比过去大大减少了。纳垢的花园对凡人并不友好，许多人也可能在腐尸船的航行中被杀了。

古加斯叹了口气。这就是生命的轮回。邪教徒的身躯现在成了纳垢赐福的恶兽们的食物。

古加斯没有笑。它从不笑。在它的生命中不会有快乐，直到它能证明自己配得上纳垢爸爸的爱。但古加斯的眼睛再次被医院照亮，它看着巨釜被拖往那个方向。这时，古加斯给了自己一个不确定的希望。

或许，在亚克斯这里，它能完成对自己的救赎。

第三部

艾斯潘多之矛

第十七章

伊利里亚的死亡

坦甸山口正在燃烧。站在第一连的兰德掠袭者坦克的顶端，马纽斯·卡尔加恼怒地评估着伊利里克博物馆的状况，他感到了一丝疲倦。

叛乱分子占领了博物馆。组织叛乱的这些人都是业余的、可怜的年轻人们。但他们还是行动了。道路已经被封锁，繁忙的交通消失了。他们自称拥有一个可以杀死上千人的装置，而他们却说自己只想要和平谈判。

但卡尔加不会与那些在和平谈判时做出死亡威胁的人打交道。

空气十分浑浊，到处都是烟雾。道路两侧陡峭的山坡上，茂密灌木在燃烧，火借风势扩展成 U 形的火网，向极限战士们的位置延伸。大面积的蓝色烟雾盘旋着越过道路，冲刷着截断公路的混凝岩路障。在路障后方不远处就是卡尔加所在的这辆兰德掠袭者，后面还有三辆犀牛运兵车一字排开。

奥特拉玛辅助部队的成员们蹲在障碍物后面，弹药已经上膛。路障位于叛军激光炮的有效射程的最远端——因为光束的焦点在烟雾中很容易分散，叛军放火产生的烟雾实际上起了反效果。叛军的战术选择得很糟，但他们确实有一门在一周前从伊利里克军营中偷来的激光大炮。这一大胆的盗窃活动的得逞，可能导致了这群人采取了这一轻率举动，意料之外的成功往往会滋生愚蠢。

卡尔加不会在叛军面前躲藏。他希望叛军感受到他的轻蔑。叛军称自己为"忧心忡忡的市民"。这让卡尔加作呕。博物馆里的这群傻瓜被他们无法理解的生物煽动起来，去反抗保护他们的监护人。

马纽斯·卡尔加无法理解的是，为何总有这么多人有意或无意地背叛帝国。奥特拉玛正遭受攻击——诅咒瘢痕每晚都带着它扭曲的火焰在天空中出现。其他世界遭受杀戮的消息和各种悲伤的故事也从哭泣的难民口中源源不断地传出。但在奥特拉玛的心脏地带，叛徒们仍然悄无声息地在黑暗中出现。

在这里的，只不过是其中最新的一伙。

他已经离开马库拉格太久了。当他被原体召唤回来时，发现奥特拉玛的核心世界竟然也面临着威胁……

卡尔加深呼吸平静下来。他不应该卷入这种事件。但第一连长阿格曼也有事情要处理，他必须解决在阿迪厄姆的入侵。

很久以前，这个山顶曾是战场。叛军粗暴地模仿了历史，占领了一座用于纪念马库拉格统一的博物馆。薄弱的战术，无力的宣传；卡尔加亲自前来，做出有力的回应。

对卡尔加的仿生义眼而言，这些烟雾毫无作用，他清晰地看见了博物馆的那座像大鼓般的主楼，每层之间都有一个三重的屋顶和阳台。一座附属塔楼越过山口上方，大小与主楼相仿，但略微要高一点。一条四车大道从这座带有象征意义的门楼下经过，通往伊利里亚。

"一个毫无意义的绝望之举。"卡尔加自言自语。博物馆的墙对他的机械强化视力也无法构成阻碍。每当卡尔加的视线掠过一个叛乱分子所在的位置，那里的热成像就会被标识出来。叛军藏身在博物馆重叠层之间的阳台里，躲在靠窗户的墙壁后面，正打算用偷来的武器准备开火。所有的位置都一清二楚。

卡尔加难以置信地摇摇头。

"胡里奥，"他在通信系统里说，"我已经看腻了。是时候结束这一切了。"

卡尔加沿着台阶走到兰德掠袭者的前部，然后跳到地面上。如果叛军有一名名副其实的狙击手，就很有可能从阳台上射中卡尔加。但在看到这一切之后，卡尔加断定自己是完全安全的。

卡尔加没有因为身上的战斗装甲和巨大的极限拳套而显得笨拙，就像一个比他年轻一百岁的人一样稳稳地落地，大步绕到了坦克背后。坦克引擎低声作响，发出热气和噪声振动着这辆载具后方的空气，向稀薄的烟雾中排放着蓝色的废气。在引擎旁边，站着第四小队的胡里奥士官、极限战团第一连及卡尔加的荣誉护卫，此外还有一位战团长者也在这里——一位名为安德罗·奈伊的高大的原铸星际战士。奈伊是考尔现身不久后向极限战士派来的第一批原铸新兵之一，他曾出色地服役。那时候，新加入的战士称自己为"三百"，他们是崭新的、不同以往的而又孤独的战士。现在，他们已经成为极限战团的一个宝贵组成部分。卡尔加本人也在几年前执行了原铸手术，后来有更多的人也同样做了。他们现在都是彼此的兄弟。

战士们立正，把手掌放在心口向卡尔加敬礼。

"那么你不想和他们谈判了，领主？"胡里奥问。

"我不会跟他们谈话。"卡尔加说。

"您数到了多少人，领主？"胡里奥问。他穿着终结者装甲，他的小队里的其他成员在后面和犀牛一起待命。卡尔加选择派他们来扫荡这座博物馆。就目前的状况而言，似乎有点小题大做，但这是必须做出的态度。

"一百三十二人，应该还有更多人。但你不会遇到什么麻烦，里面原本可以布置一千人。看看看他们的部署吧。"卡尔加说。"这些人真能成为马库拉格的战士吗？"

"他们没怎么受过训练，领主。"胡里奥说。"在您离开后情况越来越糟糕，但辅助部队内的异议者的实际数目为零，辅助部队受训结束后，几乎都立刻乘船开拔。里面的这些都是未能入选的不合格的人。"

"混沌的使者们总是去吸引弱者。"卡尔加说。"只有弱者才会为了确保和谈，用大规模毁灭性武器威胁他们自己的家人。派出你们就是我对他们要求的回答，胡里奥。他们的要求是荒谬的。口粮配给量不能增加。征兵不能延缓。就是为了阻止叛徒们在无知中引来的敌人，马库拉格人民才会陷入当下的贫困境地。"

"敌人的头目是少年军的主管。"奈伊说。"他带领的整支部队都在里面。他骗了这些年轻人。"奈伊说得就像他从来都不曾是个孩子一样。奈伊从来不动感情，总是理性地对待错误，即使以极限战士的标准说也挑不出毛病。胡里奥和奈伊都望向战团长。

"这不是他们的过错。"卡尔加说，"尽可能手下留情吧。"

"我希望拿他们的首领来以儆效尤。"胡里奥说。

"让我失望的是，我们的国民竟然表现得如此糟糕。"卡尔加说。"不论他们的年龄多大，以及是否反对我们。等这件事结束后，叫所有地方少年军部队的主管都来一趟首都。"

"他们将会接受彻底的审查，领主。"奈伊说。

"因为这次背叛，是的。"卡尔加说。"但我要求他们全都接受再教育，否则就要被换掉。这次暴动很可耻。少年军的课程大纲必须修改。增加操练内容，

卡尔加

减少历史课程。少年军是马库拉格的最后一道防线,也是我们招募新兵的第一站。经历了这样的崩溃后,他们还能阻止哪怕一只兽人吗?他们本该是年轻的战士。"

"遵命,领主。"奈伊说。

卡尔加用拳套的指头敲了敲自己的腿。"胡里奥,当你指挥突击时,不要杀死这些男孩。尽你所能让更多人活下来。要作为惩戒的范例的,是那些首领们和成年人;以及其他所有那些因为对自身的命运不满,而去听从敌人间谍指使的人渣。我们必须让年轻人活下来,给他们机会进行自我救赎。如果大敌的谎言看起来比奥特拉玛的现实生活还要更有吸引力,而我们又被人民认为是残忍的,那将会激起更多的人涌向同样的愚蠢事业,成为真正的激进分子。找到那个设备。肃清首领们。"

"如您所愿,领主。"胡里奥说。"但还有一个问题。"他意味深长地停顿了一下。

"哦?"卡尔加说。

"守夜执行者的首席守夜人卡列杜斯向我保证,他们可以在没有我们协助的情况下对付这一威胁。他坚持要和您说几句话。"

"他还在这儿?"卡尔加烦躁地说。

"他已经等您一个多小时了。"胡里奥说。"我说过他坚持要见您。"

"我还觉得我让他等了一个小时,他应该能明白暗示。他应该去监视其他事件场所,并且去追查这一切的主谋。这些人在听从莫塔瑞恩的命令。这一点,我们非常确定。这只是一场表面上的抗议活动,但腐化潜伏其下。好吧。卡列杜斯会后悔留在这里的。"

"那么要让他离开吗?"

"不,让他来见我。"

胡里奥略微侧了侧装甲面罩后的头。"送首席守夜人到我们这儿来。"他在通信里说。"马库拉格领主要和他谈话。"

过了几秒钟,首席守夜人从后方走了过来。他匆忙的脚步声暴露出他急于谈话的心情。

卡列杜斯已经穿上了行动用的乳白色战斗服和蓝色胸甲,和奥特拉玛辅助部队的制服相同,只是没有他们的部队标记。一个沉重的呼吸面罩挂在头盔一侧的扣件上。卡列杜斯停了下来，潇洒地敬礼。

"首席守夜人，"卡尔加说，"根据你上级的报告，五年来你担任这个职务表现良好，直到今天为止。今天你必须靠边站。极限战士会处理这件事。"

"大人，无意冒犯，镇压当地动乱是守夜执行者的职责。"卡列杜斯说。"我们已经准备好结束目前局面。这种事不需要劳烦您亲自出面解决。这是一件小事，不值得您的关注。"

卡尔加抬头看了看山口。

"从某个角度来看，卡列杜斯，你是对的。阿迪厄姆被围困，在这个星系里我们的舰队每天都在和莫塔瑞恩的星舰作战。敌人已经渗透到了奥特拉玛的心脏。仅仅为了对抗在首都星系的敌人，我每一天都在失去更多的星际战士。但是这次……"他指着博物馆。"这并非不值得我注意的事。在马库拉格当前共发生了十五起事件，每一起都和这个团伙有牵连。敌人明显煽动了他们，我很惊讶这些叛军竟全对此未察觉。你们组织的目标是在这些事件发生前进行预防，而不是在事后进行镇压。你急于解决这场对峙，让我觉得你想转移我对你犯下的错误的注意，或是寻求我的批准来镇压它。我向你保证，我不会批准的。"

"大人，我们不可能抓到每一个异议者。今年我们已经挫败了——"

卡尔加的铠甲随着他改变姿势发出响声，这个动作足够让首席守夜人闭嘴。"我看过你的报告。今年，你已经挫败了二十六次反政府行动，但在今天错失了十五次。你必须承认你犯错了。伊利里亚是一个强大的象征。我厌倦了那些把古老的割喉者比作所谓自由斗士的宣传。更糟糕的是，这些故事和敌人的谎言结合在一起。首先是对更大的自由的要求，接着就是彻底的异端叛乱，然后敌人的宗教就会生根发芽，最后所有人都会落入悲惨的奴役。叛军首领谎称他们尊敬战团，同时谴责民政管理部门的腐败，并且要我们处理他们关切的问题。"

"我不会这么做。我最优秀的战士将把他们赶出这里。让整个奥特拉玛看到极限战士是怎么看待他们的要求的。这个国度的人们将会认识到我的注视无所不在，无论他们的年龄多小、地位多低。没有人不值得我的关注，也没有事情不值得我关注，守夜人。事实上，你的想法让我很不高兴。我说清楚了吗？"

"是的，守护领主。"首席守夜人不情愿地说。

"还有其他事件吗？"

"正由守夜执行者处理，守护领主。"

"这一切背后的敌人间谍呢？"

"我们正在追踪几个重要线索，守护领主。"

大奥特拉玛的守护领主，罗保特·基里曼授予了卡尔加这个头衔，以作为自己拿回奥特拉玛之主头衔的补偿。这个头衔没有为卡尔加的统治带来什么变化。在罗保特·基里曼苏醒之前，这位战团长已经统治奥特拉玛好几个世纪了。除了基里曼开始泰拉远征前的短暂时期，卡尔加的统治从未间断。他的话具有绝对的权威，卡列杜斯畏惧不已。

"那么这一特殊事件，将由极限战团进行公开处理。"卡尔加继续说。"我将会证明战团依然保有仁慈。混沌转化了我们的孩子来反对我们。如果我们用死亡来惩罚年轻人的愚蠢行为——尽管这个行为很严重——但他们相信自己的所作所为，是为了给饥饿的人们带去更多食物，那我们的社会将是一个什么样的社会？在那个地方还有罪孽更深重的人。我会对这些人按照他们错误的严重程度来进行区分。"

"异议者们会把这看作一场胜利。你说你不会和他们谈话，你也不应该这么做。但不管这次事件的背后是谁，他们都希望你被激怒而采取行动，领主。他们想要你的视线离开正在进行的战争。如果他们能用这些小小的行动引开哪怕一个战团成员，他们还会这么做的。"

"那么他们成功了，但这对他们没有任何价值。"卡尔加说。"我在发布自己的宣言。马库拉格领主将不会允许在首都世界或者任何其他地方有任何异议者。"

"守护领主，仁慈会被认为是软弱。"

"仁慈是一种力量，因为宽恕比杀戮更难。"卡尔加说。"他们是一群被人煽动的孩子。他们将会被仁慈的对待。"卡尔加转向他的士官。"胡里奥，前进吧。尽量不要毁坏文物——它们是无价之宝，也是一个重要的提醒：伊利里亚独立的神话实际上只是个神话。"

"是的，领主。胡里奥小队！"士官在通信系统里说。

"我们听从指挥。"他的战士们回答道。战士们的终结者装甲咆哮起来，他们从路障后面的犀牛运兵车处向上行进。他们缓慢地跋涉，巨大的形体就像峭壁上的岩石一样坚实。

终结者们排成队，走到他们的首领身边。胡里奥拔出他的动力剑，向卡尔加致敬。"我们为马库拉格而战。"

"这有点小题大做。"卡列杜斯说。"一次瓦尔基里武装运输机的空降突袭就足够了。"

"你刚才已经说过了——现在保持沉默，卡列杜斯。"卡尔加说。"我们会迎着叛徒的全部火力进军，而且我们不会倒下。他们将会看到极限战士不可能被他们这种人伤害。恐怖主义毫无意义。"

路障旁的辅助部队用长铁钩把路障拉开，让巨大的终结者通过。当最后一个终结者挤过去以后，辅助部队匆忙将那一段路障归位，再次蹲到后方。

当极限战士们离博物馆只剩一百米的时候，叛军开火了。激光光束和实体子弹夹杂在一起射来，带起了阵阵烟雾。

叛军的很多射击都打偏了，要么是因为无能，要么是因为害怕——虚张声势地谈论杀死一位死亡天使带来的勇气，在战斗打响时就会烟消云散。那些命中的射击则被终结者装甲厚厚的装甲板弹飞。卡列杜斯认为使用终结者对付这种小事是一种浪费的观点可能是对的。但如果是守夜执行者来执行这个任务，他们中的有些人可能会战死。这些放任这类事件发生的秘密警察固然令人厌恶，但他们活着对卡尔加更有用处。

叛军的激光炮开了一炮，但没打中。间隔了很久之后，第二次炮击命中了胡里奥小队领头的战士的肩膀。冲击力让那名战士略微失去平衡，但他很快就重新回到阵型中，肩甲上往下滴着熔化的陶钢。

一个优秀的激光炮小组可以在一分钟内进行四次聚焦和开火。卡尔加对地方少年军的首领越来越不满。他们的武器训练是怎么做的？

胡里奥小队的终结者缓慢地前进，但却不可阻挡。他们来到了博物馆的玻璃正面。一名胡里奥小队的一名老兵用动力拳打碎玻璃，走进大楼。他的身影消失在里面时，许多子弹正从他装甲上弹飞。接着，小队的其他成员也强行进入，玻璃破碎的叮当声音不断响起。更多的火力向小队袭来，甚至有一枚手榴弹在队伍中间爆炸。终结者们丝毫没有受到射击和爆炸的影响，大步向前，从卡尔加的视野中消失了。

射击停止了。大楼里传出了叫喊声,既有年轻人的叫声,也有极限战士被通讯放大器增幅的吼叫。接着,枪声又重新响起。爆矢枪的猛烈撞击声和机枪、自动步枪发出的爆音交织在一起。更多的尖叫声传来,然后以爆矢弹的爆炸声收尾。

类似的交火随着胡里奥小队的推进,反复在一个又一个的房间里发生。叛军没有组织起协调一致的防御。他们很容易被干掉。

半小时后,一排年轻的叛军双手抱头,从博物馆的入口走出。他们的脸很红,激烈的战斗令他们兴奋,但战败又让他们沮丧。卡尔加想,要是这些人察觉到他们的首领将会从他们那里夺走什么就好了。他怀疑里面还有更深的谎言,也担心这些孩子们被诱惑的程度。混沌的许诺从来都是虚假的。从来就没有不朽,也没有从苦难中解脱的方法,更没有得到力量的捷径。他们的青春,他们的健康,他们的活力——所有这些都将被偷走,取而代之的是亡者的永生。这一切往往始于良好的行善愿望,却以永受炼狱之苦告终。

卡尔加已目睹过太多次。

一名终结者独自走在这些年轻人们身后。卡尔加震惊于这些人的年纪——没有人超过二十岁,最小的看起来只有十一岁。他们被赶下公路,被迫跪在路障前。辅助部队正要起身离岗,去协助他们的主人,但一名终结者举起一只手。

"退后!"他说。他的装甲把他的嗓音转放大成了一声可怕的叫喊。"这里不安全。我们得到了那个装置。那是件生化武器,很不稳定。"

辅助部队的士兵望向卡尔加。大奥特拉玛的守护领主点了点头,于是他们继续留在岗位上。

几分钟后,胡里奥和其余的终结者走出了大楼。胡里奥小队押送着另外十九名叛军——这些都是成年人,并把他们带到一个远离其他叛军的地方。这时,卡尔加的通信装置发出和声,然后卡尔加接通了这个频道。

"领主。"胡里奥发来通信。"那个装置是一个半人高的冷冻罐。它还在泄漏,任何人都不应该靠近。我的感知器侦测到博物馆内有很高浓度的生化污染,源头都来自这个罐子。我猜所有的年轻人都被感染了。让这些凡人退后,直到我们确保这个区域安全。"

卡尔加不由得低声咒骂,就连这么草率的小叛乱也能获得莫塔瑞恩发放的生化武器。"

卡尔加把怒火转向了卡列杜斯。"这座大楼被污染了。你现在知道我为什么不想让你们进去了吗？如果是你们的人，肯定已经被暴露在污染中了。所幸我的战士们有完全的保护。"

卡列杜斯生硬地笔直站着，目光向前。"我重申我的反对，领主，极限战士不应该把自己卷入警察行动。"

卡尔加转过身。卡列杜斯还在坚持自己的理念。他是个能干的人，卡尔加提醒自己，一个错误并不能代表某个人已经完成失败。

"这次恐怖袭击是颠覆奥特玛拉的战争的一部分，"卡尔加说，"极限战团将会出现在每个战场，无论那个战场有多小。下一次，你要确保状况不会发展到这么严重的程度，我们就不用再进行另一次像这样的对话了。你可以走了，首席守夜人。"

首席守夜人鞠了一躬，一言不发地走开了，他的脸颊正因为卡尔加的训斥而发烫。

"奈伊，传达这些命令。"卡尔加命令。

"是，大人。"

"召集医疗小组和清洁单位，给这些误入歧途的年轻人消毒，尽可能把他们转移到马萨利斯刑罚点进行评估和再教育。尽一切努力保全他们，通过测试的人送到惩戒营；而那些不放弃主张的人要接受公开的洗脑，然后交给科技神甫作为机仆。"

卡尔加思考了片刻。他抬头望着山顶两侧的悬崖峭壁，脑海中浮现出这里的峡谷地形。这个地区的居民不多，但毕竟还是有一些的。只要有一个人感染就可能杀死半个城市的人。只有帝皇才知道在那个容器里装着什么。

"疏散方圆十公里以内的人员。让他们都进行身体检查。封锁这个地区。在所有主要道路设置辅助兵站，环绕边界线设置毁灭信标。临时从战团储备里调派三辆兰德速攻艇，协助守夜执行者部队巡逻该地区。在这里恢复安全之前，禁止任何人进入这一带的山区。"卡尔加望向终结者小队。"胡里奥，保护这些孩子。在他们得到处理和你们完成清洗后，就召唤一架雷鹰。阿格曼连长兄弟的舰队需要你们。"

"是，领主。"胡里奥在通信系统里答复。

"这条公路怎么办？"奈伊问。"伊利里克和泰斯提亚的机构都急于让它重新开放。"

"他们得等着了。"卡尔加说。他还在愤怒着，但不得不提醒自己伊利里亚只是这个行星地表的一个省份，这条公路，虽然是连接大马库拉格城和伊利里克的主干道，但也只是一条公路而已。"风险太高了。我们将会在时机合适的时候再恢复这片区域的通行。在我们确保安全以前，他们不得不等待。"卡尔加瞥了一眼马库拉格空旷的灰色天空，想象着在虚空中严阵以待的舰队和阿迪厄姆遭受的围困。"而且，应该还需要再等待一段时间。"

后方阵地传来一阵骚动。一名星际战士技术军士跑了过来，他笨重的头盔专门配置了监视和通信设备。

"领主，领主！"他叫喊着，然后停下脚步，单膝跪下。"我有首都发来的消息。原体传来了一个星语信息。"

"是吗？"卡尔加说，一种混合着畏惧和兴奋的奇妙情绪情涌上心头。他很久前就已经明白，要把所有的权力拱手交还给原体是非常困难的事情。卡尔加并不期待再一次这样做。

"原体正在星系的外围。他正全速赶往阿迪厄姆，打算解围。"

听到这个新闻，奥特拉玛的战士们，无论是凡人还是超人，都发出了欢呼。

"给我叫一辆载具。"卡尔加说。"我必须回去。我们必须准备好增援原体！"

"领主，星语信息传来的命令很明确——您要在这里守护马库拉格。基里曼大人希望您能防范混沌对首都世界的奇袭。"

"原体有足够的人手吗？"

"文崔斯连长正和他在一起，还有西卡留斯连长。"技术军士说。"原体不需要您的协助，领主。他率领着一万五千名星际战士和三个远征军舰队战斗群。"

战士们再次欢呼。

"莫塔瑞恩肯定会被赶出这个星系。只要我们的基里曼大人归来，我们就可以和敌人大战一场了！"卡尔加喊道。他举起了装甲右手的极限拳套。"基里曼万岁，奥特拉玛之主！"

他欢呼胜利的笑容掩饰了内心的空虚。

卡尔加从警戒星归来时，发现他的疆域战火施虐。很快基里曼也会亲自目睹这一切。那么在客观上，卡尔加的表现并不比卡列杜斯更好。他的离开并不能作为借口。卡尔加放下手臂，命令兰德掠袭者打开门。当他爬进兰德掠袭者时，胡里奥又发来了通信。

"我该怎么处理那些成年囚犯，领主？仁慈还是死亡？"

卡尔加在兰德掠袭者的侧舱门上停了一下，他的手突然用力地抓紧了舱门的边框。

"死亡。"卡尔加说。

卡尔加登上了兰德掠袭者，惊慌失措的叫喊声从远处传来。那些成年叛徒的肉体被爆矢弹打得粉碎，发出巨响。兰德掠袭者驶向主干道，以便卡尔加在那里换乘更快的交通工具。但一路上，那个声音始终在卡尔加耳边萦绕不去。

漫长的岁月以来，马纽斯·卡尔加头一回感觉自己像是个失败者。

第十八章

阿迪厄姆

当星际战士乘坐霸王炮艇进入敌人控制的区域时，炮艇引擎的音调发生了明显的变化，平稳的飞行也变得颠簸起来。炮艇的机身嘎吱作响。艇上的每个人都心烦意乱，感觉有什么事情不对劲。霸王炮艇每飞近一公里，这种感觉就越强烈。

"我们已经接近黑暗的中心。"多纳斯·马克西姆典记长说。每当霸王炮艇遇到增强的亚空间活动时，环绕着马克西姆面甲的灵能头箍上的水晶轨道就会放出光芒。水晶的蓝色荧光和炮艇运输舱的暗红色灯光混合在一起，照在马克西姆的头盔上，就像霓虹灯一样。马克西姆身上笼罩着一层神秘感，就像他被训练出来要消灭的那些恶兽们一样。

"我想我们都能感觉到。"菲利克斯连长一边说，一边环视着他的战士们。他们也坐立不安，一遍又一遍看着他们的兄弟们，一遍又一遍检查自己的装备——这是星际战士特有的保持冷静的方式。

"不会像我那么强烈。"典记长说。他说话的语气很严厉，就像伤口里的弹片。"亚空间污染远比我们预计的要强力得多。我们必须小心。"

马克西姆是在这艘霸王炮艇的双生船体内唯一的早期式样的星际战士。其他的人都是原铸型号。

伴随马克西姆的话语一起行动的是另一位具有灵能的星际战士——格伦狄厄姆，一名原铸编修员。他们两人一起发出了一种让人安心的力量，给同伴带来一种使命感，增强了他们的信心。也让菲利克斯心中充满了像中子星般坚定的决心。他很感谢能有这两位灵能专家在场。菲利克斯感觉到从目标点散发出的邪恶预兆是如此强大。这种恶意穿透了他的铠甲，让他的肉体感到一阵刺痛。在他的脑海中仿佛有一种呼唤，一种让人去做违心之举的诱惑，一种让人苦恼到深夜的折磨，一种让人去施暴的煽动——带给人一种黑暗的热情，试图让人的身心都完全翻转，最终因变得无法抗拒黑暗而自我毁灭。

"我完全能感受到。它令我痛苦。"菲利克斯说。他对这种感受十分好奇，因此记录了下来供以后思考。他以前从未有过类似的感受。"这就是那种让死者复生的力量？"

格伦狄厄姆点点头。"瘟疫本身无法让倒下的人复生，或是把活着的人变成行尸走肉。"他的语调很平淡，听上去十分冷静——这是格伦狄厄姆为了对抗接近中的腐化力量的采取的行为模式。"那在物理上是不可能的，我们的药剂师和基因原体的技术都证明了这一点的。巫术是这些瘟疫的根源。没有亚空间，感染瘟疫之后只会死亡，不会有其他任何后续症状。"

"瘟疫领主喜欢在瘟疫本身不足以达成目标的时候，用瘟疫来掩饰亚空间的影响。"马克西姆说。"谎言和误导，是敌人最常用的手段，是敌人行动的基础。纳垢代表了'死亡中的生命'和'生命中的死亡'这两层意思。混淆了生与死的状态，使得两者同时存在。就像所有亚空间生物一样，它的力量是不洁的，是对粗心大意的人的设下的陷阱。"

"你把自己来自亚空间的能力也包括进去了。"

典记长哼了一声。他的头盔转了过去。"我们的天赋带来了巨大的力量，但它们和腐化灵魂的瘟疫发源于同一口毒井。喝下它并且保持纯洁，是我们面临的最大挑战。"

"我们强烈感觉到有一种邪恶的力量正在发挥作用。腐化是从宫殿的尖塔中散发出来的。"格伦狄厄姆补充说，"但是除非亲眼目睹，否则我们无法确定它的真实本质。"

霸王炮艇震动了一下，但并没有偏离航向。它的装甲极厚，引擎也很强劲。这种新式突击艇让雷鹰看上去就像玩具。就像原体所委托的一样，霸王又回归了帝国早期的突击艇的设计，又被贝利撒留·考尔用无穷无尽的创造力大大改进。但它的技术力量还不能完全保护它的乘员免受物理伤害和亚空间神秘力量的威胁。爆炸在艇身附近产生，但没有穿透霸王厚厚的船体。炮艇侧滑了一会儿才恢复水平。但随后又传来多起较小的震动，有快速的脉冲波从炮艇下方射来。

"连长，宫殿尖塔的核心区域有预计之外的重型火力。"驾驶员发来通信。"我们无法在目标点降落。"

"尽可能在附近降落。"菲利克斯回答。

"核心区域的水平距离四百米处有一个空中花园集群，在目标点下方两层的另一座尖塔上。"驾驶员安静地查阅了一会儿三维地图。"叹息尖塔。"

驾驶员传输了坐标。菲利克斯装甲系统内的三维地图进行了自动匹配。他们飞向阿迪厄姆的一个巨大巢都顶端，那里有一个尖塔宫殿群，这些尖塔塔顶的针尖直刺向虚空。菲利克斯在系统里看着一个图表。这是由原体顾问团中的灵能者提供的灵能扫描图，在尖塔顶端有丑陋的、半有机的生物在缓慢地移动。那些生物都在朝在最高塔上半部分的一个腐烂团块上移动，那里曾经是巢都领主的府邸。

在目标点周围，有许多炮台的炮口正闪烁着火光。飞行员选择的另一个降落点突然出现在菲利克斯的视野里，那是从相邻的尖塔侧面从优雅的长廊延伸出来的空中花园。虽然菲利克斯更想直接去目标点，但在当前情势下，这是唯一可行的方案。

"确认改变着陆区域，带我们过去。"菲利克斯说。

炮艇立刻做出反应，斜向下飞去。防空炮火的密度增强了，变成了持续不断的轰鸣。菲利克斯又看了一遍他的战士们。炮艇上共有四十人，还有八十名在两架跟随的霸王炮艇上。这些炮艇类似于审判庭和死亡守望使用的暗鸦黑星。黑星拥有两个独立的运载舱，霸王也一样，但霸王的运载舱更大，还应用了更先进的技术。炮艇上的反弹道炮开始射击，向来袭的炮弹和导弹投掷超高速转动的钢球，给外头的噪声增添了旋转的颤音。敌人的炮火在炮艇的能量力场上炸开，力场不停地闪烁着，因为不断重新充能而发出的嗡嗡声，和炮艇机械装置全力运转发出的响声交织成了愤怒的合唱。

除了马克西姆之外，船上所有的星际战士都是极限战士。至少，他们现在已经是了——六个星期前他们还只是基里曼的编外之子，他们被指派用于增强初创战团。原铸星际战士们有临时的小队标志，采用浅蓝色作为他们连队的颜色，而原来的编外之子浅灰色Ⅴ字徽记已经被虔诚地移除了。

这将是他们成为极限战士后的首次战斗，这些原铸星际战士组成的连队由菲利克斯率领——原本极限战团应该只有十个连，菲利克斯成为了第十一个连的连长。

菲利克斯思考着卡尔加对原体单方面改变阿斯塔特圣典的行为可能做出

的反应。这位连长不禁感到，在追求胜利和效率的过程中，基里曼毫不关心他现有的子嗣们的感受。基里曼越来越多地把原铸星际战士作为他的第一解决方案，他也从不试图隐瞒这个事实，留给旧型星际战士的日子已经不多了。

菲利克斯的思考使他忽视了即将到来的战斗。他把注意力重新集中在战场上。在他头盔上显示屏里的一个计时器正急速归零。

"准备攻击！"他命令。

"抓紧了，冲击要来了。"驾驶员说。他的声音在炮艇上每个人头盔的通信频道里回响。

爆炸声从四面八方传来，炮艇在剧烈颠簸中持续加速。炮艇的每个部件都在嘎吱作响，混合成一阵嘶哑的机械噪声。

菲利克斯打开了一个外部视频源。一个有着漆黑轮廓的钢化玻璃穹顶的像素图像立刻在他眼前呈现。

炮艇机翼上的荒芜者型激光炮开火了。这种三管激光炮在射击时会高速旋转，激光炮的快速旋转能降低激光光束在大气中的散射效应。几秒后，安装在霸王炮艇机头上的成排的热熔炮也开始射击。

钢化玻璃上出现了溶洞，霸王突破了被削弱的穹顶，被融化的建材碎片落进了花园里。

"就是现在！准备！"菲利克斯呐喊。

"我们为马库拉格而战！"星际战士们咆哮起来。

炮艇猛地降下，菲利克斯被惯性带起，从安全带里猛的往前冲。炮艇艇身因为液压着陆装置的作用而向上晃动了一下。当炮艇完全着陆时，菲利克斯的安全带松开了，弹回了天花板上的带槽。与此同时，运载舱的突击门以巨大的力量降下，压平了任何在门下的东西，花园里的昏黄光线照进了运载舱。

首先出舱的是原铸侵略者。他们穿着和菲利克斯同款的战斗装甲，但他们的护甲更为厚重。他们将作为登陆的先锋。

炮艇的两个运载舱，各走出了一队侵略者。侵略者后是两小队的地狱轰击者，他们装备等离子焚化器，等离子焚化器的抑制仓会随着射击循环发着光。菲利克斯和两名智库以及临时连队的药剂师紧随其后。在他们后面的是四个仲裁者小队，仲裁者们呈扇形展开，爆矢枪已经上膛。

阿迪厄姆是一个蜂巢世界，蜂巢世界与过度拥挤和人类的痛苦生活几乎是同义词。但这里是奥特拉玛，极限战士疆域中的蜂巢世界比帝国的大多数地方要好一些。虽然生活依然充满艰辛，但居民们还是能享受到一些规定的福利。阿迪厄姆有大量从巢都向上突起的高塔，特别在塔的顶部建有大规模的生物栖息地，重现了已经从大部分地表消失的自然景象。这颗行星因此而闻名，这儿的巢都看起来就像巨大的树林。

菲利克斯的炮艇被一片森林环绕，但这里已不再是一处疗养胜地。黄雾从穹顶上方的破洞中冲出，被内外气压差吸走。雾气在沾满黏液变黑的树枝间流动，如同旗帜翻卷。在这样的高度，马库拉格的阳光可以丝毫不受云层阻隔照射进来。虽然纳垢的工作还未毒害天空，但阳光也只能短暂地射入霸王撞出的破洞。强风吹向破洞，黄雾随风扭曲形成一张尖叫的脸庞，被吸入阿迪厄姆的对流层。

花园的小径长满了大量腐化的植物。肿胀的树木就像扭曲的巨人一样充满了威胁，它们的形状在迷雾中只剩下轮廓。可以想象，当时人们被快速生长的树木压倒，被四处扩散的树干吞噬。这一惊变发生得如此之快，以至于他们没有时间逃离。人们的四肢被禁锢在树木中，他们的身躯已经部分木质化了，只剩眼睛还保持着湿润，不断睁大、转动，充满了野性的疯狂。

在这些腐化的林荫后面，敌人出现了，它们是穿着暗灰色装甲的肿胀的异端阿斯塔特——死亡守卫，身上裂开的装甲板滴落着污秽的液体，向正在出现的原铸星际战士们开火。

菲利克斯在穹顶中心一座破裂的极限战士形象的古代英雄雕像背后隐蔽。叛徒的爆矢弹打碎了雕像的残躯。湿滑的藤蔓在石板道和座位上到处蔓延，将丛林周围的一个开阔圆形区域都圈了起来。

"全小队，前进。确保登陆区域。"菲利克斯下达命令。

霸王炮艇机翼下的重型爆矢炮塔开始射击。炮塔吐出火舌，把射击的路径上一大片染病的植物扫倒。爆矢弹在因过度生长而软化的腐朽巨木中间爆炸，湿漉漉的木浆溅得到处都是。花园的穹顶随着爆炸不停地颤动，菲利克斯疑惑地看着地面，有几分担心它会裂开。

在布满藻类斑点的钢化玻璃穹顶外面，另一架霸王炮艇呼啸而过，炮艇的五个引擎喷出的气流让整个花园都震了起来。从那架炮艇的占卜仪器中发来的数据传入了菲利克斯的头盔，他看见这座穹顶的结构就像里面的植物一样被腐化了。金属生锈了，在那些在最恶劣的环境下都能坚持上千年的钢化玻璃上，也布满了腐化的斑点。

"我们必须马上离开这个死亡陷阱。"菲利克斯在通信系统里告知自己的部下。"这个花园快要崩塌了。"

他的战士们很快就在通信系统中做出了解的答复。

"亚德里亚号和奥特拉玛子嗣号霸王炮艇，找其他地方着陆。这个建筑不安全。朱庇特号，马上起飞——我们不能冒失去你的风险。到上空等待我的命令。"

"了解。"霸王的驾驶员回答。炮艇机翼上的激光炮仍在吐火。炮艇的翼尖引擎发出轰鸣，向下转动并且使炮艇向上升起，穿过之前在穹顶上撞出的洞返回天空。整个花园都晃动起来，向来袭的星际战士喷出铁锈和发黑的树叶。

菲利克斯对空中花园做了快速扫描。花园里有大约二十名死亡守卫。爆矢弹在它们和原铸仲裁者之间飞舞。等离子流从原铸地狱轰击者的枪中爆发出来。而死亡守卫自己的特殊武器部队也以同样的等离子流还击。

原铸侵略者们大踏步向前，身上的装甲抗住了死亡守卫的火力。他们的火焰拳套中喷射出燃烧的钜。这里的空气很稀薄，氧气含量很低，木头也十分潮湿。但钜火十分强力，很快森林的一部分就烧了起来。含有油污的烟混入了黄雾中，从穹顶的破洞散了出去。

七名瘟疫战士组成的一个小队，隐蔽在一棵倒下的黑色大树背后，把守着公园的出口。更多的沾染着腐化黏液的植物，覆盖了整个街区路面。树林的主要道路两侧都出现了敌人的行踪，菲利克斯举起了他的视觉过滤器。虚拟的热成像图显示出更多的敌人正试图包围他们。一名瘟疫战士被一整支仲裁者小队的交叉火力击中。但他还保持着直立，仿佛只是挨了一记重拳。一名地狱轰击者发现叛徒还未被杀死，于是最后结果了他。

"弗拉维安和马塞勒斯地狱轰击者小队——拔掉侧翼指定给你们的敌人小队。"菲利克斯说，将目标数据传输给战士们。"仲裁者小队，准备冲锋。侵略者小队，把挡住出口的敌人烧个干净。"

在菲利克斯右边，一团明亮的蓝色闪电在树林中亮起，灵能闪电的爆炸又一次撼动了摇摇欲坠的穹顶。马克西姆典记长举起手，转动着手指，一个电球也随着手指转了起来。当他握紧拳头时，球形闪电第二次劈下，抹掉了它穿过的所有物质，在森林中留下了一个完美的球形破洞。

"他们正在后退。"一名仲裁者士官赫拉克斯发来通信。不知不觉中，菲利克斯的沉思者系统已经把战士们的名字和生命信号投射到了头盔的显示屏上。投射到菲利克斯眼前的三维地图，高亮显示了他自己的位置以及他的装甲完整度和弹药数量。显示为"100%"的战斗效能评估正闪烁着稳定的绿光。

"我们上，"菲利克斯说，"现在！"他绕过雕像跑了出来，拔出了动力剑。

一队队瘟疫战士且战且退。笨拙的他们在撤退时却十分干脆利落，这是他们接受与菲利克斯同样的军事训练的正常反应。菲利克斯仿佛瞥见了这些战士们曾经的模样——和自己并没有太大不同。

菲利克斯眨了眨眼睛，幻象消失了。死亡守卫早已经患病、扭曲，早就不是人类了，他们只配拥抱死亡。菲利克斯的动力剑噼啪作响，呼应着他想要击倒死亡守卫的渴望。

战斗激烈地在森林腐烂的树木间展开，极限战士与撤退中的死亡守卫进行着殊死搏斗，无数树干被子弹击中化成碎末。原铸星际战士的行动被地形减缓，但死亡守卫似乎并没受多大的影响，遁入了迷雾中。那雾浓稠得就像是从尖塔深处涌出的河水，甚至可以流动。空中花园的入口就在前方，那里的装饰砖被鬼怪般的攀缘植物覆盖。在拱门下方，一片浓密的蘑菇正在疯长，木质化的蘑菇茎卡住了花园的防爆门，使大门无法关闭。最后一支敌人小队正在逃离空中花园，等离子流和爆矢弹在他们背后炸开。最后，这个小队停了下来，在支撑拱门的柱子后面隐蔽，以便进行最后一次齐射，而其他敌人则消失在叹息尖塔的迷雾之中。

菲利克斯发现了机会。

"冲锋！"他怒吼着，跃过花园中丛生的树根，全速向敌人跑去。

爆矢弹在菲利克斯的能量力场上爆炸，他的肩铠迸出火花。那些爆矢弹的质量探测器在和力场的接触中被破坏，在半空中引爆，菲利克斯就这样奔跑着越过充满火焰和爆炸的战场。由于盔甲头部附近发生了过多的爆炸，导致他面前的显示屏的图像不停跳跃，辅助听力装置也因过载而发出了警告。

瘟疫战士们的恢复能力超乎想象。有一个瘟疫战士已经变成了燃烧的火炬，他身体的脂肪都在火焰中溶化，为燃烧提供着燃料，但他仍坚定的站立着，和他的枪一起燃烧。他们中没有一个人能完好无损度过这场战斗，但他们带着布满弹孔的肉体和破裂的装甲继续战斗。地狱轰击者小队射出的等离子流，是唯一能确实杀死这些被扭曲的星际战士的方法。那是一颗太阳的能量以一道过热气体构成的耀眼光矛被宣泄出来，等离子射击足以熔穿古代陶钢，从里到外烧毁瘟疫战士。

最后两名死亡守卫正要逃走，但他们转身离开时遭受了菲利克斯手下半个连的集火攻击。虽然敌人比他们笨重的外形看上去要跑得更快，但他们还是没能逃脱。

菲利克斯没有考虑支援的问题就开始冲锋。对这些东西的一阵恨意，使得他无法在战术层面进行思考。这些东西诅咒了自己的物种，只为了换取虚假的不朽和力量的残片。在他前方飞来了其他的爆矢弹，大批瘟疫战士涌了过来，菲利克斯被卷入了近身肉搏。突然，他被比噩梦还要邪恶的存在们包围了：一个是长着蟾蜍脸的战士。另一个的下巴不见了，一条又长又粗糙的舌头从脸上的洞里伸出，来回拍打着。它们的肉体上布满了蛆虫的洞，装甲被腐蚀穿孔，露出了麻风病的皮肤和开放的创伤。

死亡守卫本不该还能拥有生命，但他们在战斗中表现得很好，他们的身躯由混沌力量支撑，他们的技能经过一万年的战争磨砺。他们透过破裂的护目镜凝看菲利克斯，在他们发黄的眼睛里，闪烁着与菲利克斯一样深的恨意。

生锈的小刀刺向菲利克斯，变钝的刀锋擦过他的装甲，使得装甲上的涂漆冒出气泡。装甲的沉思者系统因为所受的攻击而发出警报。他立刻扔掉爆矢枪，拔出了手枪。

菲利克斯并不打算死在此地。他是一名原铸星际战士，是一名连长。他全副武装，配备了帝国最精良的战争装备。一种混合着忠诚和愤怒的强烈情绪弥漫他的全身，就像通过植入物和装甲注射进体内的肾上腺素一样有效。菲利克斯的两颗心脏猛烈地跳动起来，向不死者发送死亡。当他从死亡守卫肿胀松弛的身躯上砍下肢体时，动力剑上带出了几滴脏血。随后他用爆矢弹，将那些腐烂身躯打成筛子。

"为了奥特拉玛！为了原体！为了帝皇！"菲利斯一边杀戮一边咆哮，他的嗓音在通信系统中以最大的音量炸响。在那一刻他心无旁骛，菲利克斯的增强思维、强化身体和战争装备完美地结合在一起，变成了一架杀戮机器。他以精湛的技巧砍杀和招架着，甚至连死亡守卫那些强大的老兵也无法抵挡他的怒火。罗保特·基里曼可能会在意阿斯塔特修士在和平时期的潜力，但战争才是他们诞生的主要目的，阿斯塔特修士就是武器。帝皇的意图对菲利克斯而言，比过去任何时候都更加清晰，但他并不在乎。如果他命中注定要成为一件武器，那就随它去吧。他会抛洒热血，直到再也无法战斗为止。

菲利克斯模糊地意识到身旁还有其他人在战斗，这影响了他的战斗欲望；一把顶端是有角骷髅的权杖击杀了最后一名死亡守卫，随后没有其他敌人再出现了。

"你感觉到了吗？"马克西姆典记长问。"你感觉到这个地方的力量了吗？"

菲利克斯气喘吁吁。一大堆无意义的数据从他视网膜上的显示屏滚下。这位曙神星战团的灵能者把权杖的顶端顶在菲利克斯胸膛正中，晶体矩阵沿着杖身散发着光芒。菲利克斯的头脑清醒了下来。

"不要被亚空间的力量征服了。"马克西姆说。"亚空间在发挥作用，这个地方和亚空间之间的屏障正在变薄了。"

"我没什么不对劲，只是憎恨这些东西。"菲利克斯说。他用动力剑指向倒地的瘟疫战士。"我已经和混沌战斗过很多次了。"当他在说这些话的时候，自己咄咄逼人的语气令菲利克斯不由渐渐警惕起来。

"那么你就很危险了。亚空间的影响是不可预测的。别以为诱惑你的东西会跟你的敌人一样可见。它会尽一切可能利用你的思想去对付你，它会将你的责任感转变为恶意。诱惑你杀死敌人收割更多的生命，然后拥有更强的肉体去承受痛苦，这会使你只能再次杀戮，直到永远。你是一个战士，因此黑暗诸神会利用你的好战、你的忠诚和你的荣誉感来对付你，无论你不幸遇到了混沌四神中的哪个力量。"

马克西姆举起权杖，让权杖的底部重重地砸在他脚下凌乱不堪的腐化植物上。随着他的碰触，植物们就退缩了回去，露出下面肮脏的石板路。"你们这些极限建军时加入的成员确实是强大的战士，但你们依然还有很多东西要学。仅仅十来年的战争经验，要对付我们必须面对的敌人，还不够充足。"

菲利克斯重新站直身体，吞了口唾沫。他用颤抖的拇指按下开关，增强了自己的剑上分解力场的输出功率，蒸发了叛徒残留的血迹。

"那么我们的情报是正确的。"他说。"这就是那个地方。之前我从来没有遇到过这样的情况。"

马克西姆简短地点点头。"这件装置的力量令人吃惊。我们必须消灭它。现在。"

菲利克斯摇头驱走了自己对战斗的渴望。他从未迷失自我到这个地步。他正要道歉，但马克西姆先开口了。

"小心。"他说着，大步向前走去。典记长走到哪里，恶臭的迷雾就畏缩退去。

菲利克斯顺着连接空中花园和叹息尖塔主体之间的走廊望下去。这条走廊本也有一个透明的屋顶，但已被污泥弄脏，看起来就像一条隧道般黑暗。他用盔甲内置的短程占卜器向前方探索，试图在昏暗中寻找敌人，但却没有收获。

他与药剂师安登进行通信。"有多少伤亡？"

"十二人受伤。三人重伤，其他人可以继续战斗。没有死者。"很有效率的答复。

菲利克斯转向整个连队的频道放送命令。"组成队形。"他对突击部队命令。"我们继续前往 α 任务点。"

他们急于把摇摇欲坠的空中花园抛在身后，大踏步走入叹息尖塔，进入了宫殿。同样的荒废景象在里面等待着他们。风呼啸而至，尖塔就像一个巨大的烟囱，向上喷出雾气。当迷雾渐渐散去，叹息尖塔本身的宏伟精巧就展现了出来。有人可能会认为这座建筑过于傲慢：塔尖伫立在三百米的高空中；塔身的外墙由奢侈的拱门组成；每一个拱门都堆叠在另一个拱门的拱顶上；拱门的开口处装上了钢化玻璃窗或者用其他更有异域风情的半透明物质做成的窗户；在窗内是精巧的灯光雕塑，当窗户被特定角度的阳光照射时，就能投影出逼真的全息影像。

但这些功能都不能再运作了。大多数玻璃窗都破碎了或者弯曲变形了，将嵌入其中的图像的残片以恐怖的方式投射出来。残破的人脸会没有任何预警地从黑暗中浮现，尽管身经百战而且具备无所畏惧的心智，原铸星际战士们依然向这些突然出现的幻象开了好几次枪。

"散开，"菲利克斯说，"本层，上层，下层。"他发出的每个命令都很简短，直指重点。长篇大论很没效率，他不会这么做。如果菲利克斯的命令过于复杂，除了简单的语言之外，他还会补充发送数据。连队频道因为来回往复的数据传输而极为活跃。菲利克斯很快获得了整体的战术概况。

这里每隔三十米就有一条下行的步道。四条笔直的桥梁——这些桥因为第四十一个千年常见的哥特式装饰而显得十分笨重，连接着第一层、第四层、第七层和最上层之间的空间。在最高处的桥上有一座空心的尖塔，这尖塔有六面墙，六面上都有被精心设计过的可通风的百叶窗，在还未被玷污的时期，阿迪厄姆的高空气流吹过时，尖塔会响起来自天国的音乐。但如今建筑结构已被腐蚀出许多破烂的孔洞，现在这里响起的音乐变成了像是生病动物发出的可怜叫声。控制它们的电子装置全都损坏了，悬挂在空中，早已破烂不堪。

整个巢都的顶端都在对流层尖啸的风中振荡。在这个高度上，空气流动和巢都底部任何构造上的变化，都会令这个地方开始摇摆，随着塔尖的运动，带来令人痛苦的颠簸感。强劲的风中传来垂死机械的尖叫声和恼人的金属摩擦声。地板给人的感觉也是不真实的，每一次强风刮过都会让地板产生剧烈的颤抖。

菲利克斯通过头盔上的图像放大器小心观察着，他的部下跑去检查通往尖塔外侧炮塔的门。星际战士们在坡道的顶部和底部熟练地展开，用等离子焚化器和爆矢步枪覆盖了所有的射击角度。菲利克斯有时也羡慕旧式星际战士小队提供的战术灵活性，渴望他们装备的重型武器。但单武装小队简化了战术选择，也提高了战斗反应能力；地狱轰击者装备的等离子焚化器就是一个很好的折中方案。

"没有敌人出现的迹象，连长。"第三仲裁者小队的士官特维安说。

中间的那座桥是他们进入叹息尖塔顶端的必经之路，他们的情报显示敌人的装置就在那里。一座巨大的拱门——比塔身上所有的拱门都要巨大，构成了通往叹息尖塔顶端的隧道的一端。这里曾是权力的象征，如今它的夸张已经变得极具讽刺意味。它的拱面上冰冷地悬挂着失效的幻影艺术的碎片。大门就像是蜥蜴张开的巨嘴般冷冰冰地等待着他们。

菲利克斯瞥了一眼典记长和更高大的编修员。格伦狄厄姆编修员准确地看出了他的意图，开口说话。

"是这条路，连长，通向巢都总督的宴会厅。如果我们要完成任务，我们必须通过那里。"

菲利克斯尝试与他的突击连的另外两个下属群组联络，但除了嗡嗡的静电杂音以外没有得到任何答复。他切断了战略通信，对自己装甲的沉思者系统进行了设置，通信会在与指挥其他人的中队长们取得联系时自动激活。

"过桥。"菲利克他命令。"特维安小队和赫利克斯小队掩护。弗拉维安地狱轰击者小队跟在侵略者们后面。开始行动。"

菲利克斯走到前方。他很乐意在他的部队前方战斗，但阿斯塔特圣典的条例上说，把军官放在一个前进队伍的最前方并非最优选择，会导致指挥干部被很快消灭。他加入了弗拉维安小队。侵略者小队在他们前方组成了一道牢不可破的盾牌。

桥的另一端的低矮护墙上空空如也。阳光透过破碎的玻璃窗射了进来，显示出尖塔内部的腐化程度。

混沌的腐化方式千奇百怪，甚至在每个自称为神灵的堕落存在的有限影响范围内，也有着令人难以置信的多样腐化方式。空中花园在疯狂生长后成了一场腐化生命的暴动，尖塔内部却没有任何活着的东西；取而代之的是，此处的腐化表现在遍布墙壁的建材氧化的痕迹上。有的地方呈现出狂暴的橙色，有的是深绿色和充满生气的海绿色——金属看起来就像带着鲜艳颜色的腐肉。

"连长兄弟，发现有目标正在向我们的位置移动中。"

就在赫拉克斯向菲利克斯发起通信的同时，菲利克斯自己也看到了屏幕上的标识符号。

"是轻型飞行器，从下方接近。前进队伍加快速度。其余的人，掩护我们前进。"菲利克斯命令。

侵略者突然开始奔跑，桥梁立刻震了起来。仲裁者小队将爆矢步枪从单发射击转为快速爆发模式。这种模式会消耗大量的弹药，但在快速移动、无法瞄准射击的情况下，还能保持一定的命中率。

前进队伍迅速移动到桥的另一头，转过身来，沿着尖塔斜坡的护墙占据了位置，就像任何一台机械修会的机器一样精确。

尖塔的通风井里，突然传来引擎刺耳的轰鸣声——是缺乏润滑油的喷气涡轮机发出的生硬摩擦响声。菲利克斯冒险向下看了一眼。许多架有三个引擎的重型机蜂正从通风井中快速爬升。

"小心！"马克西姆典记长叫了出来。"这是些恶魔引擎！我能闻到它们灵魂的味道。"

"摧毁它们。"菲利克斯说。

爆矢弹和等离子流从各个角度穿过通风井，打歪了刚要越过护墙的领头的机蜂。它的装甲黏乎乎的开裂，材质更像是生物的甲壳。机蜂的一个引擎爆炸了，它旋转着向下跌去。

"从上面来了更多机蜂！"第二地狱轰击者小队的布鲁坦士官发来通信。

菲利克斯台头望去，看见更多的恶魔引擎从天而降。

这座尖塔的声学设计，使塔内的所有噪声都被大规模增幅。爆矢弹的爆炸声听起来就像重型迫击炮的轰击。等离子流的爆炸，也如同热带风暴一般。

下方的机蜂的射击位置很差。从它们的攻击角度上，原铸星际战士们被斜坡和步道的墙壁挡住了。大量黏稠的黄色液体被射到这座建筑物的墙面上，侵蚀着金属，产生了肉质的疖子，还在撞击处周围流出了血液，违反一切自然规则。

然而，对于那些从上方降下的恶魔引擎而言，情况正好相反。它们从炮口中喷出来的感染物质，冲刷着星际战士们。战士们的装甲上冒出了气泡，不断有人倒下痛苦哭号，那些液体透过装甲的软密封处进入了下方的血肉。

两名智库一起工作，消除巫术，把恶魔引擎逐回亚空间。三架机蜂就这样坠落下去，另外两架则被原铸星际战士的集火打下，随后突击部队的注意力转移到别处。

"连长，下方斜坡有多个目标正在接近，"赫拉克斯在战场的爆炸和轰鸣声中叫喊。"是某种步兵，数量恐怕上千了。"菲利克斯重新设置了他的装甲的自动感知系统以监听声音。同时，他用护手上的风暴爆矢枪开火，把一架在面前盘旋的肿胀的机蜂打得千疮百孔。机蜂被他的攻击击飞，坑坑洼洼的金属血肉表面流出了稀薄的液体，很快坠落到了他的视野之外。

菲利克斯的自动感应器显示扫描已经完成。他旋转三维地图，下方走道上挤满了实心红点，这是代表敌人的记号。

"更多的从后面过来了。"弗拉维安发来通信。

菲利克斯越过拱门望向下一座尖塔。大量运动的热源首先在自动感应器上被标记出来，随后在他视野中出现。

阿迪厄姆的高贵死者们正在向战场前进。

他们蹒跚前行，穿着破烂的华服。他们并非依靠肢体行走，那些四肢不应该，也不可能起作用。他们咧开大笑，但眼睛里却透出绝望的无助。

"瘟疫行者们。"他啐了一口。

"更糟，"马克西姆说，"在帝皇的光辉下，他们的灵魂被困在尸体中。痛苦……"

"我们将让他们脱离苦海。"菲利克斯不得不高声叫喊以便他人能听见。"侵略者们，转过身，采用献祭方案，把它们烧回去。全小队，固守阵地。我们伺机突围。"

一架机蜂在菲利克斯身后爆炸，发出轰隆的响声，黏着肉沫的金属碎片洒遍了步道。机蜂里面的某种东西在它被击毁时发出了有别人类的痛苦尖叫，这尖叫声里又带着一些解脱的意味。

侵略者们蹚入死者们中间，瘟疫行者们虚弱的手和临时的武器对重力级装甲毫无用处。它们想撕咬星际战士们的肢体，却在装甲上磕坏了腐烂的牙齿。侵略者们开始用化学火焰焚烧瘟疫行者。死者们被点着了，但还在战斗。

还有四架机蜂残存。格伦狄厄姆用噼啪作响的灵能闪电刺穿了一架，另一架被两个地狱轰击者小队击中，化作一个能量光球燃烧殆尽。

仲裁者们占领了桥。从下方过来的死者们虽然移动缓慢，但数量太多，菲利克斯的队伍无法占到上风。

"射击阵型！排成三排！"菲利克斯说。"我们必须清出一条通往宫殿尖塔的路！"

三个都已经损失了一两名成员的仲裁者小队，排成三排。第一排向下卧倒，第二排在他们后方跪下，第三排站着。

"侵略者们，回来！"菲利克斯命令。"仲裁者们，准备开火。把武器设置为全自动射击。让这些可怜虫从它们的痛苦中解脱，为我们开辟出离开的道路。"

侵略者们迈着缓慢的大步优雅地闪到一旁。障碍一离开，燃烧的死者们就涌上向前来，死者洁白的牙齿在发黑的肉体中闪闪发光。

"开火！"菲利克斯大吼。

十二支爆矢步枪同时开火，射出了一排又一排爆矢弹，立刻在死者群中凿出了一条深深的通道。菲利克斯加入队列，和部下们一起射击。

死者纷纷倒下，尸体铺成了厚厚的地毯，有不少还在燃烧和抽搐。

"地狱轰击者，开火！"菲利克斯命令。

除了组成后卫的小队，所有的星际战士现在都站了起来，向死者群射击。行走的尸体要么被爆矢弹炸烂，要么被等离子击中化作蒸汽。

"前进！"菲利克斯大喊，他的护手上的风暴爆矢枪还在继续咆哮。

菲利克斯带着手下们迎上了这些被诅咒的死者。他的靴子踩碎了一具尸体，差点被破裂肋骨卡住。他启动了动力剑，就像拿着砍刀一样砍倒了敌人，杀死它们不需要多少技巧。上百只死者被菲利克斯和他的手下们击倒。但无论他们杀死了多少，死者们仍然源源不断的像潮汐一样一波波涌来。

队伍一米又一米地强行前进。菲利克斯举起剑正要击打一名骷髅脸的战士，但一个发现让他及时收住了这一击。

那个骷髅是一名原铸掠夺者的头盔。

"停火！"他下令。

最后一排死者也倒下了，它们的灵魂得以解脱。菲利克斯把火花四溅的动力剑从尸体的胸膛向外拔出。

"拉谢斯士官，很高兴遇见你。"菲利克斯说。"你能发送通信吗？我们的通信装置在超出直连范围后就不起作用了。"

掠夺者的首领给自己的爆矢手枪重新装弹。"敌人干扰了我们在这个战区的通信。阿斯蒂厄姆中队长命令我找到你们。我们听到了你们的枪响，所以从宫殿尖塔的顶端杀了下来。"

掠夺者小队装备了带有分解力场的超大尺寸战斗小刀，以及重型爆矢手枪。他们的头盔是死者颅骨的样子，他们装甲的左肩被加大了，在肉搏战中可以提供更好的防护。这种装甲出奇地安静，适于潜入工作。掠夺者是渗透和近距离战斗的专家。

"你有托拜厄斯中队长的位置吗？"

"这边，连长兄弟。"拉谢斯士官说。"他们在一起，正在任务目标附近受到攻击。那个装置就在宴会大厅外的礼拜堂内，敌人正在拼死保护它。"

"敌人厌恶把帝皇当做神的观念。"马克西姆说。"亵渎他的神圣场所可以获得力量。"

"帝皇不是神，我们的教条也是这么说的。"菲利克斯说。他知道基里曼亲口表达这一事实时的强烈情感。

"帝皇是或不是神并不重要——带来力量的是行为，而不是事实。瘟疫行者们不可能是'真实'的。明明不可能的，然而却存在着。"马克西姆说。"那就是混沌的力量。"

"说到这里，还有上千只或者更多的死者在我们后面过来，"菲利克斯说。"我们必须快点，确认目标，评估其威胁等级并将其摧毁。"

宫殿尖塔比叹息尖塔要更宽广。如果说叹息尖塔是艺术和财富的象征，宫殿尖塔则是权力的象征。塔内是由楼梯和升降台组成的迷宫。升降机可以直接下到地下几万层直至巢都的最深处，但它们的轿厢早已不见踪影。在外层房间和通道后面，是宫殿的主体。这里由一系列巨大的厅堂组合而成，设计时明确考虑到了对权力的展示。极限战士直接统治阿迪厄姆，但行星总督的公署在他们的监护下依然是神圣不可侵犯的。这里有许多对历史上担任过总督的人的画像和他们的纹章，同样也有许多关于极限战士们类似的展示。

出生在阿迪厄姆的极限战士们的雕像排列在长长的步道上，菲利克斯想起查士丁尼就来自这个世界，但原铸星际战士是被秘密创造的，所以这里并没有为他树立纪念像。高耸的弧形屋顶上由闪耀着金属光泽的镶嵌画，描绘着古代英雄们的事迹。这座荒废的宫殿沉寂已久，镶嵌画中人物闪闪发亮的眼睛，似乎让他们拥有了带着邪恶的虚假生命。尽管如此，宫殿尖塔中的腐化并不像在叹息尖塔里一样普遍，仿佛这宫殿中的雕像和虔诚的形像阻碍了腐化进一步发生。

只有回音和呜呜的风声在此地回响。宫殿内部可以看到早已变黑的残留血迹，以及战斗对尖塔造成的损害，但这里没有尸体。所有的死者正忙于为服务于纳垢。

战斗的隆隆声打破了阴森的气氛，菲利克斯正在减员的部队加快了步伐。他已经失去了七名星际战士，另外有十几个人受伤了。药剂师的沉默令人生畏，这表明阵亡者的基因种子已经被污染到无法回收的程度。

"这边。"拉谢斯士官说。

他带着突击部队穿过一连串的走廊，这是住在这座宫殿里的总督们从未走过的简陋小路。拉谢斯引着他们向上走去。队伍来到一个可以俯瞰宫殿的巨大宴会厅的宽阔夹层中，楼梯上传来了火箭发射的声音。一个死亡守卫的重武器小队，正肆无忌惮地对宴会厅里混战的人群射击。拉谢斯举起一只手指指向他面罩上的骷髅嘴。他和他的手下向前潜行，从背后攻击那些异端阿斯塔特。两名异端在他们反应过来之前就被动力刃刺杀。菲利克斯和他的队伍则射倒了最麻烦的人物——一个在拳头上戴着杵爪的紫脸混沌冠军。它承受住了二十多发爆矢弹，之后才缓缓倒下。

处理完敌人，菲利克斯的部队占据了那个位置。

战斗仍在激烈进行着。菲利克斯迅速评估了状况：阿斯蒂厄姆中队长的战力已严重枯竭。托拜厄斯的小队们看起来是来晚了。死亡守卫们奋勇作战，他们的病毒精炼者正在放出令人窒息的毒雾和瘟疫孢子。值得庆幸的是，原铸星际战士们的第十代装甲可以抵御这些瘟疫的载体，但不停旋转的毒雾严重干扰着他们的瞄准系统。

"好位置。"菲利克斯说。

"果断的选择。"拉谢斯说。"我去重新加入他们。我的小队去下面比在上面更有用。"

菲利克斯点点头，祝他好运，然后命令他的战士们向前方悄悄前进，准备向下射击敌人。

在菲利克斯的指挥下，他的队伍向敌人进行猛烈的射击，释放出了强大的火力，将许多敌人在原地杀死——有几个敌人被击中好几十下之后方才倒下。敌人被迫把它们的火力在宴会厅和夹层上的新来者之间分散开来，死亡守卫们被压制住了。

"兄弟们！胜利与我们同在。"菲利克斯大喊，同时放大了他的通信信号以突破敌人的干扰。

阿斯蒂厄姆和托拜厄斯向他欢呼。死亡守卫陷入了交叉火力的夹击中，形势开始逆转。

但纳垢的人马还没被打垮。

突然钟声大作，搅起毒雾，不停地翻滚。

令人难以置信的是，低沉的钟声竟然可以震慑原铸星际战士。手中的爆矢步枪不停摇晃和倾斜。战士们诧异地看向自己的兄弟们。菲利克斯就像受到了惊吓一样感到畏惧。这个钟声带有的音符本身就是剧毒。

钟声中也带着承诺。"拥抱我的痛苦，"一个应和着钟声的歌声，传到了菲利克斯的大脑中，"就能结束所有未来的痛苦。"

穿过下方的混乱的战场，一个极度肥胖的丧钟使者走来，一口青铜丧钟挂在他的动力背包伸出的一个漆黑弯角上。丧钟缓慢地摇着，钟舌不断地敲击着金属。又一阵悲伤的钟声从战场上方滚滚滚而过,令死亡守卫们精神一振，也让星际战士变得虚弱。

菲利克斯因为手突然变得无力而无法瞄准，他感到一阵眩晕，从夹层边缘向后退去。阴暗的想法填满了他的头脑，将他从战斗中剥离。他被自己死

瘟疫领主

亡的景象折磨，强有力的原铸躯体受到疾病和岁月影响，成了一个颤抖着的衰弱身影。世界突然又坠落了下去，菲利克斯发现自己在一个全是灰色的地方因为病痛饱受折磨。他的装甲被腐蚀失去了作用，死亡的阴影重重地压在他迅速衰竭的身躯上；他的武器在手中断裂，被氧化的引爆油和枯竭的能量电池产生了剧烈的化学反应，气味灼烧着他的鼻孔。

菲利克斯感觉到背上的反应堆里有还一丝热气，但也在消退之中。他试着站起来，但他做不到。

他因为年迈而在无人照顾下的情况下等死，不像基里曼那样会有英雄赶来复活他。等待着菲利克斯的只有亚空间的邪恶呼啸。

钟声再度敲响。

"这是苦难的解脱。"丧钟歌唱道。"痛苦中会有喜悦。向纳垢父亲效忠，永远不用再害怕命中注定的死亡。变成永恒，变成生命的载体。加入那场永不停歇的舞会，尽情享受吧。"

一道光穿透了菲利克斯所处的阴暗世界。菲利克斯抬起了低垂的脑袋，他看见马克西姆典记长的发光的形体大步穿过这片灰色，他的蓝色装甲像蓝宝石一样纯净，带有曙神星战团标记的绿色肩垫就像原始森林的树叶般明亮。

"站稳！不要去听！那只是亚空间的一种毒害！"马克西姆大吼。他说话时的声音很紧张。他防护头罩的水晶轨道放出猛烈的反射光辉。丧钟再次敲响。马克西姆的形象闪烁不定。他走近菲利克斯。

"连长！你必须干掉那名丧钟使者，否则我们就会失败。"

菲利克斯伸出一只颤抖着的手，最后一块生锈的装甲碎片从他手指上掉下。马克西姆抓紧了他的胳膊，突然他又全副武装，年轻，充满了帝皇赐予的力量。灰色的世界就像是由尘埃一样崩塌碎裂。菲利克斯再度回到了宴会大厅。

"快去，现在！"马克西姆说。"我会加护你。"

钟声响起。菲利克斯闷哼了一声接下了这次灵能攻击。

当原铸星际战士们在钟声的影响下纷纷陷入眩晕时，死亡守卫再次发起了进攻，随着他们的增援部队正从其他入口集结进入。菲利克斯必须立刻行动。

菲利克斯高举动力剑，越过栏杆的边缘，落在敌军中心。他调整好姿势，冲过一名死亡守卫，趁马克西姆的灵能保护还未耗尽，孤注一掷地想要杀死那名敲钟人。敌人向他扑来，但菲利克斯将他们打倒在地，他挥舞护手猛击打碎了一个瘟疫战士的胸膛，用他的动力剑逆向斩切开了第二个的肚子。

心脏，第二心脏，头部——这对抗其他阿斯塔特修士的战斗要诀，在和坚韧的死亡守卫战斗时尤其重要。

尽管敌人很经打，菲利克斯还是快速地砍倒了他们，并控制自己的动作幅度不要过大，以免暴露要害。他的风暴爆矢枪进行了一阵短促的急射，打碎了一个在装甲关节处伸展出触须的肿胀巨人的头颅。叛徒跪倒在地，那些附加的肢体抽搐着无力地下垂。

离丧钟使者只剩一米了。菲利克斯比叛徒的个头更高，但在重量上远远不如；丧钟使者是一个恐怖的存在，身体因为非自然的瘟疫和堕落的力量影响而剧烈膨胀。破裂的装甲只能勉强容纳他的巨躯。他的背部长出许多带病的角，其中最大的一根角上就挂着那口丧钟，还有许多其他角就像一片角质灌木丛般聚集在一起。一件肮脏的无袖短袍披在装甲外面，被它腰间的香炉涌出的烟雾熏黄。

菲利克斯跳上那个长触手的死亡守卫的尸体，把他的背包当做跳板，一跃而起，扑向敌人。敲钟人用等离子手枪开了一枪，一个球形的大光团呼啸着掠过连长的耳边。菲利克斯又一次用爆矢风暴枪开火，射击敲响了丧钟，随后他举起动力剑用力地向下斩去。剑刃深深切入了叛徒厚重的装甲，带出一股黑血。叛徒的身躯里传出了响亮的咕噜声，但一阵钟声盖过了这个声音。

丧钟使者踉跄后退，这个动作使得他背后的大钟再度摇晃。声波重击了菲利克斯，洞穿了马克西姆的灵能防护。菲利克斯的听觉阻尼器爆裂了。电子元件烧焦的气味充满了他的面具，他的耳朵在流血。

丧钟使者手中还拿着另一口小钟，他朝着菲利克斯的头部使劲摇晃起小钟。菲利克斯迅速恢复姿势，在典记长的灵能力量协助下，从脑海中清除了钟声的影响。菲利克斯再次挥舞动力剑，将敲钟人的手从身体上斩断。等离子手枪掉到地上。浓稠如同沥青的血缓慢流出，在叛徒的残肢上凝固。菲利克斯举起剑，用尽全力刺入叛徒的胸膛。随着光点划过叛徒胸甲板的曲面，叛徒的装甲裂开了，叛徒的无袖短袍被分解力场点燃。动力剑从丧钟使者的腋窝下插入，穿透了装甲直达身体内部腐烂的血肉。菲利克斯将自己全身的重量都压在剑上，推着剑贯穿了敌人。金属摩擦发出持续的尖叫声。随后，动力剑的分解力场启动了，发出一阵砰砰声。恶臭的烟雾从叛徒的伤口飘了出来。

叛徒咆哮起来，再次摇晃手里的小钟。菲利克斯松开剑，用护手猛地一拳轰在叛徒的头盔上。丧钟使者倒下了，菲利克斯拔出剑一挥，割断了挂着大钟的角。大钟带着一阵轻微的叮当声落地，陷入了沉寂。

瞬间，钟声的效果消失了。原铸星际战士们恢复了他们的神智，重新进攻。几十名死亡守卫倒下了，而极限战士们也付出了高昂的代价。

"向前！"菲利克斯叫喊。"向前！去教堂！"

挥舞着剑刃和护手，菲利克斯奋勇冲向教堂的大门。看到首领遥遥领先，原铸星际战士们咆哮着奋力跟上。当射程太近，无法有效开火时，他们就用枪托和战斗刀猛击敌人。

砍下了一个挥舞着动力拳的瘟疫冠军的脑袋后，菲利克斯率先抵达了教堂的大门。他举剑高喊：为了基里曼！为了奥特拉玛！为了帝皇！"

战斗很快就结束了。

在与两名智库进入教堂前，菲利克斯先设置了后卫部队。死者们依然还在移动。它们的行进很缓慢，但势不可当。

等安排好自己的手下，菲利克斯经过宴会大厅，来到了通往教堂的大门前。马克西姆严肃地推开了门，他们要一同面对着莫塔瑞恩的恶魔机械装置。

教堂中所有的陈设都被搬走了，留下了空荡荡的房间。墙面已经破裂，墙上的镶嵌画被撕下，壁画也被粉碎，只剩下石膏在脚下嘎吱作响。

被搬走的雕像的底座上，按精确的间隔距离，呈圆形排列着七个奇怪的蒸馏器。蒸馏器里有液体冒泡沸腾，喷出带病原体的冰冷烟雾。这七个蒸馏器环绕着一个用黄铜、玻璃和某种未知的邪恶材料构成的巨型烧瓶。巨型烧瓶的下半部分是一个巨大的半球，里面布满了旋转的黑色粒子，如果仔细观察，可以看出那是一群疯狂的苍蝇。蒸馏器产生的烟雾用潮湿的皮管通入这个巨型烧瓶，但这些烟雾是用来喂养还是杀死这些苍蝇则不得而知。

在巨型烧瓶中乱窜的大团苍蝇的上方，是一个由生锈的青铜和黄铜构成的复杂机械。在机械的这上半部分，安装了七个破裂的白色标度盘，每个标度盘的表面都被划分成七个区格。

以科技产物而言，这机器的外观很优雅但十分原始，像是来自一个用蒸汽和发条齿轮驱动机械的落后世界。机器的中心处是一个由异形制造的更复杂精密的流体线路网络，但在其中却是这台机器中最神秘最原始的物件。流体线路网络中封装着一个看起来像石头的闪光碎片。那个碎片的形态不太规则，看起来是自然形成的，至少不是刻意的创造出来的。但它的刀刃状的末端，和每隔一段长度就出现的结状部分，暗示着这是被残忍的利爪切断的一根怪物手指。在手指上的几处钻出的孔里，被粗鲁地塞进螺旋形的电线。在所有这一切的上方，复杂的齿轮网络驱动着三个黄铜球不停旋转，就像一个由几颗行星构成的星系的星系仪。

这个科技和巫术的结合体十分怪诞。在创造这台机械时，想必混合了从最先进的秘密技术到最低等的基础科技。如果不是这台机械散发着刺眼的绿光，以及伴随着这堕落光芒的明显可以感觉到的邪恶气氛，它会让人以为是某种舞台布景道具。

时钟以极快的频率滴答作响。蝇群的嗡嗡响声令星际战士们感到不安，但更让他们不安的是来自旋转球体的嗡嗡声。

"这是一个钟，一个可怕的时计，"马克西姆说，"一个亚空间物体。"

"你能看出它是怎么运作的吗？"菲利克斯问。

"应该是某种不洁的方式，这个装置会让时间本身生病。"格伦狄厄姆说。

"你也能感觉到吗，我的兄弟？"马克西姆问格伦狄厄姆。"它从这里伸展开去，在这个行星上投下阴影。"

"在我的感知中，它是一个有许多只手臂和带着邪恶预兆的污秽点，把触及的一切都拖入内部的黑暗中。"格伦狄厄姆回答。

"如此邪恶。"马克西姆说。"它的影响不仅仅局限于这个房间，甚至也不只局于阿迪厄姆。这影响遍及整个星区，将这些世界连接进一个邪恶的黑暗网络中。"马克西姆的手在空中追寻，指出某种菲利克斯看不见的东西。"正是它破坏了奥特拉玛的星域的稳定，允许亚空间渗透现实世界空间和时间，使死者重新站起，诱使忠诚者离开了正义的道路。"

"一台机器怎么可能做到这样的事情？"菲利克斯问。

"这并不是机器。"马克西姆说。"这并不只是我们的感觉。它虽然看起来像是一台机器。但除了混沌的奸计之外还夹杂着异种的恶意。或许是灵族。那些部分感觉很扭曲……"他停顿了一下，"就像那些部分功能产生了与预期目的完全相反的作用。但它主要还是亚空间的造物。这件装置无疑是出自堕落原体莫塔瑞恩之手。它有莫塔瑞恩作品的特征。"

"基里曼大人的情报是正确的。"菲利克斯说。"我们的战士们进入这个房间安全吗？"

"很安全。这件装置唯一的使命，只是影响凡人的思想和灵魂。我们的战士们应该可以免疫，只要他们能集中精神，不要像你刚才那样几乎迷失自我，连长。"

"那么我就叫他们进来，把这个东西拆毁。"菲利克斯说。"我们已经看够了。死者们还包围着宫殿尖塔。等这台机器化为碎片，我们立刻离开。"

第十九章

真菌深渊

坚韧号的那些早已去世的建造者，已经不可能再辨认出这艘战斗母舰的内部。从它的龙骨被铺设以来，已经过去了一万年。但，时间——甚至是这么长的一个跨度的时间，并非导致它转变的原因。坚韧号被亚空间的力量蹂躏和重塑了，就好像把纳垢尊父的花园中的一小部分，挖掘出来植入了现实世界的肥沃土壤。

浓厚的剧毒蒸汽在坚韧号的通道中盘旋。这艘船的甲板越向上升高，毒气就变得越浓厚。在那腐烂的指挥尖塔的最顶端，只有无法呼吸的毒气，在几秒内就能够杀死一个凡人。这艘船的那些陷入恐惧的凡人成员们，被迫待在下层甲板。在那里，毒气被限制在最高大厅的天花板上，蜿蜒盘旋在腐蚀的管道中，空气接近可普通人类可以呼吸的程度。即便如此凡人的生活依然很糟糕，他们的寿命大大缩短，他们的肺部从在船上第一次呼吸的时候起就开始腐烂。

但对恶魔原体莫塔瑞恩而言，毒气令他觉得清爽、舒适。他昂首阔步穿过毒气的波涛。他的长袍把毒气带起化成一团龙卷风，风中三片裂叶状的纳垢印记和咧嘴笑的骷髅头图案一闪而逝。坚韧号上有些地方像赤道附近的沼泽般闷热，但在莫塔瑞恩居住的高层就像山顶般寒冷。这里的毒气浓稠得就像液体一样，在恶魔原体的衣服、铠甲和皮肤上凝结成水珠。坚韧号上的恶魔一族，不受有毒空气的影响，可以代替那些不幸的凡人担任船员。暂且不论毒气的浓度，这艘船高处的机械也需要与特定的恶魔保持接触。仅靠凡人是无法确保它顺利运行的。

缠绕着的，像有机体一样的管道取代了金属管；绷紧的神经代替了电线；腐烂中的大脑介质出现在线路连接的地方；被捕获的、关在上锁的罐中的恶魔取代了沉思者的工作。一层厚厚的不断脉动的菌斑覆盖了墙壁和地面，让脚下的地板变得十分柔软。在还没有被血肉侵占的地方，古代帝国生产的钢铁已被腐蚀殆尽；变黑的塑料外皮从电线上剥落；到处都是衰败的景象。

坚韧号上有大片腐败变黑的血肉，瘟疫使这些地方不断地腐烂，然后又快速再生。许多青灰色囊肿在墙壁上搏动，从囊肿破裂之处不断滴下了油污。有一些房间里的血肉组织已经完全坏死。在那里，蛆虫像雨点一样掉落，蝇群阻塞了系统的运作；整个甲板都被恶臭的丛林覆盖。其他地方也沾满了脓液，非自然的生态系统已经屈服于致命的瘟疫。

这是一种充满活力的腐化。这艘船还在运转着。坚韧号依然像过去那样在太空中穿梭。当它的古代引擎组将它猛地带到马库拉格星系时，船体在颤抖着。坚韧号还像它刚制造出来时一样在空间航行着，但任何一个神智正常的人绝对不会认为这还是一艘普通的星舰。

莫塔瑞恩的私人区域不同于船上其他地方，没有混乱的机械和嘈杂的声音。他走到一座爬满了不停颤动的静脉状的常春藤的门前，挥了一下自己那苍白的手。门向他打开了，呛人的毒雾被吸入门内，跳起一场旋转着的舞蹈。

门内的大厅里，除了寒冷、赤裸的金属之外别无他物。

建造坚韧号的古代技师应该能辨认出这个大厅。大厅生锈了，被腐蚀性迷雾中的酸质灼伤，布满了锈点，但这里并没有船上其他地方的血肉活力。

莫塔瑞恩出现在一座尖塔前。大厅曾经的地板已经被完全拆除，形成了一个单一的挑高空间。刚改造完成的时候，这里曾经炫耀性地装饰着石像鬼；大厅边缘在拆除地板后留出了步道，步道边上也有异常精致的栏杆。但那是很久前的事了。雕像现在成了小铁块，栏杆也被侵蚀成纸一般薄的蚀刻。毒雾在塔的顶端聚集，在那里形成了可以降雨的厚厚云层。一阵弱酸性的小雨从高处落下。地面被部分溶解，形成了一个又一个凹陷的水洼。

随着塔的内部装饰逐渐消失，逐渐显现出一艘荣光女王级战舰的真实规模。尽管这里只是这艘船的一小部分区域，但仅仅这座塔就有一百米宽，三百米高。莫塔瑞恩举起双手，向上抬起脸庞，闭上黄色的眼睛，让雨落在脸上。酸雨沿着嵌入血肉中的呼吸面具，从莫塔瑞恩的脸上划过。

莫塔瑞恩咯咯笑了起来，抖开了很像巨大苍蝇翅膀的双翼。在两次尝试性的拍动之后，莫塔瑞恩的翅膀开始快速抖动，逐渐变得模糊起来，最后他平稳地从地面上升起。

莫塔瑞恩的翅膀发出了如同一百把链锯剑旋转的巨响,但他的飞行很稳定,长袍在身后拖曳,有液体从他的长袍上滴落——这是他在船上行走时沾上的。

莫塔瑞恩升到了塔顶,那里有一根从一面墙上延伸出来的柱子。毒雾已将柱子严重腐蚀,当他降落时整根柱子震了一下。莫塔瑞恩把翅膀收回长袍内。当他走过时,柱子摇晃起来发出嘎吱声,向地面洒下一阵铁锈之雨。但这根柱子依然稳稳承载着他,直到他走到了柱子尽头的门前。莫塔瑞恩又挥了一次手,门发出刺耳的摩擦声退入墙里。他走上一组锻铁楼梯,沿着旋转向上的楼梯进入尖塔的内部。在坚韧号的船体上已有许多孔洞,透过孔洞可以看见持续船体外燃烧的恒星发出的光芒。但毒雾没有受到影响,空气没有受到影响,莫塔瑞恩也没有受到影响。这个阴冷寂静的地方,本该因为内外压力差而有风从孔洞向船外吹出。但坚韧号早已不被现实世界的物理法则束缚。

最后的一扇门开启了,通往塔中剩下的最后一个房间。这个房间在很久以前是尖塔的观星穹顶。现在,这里是莫塔瑞恩的钟表间,他的隐居处,他的庇护所。在他被迫离开后方的瘟疫星球上舒适的家园时,这是一个临时的家。

他从未想过要离开恐惧之眼。但这次旅程却出乎意料地令他觉得有趣。再次出航的感觉不错。

钢化玻璃穹顶依然覆盖着塔的顶部,虽然花瓣形的玻璃窗格已经多处破裂,甚至其中一面玻璃已经完全不见了。但这不影响毒气,也不影响温度。穹顶保持着高山的寒意,却不是真空中那种可以杀人的冰冷:虽然不算舒适,但并不致命。

如果有人盘点这个钟表间不属于现实世界的特征,会在房间内留意到四件物品。第一件是庞大的时钟阵列。它们悬挂在玻璃穹顶下方所有墙壁的每个部分。这些挂钟嘀嗒作响,整齐地排列在地板上方。小型车厢钟和巨大的镀金大钟也占据了玻璃穹顶下的几十张桌子。它们的嘀嗒声在大厅里高声回荡。这些时钟并不是同步运行的,它们的运转代表着多重现实的时间。每秒都会有一声新的钟鸣加入,每隔几分钟就会有许多钟鸣同时响起,这里钟声就像一首震耳欲聋的又极不协调的鸣奏曲。

那座巨大的镀金大钟是第二件值得注意的物品。它占据了房间的中央部分，有恶魔原体的两倍高度。镀金大钟有三个面、三条腿，代表纳垢的三元象征。钟腿的形象并不明确的属于任何一种的野兽——无论是不是幻想中的，但它被制成屈膝蹲着的样子，给人以即将要出击的印象。大钟的面有一米宽，每个面上有七个小时刻度和三个指针，指针的箭头被做成苍蝇的形状。时间已经快要到钟上的午夜了。一个拴在链条上的巨大镰刀被用作大钟的钟摆。它嗖嗖掠过钟下的空间。每当镰刀的刀刃切入这件造物的材质内部时，现实空间就会发出一声叹息，每一下嘀嗒声都表示某种美好事物的死亡。

第三件物品在这座大钟里面。在大钟的顶部是一个硕大的钟罩，上面覆盖着神秘的符号。钟罩的下半部分延伸到大钟三个面中间的空间里；钟罩的上半部分在大穹顶的上方形成了一个小圆顶，里面有一个貌似囚犯的东西。它的存在解释了为什么金属管会被连接到这个钟罩的玻璃阀门上。管道允许特定的毒物进入，但并不致命。显然，这个钟罩用来折磨某些东西的器具。

钟罩内的生物已经不再存活，但它还能被折磨。放电光球拖着尾带在钟罩里移动。当莫塔瑞恩进入房间时，那些光球们立刻聚在一起，变成了一张可怕的异形脸庞。甚至在死亡后，这个灵魂的灵能力量也足以让他只用目光就停止一个凡人的心跳，然后举起自己的尸体为这个灵魂服务。但对莫塔瑞恩而言，这个灵魂表达出的杀意和蔑视却是一种抚慰。

"早安，父亲。"他说。原体的嗓音如同幽魂，发出一声低沉的叹息。

一千年来，莫塔瑞恩一直用吠叫的野兽群穿过亚空间追捕着他养父的灵魂。越过疯狂的景象，穿过梦中王国，追捕始终都在继续。那些年里，莫塔瑞恩完全不再关注凡世，他一心要向那个收养他、利用他、没能被他杀死却被帝皇宰了的异种生物，进行最后的复仇。囚禁异形养父的灵魂，给莫塔瑞恩带来了些许帝皇拒绝给予的内心安宁。

追捕养父也已是很久前的事了，莫塔瑞恩对囚徒的新鲜感已经消失了。死亡之主毫不理会养父的怒视，走向大钟的钟摆。他抓住了位于镰刀钟摆顶端的把手，然后把镰刀从链子上解了下来。没有了镰刀做钟摆，大钟还在继续嘀嗒作响，无视真实世界的机械原理。

莫塔瑞恩把镰刀在手里掂了掂。"沉寂之刃。"他叫出了武器的名字。他摩挲着镰刀的上半部分。他干枯的手掌在钢铁上发出刺耳的声音。不像坚韧号上大多数其他东西，这把镰刀并未腐化，锋利得像是一个垂死女人的诅咒。

第四即最后一件房间内值得注意的物品，对凡人的视觉而言是不可见的。它必须被召唤出来。莫塔瑞恩站在大钟正中央的下方，伸出他的右手，打开手掌，然后闭上了眼睛。

"我召唤你，伟大父亲的忠诚仆人。和我交流，以七重道路的名义。"

房间里的毒气在时钟中心正下方的位置变浓了。莫塔瑞恩退后一步，把手放在沉寂之刃的顶端，开始等待；他的长袍在散发着恶臭的风中摆动。迷雾旋转得越来越快，直到它形成了一个散发着黑色光芒的小旋涡。然后旋涡变大了，呈现出一个高大的蘑菇形象。这个形象一开始是虚无缥缈的，但随着时间的流逝开始实体化。当完全变为实体后，蘑菇的生长不自然地加快了，它圆形的顶部向上朝时钟的基座延伸。莫塔瑞恩的养父畏缩地注视着蘑菇从他的监牢底部靠近。蘑菇蠕动着进入大钟，沿着大钟基座的玻璃蜿蜒生长，将毒液涂抹在玻璃上。漆黑的菌丝从蘑菇肥大的菌托散出，遍及地面。它们像丝线一样贯穿过地面，细若游丝，迅捷如蛇。然后菌丝向上升起，把这个房间的所有时钟都卷进一个黏糊糊的纤维垫子里。在遇到莫塔瑞恩的时候，菌丝淹没到了他的腰部。恶魔原体再次闭上眼睛，带着狂喜与憎恨两种矛盾的情绪，身躯在菌丝的触碰下不颤抖。

莫塔瑞恩从未掩饰他对亚空间造物的厌恶。

风停了。被根茎紧紧拖住的苍白而狭窄的蘑菇盖剧烈地搏动着。潮湿发霉的味道在雾中弥漫。突然，所有的时钟同时敲响，狂暴的钟鸣搅动了毒气，随后它们都停了下来。

"莫塔瑞恩。"一个声音说。

恶魔原体睁开了眼睛。他的双眼被蘑菇的菌丝刺穿，眼白上贯穿着黑色丝线的纹路，延伸到黄色的虹膜中。

在时钟下方出现了古加斯的图像：瘟疫之父，大不净者和纳垢的宠儿。图像不停地晃动着，就像是透过熔炉喷出的高热气流看到的一样。这有点类似帝国的全息投影技术，但这两种技术完全只是在表面相似。古加斯的头看起来就像是刚从身躯上砍下来的一样，仿佛真的在那层高热气流的后面被切断了，在图像边缘可以看到这个有机体的静脉和纹路，就像是一个解剖横截面。

"瘟疫之父。"莫塔瑞恩说。他低下了他瘦骨嶙峋的头颅。古加斯恭敬地回礼。它下颚下方的破皮和外露的下巴脂肪皱出了折痕。

"第三个人在哪里？你那任性的孩子在哪？"大魔说。

"我在这里，被真菌深渊召唤，来谈谈我们的交易。"一个乖戾的声音说。第二个图像具象化了，这是一个戴着头盔的瘟疫战士，一个角从他畸形的铁骑式终结者装甲的头块的额头部位突出。这个怪物感染了多重瘟疫的血肉、脂肪和骨头，和他的装甲产生了部分融合，时隐时现。骨化的管子从头颅后方升起，随着他开口说话，会发出来自地狱的嗡嗡声，而且随时有可能将说话声盖过。

泰丰斯表现得如此喧嚣，他说话时的轻蔑显而易见。

"基因之父。"他说。

"我的孩子。"莫塔瑞恩漠然地说。而他的儿子则语带挑衅。"我们聚在一起，三位冠军，第七条道路的追随者们，生与死的主宰。"

"还不是主宰。"古加斯伤心地摇了摇长角的巨大头颅。"只是卑微的助手们。"

"你获得救赎的时刻就要到了。"莫塔瑞恩说。"七重道路已经开启。这次入侵的第七场战役已经结出了即将腐烂的果实。罗保特·基里曼已经回到奥特拉玛。"

古加斯狡黠地露出喜悦的神色，几乎可以算微笑了一下。泰丰斯大笑起来。

"我的父亲大人，要是你认为这就能做一个了结的话，那你可真蠢。"第一连连长说。"我们本该趁他不在的时候终结他的王国。"

"泰丰斯，泰丰斯，"莫塔瑞恩说，"你活得太久，但学得太少。如果国王不死，毁灭一个王国有什么用？"

"一个没有王国的国王不再是国王，只是个流浪汉。他的痛苦品尝起来一定是可口的美餐。"泰丰斯说。"你在对抗他时会招致灾祸。这样运用黑暗之手令人费解，非常鲁莽。简单才是我们军团的格言——直接攻击，忍受痛苦，而不是这种狡猾。这不是伟大父亲的计划。"

"这是我的计划！"莫塔瑞恩说，他阴沉的声音明显提高了，非常刺耳。"这个计划的成功将会给伟大父亲带来荣誉。他信任我们的意志和主动性。我将会发挥我的能力，以取悦于他。"

"如果你能成功的话。"泰丰斯说。他轻蔑地看了看钟表间的四周。

"你总是被过去蒙蔽，大人。不论你去哪儿，都想要把那里改造成巴巴鲁斯。全心拥抱变化吧，拥抱混沌，放弃这些计划，让我们把奥特拉玛淹没在疫病里，继续前进。"

莫塔瑞恩猛地一甩双手，展开了翅膀。"我有变化，而且这就是给我的奖励！我被改造成可怕的形象。我变成了死亡本身！"

"你并不相信。不是真的相信。"泰丰斯说。"你没有为你的力量付出任何代价。伪帝创造了你，基因之父。纳垢把你当作自己得到的奖品——你是一个战利品，大人。没有我，你永远也找不到启蒙的道路。没有我，你将一无所有。你会死，你的灵魂会散落在亚空间里。我经历奋战得到了伟大父亲的注目。我凭着我自身的意志和努力成为了他的先驱。而你做了什么去获取他的欢心？"

"克制你的傲慢。"莫塔瑞恩说。

"如果不呢，大人？我拥有纳垢的荣宠。你不敢和我作对。你认为你掌控一切，你的新存在是独立于亚空间的，你是按自己的意愿行事。不、不，这是纳垢的意愿。你必须完全服从他，否则尊父将会好好给你上一课。你带你的兄弟来参加纳垢的舞会的这个计划，并不明智。如果我们必须攻击，现在就去攻击。我们应该汇合各自的舰队，在极限战士们聚集在马库拉格时，削弱基里曼的部队。不要给基里曼充足的时间去和自己的战士商议，或是让他有机会巩固自己的防御。"

"不要放肆地指点我该干什么。"莫塔瑞恩说。"你必须和我们一起干。"

"我乐意做什么就做什么。"泰丰斯说。"如果你把自己的最后那一部分存在交给生命之主，你就会明白了。你没有凌驾于我的权力。你还没有真正理解混沌的本质。如果你这么做了，那么你和我就可能和解。"

"你对古加斯也有同样的评价吗，第一连连长？"莫塔瑞恩冷若冰霜地说。"你敢用这种语气跟它说话吗？"

"它和你一样，有自身的缺陷。"泰丰斯说。"你怀旧，它伤感。"

古加斯悲哀地点头。"你说得对！我不配。太不配了。我忍不住这样想。"

"古加斯只关心如何能弥补它出生时导致的损失。"泰丰斯说。"它至少渴望通过自己的努力去敬奉纳垢，因此是可以谅解的。而你是为了自己的荣誉。你在这个愚蠢的差事加入了自己的私活。多给罗保特·基里曼一天的时间，他就会打败你。我们就将失去把奥特拉玛加入纳垢魔殿的高墙内的任何希望。"

"你会服从我的。你会追随我的计划。"莫塔瑞恩说。"当机会来临时，我需要你在艾斯潘多的那些传播瘟疫的生物。"

泰丰斯嗤之以鼻。"你不能像过去一样命令我。我得到了瘟疫之神的至高宠爱——在他眼中我如果没有更高的地位，至少也是和你同等的。想想是谁将死亡守卫交给了他？是我，不是你。你依然还没有理解混沌的真正本质。但我已经明了。我正在执行我们最初制定的计划，由伟大父亲赐福的是那个战略，而不是这个复仇的任务。你欺骗了我，莫塔瑞恩。你一直都只想和你的兄弟玩闹。这只会让尊父不悦。我会继续做我们最初商定的事。我不会参与这种愚蠢的行为。"

"如果你不去艾斯潘多，那你就会出现在帕梅尼奥。数字不会说谎，我的儿子。这是可以推算的。伟大的纳垢将会让这一切如此。这是命中注定的。"

"也许你还有希望，"泰丰斯说，"你越来越理解亚空间的真正力量。可能有一天你会掌握它，把对你那个野蛮人父亲的怨恨抛在身后。但你如果认为我会和你并肩作战，你就错了。你没有真正的远见。无论你的数字占卜学怎么说，我都不会去帮助你。现在我要走了。请注意，小父亲——我有伟大父亲本人的耳朵。"泰丰斯的图像模糊而后消失。支撑着他的扭曲的幽灵的那部分菌丝垫子抽搐了一下，随后腐烂成腐臭的黏液。

莫塔瑞恩久久地凶狠瞪着他任性的孩子刚才所在的地方。

"还有你，古加斯，"莫塔瑞恩说，"你也反对我吗？"

"我和你站在一起，伟大父亲宠幸的儿子。"古加斯说。"你发现了复仇的机会，而我则为了救赎自己。我们可以在一起完成彼此的心愿，以及实现纳垢爸爸的意志。"

大体上，恶魔的行为超出了人类的理解范畴，它们会做许多怪诞的事情。它们的行事动机甚至对莫塔瑞恩而言也是莫名其妙的，即使他现在恶魔的成分已经多于人类的成分。

但古加斯是不同的。它深深的悔意使得莫塔瑞恩觉得自己能够理解它。令古加斯沉溺其中的痛苦，人类非常熟悉，而且莫塔瑞恩最能理解的就是痛苦。

"你的计划在起作用。"恶魔说。"死者穿行于被我们污染的世界。奥特拉玛的苦工们已经睁开眼睛看清了自己所陷入的奴隶制度，而且向他们蓝色的主子挥出拳头。我们将在时机到来的时候联合起力量。我们会赢。我只需要一点点时间来完善我的新配方。银河系的每一种最棒的病原体都为这种新瘟疫的诞生贡献了精华。从来没有过这样的好东西。"他的声音变得近乎狂热。"它会像你渴望的那样具有毁灭性，甚至更多——这是最完美的瘟疫，足以宰掉一位半神！牵制住那个原体。别让他靠近亚克斯。腐化他的帝国，当他充满绝望时，我们就会出击，然后杀死他。"

古加斯退出了交谈。更多的菌丝垫子腐烂落下。莫塔瑞恩把自己从触须的缠绕中拉了出来。发出一阵窸窣声后，湿漉漉的菌丝自己缩了回去，皱起来，最后消失。莫塔瑞恩的眼睛变得清澈了。房间中央突然暴长的蘑菇崩塌成腐烂的残骸，迅速分解成恶臭的液体。

莫塔瑞恩穿过湿滑的地板，把沉寂之刃重新挂到拴它的链子上。他一手握着镰刀的柄抚摸着，然后把它拉回到原来的地方。

"很快，沉寂之刃，我们就会收获所有一切中最大的奖赏——我的兄弟的死亡！"他让镰刀开始摇摆。大钟重新启动了。时钟里的王者再次嘀嗒作响，其他所有的时钟也随之启动。

"你觉得怎么样，父亲？"死亡领主说。瓶中的灵魂对他尖叫，围绕着自己的牢狱游动。束缚它的机械的压力突然变大，开始发出嗡嗡声。

"嘘，"莫塔瑞恩说，"你会需要自己的力量的。我忽视你太长时间了。我有新的刺激供你享受，新的痛苦和灵魂热病。当可恨的帝国被推翻时——我们将会获得那样的时刻，你和我一起，探索精神的腐化直到地老天荒。银河将不再陷入停滞，取而代之的是一场生命的躁动。帝皇赐予生命以死亡，纳垢则赐予死亡以不断更新的生命！当那些帝皇的忠实臣民发现在拥抱痛苦后，苦难就会消失，他们就将会来加入我们。泰丰斯说我不理解，父亲。但我知道，我比他知道得更多。当基里曼离去后，帝国就将迎来末日。所有的荣耀归于纳垢父亲的慷慨！这已经被我的计算预料到了，而我会实现这个预言！"

莫塔瑞恩走到隐藏在一排时钟背后的一堆阀门和轮子旁边。这件激活装置，与往玻璃牢狱内输送毒药的管道相连接。他把手放在轮上，想象着释放出的腐蚀灵魂的剧毒，将会如何折磨着异形父亲的灵魂。在呼吸面罩下，莫塔瑞恩残留的嘴角露出微笑。他放下手，没有触碰那些轮子，随后离开了钟表间。

莫塔瑞恩的计划

莫塔瑞恩计划的第三部分正在进行中。他将会让基里曼取得阿迪厄姆的胜利。而在其他世界，在其他地方，莫塔瑞恩将会削弱他，毒化他的思想、躯体和灵魂，就像他毒化了基里曼的王国的思想、躯体和灵魂一样。

到那时，莫塔瑞恩将会摧毁他的兄弟。

第二十章

赫拉议会

赫拉要塞从基里曼的时代到现在已经发生了很大变化。要塞向外延伸的城墙，已经吞噬了下方的一部分大马库拉格的市区和后方的赫拉之冠山脉。在西方，城墙延伸到赫拉瀑布。奔流瀑布的大自然之美，被转变成了建筑学的优雅。过去水流落下的陡峭的天然峡谷，现在已经被一条笔直的大理石河渠截断。峡谷中湿滑的岩石被高大的雕像所取代；原来天然的蓄水池，也已被一个青铜边框的正方形人工湖代替。悬崖被向内凿开，雕像矗立其间，神龛成群堆叠。

大马库拉格也已经不同。平坦的土地在多山的马库拉格价值不菲。就像交换领地一样，赫拉要塞从大马库拉格夺走了多少地方，大马库拉格就从其他邻居那里圈回同样多的地方。海岸线已经比一万年前向远处延伸了一公里多，在大马库拉格边界外的弗劳密斯海中，密布着漂浮的水产养殖基地。

无论是要塞还是城市，在变幻莫测的战争中都失去了许多基里曼记忆中的事物。在基里曼长眠期间，奥特拉玛曾遭受过多次入侵，首都世界马库拉格也一再成为袭击目标。泰伦虫族、兽人和混沌的奴仆都留下了他们的痕迹。大远征时期留下的宏伟的凯旋门，在某一场战争中被炸毁，在它的原址上修建了较小的其他纪念碑。历史有很大的惰性，街道的布局往往会抵制了变化，但每一次攻击都零星地摧毁了属于过去的某一个部分。大理石上的苍白阴影，取代了往日的辉煌。

但还有一些幸存下来的部分。托勒密图书馆是其中一处，修正圣殿是另一处。其他的地标都已经被重建过多次。还有一个残留下来的城市地标是集会广场，那是形如倒挂的金字塔的一个巨大建筑，立足在赫拉要塞的城墙高处。与过去相比，城墙的位置已经向外延伸了许多，原本位于墙边的集会广场现在已经远离了这座人工峭壁的边缘。集会广场最靠近城市的一面，曾经是敞开的，现在被一座毫无特色的武器库所遮挡。广场最东边的大厅很早以前就已被拆除，有一个短暂的时期，原体圣吉列斯曾以皇帝的身份坐在那里。

但广场的本体还是保留了下来，罗保特·基里曼选择在这个熟悉的地方着陆。

这是一个起风的潮湿夜晚。马库拉格的每一名极限战士都站在广场的台地上，还有上百位来自这个星域的许多世界的显贵要人。猛烈呼号的狂风掀起了人们的礼仪长袍，他们的躯体暴露在寒风中瑟瑟发抖。星际战士们静如雕像，雨水从他们的装甲上奔流而下。旗帜被打湿了，难以飘动；徽章在黑暗中无法辨认。在城市里，庆祝的烟火在倾盆大雨中挣扎上升，搜索的光束闪耀着，把夜晚照亮成一场光彩夺目的表演，把抽打着的雨滴化为坠落的珠宝。一阵阵军乐时断时续透过风暴传来。

所有的眼睛都在望着天空。

突然电光闪过，云层被从内部照亮了。雷声隆隆。更多的闪电射了出来，击中了要塞的最高的尖顶。要塞地下的引擎呜呜作响地吸收着过剩的能量，人们紧张地向上眺望着正在云层中聚集汇合的无数灼热电光。

飞船降落的轰鸣声透过风声传了过来，在马库拉格的雷声中时隐时现。

突然，原体的座机从大雨中浮现，一架装饰着黄金，并绘有战斗场景油画的雷鹰炮艇风驰电掣而来。雷鹰炮艇腹部的泛光灯猛地打开，缓缓降落在集会广场的正中央。

号角声响了起来，威风凛凛。智天使们带着银质乐器和旗帜从通道飞出，却被强风吹得东倒西歪，好不容易恢复姿态飞到雷鹰上方。这些机械们奋力稳住身形，宣布基因原体的到来。

"基里曼大人，基里曼大人，奥特拉玛之主，帝国元老院总司令，帝皇的子嗣，帝国摄政，基里曼大人。"

门砰地降下，罗保特·基里曼昂首阔步走出。在他身边的是五位禁军、两位高阶寂静修女、十位冠军护卫、西卡留斯连长、文崔斯连长；以及被如此众多强大的战士们的阴影所掩盖的，六名他最重要的民政助手；一位高大的原铸星际战士紧随原体身后；最后走出的是一位身穿简易长袍的人类牧师。这位牧师如此瘦小，看上去很可能会在广场破旧的人行道的裂缝中滑倒。

原体停了下来，向他的人民演讲。

"我已归来。"他说。仅此而已。

马纽斯·卡尔加踩着湿漉漉的地毯前去迎接他的主人。寂静修女的存在扯动着他的灵魂，但他忽略了这些。在卡尔加后面行进的星际战士们举着全部十个极限战团连队的旗帜，安德罗·奈伊在最前方自豪地高举着战团旗帜。

基里曼停了下来。卡尔加跪下鞠躬。

"大人。"他说，响亮的声音压过了上升的风。"我们欣喜地迎接您再次回家。"

"起身，守护领主。"基里曼说。

卡尔加抬起头。他没有戴头盔，雨水从他的灰发和仿生眼睛周围流下。卡尔加站起身，然后他和基里曼将他们巨大的拳套紧紧地握在一起。基里曼怀着一位父亲对儿子的真挚感情看着战团长。

"我只能为天气道歉。"卡尔加说。

"那我只能为迟到道歉。"基里曼说。"我渴望尽早和你交谈。"他抬头望去。"不要害怕暴风雨。这是一场净化的雨，马库拉格的每一种天气都是弥足珍惜的。"

基里曼把目光转回了卡尔加的脸庞。"奥特拉玛危在旦夕，我们有许多事情要做。我相信你认识我的大多数追随者。其他几个是寂静修会的贝拉丝大修女和艾芬大修女。"两位女士鞠躬，她们高傲的顶髻在雨中飘舞，雨水从两侧剃光的头皮上滑过。基里曼又指向身穿灰色制服的一男一女。"第一舰队的两名高级历史学家，亚辛莉·苏里曼亚、德文·穆代尔，还有他们的助手们。他们都是费边·盖尔夫兰的同事。费边现在还好吧？"

"他平安无事地和我一同从警戒星回来了。大人，费边现在正在大马库拉格市区的图书馆里工作。他让我向你道歉无法来此地迎接，因为他说他的工作正处在一个关键时刻。"

"这很符合费边的性格。我很高兴他没事。"基里曼说。他接着又指向一个头戴高耸头盔、身穿胸甲的男人。"这是卢西安，泰拉议会代表团的拉苏宁千夫长，他代表星界军总司令出席我们的会议。然后，这位是率领禁军代表团的护民官马德瓦·柯肯。"

卡尔加鞠躬。"站在为一位为帝皇私人服务的人物面前，是一种荣幸。"

"不论是否离开皇宫，我都是在为帝国服务。"护民官说，对内心感到的子虚乌有的侮辱做出反驳。他的声音不友好地透过通信发生器。

"这是德西莫斯·菲利克斯连长，我的侍从。"原体介绍了那位高大的原铸星际战士。菲利克斯佩戴着一枚极限战士连长的徽章。但在这里除了他已经有十名连长了。这并不是基里曼第一次无视他的阿斯塔特圣典教条。卡尔加也并不介意。基里曼毕竟是原体，他可以为所欲为。

基里曼最后介绍的是牧师。"这是战争使徒马蒂厄，他是泰拉议会中的帝国国教代表。他的前任不久前刚去世，马蒂厄刚刚被任命了这个职位。"基里曼解释说。"他还在为这份新工作找感觉。"

"战团长，"那位牧师眨了眨眼，抖掉眼角的雨水，微微一笑，"帝皇的赐福与你同在。"

"战争使徒。"卡尔加说。

令卡尔加感到奇怪的是，基里曼会让自己被一名牧师陪伴。原体曾尽可能地和他的第一任战争使徒保持距离。尽管原体并不赞同国教，但他在醒来后不久，就很快明白了国教的力量。设立战争使徒的职位是对帝国国教影响力的认可，但原体的接受程度从未超出这一范围。他从一开始就不信任国教教会。

"警戒星战况如何？"基里曼问卡尔加。

"还在持续。没有任何将要结束的迹象。等奥特拉玛的事情处理完之后，我想我必须尽快赶回警戒星。"

"那么我很感谢你能来此地参加这场会议。"

"您召唤，我遵命。我们要讨论的可是奥特拉玛的命运，大人。"卡尔加说，"警戒星可以等等再说。"

"大厅准备好了吗？"基里曼问。

"好了，大人。我们在等候您召开会议。我们有一些茶点，您是否愿意先吃点？"

"让我们开始会议吧。宴席必须等等了，我不能离开舰队太久。"

更多的引擎在暴风雨中轰鸣。围绕着广场四周，雷鹰纷纷降落下来，基里曼所有的战争领主都走了出来。

"其他人都到了。"原体说。"我们准备好了，开始吧。"

奥特拉玛集会厅没有足够的地方来容纳所有的代表，因此演讲被安排在以第二十一任极限战团长的名字命名的麦瑟勒斯大厅。聚集在一起的政治家和战士们带来了户外的寒冷潮湿。悬在拱门上方的巨大的暖气管在竭力温暖客人，但最大的作用只是让室内水汽蒸腾，沾湿了石质物品。一尊麦瑟勒斯的高大雕像地竖立在大厅尽头，表情严肃，若有所思。麦瑟勒斯曾经以智慧著称。但只有帝皇才知道麦瑟勒斯会如何应对基里曼的归来，以及面对自麦瑟勒斯的时代到现在帝国经历的变化。麦瑟勒斯生活在介于基里曼的死亡和重生中间的一段黑暗的岁月。无论是第 31 千年还是第 41 千年，对他而言都是全然陌生的。

基里曼受到了最高规格的对待。一把巨大的青铜椅子，被从赫拉要塞下方深处的博物馆地下室里搬出来，供原体使用。一万年来都没有过哪位领主的身材能与这把椅子相称。虽然卡尔加早已隔着静滞力场见过原体，知道原体有多么高大，但原体的日常用品总是看起来比它们该有的尺寸还要大些，就像是为从更伟大的时代来的巨人设计的。这些家具都是神圣的遗物，受到历代极限战士们的尊崇。极限战士们没有向他们的原体祈祷，或是以明显的宗教方式敬奉他。他们不相信帝皇和他的儿子具有神性，但是原体的影响力已经被套上了一个神圣的光环。在博物馆地下室进行冥想已经成为许多战团长的习惯，他们从那些被基因之祖触碰过的物件中寻求灵感。

对基里曼而言，这个宝座只不过是另一件家具，就像奥特拉玛一样是他需要再次收回的财产。基里曼不假思索地坐了上去。即使他现在回来了，尽管这些本就是他的，但原体对这些古老遗物漠不关心的态度，依然伤害了卡尔加内心深处的某种情感。

这个想法很荒谬。卡尔加立刻压下了这个念头。

出席会议的有在奥特拉玛的帝国指挥机构的高层，包括了极限战团的高阶指挥官、咆哮狮鹫战团、新星战士战团、创世战团和曙神星战团的战团长，以及奥拉之子战团的第一连连长和葬仪代理战团的第三连连长。像在其他地方一样，审判庭也未缺席此地，还有其他更秘密的组织。通过全息投影，白银雄鹰战团和祭酒者的两位战团长也出席了会议。白色疤痕战团正在大规模开来的消息传来。其他二十四个战团的成员也已经在路上，或是已经到了奥特拉玛。这些有形形色色的小部队，规模从一个小队到一个连不等，他们选出了八名连长，代表他们在会议中发言。奥特拉玛的骑士家族大都出席了，铸造世界、帝国海军和星界军的部队也是这个情况。

基里曼从第一舰队带来了许多部队，这些部队的指挥官——包括在拉科斯创建的多个原铸战团的首领以及跟随他的三个战斗群司令，都有自己的发言人和顾问。

马德瓦·柯肯坐在基里曼的左手边，卡尔加则在基里曼的右侧。军事领袖们总共有好几百人，占据了围绕会议桌的前三排座椅；虽然同样是一次出席人员成分复杂的聚会，但不如拉科斯凯旋仪式时那样庄严盛大。在剩下的座位上是来自奥特拉玛和大奥特拉玛的几十个世界的官方外交发言人。

一张足以和集会厅的长度相当的桌子，被放在中央。它在很大程度上是象征性的，因为房间里挤进了太多身躯，以至于没人可以用上它。基里曼已经明确下令不许有全息投影或是其他数据投影装置出现。取而代之的，桌子上堆满了古代的典籍和地图，象征着许多出席的政要长久以来没有承担的义务。

卡尔加觉得基里曼是想要摆脱那些令人分心的东西。他有些小心眼地认为，他的基因之父希望确保自己是这个房间内唯一的信息来源。

自罗保特·基里曼复活以来，原体一直在以一种卡尔加以前从未认真想象过的方式施加自己的权威。作为极限战团的战团长，卡尔加对权力并不陌生，有时也会为了确保国家的顺利运转而运用胁迫和诡计。但这里已不再是卡尔加的国度了，他对基里曼不得不使用这类伎俩而感到有点失望，原体似乎是如此的……独裁。

当然，卡尔加自己也是一位独裁者，是除了名分之外兼具一切的小皇帝。他承认这一点，尽管这对他来说是一个沉重的负担。卡尔加本希望原体会做得更好。虽然罗保特·基里曼的天才超出了卡尔加的想象，但在某种意义上，他仍远远偏离卡尔加过去幻想中的那个形象。

独裁是人类社会的自然秩序。一位首领高高在上，而其他所有人追随其后。一直都是如此。帝国正是建立在维护这种天然等级制度的基础上的。卡尔加的这种失落感，并不是因为基里曼也会泰然处之地做出这种行为，而是因为就连基里曼也必须用这个制度来推行他的权力。

在基里曼真正回到他们中间之前，卡尔加已经在他的头脑中多次思考过原体苏醒后的理论和现实。这曾是大胆的、一厢情愿的想法，甚至是白日梦。但是谁不曾在需要帮助的时候期待一位救世主的出现呢？马纽斯·卡尔加，尽管被上亿的人民视为救世主，但他自身也需要信仰一位偶像。卡尔加确信自从初代以来的每一位极限战团长，都曾经有过基里曼奇迹归来的想法，他也构想过自己的版本。但卡尔加没有想到当事件真的发生时，会变成这样。他没有预见到人们竟然会抗拒原体的统治。卡尔加曾天真地期待一位原体能够凭借自己的存在，改变帝国政府的十足惰性。原体归来，所有人都排着长队、毫不怀疑地遵从他。他们会一起进军，征服银河，驱逐异种，把古老的敌人插在剑上。

这一切没有如此简单地实现。纷争产生了，源自对原体的敕令的不同解释——有时是故意的，还有怀疑和猜忌。基里曼的重生在民众中产生了巨大的正面影响，但在那些有失去统治的风险的领袖们中间，则并非如此。卡尔加一直以来都很依赖奥特拉玛和其他地方的民政长官。但罗伯特·基里曼应该不需要这么做。

因此，卡尔加的失望并非来自于基里曼的掩饰、胁迫、恐吓和威胁的才能，而是他不得不使用这些才能的现实。卡尔加比过去更加崇敬原体。看到基里曼活生生地出现在人们中间，卡尔加感受到了自从成为一名星际战士以来从未体验过的最强烈的惊奇感。这在某种程度上，重新激发了卡尔加的人性。

但有些人在原体归来以后做出的举动，使得卡尔加更加不信任他的那些人类同僚。这种短视和自私使卡尔加厌恶。

基里曼站起身来，打断了卡尔加的思绪。

"各位大人，将军们，国民们，"原体说，"各位帝国公民，各位来自许多个世界的战士们，在这奥特拉玛的中心，我欢迎你们出席今天的大会。"

基里曼的声音在大厅的石壁上清晰有力地回响着。对于每个出席集会的人来说，就像是原体在和他们在进行私人交谈。基里曼比其他任何人都更引人注意。他的言辞也不会招来任何非议。基里曼孔武有力，同时又是理性的化身。

马纽斯·卡尔加是整个帝国最有权势的人之一，但当他想到当年曾经有十八位这样的存在穿行群星之间时，还是感到了敬畏。和不止一位原体同处一室，定会令人目瞪口呆。

"我召唤你们来此，商讨如何从奥特拉玛清除我的兄弟的军队。"原体说。

"不屈远征的第一阶段已经结束。我很快就会开始进行第二阶段。现在这段时间，我来此协助你们。当我离开时，这片疆域将会比过去得到更好的防御、更好的组织，更加具有韧性。"

卡尔加觉得这些评语就是直接针对自己的。

"我感到悲哀的是，那些在我们势力范围内遭到袭击或蹂躏的世界依然没有得到帮助，而战争还在继续进行着，似乎没有解决的方法。"基里曼继续说，同时严肃地瞪视着与会者。每个人都感觉到自己的失败暴露在基里曼的注目之下，马纽斯·卡尔加心中的这种感觉更甚他人。失败对他而言是一种新的感受，但他越来越频繁地体验到了失败。在原体的注视下，卡尔加认识到他的失败可以追溯到很久以前。这个认知，剥夺了卡尔加过去获得的所有荣誉。

"在大远征的岁月里，隶属于每个军团的世界和疆域，为他们的行动提供了坚实的基础，并与帝国这个更大的整体联系在一起。其中大多数军团领地，都是被其他世界羡慕的典范，良好统治的样板，以及对归顺世界的和平承诺。奥特拉玛是其中最好的。它因公平公正得到全银河的赞扬——这是一处每一位市民都可以远离伤害好好生活的公正之地。"

基里曼从椅子上站起，在桌上铺开一张星图。他用带甲的手将星图轻轻抚平，盯着星图看了片刻。

"我读了许多历史。我认识到，并且感激奥特拉玛在我沉睡的时候一直扮演着我试图让它扮演的角色。在一个残酷的银河系中，你们为了维护这个国度象征的正义传统所做的一切，令我感到无比自豪。我感谢你们对人民享有的自由的维护。尽管受到我们所面临的严峻形势的限制，奥特拉玛的这些令人钦佩的特征，依然还是帝国中每一个星系的榜样。"

基里曼深呼吸了一口气，把他的拳头放在地图上。卡尔加越过带甲的手望去。地图的文字说明上写着"奥特拉玛"，但这并不是他所熟知的那片疆域。它看上去包括了五百世界的所有初始星系，甚至更多。这一版图划分出五个明显的彩色区块。

"然而，"原体说，他的声音里出现了少许钢铁般的强硬，"我应该做得更好。由于把奥特拉玛缩小到一个战团可以进行有效保护的范围，而同时极限战团又在其他地方履行了许多义务，我减少了奥特拉玛作为一个典范和一个堡垒的作用。"他抬起头，脸上流露出诚挚的表情。"我错了。"

迎接这些话语的是一片沉默，对房间里的大多数人而言，原体实际上是一位神，而神不会犯错。

"此外，我在一个世纪前曾命令立刻废除所有独立条约，并把古代五百世界的疆域重新并入奥特拉玛。但这道命令到现在还没有被完全实施。重建大奥特拉玛的进程——即古代的五百世界——并没有我希望的那样顺利。我对那些不服从奥特拉玛统治的帝国指挥官感到愤怒。令我失望的是，那些指挥官口头答应服从我的命令，却继续把自己的个人利益置于其他更伟大的全人类的利益之上。奥特拉玛只在表面上是回到了初始的状态，这是一个假象。"

来自某些世界的几位代表看起来不太自在。基里曼用带甲的手指指向星图。"这是我对大奥特拉玛的规划，它现在即刻生效。由于我不能只依靠当地政府的善意来完成我的规模，我今天要恢复古老的四英杰职位。我将会根据政治家的敏锐和战士的才能这两个同等重要的条件，来挑选出四位高贵的阿斯塔特修士，他们将被任命为星区指挥官，监督这片疆域在我的法令下进行重组。四英杰将获得一切他们自己认为适当的权力，以达成我的目标，不论是在外交上或是军事上——"基里曼让威胁高悬空中。"他们还将被托付这些星域的防卫任务，和当和平降临后，还要对它们的进行重建以及进一步的开发。"

人们等待着原体说出谁将统治他们。但基里曼全神贯注看着地图。

"过去在我的规则下，四英杰曾经在亚克斯、奥克鲁达、萨拉曼斯和康诺这几个世界进行统治。但据我所知，萨拉曼斯在一段时间以前被摧毁了，亚克斯在周围星系里的重要性已经相对降低了，而且当前正被敌人占领。四英杰的席位是为了适应奥特拉玛早期的扩张而设立的，亚克斯和康诺都紧邻首都世界。考虑到这些环境的变化，我将在以下世界上设立新的四英杰。"

"康诺将再次接受一名英杰作为它的领主。尽管它邻近马库拉格，但艾斯潘多的局势表明，必须制定一项专门的防卫战略，以保卫北部地区免遭来自天灾群星的进一步侵犯，以及最终驱逐和扫荡这些瘟疫之神追随者们的星系。我任命西弗勒斯·阿格曼，极限战团第一连连长和奥特拉玛摄政，担任这一职位。卡尔加领主不在时你表现得很好。这样的功劳值得褒奖。"

阿格曼起身下跪。"大人，"他说，"我深感荣幸。"

"虽然你的新工作将会很繁重，但你还是可以在战团中保留你的头衔和位置，英杰。"原体说。"起身，康诺的英杰，坐到最高领主们中间去。"

阿格曼返回了他的座位，他的姿态散发着新的决意。

"其他的世界将会承担以下的职责。安德蒙将会成为第二位英杰的根据地，负责南部地区。我任命创世战团的第二连连长波坦担任这个职位。"

波坦站起身，红色的涂装在大厅里的众多蓝色装甲中有些发暗。他困惑地举起双手。"大人，我做了什么事配得上这个荣誉？您不想任命您自己的极限战士担任这些职位吗？我有点不知所措。"

"我研读过我的所有子嗣服役的战团的记录，不仅仅只是极限战士们。"基里曼说。"我根据你们的能力来选择我的四英杰，不论你们的出身。我选择那些适合这一职位的人，但不是只偏好我自己的战团。在我的评估中，你值得被选中。别忘了，尽管你穿着红色装甲，并且背负着其他战团的名字，你一样也拥有我的基因密码。这就是我所关心的一切。你在四个世纪以前为重建戴马特星团的所做的努力，表明你具备这个职位所需要的所有品质。"

"大人，谢谢您。"波坦说。

"你还会保留你的连长头衔，不过我建议艾罗莱德战团长再提拔另一个人来指挥你的连队。这一任命不受阿斯塔特圣典的限制。"

"一切遵照您的命令。"创世战团的战团长说。

"西方的普罗托斯将会得到第三位英杰。我指派了末日雄鹰战团的巴尔蒂斯连长担任这一职务。我确认他已经被他的战团解放，正在赶来马库拉格。"

基里曼把他的手指按在地图边缘。这里，他的新奥特拉玛拐出了一条长长的、弯曲的尾巴，指向东部边界，占据了许多久已不被马库拉格统治的行星。

"那就只剩下东方边界了。这片区域，在索萨兰联盟治理下直到最近都保持着政治统一，但自从索萨自身落入泰伦虫族之手后，联盟一直没有得到适当的指引，我听到了关于它们行政效率的令人不安的报告。这些状况将会改变。维斯帕斯特，离索萨三光年远的地方，被指定为新的权力中心，而它的英杰将会统治索萨兰联盟和联盟东方的其他世界。"基里曼向后望着他的侍从。"菲利克斯连长，将会掌控这一权力。"

站在原体宝座右侧的菲利克斯，看起来吓坏了，就像被雷劈了一样。

"大人，我没有资格！"侍从脱口而出。

"你有资格，因为我声明你有资格。"基里曼实事求是地说。"自从你的记录引起我的注意以来，我就一直在测试你。你以为我为何要让你从我的编外之子中彻底转为极限战士？我在很久以前就看出了你的潜力，菲利克斯。我早就为了这个职位而在训练你。你也没有让我失望。我需要一名原铸英杰。

在奥特拉玛东部的所有星际战士都将会是原铸型号，而在整个奥特拉玛也会有许多其他的原铸星际战士。我不能承受两代星际战士之间发生的任何争执。"

基里曼环顾房间。

"你们可以反驳说这种情况永远不会发生，"他继续说，"大贤者考尔能向我保证你们是忠诚的。而你们这些旧型星际战士可能会引用自己牺牲和奉献的历史，但我了解人的灵魂。我曾经听到过忠诚的誓言，却目睹了无意中的侮辱将它们焚为灰烬。哪里有差异，嫉妒就在哪里见缝插针，嫉妒将会导致冲突。这些我都不想要。四英杰中的三位是现存型号的星际战士。你会接受这一任命，菲利克斯——我必须保持平衡。八十六个世界将会属于你。它们中有一些已经失去了，你需要用我教导过你的所有技巧来收复它们。这个责任将落到你的头上，作为维斯帕斯特的英杰，为了这些世界人民的利益而统治它们，并且担任原铸星际战士们在大奥特拉玛议会的代言人。你们四英杰全员都有类似的责任。"

"大人！"菲利克斯跪了下来，他的装甲重重撞在石板上。

"你，马纽斯·卡尔加领主，"基里曼说，望向极限战团长，"将会继续统治奥特拉玛中央的那些世界，除了那些在康诺、韦瑞迪安和艾斯潘多的星系的世界——这些地方将会落入第一英杰的管辖范围内。这样一来，奥特拉玛将会被划分为五个部分。"

基里曼对自己的支持是真诚的，但卡尔加看到了在真诚后面的责备。

就在这时，来自奥克鲁达的特使开口了。他被激怒了，既是因为他的行星被交给了四英杰，也因为它要被首先重新合并。

"大人，你是什么意思，许多战士将会是原铸星际战士？"特使问。原体的一瞥令他赶紧坐下。

"我对于一个单独战团不能保护五百世界的担心依然还在。"基里曼说。

"我因此决定在大奥特拉玛境内布置八个新的星际战士战团——它们在拉科斯刚刚成立。和极限战团一同，再加上帝皇之镰战团，他们的领地安置在第四英杰领，从今以后将会有十个满员战团来保护这个国度。"

这引起了一阵嘈杂的反应。基里曼视而不见，继续说下去。

"使用原铸星际战士来重建帝皇之镰战团的工作，将会立刻着手进行。他们将负责保护目前的索萨兰联盟。在这里，在卡利马科斯，我们将设立复仇之子战团的总部，在豪斯布里治，奥特拉玛近卫战团将会获得他们的家园——"

低语声爆发成了听得到的抗议声。

"您将会有属于自己的军团？"一位女外交官说。"大人，您到底意欲何为？"

"你说我有一个军团，"基里曼说，他的语气危险地低沉下来，"在我自己已经明确禁止了军团的编制和使用军团的情况下？"

女人可以选择坐下或者向前挤。她勇敢地选择了后者。"你已经这么做过了。有人说那九支编外之子的兄弟会除了没有名分之外，根本就是军团。"

"他们并不是。"基里曼说。"编外之子们已经被重组为战团，成为了奥特拉玛的新守护者。"

"我们在讨论的只是文字游戏。"女人说。

基里曼皱起眉，用严厉的目光再次扫视人群。"听我说。我的目的是拯救你们的性命和整个帝国。抛开你们自私的担忧吧。驳斥我自从苏醒以来对人类大众感到的失望吧。让我重拾对我们物种的希望。用你们的智慧来打动我吧。"

"那些帝国委任的统治者们该怎么办？"另一个外交官说。"那些被交给四英杰的世界会怎么处理这件事？"

"他们当中的大部分人是忠诚的。"其他人补充。"他们自愿重新加入了五百世界，现在您要将他们免职，用阿斯塔特修士取代他们吗？"

房间里，普通人类群体中的窃窃私语的声音越来越大。而星际战士们却保持着沉默。

"大人。"卡利马科斯统治者的儿子希律说。"自您的时代以来，银河系已经发生了变化。星际战士战团的世界往往对政务院没有什么价值。它们的纳税等级被设为无。和死亡世界一样，他们只是招募的场所。卡利马科斯是一个发达的行星。豪斯布里治，虽然在重要性和人口上要较少一些，但也并非穷乡僻壤。"

基里曼没有被这位年轻人看似内行的腔调动摇。"我正在改变事态。"基里曼说。他的目光变得寒冷而坚硬，就像冰霜彗星。"驻扎在奥特拉玛全境的战团，将会主要负责国家的防御。卡利马科斯和豪斯布里治将会由他们的战团长管理，其他战团驻扎的世界也一样。别误会。正如马库拉格一样，那里将会需要民政总督。现任行星总督将会给予十年后再退休的优待。在过渡期，他们将会收到命令和阿斯塔特修士进行工作的交接。一旦交接完成，他们的继承人也将有机会担任这些世界的民政管理者，继续为奥特拉玛服务。他们会继续统治的。会改变的只是他们的头衔。"

"他们将不再是指挥官！"希律说。"我们忠实地为帝国服务了三千年。这就是给我们的奖赏吗？我父亲的头衔是帝皇本人授予的。"

"那个头衔，"基里曼说，"是由泰拉元老院授予的，他们只是代表帝皇发言。而我并不止是帝皇的代言人——我是以帝皇的全部和绝对的权威在发布命令。与元老们不同，我最近就和帝皇进行过交谈。这个提议我劝你最好不要拒绝，希律。"

许多代表开始大喊大叫，他们的质问像雪片一样飞向原体。由于他们自身的权力受到了威胁，他们仿佛失去了一些对基里曼的畏惧。

权力是有腐蚀性的，卡尔加想。它侵蚀了尊敬。它侵蚀了常识。

代表们的反应使卡尔加更强烈地认识到，基里曼的所作所为是正确的。

"我的人民们！"原体说。他笔直地站着。"我的连长们，我的孩子们，我忠诚的公民们，你们不理解。这些变化将使我们大家受益，并最终帮助帝国。我打算让奥特拉玛成为帝国可能成为的一个榜样。让你们的目光放得更长远一些——你们会发现我们的帝国正在崩溃！我会加固高墙，让帝国变得再度伟大。随着五百世界获得安全，我们将成为一个理性和希望的灯塔。从这里，帝国的复兴将会开启。"

"那么你不打算留下来吗？"咆哮狮鹫战团的战团长阿尔瓦罗问。

"不，我的孩子，不是永远。"基里曼说。他把脸转向马纽斯·卡尔加。

卡尔加勉强保持着和原体的视线接触。"主持全部四英杰的任务，我留给你了，卡尔加战团长。你依然保有大奥特拉玛的守护领主职位。你是这里的统治者，一如既往。尽管你很快要去警戒星，这片疆域依然由你负责。不要用我的标准来批评你自己。我是一位基因原体，而你不是。我会把我的权威和战士们的力量借给你，来保护奥特拉玛的安全。帝国需要奥特拉玛，但帝国也需要我。我不能留在这里，但当我离去时将会留给你更强大的力量。我们已经在这里损失了许多战士，丢掉了这个国度里六座星堡中的三座。我的注意力会多在我们的家园停留一会儿，直到我满意为止。"

另一个被亲切的话语掩盖的微妙责备。卡尔加低下了头。基里曼不应该这样做。卡尔加应该自己管理这个国家，这和他最近几年不在这里没有关系。这并不能充当借口。让原体插手是丢脸的。

"如您所愿，大人。"卡尔加说。

"现在，该说战争了。"基里曼说。"我的兄弟一发现我的舰队，就从马库拉格撤离了。对阿迪厄姆的围攻几乎也结束了。等我们的会议结束后，我会返回阿迪厄姆确认它平安无事。在家园星系的情况稳定下来后，我们将对胆敢侵入我们国度的那三股敌军进行反击。就算在某些战区会遇到失败，我们依然必须在每一条战线发起进攻。必须牵制住莫塔瑞恩的所有部队，阻止它们为了增强兵力而进行的机动。他们必须都被击败。"

"把敌军斩断再切成碎片。"昆塔斯·卡梅隆说。他是蔚蓝骑士战团的第三连连长。"只有您能做到这一切，大人。"

"我更愿意去团结和领导人民。"基里曼严肃地说。"但当我从和平转向战争时，我会进行分割歼灭。"他敲击着地图。"我要打倒我的兄弟，而且我会因为他犯下的所有罪行而杀死他。如果我能杀他一百次，我都会这么做的。莫塔瑞恩犯下了许多大罪，怎么处刑都不过分。他的大罪的第一条就是背叛。"

"先去哪里，大人？"新星战士的战团长巴丹·多瓦罗问。

"去最需要的地方。"基里曼弯起一根巨大的手指。大厅的大门开启了，两名战团仆从推着一个上面悬浮着全息影像发射器的悬吊力场走了进来。四名寂静修女持长矛护送着发射器，在全息影像发射器的四个角落摆出了一个神圣的正方形。这台机器被引导到离桌子不远处，缓缓停了下来。

"在我们到这里之前，我让英杰菲利克斯带领一支突击队去了阿迪厄姆上克里斯托斯巢都的宫殿尖塔。"基里曼说。"我需要知道我的兄弟是如何造成这场死亡瘟疫的，以及他的恶魔盟友是如何能把自己关在虚假的肉体里，进入我们的国度的心脏。"他停顿了一下。"有些记载提到了一种被称为黑暗之手的神器。我相信这件装置就是一切的起因。"

"我们听说过。"卡尔加说。"它是阿巴顿在几个世纪前得到的，他在哥特战争中使用过。某些了解情况的人说阿巴顿用它破坏了哥特星区的黑石要塞。除此之外我们就几乎没有相关记录了。"

"这是一个古代装置，早在人类的第一个纪元之前的亿万年，就已出现在群星间，"基里曼说，"拥有它的人能轻易控制极大规模的亚空间能量。"他再次停顿。"据我所知,莫塔瑞恩得到了它——这是掠夺者阿巴顿送给他的一件礼物。"

"你从什么渠道知道的?"卡尔加问。

"灵族的死神军。他们并未宣称这件装备是他们的,但我怀疑其实是他们的祖先制造的。他们才有可能知道它的下落。"

人群中传来一阵低语。灵族曾促成了罗保特·基里曼的复活,但他们是异形,不可信任。

"安静,我的人民。我并不相信他们的话。那是灵族的使者在随我前往泰拉的旅程中透露给我的许多事情之一。他们坚持死者们是在阿巴顿的指挥下在银河系横行的,因为莫塔瑞恩用这件装置进行了的某种破坏。我在远征时,听到了不死生物蹂躏奥特拉玛的消息。我们遭受的叛乱让我更加确定了自己的想法。叛徒们是疯狂的,但疯狂难道只是一种精神上的疾病吗?好好看看,修女们,启动全息投影。"

一名寂静修女开启了装置。它发出有力的敲打声。随着全息影像发射器在限定的范围内投射出一个银白色光芒的圆锥体的光束,循环播放的全息投影亮了起来。

"修女们会在这件东西周围警戒,以保护你们不受它的力量影响。"基里曼说。"甚至它的一个图像,也有腐化的潜在可能。"

从菲利克斯头盔摄像头中提取的战斗影像,在全息投影上成型,显示着宫殿尖塔教堂中的奇怪时钟。

"现在,看。"基里曼说,随后一挥手,图像上又叠加了一层,一张球状的线网覆盖了上去,并且剧烈的脉动着。装置上的暗绿色深到接近黑色。

"这看起来并不像我想象中的黑暗之手。"卡尔加说。"我认为这不是它。"

"你是对的,卡尔加领主。"基里曼说,但他心不在焉,显得有些冷漠,在烦躁的状态下,基里曼不知不觉地继续对马库拉格的领主说。"它不是黑暗之手本身,而是一个莫塔瑞恩用黑暗之手的力量,以及他从它的运行中发掘出的知识所制造的装置。你在这个全息投影里看到的网络是灵能性质的。它散布到整个阿迪厄姆以及更远的地方,一个世界又一个世界,类似的装置被到处设置,协助瘟疫之神的仆从。典记长马克西姆,请。"基里曼对曙神星战团的灵能者做了个手势。

马克西姆从星际战士指挥官们的座位中间上站起。他没有戴盔，来参加会议。在他深蓝色的兜甲下面是一张已经见过了普通人好几辈子的邪恶的老人的脸。他雪白的头发里安放着插入头皮的缆线。他的眼白中闪烁着灵能力量。眼睛周围的皮肤皱皱巴巴，紧皱的眉毛仿佛从未扬起过。

"我感觉到这个……污秽太深了，"马克西姆说，"与它的接触，依然还在污染我的心灵。这台机器就像血液传染病一样弄脏了阿迪厄姆的灵能圈。莫塔瑞恩创造了一件灵能武器，使我们的人民产生各种反抗统治者的情绪，并且让死者再起以反抗生者。一张腐化之网被堕落原体悬挂在奥特拉玛上空。莫塔瑞恩开始把它收得越来越紧。他用类似病毒传染人体的方式使得这个国家生病。"

"提格里奥斯大人也已经感觉到一部分影响。"第一连长阿格曼说。"我们不知道这个影响的规模有多大。"

"你不知道。"基里曼不带感情地说。"莫塔瑞恩的军团有名之处在于，在压倒性的敌人火力下还能坚持突击，同时还能顽强地保持实力。这种粗鲁的战略源于莫塔瑞恩的高傲，代价也十分高昂。但他也具备敏锐的能力，当他选择非武力的战略游戏时，莫塔瑞恩处于最危险的状态。"

"这可以解释为什么他的行动显得如此随意。"咆哮狮鹫战团的托尔科斯连长说。"如果他正在埋下这些装置……"

"正是如此，"基里曼说，"我曾经的兄弟做了这些东西。他亲自安装它们。他从不信任他人。考虑到你们的防守是如何在莫塔瑞恩被目击到的地区失败的，这些装置带给他的能力让我担心。如果他能在如此多的场所这样直接地连接到亚空间，在创造不死大军和毒害心灵之外，他应该还会有其他的选项。诅咒瘢痕的影响在奥特拉玛本该很微弱，但我发现并非如此。莫塔瑞恩是其原因。瘟疫之主的协助总是离他很近。例如，亚克斯正在发生的事让我非常担忧。穿过由黑暗之手产生的亚空间网络，恶魔们被以某种方法带到那里。"

"那么我们应该去亚克斯。"卡尔加说。

"还不行。那里的生物恐怕强大到无法战胜。首先，我会带领帝国军队去艾斯潘多。那里是战争开始的地方。我们也应该在那里开始这场战争的结局。"

全息投影关闭了。出席会议的凡人成员们集体发出了宽慰的低语。

"艾斯潘多离天灾群星最近。"基里曼继续说。"那是一条运输战争物资的通道，一个穿过亚空间的管道。莫塔瑞恩的军队通过这个星系到来，在我们从阿迪厄姆看到的那种污秽的亚空间潮汐上急速行军。"基里曼从桌子上向后一靠，他的眼睛闪烁着向他的兄弟复仇的期待。"通过夺回这个星系，我们将会切断莫塔瑞恩对舰队进行再补给的能力。如果我们能在艾斯潘多找到这些机器，并且使它们失效，使奥特拉玛的灵魂生病的力量洪流就将被关闭。他的恶魔军团将会难以维持。死者也将不会再这么容易复活。"

"一旦他的凡人部队被彼此孤立，我们可以确信它们将暂时无法通过不可思议的手段得到补充，那么我们就可以开始零星地摧毁他们。根据文崔斯连长在拉科斯告诉我的事情，艾斯潘多的战士们依然在坚守，但他们的时日无多。我认为现在是把我们军队的全部力量借给他们，并完全夺回这个星系的时候了。我为这次行动命名'艾斯潘多之矛'。让它名扬后世吧。"

没有讨论，没有引起辩论的迹象。帝国摄政表明了他的意图，并被接受了。大厅里的星际战士们将会毫无疑问地追随他。

基里曼再次向下望着地图。"为了奥特拉玛的人民，为了帝国，我发誓这次行动必将告成。"

第二十一章
艾斯潘多第三都市

艾斯潘多第三都市的尖塔群在地平线上是一排诱人的直线。经过三周的战斗,帝国军队穿过了雷区、防卫线和壕沟网络,向城市逼近。城市已经快要被夺回了,主要大陆的东部至此将全部收复。阻碍基里曼的大军取得胜利的,只剩下被泥海所包围的最终防卫线。这片泥海曾经是奥德里亚河的河床,但河流在多处被防御工事堵塞,导致河水倒灌,溢出河道泛滥成灾。产生了一片地面与河水交错难分的广阔的淤泥地带。

艾斯潘多第三都市里放置着最后一台莫塔瑞恩的亚空间机器——也是最强力的一台。

虚空盾和防御工事阻挡了空降突袭的任何可能。这场战役只能以自从在非洲大平原上人类开始互相投掷石块以来最原始的战斗方式——步兵近战——来决出胜负。

"前进!前进!前进!"菲利克斯高声吼叫着,耗尽了肺部的力量。他的战斗装甲把喊叫声放大了十倍,加上进一步放大的回音,几乎难以听懂。

一波身穿蓝色、绿色、金色、红色、黑色和白色装甲的星际战士们也咆哮起来,跟随维斯帕斯特的英杰加入了进攻的行列,一头冲向瘟疫战士的阵地,仿佛前方并没有河流的阻挡。

围绕着菲利克斯的数十名身穿极限战团制服的原铸星际战士,他们大多数是在阿迪厄姆就已经和菲利克斯一起并肩作战过,其中包括了赫拉克斯士官和特维安士官。其余的是从第一次极限建军时派往增援奥特拉玛的灰盾老兵。在他们中间大踏步前行的是马凯德斯——第一位在奥特拉玛倒下的原铸星际战士,现在被限制在一台救赎者型无畏机甲的庞大外壳中。

原铸星际战士们阔步向前,越过了老一辈的同行,踩着坑坑洼洼的泥沼,逼近敌人。

救赎型无畏机甲

第二十一章

来自许多战团的几十艘兰德速攻艇在他们头顶呼啸飞过，重力推进器激起的V形泥浆不断朝天空喷射，交织成短暂的美丽图案。菲利克斯在速攻艇加速前进时感受到了引擎的推力，它们飞驰而过所扬起的污秽之雨洒了他一身。兰德速攻艇顶部的重型爆矢枪呼啸着开火了。随着速攻艇越来越接近敌人，突击炮旋转炮管发出的哀鸣声、热熔枪射击和火箭弹飞速移动的尖啸声也随之响起。

在略带绿色的火焰中，泥海深处的一个地堡爆炸了。许多小型武器向上开火以截击兰德速攻艇，试图将它们赶走并打散他们的队形。为避免被击落，兰德速攻艇以惊人的速度躲闪，但还是有少数被不幸命中了。在菲利克斯正前方，一架速攻艇遭遇了猛烈的轰炸，它的左引擎被炸飞。黑烟从它后方卷起，陡然俯冲下去。其中一名船员安全逃生，另一名则和飞行器一同坠落。"砰"的一声栽进了潮湿的地面，冒出了浓烈的黑烟。

"前进！"菲利克斯再度高喊。他和领头的方阵率先抵达了河边。菲利克斯涉水而行，污水迅速蹿升到胸膛的高度。

"前进！"侵略者装甲的动力系统抵抗着泥沼的阻力，推着他不断前进。菲利克斯在这条战线的进攻陷入了困境，而且越来越艰难，仿佛艾斯潘多的大地想要将他囚禁起来，阻止他获得胜利。

"前进！"他再次大喊。为了对抗泥沼的阻力，侵略者装甲也发出了和他的吼叫声同样响亮的轰鸣。他越过河岸的边缘，潜藏在接近两米深的泥浆里，淤泥覆盖了他的脖颈。菲利克斯以半游泳的姿势向前行进。一个尸体在水面上浮沉，并打出一个令人作呕的嗝，腐烂的头颅耷拉在脖颈上。这边海岸有许多死者，腐烂并沉入泥海，他们的血肉变成了其中的一部分。这些死者全都是凡人士兵，他们遭受了敌人所散布的疫病的严重打击。

菲利克斯挣扎着通过了一具骨骼的暗礁，液化的血肉粘在他的装甲上。

菲利克斯告诉自己，向前看，看看接下来会发生什么。过去的已经过去了，现在也就差不多这样了。只有在未来才会有生命。

未知在等待着他们。从轨道上对艾斯潘多第三都市的图像采集，无法透过厚厚的蝇群之云。其他的机械工具占卜也遭遇了同样的失败。灵能探测只能让那些勇于尝试的灵能者产生疯狂的幻觉。甚至连提格里奥斯领主和马克西姆典记长也没有取得任何成功。看来莫塔瑞恩的时钟只能通过步行才能找到。

好几名资深星际战士认为，这里的人口早已灭绝，应该从太空中将这座城市夷为平地。基里曼召见了他们，并指出他们错了。基里曼下令发起地面突袭以清除敌人。在一次演讲中，基里曼谴责任何在市民有可能还活着的情况下夷平一座帝国城市的暴行；但是，他私下里对菲利克斯承认其他人可能是对的。但这座城市必须被夺回，因为他们必须确保能亲手摧毁莫塔瑞恩的亚空间时钟。据说莫塔瑞恩有一部分已经是不再受到普遍规律约束的恶魔。如果战局对莫塔瑞恩不利，他随时可能撤回他的装置。

菲利克斯不确定对原体而言哪个因素才是最重要的。基里曼从整个星区调来医疗小组，以治疗任何可能幸存下来的市民。实际上，在两个战斗理由之间没有什么可以选择的余地。它们都具备重要的意义。基里曼希望两者都能达成。

此刻，基里曼正在站在马库拉格之耀号上，等待他信赖的地面部队能够找到莫塔瑞恩的装置，并传送一个坐标。

菲利克斯感兴趣的是原体解释他行为的方式。他在谈话中所说的最重要的事情，只取决于他谈话的对象。通过这种方式，原体根据追随者的偏好来引导他们的积极性，而不是对他们撒谎。几乎可以肯定的是，原体还有没有表露的其他理由。这种层次的交流技巧令菲利克斯为之震惊。虽然他很理解这件事，但他感觉自己看清了这几个月来自己本该早就发现的一些事情。基里曼总是谈论阿斯塔特修士的和平才能和军事努力同等重要。菲利克斯认为他高估了他们的才能。与行政管理的观念进行搏斗令菲利克斯感到自己的愚蠢，仿佛他的脑子并非真正为这个目的而存在，尽管原体向他保证他在这个方面很有天赋。

或许这只是一个训练的问题，菲利克斯花费了上千年来为战争准备，但只有很短的时间来练习政治才能。如果原体这么说，那么一定是的。尽管如此，菲利克斯还有许多需要学习的事。令他惊奇的是，原体具备这样的才能，可以几乎不费吹灰之力就让人们去执行他的意图。他认为只要自己能效仿基里曼所做的十分之一，便有资格做一名英杰了。

菲利克斯迫切地想要亲手找到堕落原体的机械装置，并将它交予复仇之子的手中。与追踪这个时钟的难度相比，摧毁阿迪厄姆的时钟简直是儿戏。阻止堕落原体的工作，是他所能理解的一项成就。一旦实现，菲利克斯就能感觉自己配得上授予他的荣誉。

突击陷入了瘫痪。黏稠的地面困住了整条战线上的星际战士，行动的节奏被延缓。从帝国的战壕线出发的时候，他们的装甲的涂装明亮整洁。而如今，他们浑身沾满了污垢，如同灰褐色的制服。难以描述的泥浆向上涌入菲利克斯的呼吸格栅。为对抗脏污，他的装甲自行密闭。一声蜂鸣声警告他，通风口已经堵塞。这让菲利克斯注意到在显示屏中许多标识中的两个进度条。那两个进度条已经自动放大，急切闪烁。装甲内部的温度，以缓慢但不可抗拒的速度上升着。背后的反应堆背包明显变暖了。战斗装甲的每条纤维束受到的压力的指示条，都正从绿色渐渐变成琥珀色。

当忠诚派冲入河中时，迎来了死亡守卫的火力。他们别无选择，只能忍受。正因为凡人无法突破泥海，基里曼才派星际战士们前进，并不得不信任自己的装甲。

集结在一起的兄弟们所发出的战斗呐喊和战争圣歌，变成了声声咕哝。爆矢弹拍打着厚厚的泥沼。只有当爆矢弹深深射入泥浆时，它们的质量保险丝才会触发。泥沼削弱了它们的力量，爆炸造成的轻微冲击抖动着泥浆。死亡守卫的攻城坦克投掷出巨大的炮弹，在水中爆炸的炮弹，掀起了气泡和腐烂的残尸。

面对猛烈的炮火，五千五百名星际战士沿着一条长达十公里的战线，艰难前进。

为了回应死亡守卫的炮灰，从帝国战线后方也发起了压制性的炮击。旋风火箭尖叫着掠过，在瘟疫战士的战壕线中掀起了大量泥土。大约四分之一的敌人火力被压制了。但敌军又迅速投入了预备队，通过从艾斯潘多第三都市延伸出来的战壕线，前来增援。

地面是一片恶心的泥浆海洋，天空是一片重型火力的混乱交火场面。战士们不断地被命中，然后死去。一名制服涂装被泥水遮掩的星际战士沉下了水面，随后又在几十米外被冲了出来。菲利克斯被水流拉扯着腿脚，步伐不稳。河水的流速快得无法抗拒，突击的队列被冲散了。先进的战术数据库显示菲利克斯的阵型正在无望地散开。

"压上去！"他说。"尽可能集中到我的位置！"

在菲利克斯的左边，马凯德斯在水流中畅行无阻。一个死亡守卫盯上了他，一轮重武器的猛烈射击迎面而来。炮弹从马凯德斯的倾斜甲板上擦过，激光

第二十一章

257

炮在马凯德斯的装甲上烧出了熔化的洞，但马凯德斯仍旧继续向前。

　　河水的流动没有逻辑可言，它在不自然的旋涡中迂回循环，猛力拉拽，旋转冲击着人们，扰乱他们的脚步。迎着河流，尽管时常会被冲散，星际战士们还是继续前进。

　　菲利克斯到达了岸边。堆积的土堆筑堤挡住了河流，许多带着尖刺的污秽头盔从敌人的火线冒了出来。一股等离子洪流烧焦了他右边十米处的泥土，形成了一堵蒸汽壁。第二发射击打爆了最靠近菲利克斯的那名正在蹒跚前进的原铸仲裁者的头颅，那是极限战团第二连的一名成员科勒斯兄弟。他的涂装被鲜血遮盖，暗淡的褐色瞬间变成了动脉血的红色。科勒斯在菲利克斯的视野中沉入了污秽，并失去了基因种子。

　　菲利克斯抬起脚，放下后却什么也感觉不到。他失去了立足点，不可避免地摔倒了。污泥完全遮住了他的护目镜，泥水不断挤压着他。尽管菲利克斯过去曾多次浸入静滞力场中，但他也从未感受过这种极度的幽闭恐惧。无声的爆炸撼动着地面。一个近距离的爆炸把他摇摇晃晃地送到一边；后背包的稳定喷嘴关闭了，靴子内部的螺旋仪被他摔倒的延迟动作迷惑了。菲利克斯跌跌撞撞，载浮载沉。热警报在他耳边尖叫。他的位置在三维视图上移动，直到随着一记沉闷的金属撞击声，他靠上了强大的马凯德斯的腿。这次碰撞让他停了下来，菲利克斯重新在脚下找到了坚实的地面。他依然浸在污秽中，被迫依赖于装甲的遥感测量以确保自己没有转向或是迷路。他把马凯德斯作为一个标记，向河岸走去。

　　河床在他下方上升。菲利克斯感觉到靴子和下方泥泞中隐藏的鹅卵石堆的摩擦。他奋力向外走去，首先露出他的后背包，然后是头部，随后是肩铠的圆顶。菲利克斯跌跌撞撞地走向离战壕线的最后十米距离。尽管护目镜上含有沙砾的污垢使他不得不使用自动感应系统来观察，但此后的每一步都变得容易了一些。敌人迅速向他逼近，几十发爆矢弹向他射来。大多数爆矢弹在钢铁光环所产生的防护能量力场上爆炸。侵略者装甲在设计时考虑了对爆矢枪抗性，厚厚的战斗装甲以保护他免遭爆矢弹穿透伤害。菲利克斯的热通风口重新打开了，喷出了泥浆。空气呼啸着穿过通风口，温度计回到了正常数值。然而，他的能量力场和装甲发出了其他被猛击的警告。

　　"前进！"他再次咆哮。接着，一阵号哭般的机器咆哮宣告马凯德斯走出了泥泞。无畏机甲走出河流，每一块装甲板都流淌着污水，它的旋转炮开始转动并准备开火。

菲利克斯并没有停下来确认是否还有其他人靠近，直冲敌阵。敌人的爆矢弹撞在他的能量力场上，还有九步——那就是距离。他只用了一秒就越过了这段地面。菲利克斯激活动力剑和爆矢风暴护手周围的能量力场。它们发出惊人的爆裂声，分解器立刻烘烤着泥浆，使得它们从武器上如雨般落下，就像一串肮脏的玻璃珠。

"为了奥特拉玛！"他咆哮着。选中了一个目标，他水平举起内置在护手背上的风暴爆矢枪进行攻击。猛烈的射击把敌人从战壕边沿赶了回去，爆矢弹从边缘炸起了土块，使得敌人的被腐蚀的肩铠发出哀鸣。其他人的也加入了他，一支枪，两支枪，然后是几百支枪。

"为了基里曼！为了奥特拉玛！为了帝皇！"星际战士们怒吼着。

从被污染的河流中解脱后，他们狂奔着加入了战斗。上千支敌人的枪回应着他们的战斗呐喊，一阵由爆矢弹爆炸构成的火焰风暴击倒了几十名战士。星际战士们被密集地射中，炸得四分五裂。第一排倒下了，接着是第二排，但马凯德斯在战士中大踏步前进开火。无畏机甲的大炮轰穿了战壕边沿，把死亡守卫们炸成腐烂的碎片。星际战士们在他的火力掩护下涌向前方，越过战壕线，带着动力装甲撞上动力装甲的沉闷撞击声杀入敌人之中。

第一排的忠诚派战士进入壕沟后，死亡守卫的开火规律就被打断了，几百名甚至更多的星际战士没有受伤害地冲入了防御工事。

他们的部署正处在混乱中。菲利克斯的临时连队分散在两百米的土木工事里。在这个区域没有一个小队还保持完整。由于没有战友协同作战或是士官来引导他们，星际战士的攻击变成了一场决斗，每个战士随心所欲挑选他们的目标。

没有时间来集结自己的部队了，菲利克斯只能独自作战。他撞上了两名大块头的瘟疫战士，被环绕着瘟疫战士的凶猛的蝇群所包围。这些昆虫咬得菲利克斯的装甲嘎嘎作响，还试图模糊菲利克斯的视线，但菲利克斯依然能清晰地看到敌人的丑态。敌人来自更老的基因库，不像菲利克斯这么高大，但在其他任何方面，他们都更加强大。他们是怪物般的存在，臃肿的身躯已经超出了人类的承受能力，只能以某种特殊的方式存活着。他们的身躯上还带着许多的其他混沌印记，体现在丑陋的突变形态上。其中一个用一个流涎的昆虫头颅替代了人类的脸；另一个的手指变为了触手。菲利克斯用一连串的爆矢弹把苍蝇脸的叛徒从墙边赶走。趁着他倒下，他猛击那个憎恶之物的脸。菲利克斯的护手火光闪烁。叛徒的变异头颅顿时炸成碎片，尸体倒落在泥泞中，不停地抽搐。蝇群纷纷落到它们先前的寄主身上享用大餐。菲利克斯则跨过尸体，继续开火。

菲利克斯用一连串爆矢弹击退了那个长着触手的瘟疫战士。但他身披全套的装甲，更加难以对付——虽然装甲板上多处腐烂，被噬菌病毒穿出了孔洞，无所不在的苍蝇们在那些孔中就像蜜蜂在蜂巢中一样爬过。无所不在的苍蝇们在那里就像蜜蜂在蜂巢中一样爬过。叛徒拿起他的等离子枪开火，随着他的翻滚着的蠕虫般的手指扭曲缠绕着扳机，充电仓燃烧着亮绿色的光。菲利克斯向前冲去，侵略者装甲更先进的系统使得他异常灵活，砰地撞上了大块头的叛徒，虽然没能撞倒他，但两人已经靠得足够近了，足以让菲利克斯挥拳将叛徒那把枪的抑制仓砸得粉碎。等离子气体向外爆发，引发的爆炸将他们两人都震得倒退。

"一个帝皇的漂亮新儿子！"叛徒咯咯发笑。这些话只能听懂大概意思。叛徒放下他破裂的武器，拔出一把肮脏的小刀。"噢，如果能让你皈依原初的真理，我会得到什么样的好处呢？"

菲利克斯立刻开始进攻，向下挥舞他的动力剑划出一道带着巨响的弧线。同时他一个转身，将自身的巨大重量和装甲的动力都压了上去。

瘟疫战士大笑。异端的体型掩饰了他的速度，他用小刀偏转了菲利克斯的剑。菲利克斯的手臂巨震。对方的武器很小，是自从帝皇第一次将星际战士们投入银河的那一天起，就已经交给他们使用的那种战斗小刀。刀被腐蚀了，在刀柄附近的部分已经生锈，早就应该已碎裂。这次攻击光是冲击的力量就应该让瘟疫战士蹒跚后退。那本是菲利克斯的意图：先接近，让叛徒失去平衡然后终结掉他。然而现在，他的敌人纹丝不动，他的武器仍是完整的，这把刀和它的持有者都带有不洁的力量。菲利克斯的动力剑被弹了回来，剑刃上出现了一个新的缺口。在动力剑的缺口表面，一层铁锈和变黑的痕迹透过金属呈露出来。瘟疫战士依然坚如磐石。

"我已经在这场漫长的战争中战斗了一万多年，小兵。"瘟疫战士说。"想要打倒我，一次鲁莽的打击还不够。"

菲利克斯举起护手，对着瘟疫战士的躯体猛烈射击。几枚爆矢弹打穿了摇摇欲坠的战斗装甲，在叛徒肿胀的胸膛内爆炸，但他只是咳嗽了一声，然后咯咯笑着没有倒下。

瘟疫战士猛地撞上了菲利克斯，两人都向后倒去。他的一只生锈的手紧紧抓着英杰的咽喉。虽瘟疫小刀向下刺来——注入其中的黑暗力量令菲利克斯的皮肤都有了痛感，刺穿了钢铁光环的能量力场，猛戳向菲利克斯的脸庞。菲利克斯挥动前臂将小刀打到一旁，用动力剑的剑刃刺穿了瘟疫战士的左眼护目镜。叛徒向后退去。菲利克斯随之跃起击出一拳。分解力场粉碎了叛徒的胸甲，菲利克斯的手深深扎进了叛徒的胸膛。恶臭的物质溅满了他的全身。叛徒就这样挂在他的护手上死去了，但菲利克斯仍用护手内置的爆矢枪开火，炸碎了叛徒的背部，使得叛徒那冒烟的动力部件带着噼啪作响的绿色电弧爆炸。

一瞬间，仿佛是被瘟疫战士的死亡所激怒，虽菲利克斯的双眼和自动感知系统都被袭来的蝇群遮蔽了，但不久后蝇群就开始抽搐着，突然集体死亡了。

在菲利克斯身后很接近的地方，传来了重型爆矢枪猛烈射击的声音。菲利克斯转过身，准备再次战斗，但只看见六名满是污泥的创世战团的百夫长正在掩护他的背后。随着百夫长们的武器停止了射击，四名瘟疫战士滑落地面，叛徒的身躯上的许多个洞眼流出了腐液。一把热熔枪自叛徒首领的手中掉入战壕厚厚的淤泥里。

百夫长小队的士官向菲利克斯致敬，将他下挂着重型武器的庞大的动力拳举向前额。

"我向你们道谢。"菲利克斯说。"如果不是你们介入，我的生命就已终结。"

"我们都是背负同样颜色的兄弟，英杰大人。"士官说。"我们每一个人都是原体的子嗣。我会勇于面对亚空间的魔爪来确保您的生命，大人。在您的指挥下，伟大的日子将会再度到来。我们应团结一致对抗那些古老的敌人。"

菲利克斯快速扫描了战场。星际战士们正在沿着整个战壕翻越过壕沟边缘。兰德速攻艇已经在敌人战线的大后方完成了它们的任务，开始掉头返回扫射战壕。菲利克斯的视野受到了限制，最多只能看到最近的地堡。自冲进战壕以来，他第一次关注起战术显示屏并召唤出三维地图。菲利克斯扫描了壕沟体系的覆盖图。附近有一些小股的瘟疫战士还在坚守。

"你们的连长在哪？"菲利克斯问。

"我们联系不上他。"士官说。"我们在前进中和连队分开了。在这种环境下追踪他们的定位信标很困难。"

"传输你的身份给我。"

士官照做了。

"你是第五连的？"

"是的，大人。"

菲利克斯从充斥着他头盔中的成堆战术数据中找到了创世战团的定位。他自己的小队出现在离这里有一些距离的地方。而一小撮敌人正在接近，他们的另一边就是创世战团第五连。

"我找到他们了。"他说。"你们的兄弟们在这边。"他指着。"但敌人正在接近。为了大奥特拉玛的荣光，以及帝国的人民，或许你们愿意和我一起宰了他们，然后再重新加入你们的兄弟？"

他们毫不犹豫。

"我们将会协助您迎战。我们的兄弟们可以等等，英杰。我们都为马库拉格而战。"

"我也一样。"从壕沟工事的另一边浮现出了马凯德斯巨大的框架。他在松软的地面上小心地保持着平衡，缓慢移动。

菲利克斯打量着他这支战斗小队的成员们。其他的星际战士们正朝菲利克斯的方向移动，菲利克斯召唤他们加入自己。

"前进。"他说。"为了奥特拉玛。"

战斗一直持续到下午。菲利克斯和他的不断壮大的队伍袭击了附近的地堡，击杀了里面的死亡守卫，敌人很快就被百夫长们的重武器和马凯德斯的强大装备解决了。

敌人的抵抗是顽强的，但注定要失败。只有不到四个瘟疫战士连队和邪教徒辅助部队还在驻守战壕。菲利克斯原本预期会遇到恶魔或是恶魔引擎，但这些都没有出现。尽管瘟疫战士的作战十分顽强作战，但他们的人数却被忠诚派碾压，所以很快就被击败了。基里曼投入了压倒性的力量，敌人没有任何机会。

然而，代价十分高昂。雷鹰机群和没有武装的运输机在战场上来回穿梭，带走了死者和他们宝贵的基因种子。许多星际战士倒下了。菲利克斯想知道那些在泥泞中死去的人的基因存收腺体，是否仍有可能被打捞出来而不会有被污染的风险。

当壕沟里的最后一名瘟疫战士被击杀后，人类清洁小组进入了这个区域，开始用火焰进行净化。只要有可用的交通工具，牧师们就会跟随在部队后面，到了下午晚些时候，牧师们已经在战壕上方唱诵着祈祷。

战斗继续在城市里展开。随着战壕网络的火力点和炮台失去作用，帝国的空军部队飞过河流进行增援，将来自帝国军队的各种武装及其所有部队部署在城市边界附近。炮火很快从中央的教堂高塔上炸开，菲利克斯继续推进。他告别了创世战团，但他麾下的战士人数已经变得越来越多。他自己部队的大多数人活着突破了难关，逐渐都找到了他。当他到达战壕边缘时，另一大群极限战士加入了他的队伍，还有其他战团的迷路战士们。他们没有连长可以跟随，于是就听从菲利克斯的指挥。

越过双重战线后，地形已经不再像之前那样被撕裂。由于敌人的毒害，艾斯潘多的丰富的植被只剩几个顽强的品种存活，散布在破碎的平原上，而且没有一种看起来是健康的。四处散落的弹坑，被污水注入变成了色彩鲜艳的水池。蝇群嘈杂地在这些有毒的水坑上方聚集，在笼罩在荒废大地上方的一层薄雾中，弥漫着污染空气的化学物质气味，但现在正逐渐开始消散。当死亡守卫被击败时，周围的苍蝇似乎就会完全消失。随着越来越多的瘟疫战士倒下，蝇群明显减少。天空开始放晴。太阳苍白地出现在稀薄有毒的云层后面。

敌人越少，能见度就变得越好。树木的残骸从散去的蒸汽中显露出来。很快菲利克斯就可以看到通往主干道的所有小路。在两栖渡河时沾上了淤泥的星界军奇美拉运兵车，正横冲直撞越过荒原，全速驶向艾斯潘多第三都市。载人的雷鹰炮艇在前方着陆，卸下大队的星际战士。菲利克斯催促手下加快前进的速度，渴望在敌人被全歼前，还能再打上一仗。

在二十分钟的行军后，他们走完了到艾斯潘多第三都市的战斗中心四分之三的路程。队伍到达了一个废弃居住区边缘的碎裂混凝土堆，从这里可以往回清晰地看到河流。

"在这里等一会儿。"菲利克斯命令追随者们。随后，他邀请了团队里的中队长和士官们陪他一同登上小丘。

他们在小丘上观察着城市。进城的道路很完整，越来越多的载具正向城里开来。在泥海的另一侧，星界军的战斗工程师小组和科技神甫们一起工作，在原本是奥德里亚主桥的位置修建了一条堤道，将主干道被切断的部分连接在一起。堤道刚刚建好，坦克群就排成长列过河。从菲利克斯所在的位置看，这条穿过奥德里亚河的堤道仿佛是泥海中一条颜色更深的临时小径。远处有重型推土机器在工作，用铲斗和铲臂从地面上清除阻塞道路的障碍物。菲利克斯可以想象着那些令人作呕的污秽突然从被毒害的土地上移走，冲进海里的景象。

"健康回来了。"一个名叫马库拉斯·费兹的士官说。他指向天空，他装甲上的泥在上升的微风中干燥剥落，显露出下面深蓝色的制服。

菲利克斯跟随费兹的手指望去。一只孤独的鸟飞过一片被毁灭的郊区。它用翅膀拍了十下，使自己向前移动，然后降下少许，继续重复着这个运动。

"这个世界会被治愈的。"菲利克斯说。"原体会做到的。"他全心全意地相信。

这支队伍离开高地，继续前进。不久后，他们走上了从偏远地区通往市区的主干道。进城的帝国装甲车的队伍首尾相连。菲利克斯让部下排成两列，开始快速小跑，越过了被堵住的坦克群，马凯德斯巨大的脚爪让地面也为之震动。

很快，艾斯潘多第三都市的中心出现在他们面前。

艾斯潘多是一个宗教世界，因此它的城市里挤满了教堂和寺庙。菲利克斯还是没有接受这个时代人们崇拜帝皇的方式。尽管这些以帝皇名义竖起的建筑物充满美感，但还是令他不安。

叛徒们对帝皇崇拜的反感远比菲利克斯要更强烈。艾斯潘多第三都市大部分区域都化为了废墟，所有为纪念帝皇而建造的精美建筑都被夷为平地。

菲利克斯奉命直接前往中央大教堂。他带着队伍走在主要街道上，无视各处救援的要求，也避免卷入遍及全城的各种局部战斗。炮火轰炸的痕迹在倒塌的建筑物和破碎的道路上随处可见，但这里有一种明显的严重腐化现象，光凭战争无法解释。

混凝土在加固梁上腐烂。外观邪恶的藤蔓覆盖着建筑物，墙壁在下沉的地基上严重倾斜。到处都是尸体，菲利克斯和他的战士们经过了一堆堆发黑的尸体。似乎那些收集死者的人早已放弃了，街上还有许多孤零零的人，都有染病的迹象。一种麻木的气氛令街道窒息。零星的枪声回荡在空旷的街道上。飞机和反重力坦克在头顶竞速。作为探测器的伺服头骨在建筑物中来回进出。当坦克群和星际战士们从西方进入城市时，机械发出的噪声和战士行军的脚步声本该是嘹亮高亢的，但笼罩在整个城市的背景下，这些声音却变得沉闷。似乎，有一种带着某种恶意的东西在观察他们。有好几次，队伍感觉到了某种看不见的东西的存在。有些星际战士强烈希望搜索这些建筑物，但菲利克斯没有准许。

"我们不要偏离目标。尽快赶到市中心的大教堂。"他告诉手下们。"我们必须迅速行动，提防被伏击，不要卷入其他任何状况。"

菲利克斯很快发现在艾斯潘多第三都市还有市民存活。

在本是他们家园的肮脏废墟中，还是有人们幸存了下来。他们要么因为感染瘟疫而浮肿，要么因为饥饿而消瘦。幸存者们大多精神不振，但他们仍然活着。幸存者咳嗽着为拯救他们的战士们欢呼。医疗小组已经深入艾斯潘多第三都市的主要街区，在有些地方甚至跑到了战斗部队的前头，令他们自己的生命处于危险当中。战斗逐渐平息，枪声逐渐朝东方褪去，从隆隆的战斗枪炮声，转变成了给予重伤者帝皇的慈悲的单发枪响。

有憔悴的脸从窗户向外凝望。市民们虽然饥寒交迫。但他们还有反抗精神。

凡人的精神鼓舞了菲利克斯。这些人没有什么特殊天赋，没有经过身体强化，什么都没有，但他们仍然幸存了下来。这些平凡的男人和女人忍受了上天砸到他们头上的最恶劣的待遇。菲利克斯谦卑地想，他将尽自己所有的力量为人类服务。

他们经过了各式各样的地区。寺庙区是所有区域中最大的，这个区域的中心广场过去被四个街区的众多高楼环绕。但现在，大部分街区都已被夷为平地，没有一座完好的建筑物。街道被石头雕像的破裂碎块和从基座倒下的金属雕像的残骸堵塞了大半。

他们继续前进，菲利克斯的侦察兵和掠夺者报告说，寺庙都被腐败的血和狂信的仪式玷污了。这些玷污仪式总是用最肮脏的物质来进行的——成堆的污秽物和尸块，或是带血的骨骼和无辜死者的带病内脏。菲利克斯不能忍受这些东西留存。尽管时间紧迫，菲利克斯也并不认为帝皇有神性，但这些暴行仍是对帝皇陛下的侮辱。因此菲利克斯带着一些人去摧毁那些亵渎物。无论他们在哪里看到了叛徒的标记，星际战士们都会将其破坏。菲利克斯让带热熔枪的人或者地狱轰击者小队去清除亵渎的符号。当队伍完事后，菲利克斯会用火焰枪点燃安置它们的建筑物。这座城市里的东西都湿透了，难以焚烧，但菲利克斯依然命令他的战士们坚持这么做。当队伍继续朝中央区域前进时，身后留下了一条燃烧着的废墟形成的轨迹。

大教堂有一百五十米高。这座建筑顶上的双塔之一已经倒塌了。另一座塔还在，虽然塔的尖顶布满了孔洞，屋顶已经塌了进去，但大教堂依然在中心区傲立。

这座城市出奇地寂静。被监视的感觉越来越强烈。随着大教堂被破坏的房顶在附属教堂和政府建筑上方森然浮现出时，寂静的意味变得更深重，被监视感也更令人不安。

当他们走近广场后，菲利克斯重组了部队，指挥他们组成可以相互火力支援的团队，包围教堂。带着一个地狱轰击者小队和一个仲裁者支援单位，他和马凯德斯前进穿过空地，其他人搜索建筑或者用武器掩护指挥官。

这座城市的腐化状态，在大教堂上表现得最为明显。从那座倒塌的塔开始，瓦砾堆延伸过了半个广场。破碎屋顶上的腐烂的木材，就像黑色牙齿般指向天空。带病的植物从坍塌的外墙上垂下。纠缠着这个行星的蝇群把这里作为最后一个据点，它们成群地从建筑物中升起，嗡嗡作响，试图攻击到来的星际战士们，最后绝望地在星际战士的动力装甲上葬送性命。

战士们在废墟中艰难前行。广场上的宗教建筑、部门办公室和商业场所，大体都被炮弹削平了，到处都是蓄意摧毁的痕迹。大部分建筑物上都曾有帝国的"I"字符或是天鹰纹章。现在，所有的这些标志都被撕开或凿掉了，原本是标志的位置都涂上了邪恶的符号。

广场原本非常巨大，但在乱糟糟堆满了建筑的残骸后，就显得十分狭小和悲凉。被木桩刺穿的发霉的尸体，三个或七个一组堆在一起，大大削减了空地的范围。

一排排圣徒雕像矗立在大教堂的两个正面的壁龛中。这些雕像的头都不见了，双手也被砍断。在被毁坏的雕像长廊下方有三个门，门上的木材早已腐烂，上面的金属配件也被腐蚀了。

菲利克斯放慢了脚步。他举起手。星际战士们准备好了武器。

片刻后，一枚火箭从未受损坏的那座塔上飞来，把一名星际战士炸得粉碎。一名原铸仲裁者举起爆矢步枪开火。他的射击命中了，一个凡人的残躯从高处滚落，在石板地面上溅起一片血污。

"小心！"菲利克斯呐喊。

星际战士们立刻散开，寻找掩体并给武器上弹。

三扇门同时大开。从被亵渎的大教堂内冲出了一群尖叫着的凡人暴民。这些暴民和他们的同胞一样感染了瘟疫、非常可怜，但他们的脸上却洋溢着歇斯底里的狂喜，他们蹦跳着虚弱地向星际战士们跑来。暴民手中的武器少得可怜，即使有，大部分也是抢来的激光枪。能够进行射击的少数人，一定会为他们的武器无法穿透动力装甲而感到失望。

星际战士们开火还击。十秒的爆矢枪全自动射击足以扫清这一地区。

菲利克斯检查了这次射击的战果——到处是破碎的肢体和布料的碎块。菲利克斯对这些邪教徒的结局没有什么感想，那些人自己已经做出了选择。菲利克斯把通信频道设为中央指挥部。

"这里是英杰德西莫斯·菲利克斯，"他在通信中说，"告知原体，大教堂广场已经扫荡完毕。我们将按命令驻守。"

菲利克斯安排手下们在大教堂周围驻守，然后开始了等待。云层进一步裂开，阳光充分地照射进来。天气变得闷热，腐烂产生的恶臭变得越来越强。

基里曼在半个小时后抵达，由他的冠军护卫、禁军和十位寂静修女护送。马克西姆典记长和格伦狄厄姆编修员也在一大群跟随而来的星际战士灵能者当中，由极限战团的首席智库提格里奥斯率领——他是原体从向艾斯潘多南方进军的队伍中调遣过来的。在基里曼巨大身形的映衬之下，他们原本高大的身材看起来就像是儿童侍从们古怪地扮为成年战士，以欢迎一位到访的封建领主。

"英杰。"基里曼说着，把头盔递给昔日的侍从。他和随员们没有减慢速度，直接走进了主门。"所有人禁止入内。"

一对修女把死去的叛徒的残骸踢开，在众人身后，关上了门。

菲利克斯望了一会儿大门。一种被怀着恶意的野兽观察的感觉非常强烈，令他有逃跑的冲动。菲利克斯希望自己刚才进去了，可以再一次在他的主君身边保护他，尽管这看起来很可笑。罗保特·基里曼面对任何敌人都不需要保护。

菲利克斯转过身去，向外看着城内。"当原体在里面的时候，保持警惕。"菲利克斯命令。

"很乐意，英杰，"马库拉斯·费兹说，"尽管我不为他担心。这里现在除了鬼魂和低语之外什么都没有。"

第二十二章

神　学

　　基里曼走在一个宣扬帝皇神性的石雕下，进入了一个完全围绕这一信仰构建的场所。大教堂内有宽广的空间，以呼应人们对帝皇的巨大信仰。石墙上镶嵌着装饰画和雕像；这些艺术品所展示的信仰近乎疯狂，犹如用石雕表达的对垂怜拯救的乞求。但就像这个教堂声称自己蕴含的真理一样，它的内部如今空无一物。

　　要是人们知道这一点就好了，基里曼想。他向上透过屋顶望着清朗的天空。教堂的横梁悬吊在腐朽的钢筋上。湿滑的地板上覆盖着腐烂的木材和坠落的瓦片。

　　雕像被破坏，窗户被打碎，任何见证帝皇的神性的东西都被损坏了。但与对大教堂的亵渎相比，这些艺术品遭受的毁坏，相对而言就不算那么严重了，因为混沌的扭曲影响已经深深渗透到教堂的结构之中。一种不健康的恶臭弥漫于大教堂的墙壁之间，与河流下游的腐烂气味有相似之处——都是一种腐败的、厚重的气味。但在这里没有什么东西在生长，赐予新的生命的承诺只是一个谎言。

　　随行的禁军、寂静修女和冠军护卫展开队形，准备好了武器。智库们留在基里曼的身边。不断有刺耳的声音在废墟中传来。在大教堂长长的中殿的前后两端各有一座主翼殿。另有一座次要翼殿穿过教堂中央。就像许多神圣建筑一样，这座大教堂的平面图，从上方看构成了单一的长条形的帝国的"I"字符。

　　基里曼不以为然地调查着这里。对帝皇的崇拜，已经成了帝国的基石。这个崇拜行为与混沌的影响同样有害。人们并不理解这一点，但当基里曼环顾这座大教堂，这座就像他在帝国各地见过的几百座其他教堂一样的建筑时，他有些怀疑他自己对帝皇神性的看法是否正确。

理论上，基里曼想，帝皇是一个神，并且否认自己的神性以保护人类；那么实际上，他是一个神。

或者，基里曼继续告诉自己，理论上，帝皇不是一个神，但变成了一个神；那么实际上，他是一个神。

基里曼恼火地打消了这个念头。这些理论已经无数次在他的思考中反复出现，直到他感到厌倦，但他的头脑不受控制地创造着与他的信念相反的论点。

理论上，帝皇一直是一个神，但帝皇没有意识到这一点；那么实际上，他是一个神。

不，基里曼想。

理论上，帝皇变成了保护人类的神；那么实际上，他是个神。

帝皇不是一个神，他想。

理论上，基里曼现在狂野地想着，将他的怒火向背叛自己的思维倾泻。帝皇从未是个神，也否认自己是个神，只是被那些看到力量却误解它为神性的人们错误地高看了。那么实际上，帝皇不是一个神。

"他不是一个神。"基里曼响亮地说了出来。他不能接受帝皇是神这样一个念头。一个冷漠和麻木不仁的存在，是不值得崇拜的。

那么，为何这个问题还会让他如此困扰？

"大人？"马克西姆问。"您还好吗？"

"没什么。"基里曼说。他清醒了过来，望向大教堂的尽头，黑暗在那里紧紧笼罩着它的秘密。"我什么也没看到，尽管这里的气氛表明一切都不太好。莫塔瑞恩的装置在哪里？"

"装置就在这里。它应该在高处的祭坛上。"提格里奥斯说，指向大教堂的告解室中满溢的不确定的暗黑。"它把自己隐藏在被束缚的阴影的斗篷里。"

"在这里有什么东西，"马克西姆说，"我能感觉到它。"

基里曼顺着大教堂长长的过道望去。他的队伍和安置祭坛的告解室之间有长达一公里的大理石地面，上面堆满了破裂的屋顶瓦片。他的铁拳对寂静修女们发出一个快速的轻弹手势——这是修女们的简易战斗语言"战斗记号"的一种手势。她们鞠躬并快速走上过道。她们前进时没有发出声音，铠甲没有碰撞响声，脚步在教堂的废墟上也无声无息，和寂静修女之名完全契合。修女们的银色装甲消失在笼罩着远处翼殿的黑暗中。

"让她们先行一步。"基里曼说。"如果有幻象,她们独特的天赋将会将它撕裂。"

他们等了一会儿。黑暗并未消散,直到一声脉冲的通信嘀嗒声传入原体的头盔。阴影依然浓厚,隐藏了秘密,修女们现在也被笼罩其中。

"她们找到了。"基里曼说。"走。"

基里曼在过道上的行进远不像修女们那样隐秘。他脚下的瓦片的粉碎响声响亮地回荡在被毁坏的大教堂内部。来自六个战团的二十名智库在他身后庄严地列队前进。

他们在通往祭坛的台阶下与修女们会合。装置应该就在几米近的地方,但现在还看不见。

"在这儿!"一名智库喘息着说。当阿斯塔特修士的智库们准备进行战斗时,灵能力量带来的强烈情绪压力突然增强,压迫着原体的后脑。

"看,"贝拉丝大修女发出信号。"敌人的武器。"

她离开基里曼走上一个单独的大理石台阶,靠近祭坛。随着犹如十几个老妇人集体发出死亡叹息般的声音,黑暗的斗篷模糊了,落到一旁。

在台阶顶端,庄严的祭坛前方,有一个丑陋的装置——以黄铜、玻璃和邪恶的意念构成的三足时钟,几乎像大教堂天花板一样高。贯穿它细长的框架之中,中空的球体容纳着无法理解意图的冒着气泡的液体。三列疯狂旋转的发条绕着一个轴旋转,如果仔细观察,这个轴并不立足于物质领域。在时钟顶端,有三个指针倒转运行着的钟面。每一个钟面都有自己的钟摆。这些钟摆用复杂的舞步,在旋转的发条外面来回摇摆,在各自摇摆的顶点几乎互相撞击。钟摆的砝码是用锋利的钢铁制成的新月形斧头。随着它们的摇摆,被切割的空气发出微弱的呼哧声。

在这座钟的开放框架内,黑暗能量蜿蜒移动,缠绕在其他任何地方都很常见的噼啪作响的圆筒和发条上。在最中央,坐落在移动的齿轮和亚空间力量之间的,是一个三角形的纪念碑,大约十二米高,由类似橄榄石的绿色矿石构成。纪念碑令人难以置信地倒立着,用顶端来保持平衡,整个纪念碑的重量被不超过一厘米厚的石头支撑着。它以偏头痛的类似强度在搏动着,那是一种沉入灵魂深处的沉闷而绝望的心跳。在围绕着时钟的长着红锈的铁柱子上,镶嵌着三个青铜铸造的纳垢三片裂叶魔纹的图案。这些图案以内部的力量振动着，散发出微弱的热雾。

原本看上去一片死寂的大教堂，现在回响起了一阵急促的三重嘀嗒和齿轮的呻吟，仿佛时钟一旦被发现，就不能再隐藏它的腐化之音，将其全貌显露了出来。

这是一件憎恶之物，修女指挥官贝拉丝做手势。混沌的仆从总是尽可能选择能侮辱我们圣主的场所。

基里曼将重建寂静修女会作为一件优先事务。在回到泰拉后，他聚集了这个修会四散的残部。随着星语庭影响力的消长，其军事部门渐渐变得不那么重要。在大远征和异端战争的其间，寂静修女的数量相对还比较多。尽管在异端战争后一千年的野兽战争中，她们的人数还足以发挥重要作用，但在第 41 千年，她们已经逐渐减少到灭绝的边缘。剩下的人被黑船占用，追捕灵能者，扮演着抑制船上"货物"的能力的关键角色。帝皇时代的军事修会已经被解散、削弱或者在战争中失去。最后幸存下来的少数人分散在帝国四周，几乎减少到一只手可以数清的数量。她们继续到处战斗，但寂静修女们的辉煌岁月充其量只是一个神话。她们已经被自己牺牲性命保护的那些人们所遗忘。

在几千年的默默无闻之后，当基里曼归来时，寂静修女们心甘情愿地回到光明之中，并非是因为他的身份，而是因为他的本质。对她们而言，他是一位活圣徒。

寂静修女们像许多其他误入歧途的灵魂一样崇拜他的父亲，令基里曼为之震惊。他又一次想起了他的兄弟洛加。

时钟森然浮现在破裂的祭坛上，就像一个杀人凶手站在受害者上方。做成祭坛的一块巨大的方形异域奇石，被一分为二，时钟后方的墙壁也被深深刻上了瘟疫之神的三圈象征。神秘的符号之间闪亮着反射的巫术光辉。

一个伸出双臂祈福的木制帝皇雕像还悬挂在祭坛上方，但它的头、脚和双手都已经被砍断了，木像有一面完全烧焦了。在雕像左右两侧有一些小壁龛，每个都容纳着忠诚派原体的形象。出于某些未知的原因，这些雕像没有被触碰过。大多数看起来一点也不像它们描绘的主题，比如基里曼的雕像看上去就理想主义得可笑。

修女们站在身旁保护了基里曼，使他免受时钟更强大的那部分力量的影响，但从时钟散发出的邪恶的感觉依然使他的胃部痉挛，让他的手因为暴力冲动而刺痛。时钟在基里曼的脑海里转动着，无声的低语叫他撕开自己的装甲，在城市废墟的污秽中自我贬低。要不是修女们形成了一个围绕时钟的环形，基里曼可能会发现自己难以靠近。他以自己强大的意志将其逐退，拒绝被吓倒。

"这就是我的兄弟用来玷污这片大地的东西。"他带着寒冷的怒意说。"然而在尼凯亚会议时，最肆无忌惮反对智库的正是他。"

这是在艾斯潘多的最后一个，修女指挥官做着手势。这样的装置削弱了您父亲的力量。现在我们已经摧毁了在康诺统治城的那个，还有在罗德西亚的，这是与天灾群星之间仅存的残余链接。瘟疫之神的东西总是按照三或者七的数字。如果我们摧毁了这个，折磨这个世界的瘟疫将会被削弱。恶魔们将没有什么力量残留下来。

"莫塔瑞恩不在这儿。"基里曼说。

"不在，大人。"提格里奥斯说。"如果他在，我们会感觉到他的。"

"那么到了我离开艾斯潘多的时候了。"

基里曼强烈希望能面对他的兄弟。尽管恶魔原体在这个宗教世界投入了巨大的努力，但在艾斯潘多遇见莫塔瑞恩的机会已经变得渺茫。基里曼提醒自己不能急躁。这只不过是第一步。基里曼会找到自己的兄弟，然后就杀了他。保持耐心一向是基里曼擅长的。

"这台机器不会像在阿迪厄姆那台一样容易拆毁，"马克西姆说。"这里有一个充满恨意的存在。在摧毁这个时钟前，我们必须先用灵能将其囚禁起来。"

"排开你的战士们，提格里奥斯。"基里曼说。他的手抓住了剑柄。"我将用帝皇本人的剑，亲自结束这一切。"

"帝皇的守卫们，到帝国摄政身边去。"柯肯下令。

禁军们从大教堂的各个地方跑到原体身边组成阵型。寂静修女们组成的圆环转而向内，她们举起了行刑者大剑。

当基里曼准备接近这个被诅咒的工艺品时，教堂另一端传来了叫喊声。门开了一条缝。

"发生什么事了？"原体叫道。他有力的声音清晰地回荡，传遍了大教堂。

"英杰说您的牧师来了，大人。"一名冠军护卫通信说。"他坚持要我放他进去。"

"让他来吧。"基里曼说。他从时钟上走下来，松开了他的剑柄。"毕竟，

"这是他的教堂。"他自言自语。

战争使徒马蒂厄身上沾满了污秽,一条长长的割痕在左眼下方划过脸庞,但他还是带着始终如一的平静安详的神情走进大教堂。直到他走近,基里曼才注意到他注视时钟时脸上愤怒的表情。基里曼惊讶地发现他没有穿防护服。

"你在这里不安全,战争使徒。"原体说。"瘟疫还在苟延残喘,亚空间力量还很强大。"

"但您并未害怕,大人。"马蒂厄把他的手放在心口,低头鞠躬。他那朴素的、未经修饰的伺服头骨嗡嗡作响围着他的头庄严地转动。"我为什么要害怕?"

基里曼批评地看着他。"我是一位原体,马蒂厄。你不是。"

"我们都被帝皇庇佑。我的信仰庇护我。"

"就像它庇护这里的那些人民?"基里曼说。他指了指在坠落的屋顶下方压住的一堆骨骼。

马蒂厄微笑。"您的父亲不可能无所不在,大人,有些人的信仰比其他人更强一些。这一刻,您的父亲在庇佑着我。"

"不管这是不是真的,"基里曼说,"我情愿你穿上一件防护服。看,修女们和我的星际战士们都让他们的头盔密闭——甚至马德瓦·柯肯和他的禁军也不会没戴好过滤装置就冒险待在这里。他们比所有人都要更靠近帝皇,而且是帝皇用伟大的技术创造的。既然他们都这样谨慎,你也应该如此。"

很少有人能无视原体做出的类似这样的建议,但马蒂厄修士摇了摇头。

"我不会有事。我已经战斗了一整天,但却未受伤害。我受到了保护。"马蒂厄绕着对告解室走着。他危险地靠近那座被诅咒的时钟,做了个天鹰的手势,但没有迹象表明牧师被机械的恶意辐射所影响。

基里曼仔细打量着牧师,等待着疯狂或者瘟疫的迹象产生。马蒂厄沉默了一段时间,基里曼的手在统御之手内移动。他即将通过战斗装甲的神经分流器发送精神命令,这会让统御之手带着火花激活。但马蒂厄跪了下去,在污秽的地板上低头行礼。基里曼松了一口气。马蒂厄在那里默默祈祷。寂静修女们点点头盔,仿佛在和马蒂厄进行心灵交流。基里曼和柯肯交换了眼神。禁军微微一耸肩,他华丽的装甲上掠过一阵金色的波浪。

马蒂厄的祈祷结束了,他站起身,向他的神的被毁的木像屈膝行礼,随后转身面向帝皇的最后一位忠诚的儿子。

"这些敌人从哪里找到这样的恨意？"他问。"是什么让他们想要变成这样？他们把自己变成了怪物。"

这个问题使基里曼的脸上露出了生硬的表情。"仇恨在所有人的心中，"原体说，"它也在我心里。我憎恨死亡守卫放弃了理性，把自己变成了这个样子。我憎恨我的兄弟的背叛。但我不认为是他们的错。大部分的恨意源于恐惧，或是羞耻，或是绝望。我可以肯定，叛徒们很绝望。他们一定为他们所摧毁的东西而感到羞耻，因此他们的仇恨会变得更加极端。"

"你谈论异端们时很仁慈。"马蒂厄轻声说。

"他们从我这里得不到怜悯。他们就是他们。但我们绝不能忘记，这些人大多数曾是高贵的战士，是被别人带领着走上了这条歧途。从一位受敬爱的领袖口中说出的话，可以扭曲一个人的心灵。我相信，那是帝皇的错。如果帝皇未曾说谎……"基里曼的声音渐渐消失。他皱起眉头。他质问自己这些到底是不是真的。也许没有什么能阻止这一切的发生。然后基里曼回忆起了王座间和那道光明，以及那个触碰着自己的庞大的、非人的灵魂。

"帝皇真的说谎了吗？"马蒂厄问，陷入了沉默。他几乎无法呼吸，被他信奉的神的话语的启示攫住了。

"是的，帝皇说谎了。他知道亚空间的真实本质，但却只让自己一个人知道。我推断他想要阻止我的兄弟们和我受到诱惑，但无知反而让我们更容易被诱惑。荷鲁斯在转变之前曾是个好人。他高傲自大，这是肯定的，但荷鲁斯相信我们父亲建立帝国时的梦想，他们之间的爱曾是那么强烈。"基里曼严肃地看着马蒂厄。基里曼曾经相信，他真的相信那一切。但现在他就像他的父亲那样撒谎了。"混沌发现了一个方法来利用荷鲁斯的爱，并扭曲了它。我父亲的计算出错了，这让我们付出了惨痛的代价。"

马蒂厄喘了一口气。"有时我忘了您曾经与神皇并肩而行，大人。听到您谈起他，真像是一个奇迹。让我感到光荣。"

"如果是这样。"基里曼悲伤地说。"我希望能再次如此。"他有自己的原因渴望着那一切。但基里曼把那原因隐藏在心底。

马蒂厄找到了该说的话语。"神们并不像凡人一样受到法律的束缚，大人。帝皇说谎的原因，超出了我们的思考范围，甚至是您的。"

基里曼无奈地看向马蒂厄。

"马蒂厄，你无法说服我他是一个神的。帝皇亲自告诉过我，而且是许多次。我和他交谈，就像现在我和你交谈一样。帝皇是非凡的，是人类进化道路的巅峰，他拥有你我无法理解的力量。但他过去不是，现在也不是一个神。他是一个人，虽然是一个不寻常的人，但还是一个人。作为一个人，他会犯下错误；作为一个人，他有他的缺点。"

"您是他的儿子，大人。"马蒂厄说。"您说过您不是一个人。"

"我不是一个凡人，"原体说，"但我还是人类，只是因为有帝皇赠予的全部天赋，而帝皇也是一样。"

马蒂厄在告解室的黑暗中踱步，他抬头看着高耸的时钟，凉鞋在大理石上的浅水坑里啪啪作响。

"如果您的父亲具有神的力量，那不就意味着他是一个神了吗？他是否相信自己是神又有什么关系？"马蒂厄说。"帝皇庇佑我们。在那些他的圣徒们的行动中，是显而易见的，他们都是帝皇的意志显现；还有那些咒缚军团，他们会在本已陷入绝望的战斗中出现，带来希望；还有在帝皇的塔罗牌中，对它的阅读指引着普通人的日常。"

基里曼再次回想起了和他父亲的会面。他不喜欢重温那个回忆；仿佛那个回忆强加在他身上，而非是主动试图回想起来的。在那古老机器的怀抱中的东西，被令人厌恶的技术喂养。然后是那道金光，然后是痛苦……

基里曼的嘴唇抿得很薄。那个景象是一种控制的形式。那个痛苦也是一种控制形式。他厌倦了被利用。

"他不是一个神。"基里曼说。

"他对我而言是神。他对亿万人是神。为何你不接受这个真理？"

"对我而言，他是个父亲。"一个冷淡的，漠不关心的，无情的，控制欲强的父亲，他想。"还是一个主人。我已经为他死过了一次，而且还会再来一次。这并不能赋予他神性。"

寒冷。那是他和帝皇的会面的决定性的感受。无限、恐怖的寒冷。

他带着恐惧走进会场，害怕他可能发现的东西。他的父亲死了吗？疯了吗？他们甚至还能交谈吗？当基里曼被允许进入王座间，走近黄金王座，他的心情就像走近他的养父康诺的葬礼，心情虔诚，沉浸在某种悲痛中。从帝皇被送上黄金王座到基里曼自己去世的这段时间里，帝皇没有和任何人说过话。基里曼曾想，怎么会有任何事物能持续一万年呢。那具干瘪的尸体被成排呻吟的机械所环绕。悲伤弥漫了一切。为了维持帝皇的生命所必需的牺牲令原体感到恶心。如果帝皇还活着……他看起来已经死了。基里曼没有做任何期待。

但他说话了。

用光和火的语言，帝皇向归来的原体——最后一个他最好的造物——说话了。

一个造物。不是一个儿子。

活着的帝皇是一个狡猾的存在，善于隐藏他的思想，就像他善于读懂他人的思想一样。这个帝皇的残留物强大到让基里曼无法理解，但缺少了他在人间行走时拥有的精妙之处。与帝皇交谈犹如和一颗恒星交谈。字字句句都在灼烧基里曼。

最深的伤害，是那些没有用话语表达的实际行动。

帝皇对基里曼的欢迎，不像是一个父亲迎接儿子，而是一名工匠重新发现了一件他曾以为丢失了的喜爱的工具。他的行为就像是被锁在铁笼子里的一个囚犯，被递给了一把铁锉。

基里曼不抱幻想。他不是那个带来铁锉的人，他就是铁锉。

当帝皇在外面行走时，他用爱来掩饰他的手法。帝皇曾让他的基因原体们叫他父亲，他让原体们自称为他的儿子们。但帝皇自己很少说这些话，基里曼现在才意识到，帝皇在说出这些话的时候并不真诚。面对着帝皇不再有掩饰的全部意志力量的冲击，原本遮蔽基里曼眼睛的那一层薄纱也被撕去了。

帝皇曾允许原体们爱他，并且使原体们相信作为回报帝皇也爱他们。然而帝皇其实并不爱原体们。帝皇的原体们只是武器，这就是全部的真相。

尽管帝皇的力量浩瀚无边，或许比他升天前还要更强大，但帝皇的人性几乎完全消失了。他不能再用一张人类的脸来掩饰他的思想。帝皇的光芒包罗万象，令人眼花缭乱，但最后的最后——基里曼看到了帝皇的全部，这个他曾视为父亲的存在，现在什么也无法对他隐瞒。

帝皇不爱他的儿子们。他们是道具。基里曼和他所有的兄弟们，都仅仅是帝皇达到目的的一个手段。

马蒂厄微笑。"大人，他现在是我们大家的父亲。当您接受启示的时候，您的父亲没有和您谈论过他的神性吗？"

原体皱着眉，一瞬间蓄意流露出足以让牧师闭嘴的愤怒。"我的上一个战争使徒很快就学会了不要去问我，当我回到泰拉时在王座间发过什么。"基里曼警告地说。"把这个当成上了一课。现在，这场神学辩论已经够了，是时候从艾斯潘多铲除敌人的优势了。"

基里曼流畅地拔出了他父亲的剑。马蒂厄喘息起来。他曾多次见到帝皇之剑被拔出。每一次，他都见证了一个奇迹。离开剑鞘之后，那把剑就突然燃烧起来。

基里曼并不吝惜牧师的敬畏。这件武器带有伟大的亚空间工艺。当帝皇陨落后，这把剑被禁军统领呈给基里曼时，它以某种不可思议地方式适应了原体的身材。基里曼皱起眉头。他尝试着回忆帝皇有多高，但却无法想起和审视帝皇生前的形象。在某些记忆里，帝皇和基里曼一样高大；在其他的记忆中，帝皇却并不比一个凡人的块头更大。

"我能感觉到他的存在！"马蒂厄说。他睁大眼睛瞪着火焰造成的摇曳的阴影，仿佛能看到帝皇在回望他。"他就在我们身边，就是现在。我能感觉到他的力量！"

基里曼看着剑刃闪烁的火焰。当他拿着它时，他也感觉到帝皇就在身边。过去曾有些地方，在帝皇到过那里很久之后，还残留着帝皇力量的回响。这把剑曾经是他父亲本人的佩剑，帝皇曾经用它斩杀了荷鲁斯，结束了异端大乱。

基里曼若有所思地举起了这件武器。火光在他目光中舞动。它为何能燃烧是亚空间的问题，而非科学的，因为所有的机械结构都藏在剑刃上和剑柄中。他的父亲在这两方面都很有天赋，比其他任何人都更胜一筹。这把剑抗拒了基里曼研究它本质的尝试，而基里曼也不会把它交给任何其他研究机构。

因为这些技艺，马格努斯受到了责难。帝皇对因善意发出的警告进行的报复，创造了另一个可怕的敌人。这应归于他父亲的另一个误算——只有一个人类才能犯下如此多的错误。

他不是一个神。

但与之相对的，没有人能这么出色。

如果一个人拥有一个神的全部力量，他难道不是一个神吗？基里曼问自己。这就是马蒂厄的信念。理论上，马蒂厄有可能是正确的。我也难免犯错误。

基里曼把剑高高举起。剑身放出的温暖的黄色火光将阴影击退。熏香的香味渗透进房间。智库们举起双手，喃喃专注于祈祷，他们的力量之光从双眼闪耀出来，聚到他们的双手上。修女们朝时钟走近了一步，抑制着它邪恶的力量。

"你不受欢迎。"基里曼说。他不知道自己是对这块石头说，还是对他父亲仿佛萦绕于房间内的微弱灵魂说。"滚回亚空间去。"

在这简单的话语中，基里曼挥剑。

无论这把帝皇之剑的本质是什么，它对混沌是一种诅咒。剑把时钟的一条腿像切黄油般轻易劈开。机械倾斜了，嘀嗒声不再准确，它的钟摆互相碰撞。失去平衡的机械装置的重量令发条无法承受，掉到了在这件装置中央的邪恶石块上，岩石上火花飞溅，但装置还是没有倒下，只是摆动得更快，变得更亮。基里曼大踏步走到三足中的第二条腿前，收回武器，随后再次斩出。

第二条钟腿被整齐地切断。时钟再次倾斜。它所有的重量都压在了方尖碑上。它停了一会儿，随后伴着金属摩擦石块的尖锐响声，时钟崩塌了，将方尖碑一同带倒。

巨石裂开了，它的光芒黯淡下去。随着齿轮的碰撞，时钟嘎嘎作响。联动装置被锁死了，钟停了下来。

原体对破裂的装置做了个手势。"把它移走，"他命令寂静修女们，"确保不遗漏任何一块碎片。"

她们走向前。一把融合矛被带了上来，还有好几件激光切割器，随后她们开始肢解这具残骸。基里曼看着她们开始工作，然后转过身。马蒂厄正崇拜地望着他。

"我建议你离开，战争使徒，"原体说，"这个地方对你不安全。你已经在这里逗留太长时间了。"

马蒂厄的脸庞从狂喜转为皱眉。"大人，我……"他眨了眨眼睛，指向一个方向。

"摄政殿下！"提格里奥斯喘着粗气。"有什么东西来了！"

基里曼转身朝时钟看去，正好目击了第一名修女死去的瞬间。一道刀光从她正在切割的人工制品中射出，一根黄铜柱子贯穿了她，并把她插在高处。

"恶魔！"马克西姆尖叫。

一股能量冲击波从毁坏的时钟里爆发出来，污浊的风吹向四面八方。墙上的帝皇雕刻品撞击着被破坏的石壁发出砰的一响，从它的配件上松落下来，摔在地板上。智库们拼命吼叫着，他们的防护兜甲上闪烁着灵能增幅的光芒。

"我们无法关闭它——一个裂隙正在形成！"有人高喊。那名智库踉跄着向后跌倒，回荡的灵能力量如同鞭子般噼啪作响地挥出，抽打着大教堂的柱子。

禁军们在风中低下头，当他们被非自然的狂风逼退时，靴子在地板上发出刮擦响声。基里曼把帝皇之剑插进地面，跪在剑后面。火焰从它的边缘涌出环绕着他，形成了一面金色的盾牌。

一阵雷鸣预兆着现实世界的一个裂缝正在开启，一种起伏波动的凝胶状物体倾泻而出，溅入破裂的时钟，形成长长的河流围绕着这件作品扭曲着自己。亚空间的触摸让它们变成绿色，被腐化而黯淡，甚至将它们束缚在一起，重塑它们并把它们拉成一个高大的可憎的外观。

黑色的油腻皮肤在时钟和破碎的石块上形成。恶魔站了起来，把时钟和方尖碑的材料聚集到自己身上，呈现出类似人体的形态。旋转齿轮的机关沉入它的胸膛。绳状的肌肉在闪闪发亮的黑皮肤下活动。能辨认出的金属和石块都被腐蚀了：黄铜和青铜变成绿色，铁块熔化，方尖碑的石块正被侵蚀着，尽管它的光芒越来越明亮。

恶魔的前臂不断地生长，手指变得很长，像蝙蝠的翅膀般向后倾斜。一对短而有力的后腿从这团东西的背后冲了出来。巨大的肩膀在几秒内长了出来，不自然的骨骼随着成长的步骤不断噼啪作响。

随着一个摇晃的响声，时钟恶魔蹒跚前行。恶魔的头颅，是一具在森林中遗落很长时间的马匹的无眼的颅骨，呈绿色和灰色，在外壳损坏之处暴露出蜂窝状的死骨髓。恶魔驼着背，靠细长手指的指关节来行走，虽然没有翼膜来连接它们。事实上，它的外形似乎总体上只完成了一半。当恶魔在行走时，油腻的表皮变得暗淡，变成了坚韧的、腐烂中的皮肤。一股令人窒息的腐臭弥漫在大教堂里。

风停了。

"回去，恶魔！"基里曼高喊着，举起了剑。

"我是第二失落者卡拉马。"一个刺耳可怕的嗓音，不知从何而来，又像每个地方都在传来。"最后时刻的最后守望者。纳垢宠儿中的第五人。我不会被杀死。我已经看到了时间的尽头。当这个可恨的领域的最后一个原子运动都衰变成神圣的熵时，我将会在那里，混沌将会焕然一新重生。我被派来做你的行刑者，被诅咒的牲畜。"

"这是个陷阱！"提格里奥斯高呼。他抬起手放出一道弯曲的叉状电弧。

"打倒它！"柯肯大喊。

原体的队伍猛然发起攻击，爆矢弹轰击着恶魔的非自然的躯体，灵能力量也在冲击着它。

恶魔继续前进，它的灵魂还在将物质织入它那虚假的肉体。当它吸收周围现实世界的能量时，气温为之骤降。子弹像卵石落入水中般消失不见，除了在空气中散发出涟漪之外没有任何作用。那个东西晃了晃脑袋。一头恶臭的鬃毛看上去就像破烂的海藻在它裸露的颅骨周围飘动，智库们的闪电和火焰被偏移到一旁，带着爆炸声窜入大教堂。恶魔向前大踏步走着，随着移动，体格越变越大。刚才它的皮肤上还布满了洞眼，肋骨在下面闪闪发光；片刻后，皮肤已经变得光滑而柔韧，成了未被岁月触碰的样子。卡拉马迈步向前，如同一只古代传说中的龙，它变老又死去，变老又死去，一遍又一遍，无论它的形态是洋溢着青春或是腐烂，它那不匹配的颅骨始终不变，恶臭依然挥之不去。

卡拉马窃笑。"你们伤害不了我。我是时间的终结。我是腐化的最后时刻。"

它把长长的头颅低到地上，吸了一口气，将帝国的战士们吸向长着剃刀利齿的血盆大口。然后向外吹出，强劲的风把战士们都吹飞了，几名较低级的智库戴着的防护兜甲在头周围爆炸。他们被自己的力量反噬而死，他们的灵魂在燃烧，眼眶里喷出了白炽的光。从卡拉马的嘴里又喷出了黏液，形成一团充满了染病内脏的碎屑、蛆虫和各种形式的污秽的迷雾。当这团雾触碰装甲时，金属就被腐蚀，迷雾随即穿过盔甲的被溶解之处进入躯体，战士们倒下了。当雾撞上石壁时，又滑下聚集成了患病的、肚腹臃肿的凡人形体。那些瘟疫使者从大教堂的四周站了起来，在完全实体化之前，就已经在数着它们可恨的计数。

卡拉马起身站在它肌肉发达的后肢上，展开了没有翼膜的翅膀。

"害怕我吧，因为我是腐烂之龙，污秽猎人，最后时刻的主人。我是时间的死亡！"它说。"我是强大的。"

卡拉马发起了攻击。

大教堂化为了战场。恶魔放出的毒雾腐蚀了呼吸装置，灌进咽喉侵袭着肺部。阿斯塔特修会和禁军的强化战士们在奋力坚持，他们强壮的身躯努力对抗着剧毒，但甚至他们身体上的多肺结构也无法保证生存。几名冠军护卫，奥特拉玛的精华，已经感染了卡拉马的瘟疫。

寂静修女们开始攻击它，刀锋舞动。她们没有灵魂的光环扰乱了恶魔的存在，但卡拉马将她们击退，或是用庞大的马嘴咬住她们，用剪刀般的利齿把她们切成两截。禁军们挥舞着守护者长矛冲了过来，但他们被这个怪物的翼肢一击就扫到一旁。在基里曼命令他们脱离之前，禁军中的一员已经死去。

"够了！这头恶兽是冲我来的。退后，我命令你们！我会和它一战！"基里曼的剑燃烧着火焰，他渐渐走近。卡拉马转过沉重的头颅面对原体。

"你会死。你的护卫们也会死。所有的东西都会在无生者、永亡者、最后的卡拉马之前死去！"

卡拉马向前扑来，那对无用的翅膀上的骨骼互相碰撞。它把禁军们扫到一边，用一只巨大的后爪碾碎了其中一人。

敌人的力量浩瀚无边。它渴求着基里曼的灵魂，威胁着要撕碎这个灵魂并将其扯成碎片。卡拉马朝着原体咆哮，喷出一串团污秽的胆汁；基里曼举起剑，怪物的胆汁被剑刃的火焰所蒸发。

"我已经宰掉了许多和你一样的恶魔。"

"我无可比拟。"卡拉马说。

"我也同样如此。"

卡拉马像用剑一样挥舞着指骨，猛烈地向原体砍去。基里曼招架了它的一只手，闪避过另一只。帝皇之剑在接触恶魔的皮肤时发出高热。尽管帝皇之剑的剑身的轻轻一触就能杀死大多数恶魔，现在却不足以伤害这名最后的守望者。基里曼被这只龙形怪物的猛攻逼退。禁军们跳到基里曼身旁，他们的武器在完美的配合下同步挥动，多次砍中了恶魔。但当卡拉马在持续的循环中由衰老并变年轻后，伤口就愈合了。禁军们总是被卡拉马的翅膀的凶残挥击扫飞，只留下基里曼独自面对战斗。在战斗中，卡拉马的翅膀上的爪子拖曳着阴影聚合成了破烂的皮肤。马头颅骨的底部爬出了一股青灰色的生长着的血肉，将颅骨包裹在裸露的、脉动的肌肉中。

"每一次死亡,我都变得更强大。"恶魔说。"随着我体内的每一个灵魂逝去，我会变得更伟大。在时间的尽头,我掌握着所有在我内部的死者,因此没有人能比我更强。"

"还没有到时间的尽头。"基里曼说着,开始攻击。

帝皇之剑挥得极准,火焰像一面旗帜一样从剑刃冲出。卡拉马退了一步,无法撤回它正在实体化的翅膀。随着巨大的爆裂声,帝皇之剑劈下了卡拉马翅膀上最小的爪子的尖端。卡拉马发出的尖叫如此刺耳,以至于大教堂的部分墙壁倒塌下来,把星际战士们和恶魔一起碾碎。断裂的指尖滑向一根柱子,在沸腾中化为乌有。

在他的头盔下,基里曼带着狂野的胜利微笑。"这是帝皇的剑,混沌最大的克星。它已经干掉了你数以千计的同类。你只不过是给计数再增加一个而已。"

卡拉马恐怖地咆哮起来,猛攻而来。基里曼单手招架。虽然被冲击所震撼,但他迅速恢复姿势,举起统御之手用爆矢弹犁过这个怪物的身体侧面。腐烂的皮肤在血雨中炸开,当卡拉马循环回到它年轻的状态时,伤口没有复原。

"这不可能!"它嘶吼着。

"我是帝国的光明,帝国摄政,我是帝皇的造物,他现在正注视着我。我会让你倒下,恶魔,而不是你让我倒下。"

基里曼在头顶挥舞着剑,火焰咆哮着形成了完美的环形。他再度攻击,剑刃深深斩入恶魔的前臂。血和破裂的发条如雨般从伤口落下,卡拉马愤怒地咆哮。

"去原体那里!让我们协助他!"柯肯叫道,把身体从地板上拖了起来,抓起他掉落的长矛,用内置的爆矢枪发出一记点射,给一个瘟疫使者开了膛。

"我不能被杀死!我就是死亡!"恶魔哭号着。

"用这个名字自称的不少,"基里曼说,"不过我把它们全杀了。"

基里曼继续攻击,一连串闪电般的出招猛击着,使它周围的空间弥漫着火海。他又削去了恶魔另外三根翅膀上的爪子。当怪物退缩时,他又挥剑深深切入了它的右肩。卡拉马的尖叫声响亮到足以打断那些低级恶魔们无休止的计数。

随着一声和恶魔一样可怕的吼叫,基里曼再次击中它的肩膀,切断了整个右翼。断肢在地板上活蹦乱跳,而后消散回到亚空间中,恶魔向后退却。它试图再次发出尖叫,但来自星际战士智库们的一记灵能重击夺走了它的声音,使得卡拉马呜咽着后退。

"我不能被杀死!"它重复道。"我就是死亡!"黄铜齿轮和病变的器官从它腐烂的内部掉落到地板上。

"那就快滚!"提格里奥斯叫喊。他和其他的灵能星际战士们一同投入了意识,撕开了恶魔刚才通过的裂缝。紫红色的光洒满了大教堂的废墟。恶魔腐烂着的脸孔聚集在光芒处,渴望着前来帮助它们的恶魔领主,但星际战士们的灵能力量击退了那些恶魔,阻止了它们进入,恶魔们带着震怒发出嚎叫。

卡拉马受到惊吓而后退,蹒跚着走向裂隙。爆矢弹轰在它的侧面。修女们和禁军们朝它跑去,把武器刺入它的血肉,与此同时基里曼一再地发起进攻。恶魔被迫自卫,不再能发起攻击,它残留的翅膀每次挥动都会被帝皇之剑拍开。

随后恶魔停下了,大笑起来。

"你……不能……杀了……我!"它咆哮着,扬起身躯。一股强力的冲击波击倒了攻击中的战士们,使得他们咣当作响地摔下祭坛的台阶。黑暗之光在卡拉马周围跃动,它身躯上的伤口开始闭合,翅膀重新长出了。它拍打着双翼,重新变得完整,翅膀上布满了血肉的纹路。剧毒空气随风飘了回来,恶魔在战斗的人群上空飞了起来。吐出一团团灼热的物质,再次展开攻击。

"基里曼大人!"马克西姆高声呐喊。"把它逼回去!把它送回亚空间!"

基里曼看着卡拉马俯冲下大教堂的告解室,它的双翼几乎擦过墙边。恶魔长长的头颅,现在生长出了血腥的肉,眼窝里填进了转动的黄色眼珠,正对人类战士们厉声尖叫。教堂大门开了。英杰菲利克斯走了进来,他带领原铸星际战士们用等离子的洪流和爆矢弹猛击恶魔。但恶魔嘲笑着,朝他们俯冲过去,驱散了他们,杀死了三个人。

"我会了结它。"原体说。他环顾四方,发现大教堂内有一组摇摇欲坠的楼梯,通往一个破裂的走廊。当他跑到顶端时楼梯摇晃着,石头啪嗒作响掉到地上。他在破损的地板边上停下。

恶魔收起翅膀,转来转去,鼻子几乎贴上了尾巴。它再次走下过道,回到了破裂的时钟和原体所在的地方。

"你会不得好死,小帝皇,"卡拉马说,"帝国也会和你一起陪葬。"

"我觉得不会。"基里曼说。

罗保特·基里曼将力量都贯注在双腿,等着卡拉马尖叫着扑过来,随后基里曼跳了起来。他从站立点向上跳起了六米高，一个旋转落到恶魔的背上。卡拉马转过它被剥皮的头颅朝帝国摄政咬去。但基里曼紧紧压在它背后，推着卡拉马一同撞向传送门。直到最后一刻基里曼才双手紧握着帝皇之剑，让剑刃向下洞穿这头恶兽的背部，将它的机械心脏完全贯穿。

卡拉马发出尖叫，翅膀用力抖动。基里曼把剑向后倾斜，使得恶魔被高举到空中。有灵能力量从剑中发出，剑放着白炽的光芒，直到恶魔躯体的每一个裂缝和毛孔都被光芒焚烧。

"现在，大人，跳！"提格里奥斯大叫。

基里曼踢飞了恶魔，向旁边跳去，恶魔坠落下去，整个身躯熊熊燃烧着，最后跌进了空间和时间的裂痕。

"关闭裂隙！"提格里奥斯命令。

一道冲击波轰隆隆地穿透了大教堂，向外炸飞了残留的窗户，摧毁了另一面薄弱的墙壁。剩下的亚空间诞生的小恶魔就像幻象一样摇晃着消失，它们嗡嗡的计数声在片刻后消散。人们的叫喊声取代了战斗的声音，更多的战士冲进大教堂。

"都结束了。"原体说。"艾斯潘多已经从莫塔瑞恩的巫术中解放。对它的净化可以开始了。"

基里曼举起剑放入鞘中。剑上的火光熄灭了，大教堂重新落入了黑暗中，但这里仍然保留着某种圣洁感。基里曼使用帝皇的佩剑击退了混沌的邪恶影响。他无法否认帝皇的力量。如果没有这件武器，他不可能击败这样一个强敌。

就像是神，他想。

马蒂厄跪倒在地。"赞美帝皇！"他低声说。泪水从他脸上滚下。

"你还活着？"基里曼有点吃惊地说。

"帝皇保佑。帝皇保佑！"马蒂厄说着说着，变成了宗教的赞美诗。"当您在战斗时，其他人死去了，而我毫发无伤！赞美帝皇，赞美帝皇啊！帝皇触碰了这个地方。"

"或许是这样。"基里曼说。战斗结束了，他疲惫不堪。他的内心仿佛因为和恶魔的交战而变得更加空虚。他的心脏也跳动得十分费力，他喉咙的伤疤正在发痒。"帝皇还保持着力量，即使是现在。"

"我能感受到帝皇对人类的爱，"马蒂厄说。"我能感受到这大爱环绕着

帝国摄政基里曼

我！"他因为自己的狂喜而有些犹豫。"告诉我，噢，摄政大人，说实话——帝皇爱我们吗，大人？不要告诉我我错了！"

帝皇不爱任何一个人，基里曼想。帝皇负担不起感情——这是人类之主面对这不可能完成的任务时的最诚实的写照。他不爱他的儿子们，他不爱人们，但他爱人类。基里曼觉得自己很难原谅他。帝皇的解决方案必须建立在谎言上吗？建立在谎言上的谎言？

马蒂厄的问题把基里曼推向深深的忧郁。比一切都重要的是，他渴望和自己的养父康诺再谈一次。康诺是一个高贵的灵魂，一个值得信赖的人，一位真正的父亲。

如果康诺没有在帝皇降临奥特拉玛之前死去，我会像我的兄弟们抛弃自己的收养家庭一样抛弃他吗？基里曼问自己。

基里曼知道答案，这让他感到羞愧。没有人能免受这种力量的影响，他告诉自己，但这并不能让真相更令人愉快。

基里曼明白这一点。他知道他的父亲想要实现的东西和那么做的原因。一次又一次的面对类似卡拉马之类的东西，基里曼深刻理解了人类对抗的到底是什么，使他发现了谎言的作用。基里曼能诚实地说他爱所有自称为他的儿子的人吗？他几乎不了解这些人，尤其是现在——尤其是考尔的大军。他们，也是达到一个目的的手段。基里曼和他的"父亲"在这一点上是相同的。统治者的披风是沉重的，并且会重塑披着这件披风的人。

我从未想要成为一名暴君，原体想。可能我的父亲也是这样想的。不可否认，历史为我们每个人都安排了角色。我们只不过是在永恒的棋局上的几枚棋子。

"大人，"马蒂厄的话语打破了原体的沉默，"请告诉我，帝皇爱我们吗？"

我们比你预期的还要更像你，基里曼想。你把自己的太多东西给了我们。无意识地，在你的傲慢中，你实际上让自己成了一位父亲。我们在各种方面都是你的儿子。你没发现吗？

"大人？"马蒂厄问。

"帝皇爱我们所有人。"罗保特•基里曼撒了个谎。他看了看那尊破碎的雕像，和时钟的少许残骸。"现在我得离开了，马蒂厄。我必须找护民官和英杰议事。"

基里曼离开了跪在尘埃中的马蒂厄，走向大教堂的门，护民官柯肯、英杰菲利克斯和其他人都聚集在那里。基里曼走上外面的台阶，摘下头盔，让自己的脸暴露在艾斯潘多第三都市的闷热天气中。他呼吸到的空气里，除了真实的腐烂气味之外，没有受到亚空间的污染。瘟疫之神的影响已经消退。基里曼闭上双眼，让太阳晒干皮肤上的汗水。

"结束了。"基里曼说。"我们今晚离开艾斯潘多。"

"我们接下来有什么计划，大人？"柯肯问。

"创世战团、曙神星战团、蔚蓝骑士战团、葬仪代理战团和其他战团的成员，留在这颗星球清除西方的恶魔侵扰，消灭剩下的死亡守卫。我们军队剩下的人将撤退并重新部署。莫塔瑞恩不在此地。他的邪恶之网被破坏了。他留下的部队是一种拖延战术，仅此而已。我也没有更多理由留下来了。"

"您觉得他可能会在哪里？"柯肯不带感情地问。

"帕梅尼奥。"基里曼毫不迟疑地说。所有他仔细筛选的数据说明，莫塔瑞恩的行动基地要么是艾斯潘多，要么是帕梅尼奥。如果莫塔瑞恩不在艾斯潘多，他应该就会在另一个地方。"他在帕梅尼奥。"

"您确定吗？"菲利克斯问。

"我很确定。我们在这里的行动很难说是一次胜利，但我们踏出了确保胜利的第一步。让莫塔瑞恩先安心地以为我无法找到他，或是无法把他赶出奥特拉玛。他很快就会意识到自己的误判。"

基里曼冷漠地笑了笑。

"在帕梅尼奥，我会让他看到现实。"

说完这些话，原体离开了大教堂，孤独地走进艾斯潘多第三都市的废墟。

他的灵魂溢满悲伤。

关于作者

盖伊·哈雷是泰拉围城系列小说《迷失者与被诅咒者》的作者，同样也创作了荷鲁斯之乱系列小说中的《泰坦之死》《狼毒》《法罗斯》，以及原体传系列小说中的《康拉德·科尔兹：午夜游魂》《科拉克斯：暗影之主》和《佩图拉波：奥林匹亚之锤》。他写了许多战锤40000系列小说，包括烈火黎明系列的第一部《复仇之子》《贝利撒留·考尔：伟大事业》《黑暗帝国》《黑暗帝国：瘟疫战争》《巴尔毁灭》《但丁》《血中黑暗》和《阿斯托瑞斯：慈悲天使》。他也创作西格玛时代背景的小说，包括《战争风暴》《碎颅者》和《艾查恩的呼唤》。目前他和妻子、儿子一同生活在约克郡。

关于译者

韩之昱，曾用笔名正雪。出版历史小说《匈奴》《东晋妖异谭》。独立做过 Paradox Interactive 游戏《欧陆风云2》的民间汉化。后转战游戏圈十年，参与《完美世界》《赤壁》《笑傲江湖》《剑魂之刃》等游戏的核心策划工作。2017年辞职，开始制作混沌银河世界观下的系列大战略题材独立游戏《混沌宙域》《混沌银河》，并先后在 Steam 和 Wegame 发布，目前正在制作系列新作《混沌银河2》。热爱战锤40000的宏大设定和悲壮故事，曾从第一版设定开始读完过上百本战锤40000的 Codex，受到深刻的影响和激励。

图书在版编目（CIP）数据

黑暗帝国 /（英）盖伊·哈雷著；韩之昱译 . -- 杭州：浙江科学技术出版社，2018.7（2024.4 重印）

ISBN 978-7-5341-8252-5

Ⅰ . ①黑… Ⅱ . ①盖… ②韩… Ⅲ . ①科学幻想小说—英国—现代 Ⅳ . ① I561.45

中国版本图书馆 CIP 数据核字（2018）第 124479 号

著作权合同登记号　　图字：11-2018-172 号

书　名　黑暗帝国
著　者　［英］盖伊·哈雷
译　者　韩之昱

出版发行　浙江科学技术出版社
　　　　　杭州市体育场路 347 号　邮政编码：310006
　　　　　办公室电话：0571-85176593
　　　　　销售部电话：0571-85176040
　　　　　网　　址：www.zkpress.com
　　　　　E-mail：zkpress@zkpress.com
排　版　杭州立飞图文制作有限公司
印　刷　浙江海虹彩色印务有限公司

开本	710×1000　1/16	印张	18.5
字数	380 000		
版次	2018 年 7 月第 1 版	印次	2024 年 4 月第 4 次印刷
书号	ISBN 978-7-5341-8252-5	定价	49.00 元

版权所有　翻印必究
（图书出现倒装、缺页等印装质量问题，本社销售部负责调换）

责任编辑　吕路明　　　　责任校对　张　宁
封面设计　孙　菁　　　　责任印务　田　文